《诗探索》编辑委员会在今年的工作中依旧坚持：

发现和推出诗歌写作和理论研究的新人。

培养创作和研究兼备的复合型诗歌人才。

坚持高品位和探索性。在办好“诗探索中国新诗会所”的基础上，建立《诗探索》的有效读者群，办好不同层次的几种诗歌活动和诗歌奖项。

本年度依旧向全国100所大学图书馆、100名诗歌研究专家、100位优秀诗人和60家文学期刊的主编赠送《诗探索》。

诗探索

2014 第3辑

理论卷

主编 吴思敬

《诗探索》启事

《诗探索》自2012年起由漓江出版社出版，每年出版4辑，每辑定价50.00元（含理论卷、作品卷各一册），读者可在当地新华书店购买。

感谢您多年来的支持和厚爱！

目　录

编者的话

2013年11月12日，诗人韩作荣悄然走了，把太多的痛楚与惋惜、太多的怀想与思念留给了我们。作为一位诗人，韩作荣诗歌创作的成就是有口皆碑的。他不断求新求变，在传统与现代之间寻找到一个自然的融汇点，形成了独特的创作风貌。韩作荣不仅诗歌写得好，更是一位有爱心、有正义感、有责任心的诗坛义工，为了诗而默默地坚守着。在韩作荣逝世一周年之际，我们特地发表商震的《于虚无中对抗，在沉默里燃烧——关于韩作荣诗歌》和罗振亚、李洁的《“在路上”的生命探询——韩作荣诗歌论》，以作为对诗人韩作荣深切的怀念。

纪弦、覃子豪、钟鼎文被称为台湾现代诗三老，他们以其出色的创作实绩和理论探索，对台湾现代诗的发展做出了重大贡献。覃子豪于1963年逝世，活了51岁。纪弦、钟鼎文均享高寿。钟鼎文2012年8月12日逝世，享年98岁，纪弦2013年7月22日逝世，享年百岁。纪弦和钟鼎文坚持终身写作，他们的寿命与创作活力，堪称诗坛奇迹。本刊特在“台湾诗歌研究”专栏中，发表胡亮的《“且去填词”：读〈纪弦回忆录〉》和古远清的《“让我将不朽的爱，留给世界”》，以作为对这两位诗坛元老的纪念。在这个专栏中，还发表了傅天虹的《论简政珍汉语新诗写作与批评的在场性》。简政珍是当下台湾一位重要的中生代诗人与诗歌理论家，他的诗歌有鲜明的个性与深刻的哲思，不是停留在边缘化的个人独自吟唱，而是把诗歌的触角伸进了这个正在发生迅速变化的社会，表达了对现实和历史的承担意识。如果把简政珍的诗歌创作与诗学主张与纪弦、钟鼎文的创作历程联系起来，不难寻觅出台湾现代诗发展的一道轨迹。

侯马是当下有影响的一位中生代诗人，他从20世纪80年代末开始诗歌创作，进入新世纪以来，陆续写出《他手记》《进藏手记》《梦手记》《访欧手记》等七部长诗，以及短诗集《大地的脚踝》等，侯马既深受西方现代诗学思想的熏陶，同时对中国的文化传统有深厚的感情，他的诗把口语写作与对自然、社会和人的哲学思考结合起来，在当下诗坛别具一格。此外，侯马既是一位重要的公安战线的干部，又是一位出色的先锋诗人，这二者是如何统一到一个人身上的，他的特殊身份又给他的创作带来了什么样的影响，也是值得研讨的话题。2014 年 5 月 25 日，由中国当代文学研究会、首都师范大学中国诗歌研究中心联合举办的“生命之光——侯马诗歌创作研讨会”在北京船山书院召开。50 余位诗人、评论家及媒体界人士出席了会议，围绕侯马的诗歌创作及其相关话题，进行了深入的研讨。现从收到的论文中选出沈浩波、吴子林、施战军、邱华栋、唐欣的文章，以飨读者。

谢小青是近年来脱颖而出的一位“80 后”青年诗人。她从小在农村长大，目睹了乡村的封闭、落后、贫穷。她说：“一提起笔，我的内心就纠结与痛苦，就想流泪。我的父母一辈子吵架烦恼，我的两个成家的哥哥连新房都盖不起，农村还存在着重男轻女的观念，女孩被遗弃被虐待的事情也常有发生。这是中国文化人分等级造成的悲剧，所以我写乡村不需要任何掩饰，更不会去虚伪地赞美，我把乡村的伤口暴露给读者，我把新旧文化的冲撞展示给读者，在感染读者的同时也给读者带来一种思考与警醒。”正是对农村的发自肺腑的深情，使她写出了迥异于同龄人的诗作。为此本刊特在“结识一位诗人”栏目中，发表了霍俊明的《诗歌“青春期”的生成性与困惑》，以及王清辉、刘晓翠的赏析文章，以期引起诗界对这位新人的关注。

爱情历来是诗人永不枯竭的书写主题，爱情中包含了永恒的矛盾、永恒的谜。本辑“诗学研究”栏发表的钟文的《比爱更爱的爱——爱情的后现代性，兼谈诗对爱情的表现》，从人性的角度对爱情的本质以及爱情诗的写作做了很深入、很到位的阐释，相信会让诗界的朋友受到启发。

诗学研究

- 纪念韩作荣
- 侯马诗歌创作研讨会论文选辑
- 结识一位诗人
- 女性诗歌研究
- 台湾诗歌研究
- 诗论家研究
- 姿态与尺度

比爱更爱的爱

——爱情的后现代性，兼谈诗对爱情的表现

钟　文

一、诗歌是许配给爱情的

如果说人性有多么广阔，那么其表现内容的核心一定是爱情。爱情的重要性，不仅仅因为她是人类情、欲、生存、繁殖的内容，而在于她的复杂性的界限放大了人性的空间与时间。爱情存在于人性的最深奥、最神秘处。

因为诗歌是情的产物，所以它一定是许配给爱情的。一切诗歌对于情的表现最多的应该是爱情。歌德曾经说："永恒之女性，因我们诞生。"所以，在浪漫时代的一切诗人，爱情永远是诗歌最重要的内容。海涅一生写得最多的是爱情诗。当然他的爱情说起来非常的凄苦，因为他的爱情是从爱上他的两个堂妹开始。这场无望的爱情，却促成了他的诗的灵感的勃发，于是他写下了无数的爱情诗。其中有一首诗被艺术家谱成了250种乐曲。

你好像一朵花，
这样温情，美丽，纯洁；
我凝视着你，我的心中
不由涌起一阵悲切。

我觉得，我仿佛应该
用手按住你的头顶，
祷告天主永远保护你
这样纯洁，美丽，温情。

海涅的诗是浪漫主义时代的产物，所以他写的爱情诗终究脱不了花的艳、情的悲，简单得单调。罗密欧与朱丽叶的爱情是浪漫主义诗歌的样板，到了20世纪这种爱情诗的样板必然因为时代与历史的原因被很大地改变。

女人和爱情常常是诗人创作诗歌最好的灵感触媒。著名诗人博尔赫斯一辈子在追求女人，他喜欢和女人们在一起，尤其是那些漂亮的，受过良好教育的女人。他一辈子有无数次的失恋，甚至有过两次为此而自杀。每一次失恋与热恋都会促成他诗歌的变化。到了晚年，他爱上一个比他小三十几岁的女子。他曾经如此动情地说：

渴望我的鲜血，吞噬我的死亡
我们两个都在相互寻找。
但愿这是最后一天的等待。

博尔赫斯曾经在阿根廷发行量最大的报纸上扬言："一个女人才是对你最重要的东西——这和其他东西没什么大的区别，只是这是个她。"① 爱情孕育了诗人，诗人也孕育了爱情。

中国的情诗比之海涅这样的情诗，应该说更高级，更有诗意，尤其是完全来自民间的，《诗经》和《乐府》等。"窈窕淑女，君子好逑""执子之手，与子偕老""天地合，乃敢与君绝""昔我往矣，杨柳依依。今我来思，雨雪霏霏"……这些诗歌，比像陆游的"红酥手，黄藤酒……春如旧，人空瘦"要好得多。可见，爱情这个东西，到了文人手上大多会丧失她的原始性，会发酵出酸味来。

爱情到底是一个什么东西，普希金也是世界诗人中的一个大情种。他对爱情的看法很有代表性，他曾经写过一首诗：

多么甜蜜！……可上帝啊，多么危险，
去听你的声音，看你可爱的目光！……
这热烈神奇的交谈，这美妙的眼神，
和这微笑，我怎么能够遗忘！
奇妙的女人啊，我为何见到了你？

---

① 引自埃德温·威廉森著《博尔赫斯大传》，邓中良、华菁译，华东师范大学出版社2014年版，第472页。

认识了你，我便已将极乐品尝，
对我的幸福的仇恨也充满了胸膛。

作为因爱而生，又因爱而死的普希金，他对于爱情的总结是“幸福的仇恨”，“多么甜蜜！”又“多么危险”。

二、不完美的完整爱情

普希金为什么说爱情是“多么甜蜜！……可上帝啊，多么危险”，这一定牵涉到爱情的本质。

爱情是何物？20世纪世界当代哲学有一个重要主题就是“他者”。用现象学的角度来看，爱是一种不同于“我”也不同于“他者”的一种存在。爱情最主要的标志或者目标是希望把“自我”和“他者”合二为一。只有作为一个合二为一的整体出现了，才有一个完整的爱情。但是，“自我”和“他者”是非常难以做到合二为一的。因为“他者”是绝对异于“自我”的存在。两种主体从相异到相斥，甚至完全可能达到相杀相戳。这就是爱情为什么会有这么多的矛盾争斗，甚至会从天堂一下子堕落到地狱。

现象学的观点认为，我不是世界上一个完整的单独的主体。他者也是世界上的一个主体。虽然从我者来看，他者是一个客体。但是从他者而言，他又是一个主体。这样，我与他者的存在，我与他者的关系，就形成了一个新的根本性的生成。他是他者，必定是异己的。这是人性最主要表现。爱情是希望把自爱和他爱结合起来，但自爱必定是自私的，自爱必须以自我的快乐为目的，而他爱是一种自爱做前提需要之下的爱，绝对不是无偿的、无私的。自我与他者发生关系的时候，过程往往潜伏诸多的危险，自我认识他者的脸这只是第一步，但要从认识他者的脸到真正认识他者的心，他者的全部内容，过程不但漫长，甚至有至多的不可思议性。所以，希望把自我和他者通过爱情来合二为一，这种目的性必然使得自我把他者对象化，而他者又必定对于这种对象化引起反抗。爱情合二为一的这种共在的基础就难以存在了。

现象学的哲学家从胡赛尔开始，到梅洛·庞蒂，到拉康，到列维纳斯，他们对他者的看法不完全一样。比如，萨特就把他者看得非常可怕，认为他者是一种绝对的对立面，所以，他有一句名言“他人即是地狱”。列维纳斯的他者，是一种为他人的人道主义理论。他认为他人的地位、他人的命运，是无限的、是上帝的象征。他认为“我”与他人的关系既不是一种冲突的关系，也不是一种共在关系。我对他人负有绝对的责任，可是他人也不因此对等地对“我”负责任。列维纳斯的这个理论，从社会学的角度来说，他是希望共在成为一种合理性的社会状态。从爱情观来说，他的这种理论应该说有一种他者的超越思想。但即便列维纳斯的这种不是“我”的人道主义，而是“我们”的人道主义的思想，他也仍然不得不承认，在“我”与他者的关系中，自我一旦丧失了他的中心地位和重心，那么“主体性成为一种比任何被动性都更被动的被动性”。[①] 如果主体不再是一种支配性、结构性的力量，像这样的超越也的确有至多的困难。

一旦明白了这种现象学的他者理论，也就明白了完整的爱情的难度有多大。尼采明明白白地说：“爱情与自私是对立的。实际上，爱情却是货真价实的自私的代名词。”[②]

尼采对于爱情问题更有一个非常重要的发现。他认为爱情这个东西是一定跟占有联系在一起的。他曾经这样评价爱情，他说：“女人通常如此爱一个重要的男人，以至于想要单独地拥有他。要不是她们的虚荣心表示反对，表示愿意让他在他人面前也显得重要，她们会很乐意将他锁起来。”[③] 爱与占有一旦挂钩，那么，爱情就完全变质了。萨特也认可爱情与占有的关系，他说：“我们想占有的正是别人如此这般的自由。”[④] 他又说：“事实上，他不可能希望自由的原因而不同时把被爱者当作人们可以超越的工具，把他浸没于世界之中。爱情的本质不在这里。相反，在爱情中，恋爱者希望自己对被爱者来说是‘世界上的一切’。”[⑤] 爱情的存在不能由自我做出操控与评价，一切是因为爱的自私性和占有性。怪不得像大诗人阿拉贡这样的人也会非常地直白地用诗歌说“从来没有什么幸福的爱情”，“没有什么爱情不包含着痛苦——没有什么爱情心灵会不经历创伤——没有什么爱情会不遭受烙印”。我相信世界上为数不少的人会同意阿拉贡这样的爱

① 转引自杨大春《语言，身体，他者》，三联书店2007年版，第301页。
② 尼采：《快乐的知识》，黄明嘉译，中央编译出版社2011年版，第20页。
③ 尼采：《尼采全集》第二卷，杨恒达译，中国人民大学出版社2011年版，第179页。
④ 萨特：《超越生命的选择》，阎伟选编，陈宣良等译，长江文艺出版社2009年版，第66页。
⑤ 萨特：《超越生命的选择》，阎伟选编，陈宣良等译，长江文艺出版社2009年版，第67页。

情观。

法国哲学家雅克·拉康对于这个问题是用一种隐喻化的比喻来说的。他认为爱的隐喻就是未知的隐喻化，通过这隐喻化，爱的主体把自己变成了被爱的对象——使自己成为被爱的人——然后向对方重复地提供或者反复地显示自己和蔼的一面或作为他人之欲望对象的一面。“我爱你”的背后其实是“我，且只有我值得你爱”“我只能被你爱”“你只能爱我”——这就是爱的无意识策略，是爱的欺骗和狡计，是爱的引诱的形而上学。所以拉康说：“当爱的一方——就其是有欠缺的主体而言——的功能前来占据、取代被爱对象的功能时，爱的意义就产生了。”①

在人生的道路中，毫无疑问，有爱才会有生活，才会有幸福和快乐。但是这种爱是如此这般地不完美，所以它一定非常脆弱、非常容易受伤害。越希望得到他爱就越自爱、自恋，越自爱、自恋就越拒绝了他爱，越是投入了他爱就越容易受伤。越是依附他人，越有可能增加痛苦。在这个问题上，尼采的认识是决断的，他说：“婚姻的破裂好过于婚姻的屈从和婚姻的欺骗。”尼采又总结性地认为，人类的这种爱情，因为有这种不完美性，所以，它和世界上的万物一样，都会走向一个弯曲性的永恒的回归：“万物去了又来；存在之轮永远转动。万物枯了又荣，存在之年永远行进。万物分了又合，存在之家常在。万物分离了又聚，存在之环永远运转。在开始于每一刹那，每个‘那里’之球都绕着每个‘这里’旋转，到处都是中心。永恒之路是弯曲的。”② 尼采在这里对世界上的一切存在，包括爱情，做了一个非常有道理的解释。尼采的永恒回归说是对于生命本能的完全肯定，他认为人性永远不完美，也难以完整，但是，终究人作为一种生命的本能，它可以寻求到一个版图，这个版图就是人有了一个强大的权力，即便是苦难，也可以把它弯曲地收入回忆中，延伸出新的中心，生命最后仍然可以做一个永恒的回归。但这种回归却是弯曲的。这个“永恒性的道路是弯曲的”的理论，是尼采对世界对人生，对爱情的一个非常有说服力的解释。

爱情总体上说是一种不完美的完整。生活无时无刻不在说明，为什么爱情常常是从喜剧开始到悲剧收场，这里面有一个原因，就是男

---

① 转引自吴琼《雅克·拉康》，中国人民大学出版社2011年版，第585页。

② 尼采：《查拉图斯特拉如是说》，孙周兴译，上海人民出版社2009年版，第280页。

人娶一个女人为妻，不是娶她的相貌、身体，甚至也不是娶她的内心、灵魂，还要娶她的历史、家庭，以及相关的一切背景，甚至娶她的遗传基因。如此复杂的他者的历史、家庭、基因，他者不仅然只是一个他者的存在，而是他者的复数存在，是他者的生成存在。如果一个我要与这样的他者合二为一，可见是多么不易、困难。但仍然出于繁殖等需要，必定要选择爱情，这种选择无异于无法选择，如果一定要选择，最好的选择却是命运的安排。如果说爱情可以一见钟情，那就等于在欺骗自己中相信命运的力量。人的存在一旦是命定性的，那么主体、自由、独立等等又何以谈起?！又何以存在?！

三、性与爱的悖论

性与爱是永远联系在一起的，性欲和爱欲它们是一对孪生姐妹，虽然互相会有挑战，但不可分离。艾略特曾经说："男人和女人要爱，但是一定要横在欲望爆发与情感之间的鸿沟。"这就是说，男人与女人的爱情一定伴有性，因为人终究是动物。在19世纪20世纪的诗歌中，这种爱的动物性表现是告别浪漫主义之后的特点与泛滥。葡萄牙诗人安德拉德有一首写性的诗写得很生动而纯净：

回到身体，走进去，
不要害怕肉体的暴乱
没有一张嘴是凉冷的，
即使穿过

冬天的时候，一张嘴贴着另一张嘴
就会不朽，钻石燃烧，星星打开门，
只是光冲出去，占据了
肩膀、胸脯、大腿、臀部和阴茎。
它们在脉膊中清醒、纯洁，
你拥有它们：它们坚实无比，熠熠生辉

这是一首把性爱的过程写得很美的诗。墨西哥诗人帕斯对于性爱有一种非常诗化的形容："我已经阐述了一种关于性爱的模糊理论。

这一理论认为在性爱中肉体的拥抱虽然短暂，但却是浓缩版的宇宙进程。就像太阳和星星一样，当男人和女人拥抱时，他们就坠入了无限空间。这一坠落是回归源头和原初，但同时也是在经历几个年代或者几个时刻之后的复活。”① 性爱是如此的美妙，与爱不可须臾分离。如果没有性的爱，实际上也就是没有了真爱。人的兽心需要是人性的必需。

萨特一边说：“情欲不仅仅揭示了他人的身体，而且揭示了我自己的身体。”② 但他同时又说：“快乐是情欲的死亡和完结。它是情欲的死，是因为它不只是情欲的完成并且是它的终点。情欲要有肉身化的企图遇到的永恒危险就是正在肉身化的意识再也看不到别人的肉身化了。”③ 萨特指出性欲的快乐特点，但又指出性欲的自私性。

性与爱是一对悖论，在性欲的时候，能否得知这是真的爱，还是不真的爱，是一种找乐子，还是一种快乐着的爱的享受。垮掉派诗人谢里尔·汤森有一首代表作，题目《我大腿间的男人喜欢爱情》：“或许大多数只是/一种威胁性的解说/可此刻/我分享了/多少谎言/又有多少理由/是百分之百的证明/蛛丝般需求的/轻柔光滑的欲望/倘若心/曾经破碎/我只能被责备/这个身体/只去保护/能拿到的东西/没有月光照耀的誓言/拥抱太阳的提示/我品尝过/汗水和精液/以及顺从/我自己投降了/几乎很诱人/可总是再来一次/什么也没有了/而且也许除了这/什么也没有/人人喜欢/我的精疲力竭的样子/分享某种/某种如爱一样的东西/某种包含一切的东西”④。这首诗很有代表性，说明了性和爱是一种非常微妙的混合，它是爱，但也不完全是爱；它是动物的，也不完全是动物的；它是快乐的，但是无聊的快乐。无论男人、女人都不能离开性。但这个性和爱绝对是一个需要认识的谜。弗洛伊德把女人比喻为一个黑暗的大陆，他认为女人是一个谜。性是一个被快乐着的谜，灵魂不一定总能拥抱太阳。人类喜欢用做爱这个词来说性，实际上做爱是最没有说服力的一个词汇。爱是无法做的，人的做爱还不如动物的性交那么开放并自然，不虚假并且真正享受着。艾略特在《荒原》中曾经写到这样一对男女之间做爱的过程。“她回

① 尼克·凯斯特：《帕斯》，徐立钱译，北京大学出版社2013年版，第30页。

② 萨特：《超越生命的选择》，阎伟选编，陈宣良等译，长江文艺出版社2009年版，第72页。

③ 萨特：《超越生命的选择》，阎伟选编，陈宣良等译，长江文艺出版社2009年版，第73页。

④ 见弗雷泽主编《后垮掉派诗选》，文楚安、雷丽敏译，上海人民出版社2009年版，第379页。

头在镜子里照了一下自己，/没有意识到她已离去的情人；/她的头脑让一个半成形的思想经过：/‘总算完了事，完了就好’”这就是在所谓的爱情名誉下的做爱。“做爱了，但我没有任何感觉”，“总算完了事，完了就好”。这就是一种爱与性的完全反差。

叔本华说：“所有两情相悦的感觉，无论表现多么超尘绝俗，都根源于性冲动。”人需要性，主要是人的动物性，但是，人的这种性和动物的性不完全一样。动物的性是以繁殖为基础，以快乐为原则，是在竞争与无害的情况下的表现。而人的性常常会有虚饰中的不自然，甚至作恶。所以，叔本华又说：“性爱的幻想就是让男人真的以为躺在心爱的女人的臂弯里，会比其他女人那里更感到快乐。……激情过后，坠落爱河的男人觉得怅然若失，蓦然发现，原来他渴求的对象只不过是性的满足，于是便性味索然。”① 亚里士多德早就说过：“男人与女人的情欲之后，常常会忧郁。”这种忧郁的东西也就是刚才后垮掉诗人所表现出来的那种“是爱也不是爱的感觉”。

这种性“是爱也不是爱的感觉”，在法国作家、哲学家巴塔耶看来，他更多地是看成人的兽性在逾越了禁忌之后的人性的高扬。巴塔耶说：“人们向往排除一切兽性的极致之美，正因为在拥有了美以后，可以用兽性的方法去玷污和占有它。……美的重要性在于我们无法玷污的事物，而性爱的本质就是一种玷污。在性爱当中，我们逾越了作为禁忌象征的人性。人性被逾越、亵渎、玷污。美越崇高，玷污就越彻底。”② 巴塔耶认为，性欲过程中恐惧、厌恶和迷恋、陶醉是转换的，是紧紧地交织在一起的。是一种恶，但是这种恶已经转移了，已经转移到一种美的领域，产生了一种逾越的领域去了。这里从情欲向爱欲的过程是必须要通过性的，这既是一种感官上的乐趣，但是在这种感官上的乐趣当中，才能真正发现需要这样一种特定的唯一的人性，而这种人性只有这个女人有。没有这种性欲的满足、这种乐趣的表现，就不会去认可对方是唯一的爱人。甚至性的激情常常可以穿越生死。

从现象学的观点来看，身体和思想是一个混杂在一起的东西，如果身体不存在了，思想也不会存在。所以，肉的存在才会去思想，肉

① 转引自哈洛德·柯依瑟尔等著《当爱冲昏头》，张存华译，华东师范大学出版社2013年版，第37页。

② 转引自哈洛德·柯依瑟尔等著《当爱冲昏头》，张存华译，华东师范大学出版社2013年版，第47页。

不要看成是纯粹的物质，也可能是一种思维、一种意识。肉是身体的机制，同时也是观念的机制，这两者是有不同的。但是又有必然的关系。这种从性到爱，是有可能从肉到思，从情欲到爱欲的一种过渡。这种从肉身到灵性的升华是否也意味着身体提升到了它应该有的本体的高度。诗人帕斯 79 岁的时候曾经写过一篇散文《双重火焰》："最初的原始火焰——性——燃起了情欲的红色火焰，而这股火焰反过来又提升并抚育了另一种颤抖的蓝色火焰：爱的火焰。情欲和爱情——生命中的双重火焰。"① 性与爱是可以如此这般地转换与升华。

四、爱是人真实体验的一种神话，一个谜

我们总是把爱情作为一件可知物来理解，但这种认知却永远失败。爱情的全部复杂性如果呈现出来，可能会表现出全部动物和人的一切本质与特点，所以它终究是一个不可知的东西。由此，诗人们大可放手地去体验与表现。女人和男人永远是一对永恒的矛盾，永恒的朋友，也是永恒的谜。

这里我引用一些有代表性的情诗来说明这个神话和谜。芬兰女诗人索德格朗少女时就患上了肺结核，从此，贫苦、疾病、失恋、痛苦一直与她纠缠在一起，她一直在用写诗来慰藉自己的灵魂。直到 31 岁的时候，贫病交加之下死在了芬兰的一个小乡村。她死前的诗没有被人承认，死后却成了北欧现代主义诗歌的先驱。她有一首写爱情的好诗《现代处女》：

我不是女人，我是中性的。
我是孩子、童仆，是一种大胆的决定，
我是鲜红的太阳的一丝笑纹……
我对于所有贪婪的鱼来说是一张网，
我对于每个女人是表示敬意的祝酒，
我是走向幸运与毁灭的一步
我是自由与自主之中的跳跃……
我是在男人耳中血液的低语，
我是灵魂的战栗，肉体的渴望与拒绝，

① 转引自尼克·凯斯特《帕斯》，徐立钱译，北京大学出版社 2013 年版，第 135 页。

我是进入新乐园的标记，
我是搜寻与勇敢之火
我是冒昧得仅深及膝盖之水，
我是火与水诚实而没有限度的结合……

索德格朗有不少写爱情的诗，但这首诗写得最为深刻、形象。她作为一个企盼得到爱情，但又无法得到爱情的女人，所以，这首诗表现出来那种对爱的企盼、矜持的企盼，对爱的想象，对肉体是渴望的拒绝，所以，她自称是中性的。这首诗所表现出来的爱纯粹是一种少女爱情的英雄主义宣言。这首诗的感人至深之处，也就是她说的“是火与水诚实而没有限度的结合”。

在俄罗斯诗人中，写爱情诗歌比较多的是茨维塔耶娃。茨维塔耶娃的爱情诗有一种天生的纯洁和无畏，无论是爱的绝对，又或是恨的绝对，她最擅长表现失望与失落之间撕心裂肺的那种痛中的爱。

你爱我用真实的虚伪——
爱我也用虚伪的真理，
你爱我爱到山穷水尽！
爱我爱到他乡异域！

爱我爱到天长地久，
挥挥右手！永别！——
你再也不会爱我，从今以后：
这一真理是千真万确。

这首诗写出了天地颠倒时的那种爱的转变与复杂，爱的许诺反衬着永别的痛苦，好像表现得很平静，没有惊心动魄，但内藏着失去爱情之后的惊心动魄。茨维塔耶娃曾经单恋上了德国著名诗人里尔克。单恋之中，她完全用诗人的丰富想象力把她苦恋之中的痛与苦写到淋漓尽致：

整个身体的疼痛——仿佛
衣服的下摆里裹着一座山！

凭借整个身体的疼痛，
我在领悟爱情

我体内的田野仿佛
因为每一场暴雨而犁开。
凭借众人的远方，
我在近处领悟爱情。

我的体内仿佛
被掏了个洞，直抵漆黑的骨架
凭借躯体内呻吟的血管，
我在领悟爱情。

穿堂风像马鬃
掠过，匈奴人：
凭借喉咙忠诚琴统的断裂，
我在领悟爱情。

铁锈，活的盐。
凭借遍布身体的裂缝，
我在领悟爱情。
不，凭借身体的颤音。

什么叫生与死的界限上爱得撕心裂肺，这就是痛着但又爱着。但综观帕斯捷尔纳克，茨维塔耶娃与里尔克的通信，会发现茨维塔耶娃的爱情是活在语言上的，不是活在行动上的。这就是诗人的爱情。

爱往往需要加入时间的要素，爱一旦已经知道了，就不再是活生生的了，时间的出现就等于是让爱情像流动的河发生变化。甚至因为时间的距离，于是就会使得爱情产生天堂里的感觉。

《追忆》是罗马尼亚现代派诗人斯特内斯库写的：

她美丽的犹如思想的影子——
她的后背散发出气息

像婴儿的皮肤，像新砸开的石头，
像来自死亡语言中的叫喊。

她没有重量，恰似呼吸。
时而欢笑，时而哭泣，硕大的泪
使她咸得宛如异族人宴席上
备受颂扬的盐巴。

她美丽得犹如思想的影子
茫茫水域中，她是唯一的陆地。

通过时间，有了距离，伟大的爱情才存在得如此美妙！法国诗人阿波利奈尔的著名诗篇《米拉波桥》也是写追忆：“塞纳河在米拉波桥下流逝/我们的爱情/还要记起吗/往日的欢乐总是在痛苦之后来临/……/爱情像这泓流水一样逝去/爱情逝去/生命多么缓迟/而希望又多么强烈/……/消失多少个日子多少个星期/过去了的日子/和爱情都已不复回来/塞纳河在米拉波桥下流逝/夜来临吧钟声响起/时光流逝了而我还在这里”。这首诗之所以有名，实际上是说明“往日的欢乐总是在痛苦之后来临”“爱只有在真正成为回忆的时候才成为爱”。爱的道理，有的时候，没有现实的爱，只有回忆才有爱情，回忆才变幻出艺术品。

爱情是一个谜，是一个永远讲不透的谜。有一个诗人说：“从此，女人在眼泪下藏着一个秘密/并不时地眨着睫毛，仿佛像说/她知道一些/我们不知道的事情，/一些谁都不知道的事情，/包括上帝。”[①] 女人的这种谜一样的状态，在当代著名诗人阿多尼斯的诗中有很多反映。他有一首《女人的微型词典》：“她的爱情，是一个过去时/但只与未来对话/……爱情：/是敞开的胸膛，/但其中传出的声音/仿佛是失传的方言/……不是她的双臂/不是她的脚步/是她的身体打开的天际/爱情：/向着宇宙/乞讨的星辰。/从她爱情的床笫，/诞生了他憎恶的世界。/你妒忌黄昏——因为它是夕阳的枕头吗。”这首诗歌是讲女人爱情的巨大力量，仿佛这种巨大力量是一种深不可测的天火，一种无声的天火，“向着宇宙乞讨星辰”般的爱情。女人的爱有其全部

① 罗马尼亚诗人卢齐安·布拉加《夏娃》。

的盲目性和原始性，是无法探底的。对于男人来说是不可知的。所以，阿多尼斯又把这种不可知的状态诗化为“深渊”：“我走进我看不见的一个深渊，/我害怕看见一个深渊/我走进一个溢满快乐的深渊/快乐与神喻和使者/快乐已听见我的歌变成另一首歌/为了引导这盲目的世界/快乐于犯下过错/活着的无罪的人。”（《深渊》）这种爱，就仿佛是深渊一样，无法拒绝，永远复杂的东西。男人既希望得到但又害怕得到，是快乐着的犯下过错，而男人却是一个无罪的罪人。

中国的当代爱情诗就我阅览的范围，能称为精品的并不多，大陆的爱情诗有两个里程碑，一个是舒婷的《致橡树》，表现女人力图摆脱另类的标志，要成为一个真正的女人的宣言。表现一个女人与男人独立存在着的，从爱情到生活的一个标志。虽然1949年以后，我们对于女人的评价永远是“半边天”。实际上我们说的只是劳动力的“半边天”，而不是真正与男人一样有生存权利和爱情存在的“半边天”。所以，《致橡树》的意义就在这里。当代写爱情诗最有里程碑式意义的是翟永明的《女人》。对这首诗歌，我有过一篇很长的评论。我认为《女人》是一首写出全部女人生死秘密、欢欣痛苦的女性人类学般的诗。诗呈现女人对于性与爱，对于母亲的情与痛，对于男人的需要和对男人的排斥，种种种种非常复杂的状态。诗的表现方法美而隐秘，有诗的特别的多向指涉与形式创新。最终诗人用痛切的诗句自问并他问：“爱为何物，我至死都不知道。”《女人》在中国当代诗歌史上将永远留下痕迹。

仿佛，大陆的爱情诗大多是女人写的，而台湾的爱情诗大多是男人写的。大陆的男诗人很少写爱情诗。在北岛早中期的诗歌中也只有两三首写爱情，欧阳江河好像没有一首是写爱情的。张枣写得成功并与爱情有关的诗像《镜中》《楚王梦雨》。多多的爱情诗写得很好，像《感情的时间》，还有王寅的《情人》等。大陆的女诗人写爱情诗，多是像伊蕾这种“你不过来和我同居”之类呼唤性生活空缺的直白，这种直白果然有对现实的反叛意义，但缺少诗意的支撑。

台湾的当代诗人中，有余光中《等你》《在雨中》，郑愁予的《相思》，我认为写得最好的还是纪弦的《你的名字》：“用了世界上最轻最轻的声音，/轻轻地唤你的名字每夜每夜。/写你的名字/画你的名字/而梦见的是你的发光的名字/……刻你的名字！/刻你的名字在树上。/刻你的名字在不凋的生命树上/当这植物长成了参天的古木时/啊啊，多好啊，多好啊，/你的名字也大起来。/大起来了，你的名字/亮起来了，你的名字。/于是，轻轻轻轻轻轻轻地唤你的名字。”

在台湾新生代的诗人中，有很多写情诗的，而且大多数写的情诗非常的赤裸，明显地比大陆的诗歌在灵与肉的分离和性的追求上表现出一种明确无误地追寻，甚至有点让人震惊。有一首诗非常有名，作者是男性，叫陈可华，诗名《是》：“是。长官。是。/请。长官。请您。/蹂躏。是。尽情/地。是的。长官。别。/再犹豫。了。请长官。/卸下。您。手中。和腰间/已经陈旧。的。/武器。是的。//长官。请您。/蹂。/躏。是的。请/长官。举起/你胯。间。/那副。崭新。大。粗。/硬。是的。/够/有冻头。的/新武器。/尽/情地。/蹂躏/我吧。”这首诗用这种急促不加任何修饰并夸大化了的用语，让一个高高在上的男性长官，和一个低下的女人用请求蹂躏的对话，来说明性的大男子主义和虐爱也是一种性的需要。这种诗歌在形式上虽有创意，但作为肉欲横飞的现代性狂欢式的生活表现，只能作为另存一类的存在，但绝不属于诗歌美的最终追求。

诗的后现代性爱情表现必定涉及人性的最复杂、最神秘的领域，甚至是人生最丑陋的一面，这是人性真实的需要，不必惊讶而反对。情爱的兽性部分的充分提示是人性从至恶到至善的必然过程，人性与情爱的复杂与奇妙就在这里。但是人性的美的要求必须至高无上，即便是丑的真实也有美的一面。这里我引用著名诗人保罗·策兰《科罗娜》中写情爱的一段让大家欣赏：

> 我的眼下沉，看着爱人的性：
> 我们互视，
> 我们互说暗语。
> 我们相爱如罂粟和记忆，
> 我们睡觉如蚌里的葡萄酒，
> 如海在月的血注之中。

保罗·策兰同样是写性，但写得艺术、高明、巧妙。他多用隐喻和象征，比如“蚌”就是比喻女性的生殖器。“海在月的血注之中”展示的性爱如同穿越生死般的疯狂。“罂粟”是指人做爱时的如梦如幻的感觉。“记忆”是指恋人间的某种默契，和“说暗语”是一样的道理。这段诗歌表现出性爱瞬间即永恒的快乐，但它是用诗歌的美的密码来表现的。

五、大爱之下的情爱

爱必定要占有。里尔克曾经非常巧妙地说：“爱是一种可能性，双方假以向对方隐藏其命运。”① 爱作为欲望的触动，它背负着自爱和他爱，一直会被激情带到生命的尽头。但是，又必须看到，爱和其他一切的东西一样，作为一个个人希望爱能永恒，但得到的常常只是暂时。这种暂时的可能比例要高得多。

如何能使爱情做到永恒？波德莱尔对于这个问题有过这样一番言论：“构成美的一种成分是永恒的，不变的，其多少极难加以确定；另一种成分是相对的，暂时的。可以说它是时代、风尚、道德、情欲，或是其中的一种，或者兼容并蓄，它像是神糕有趣、诱人的、开胃的表皮，没有它，第一种成分将是不能消化或不能品评的，将不能为人性所接受和吸取。”② 暂时好像只是附着于永恒之上诱人的、开胃的表皮。似乎仅仅是附着而已，但千万别疏忽，如果没有多多少少的这种暂时的诱人的附着，永恒将不会实现。

如何使得爱情真正走向永恒？有人提出各种各样所谓的技巧，比如说忍让、沟通、克制、宽恕……这些是技巧和方法，不能从根本上来解决爱的永恒性问题。弗洛伊德的弟子弗罗姆对这个问题有一段非常精彩的评论：“真正的爱情植根于生产性，因此可以确切地称为‘生产性爱情’。不管它是母亲对子女的爱，是我们对人类的爱，还是两个个体之间的性爱，其本质都是一样的。这些生产性爱情具有某些独特的基本要素，即关心、责任、尊重和明智。”③ 弗罗姆这里所说的爱情已经泛指了世界上一切的爱，他是指母爱，指人类之爱，还包括情爱。他认为爱情必须是生产性的。所谓的生产性，实际上是指在爱之外还必须有一些根本性的内容，它能无限生成，从各种爱中吸取养分，这才叫作真正的爱。不然，这种爱都是一种狭隘性的、不生产的、带有自私的目的和个人目的的爱。这里所谓的生产性的爱，实际

---

① 转引自乔吉奥·阿甘本《潜能》，王立秋等译，漓江出版社2014年版，第340页。

② 转引自哈贝马斯《现代性的哲学话语》，曹卫东等译，译林出版社2013年版，第11页。

③ 转引自马尔库塞《爱欲与文明》，黄勇、薛民译，上海译文出版社2012年版，第244页。

上指的就是一种大爱。

像这样的一种大爱，在母亲对子女的爱，对人类的爱当中，好像大家都感到是存在着的，但在男女之间的性爱和情爱中，是否也存在呢？下面举个现成的例子说明情爱中也是有大爱的，也有生产性的爱情。这种大爱非常令人感动。克尔凯廓尔这位伟大的，20 世纪最有名的哲学家。他的一生有过一次恋爱，有过一次婚姻，但最后又解体了。这是非常独特的大爱式的一次爱情。克尔凯廓尔从小受到严格的宗教教育，在他童年成长的过程中，他以他特有的敏感觉察到他父亲表面的宗教面具下掩盖着一个见不得人的秘密。由此，克尔凯廓尔就产生了一种有罪的负疚感，这种感觉永远像山一样地压在了他脆弱的心灵上。他 1837 年初次遇见他的初恋人蕾吉娜，他感觉到这个少女给了他活的希望。但当时他就有意识："我和她有无限大的区别。"他内心的负罪感使得他与蕾吉娜有距离。但即便如此，他结识她的半年之内，"我在自己的心中充满着的诗情比世界上所有小说中的诗情加在一起还要多。"父亲死之后，他下决心向她求婚。她感觉到非常幸福。后来，他这样写："生活中再也没有比恋爱初期更美好的时光了，那时每一次会面、每看一眼都把某种东西带回家去而感到快乐。"但这种幸福感很快就消失了，在他订婚的第二天，"我由此感觉到我犯了一个错误。"他悔恨不及，"在那个时期，我的痛苦是笔墨难以形容的。"于是，克尔凯廓尔刚刚订了婚就反悔了。克尔凯廓尔究竟为什么刚订婚就反悔呢？看来是他小时候心里的那种久久的负罪感，经过了短暂的幸福，他又陷于不可克服的忧郁之中。蕾吉娜对此有所察觉，常对他说："你从来没有快乐过，不管我是否和你在一起，你总是这个样子。"但她却是真的爱上了他，甚至到了崇拜的地步，这使他深深感动。克尔凯廓尔认为，如果他不是一个忏悔者，不是这样的忧郁，那样跟她的结合就是梦寐以求的事情了。但是如此这样的话，他会对她隐瞒许多的事情。把婚姻建立在虚伪的基础上，这不能使他心爱的人幸福，也不能使自己幸福。于是，他就这样毅然决然地与她解除了婚约。蕾吉娜不愿与他分手，再三恳求不要离开她。最后，他克制着内心的痛苦，不为所动，坚决地退回了订婚戒指，并写信请求她宽恕这样一个男人，后来他自己说："这真是一个可怕的痛苦时期，不得不表现出残酷，同时又像我那样地去爱。"分手之后他整整哭了一夜，他每天都为蕾吉娜祈祷。当他得知蕾吉娜另嫁他人，他依旧保持独身，对她一直不能忘怀。他说："我爱她，我从来没有爱过别人，我也永远不会再爱别人。"直到解除婚约五年以后，他在日记里还这样写："没有一天我不是从早到晚思念着她。"三年以后，他又说："是的，这是我的爱，我唯一的爱。我不得不离开你是因为我爱你超过一切。"克尔凯廓尔为了爱，他选择了死亡，用死亡去表达一种伟大的爱情，像这样的爱就是大爱之下的情爱。

亚里士多德为人类最早地建立了一整套伦理学，他在谈人类伦理存在的时候，谈了一个"善"和"德行"。他认为人的善有外在的善和身体的善和灵魂的善，而真正的善是灵魂的善。他认为人应该是一个有德行的动物，而这种德行表现在哪里呢？他罗列了很多，有机智、正义、勇敢、友爱，这四种德行表现之中他认为最重要的一点是友爱。

如果要细分的话，我认为世界上有四种爱：慈爱、友爱、仁爱、情爱。这四种爱各有特点。前三种爱都是有德行的爱。慈爱主要表现是长辈对小辈的爱，这种爱因为有血亲的关系，所以这种爱是一种刻骨铭心的爱，是一种赠予的爱。永不求回报的爱，甚至可以托付生命的爱。但是这种爱的范围很小，往往显得爱的窄小性。还因为这种爱没有反省，往往会缺乏原则。如果这种爱一旦变成了神，就往往会最终变成魔鬼。像这一类的事情在我们生活中经常能够看到。

友爱被亚里士多德认为是德行中最重要的一种爱，友爱最主要是指朋友间的爱，这是一种独立人格之间的相互呼应，不图回报，不依靠事业、经历、身份、地位而来认取这份爱。它只是一种默契，拒绝归属，拒绝契约，又是一种淡如水的爱。如果说一种爱能把爱和欲望分开，包括情欲、物欲等等，这种被爱方就成了一个地道的他者，对方就站了上帝的位置上，爱就给予了其他人无法给的东西。这种爱就是一种真正的大爱。对于这种能把爱与欲望、回报、索取分开的爱，是真正的爱。这种爱是有责任、担当，可以永恒的。亚里士多德在谈到这个问题的时候这样认为，人类的友爱，一个是有用，一个目的是为了快乐，另一种目的是一种善良者的友爱，只是为了表示善，这种善是无条件的，不是为了有用，也不是为了快乐。

由此，所谓的大爱者就应该有四个标准：1. 无功利，不图回报，没有欲望。2. 一定要发自灵魂，从灵魂的需要出发去求得对方的爱。3. 从欣赏、喜欢出发达到的爱。4. 这种爱是一种主动的爱。亚里士多德这样说："爱似乎是主动的，被爱者是被动的；爱与爱的伴随物是更为主动者的属性。"① 所以，他认为这种爱一定是既是自爱，但更多的却是他爱。

尼采有一个说法："女人只有情爱，没有友爱，女人不懂得友爱。"尼采的这个观点是否完整，有待考虑。

引一首诗歌说明所谓的大爱是一种什么样的爱。西班牙诗人西门内斯《爱情》："不，光芒并非来自外面/而来自内心；心灵是唯一的白昼/不是太阳，/不是太阳，/不是太阳！//世界是死去的世界/不是我们，/不是我们，/不，无限的生命不是我们，/而在内心"，这样的爱情就称得上从灵魂出发的一种爱情，只有从灵魂出发的这种爱情才有可能成为大爱。

第四种爱是仁爱，这种仁爱照亚里士多德的说法是一种德行与善的结合，是一种灵魂的善而培养出来的一种信仰。不仅仅是伦理，而且是一种信仰。伦理有审美价值，但可能没有情感性，有非人性的成分；而信仰是内心的忠贞，是带有情感性的，它可以进入人的血液中去。所以这种灵魂的善，或者是一种信仰，或者是一种与生俱来的修养与习惯。德里达在谈到仁爱的时候，他铮铮地强调：人不能背叛人类性。他这样说："不要背叛人类性，这是绝对的律令，'绝端的叛逆人类性'就是伪证之极至，是犯罪之极至，是对本源誓约的玷污。非常简单地说，背叛人类性就是缺德，就是缺少博爱之德。"② 仁爱是对普遍之下的人的爱。不分人种，不分男女，不分地域，不分贵贱，只要是人，是动物，是生物，都应该去真挚地、无私地、拥抱式地爱。诗歌对于这种仁爱的表现往往有某种欠缺。日本的诗人谷川俊太郎的诗有仁爱的表现。读他的《活着》："活着/六月的百合花让我活着/死去的鱼让我活着/被雨淋湿的狗崽/和那天的晚霞让我活着/活着/无法忘却的记忆让我活着/死神让我活着/活着/猛然回首的一张脸让我活着/爱是盲目的蛇/是扭结的脐带/是生锈的锁/是狗崽的脚脖"。爱是偏于世界上的一切有生命或是即将失去生命的生物，这样的爱的表现在中国的诗人之中不是很多。中国有一个诗人，他是一位虔诚的基督教徒，他的诗篇充满了这种仁爱的描写，他的诗集叫《奇迹集》。有不少是用一种基督徒大爱的眼光去诗意地发现生活中的美与爱。

---

① 转引自黄颂杰《古希腊哲学》，人民出版社2009年版，第416页。

② 雅克·德里达：《友爱的政治学及其他》，胡继华译，吉林人民出版社2014年版，第361页。

“我听到两种爱的呼声/一种是在闹市里，人群中/每当我看到一个表情、一个动作、一个姿态，/我就听到了爱的呼声：婴儿在恳求母亲的爱/女人在恳求丈夫的爱，男孩在对女孩子说/我给你的爱，我也会给你同样的爱/小狗在向主人乞讨爱/……我听见他们说，‘我需要爱’/另一种是在郊外，在山上/每当我看见一个表情、一个动作、一个姿态，/我就听到了爱的呼声”。黄灿然的《奇迹集》里面，表现出大量这种遍及一切人的仁爱的诗。虽然他的诗写得欠缺提炼，有点直白，但是读他的诗歌会令人心旷神怡，由衷的感动。

在大爱之下的情爱，那就是这三种德行的爱的全部结合而表现出来的爱。尼采明确地说：“记住这句话：一切大爱都高蹈于自己的全部同情；因为一切大爱都意愿把所爱者——创造出来。”“一切大爱如是说，它甚至也超越了宽恕和同情。”① 这一切的表现都让我们深深地感觉到，如尼采所说，要达到真正的爱，必须奉献出生命，做好去死的准备，有了生命的奉献，才能达到爱的意志。

这种大爱之下的爱情是一种什么样的爱？那就是一种不求索取，没有功利，没有交换关系，但只是让责任绽放，进入生命的真相去的那种爱。它是爱的传奇般的一种展现，灵魂的相伴比身体的相伴要显得重要得多，它最乐于承认对方的独特性和他的个性，爱他的唯一性，最后从灵魂中去取得爱的一切的营养。这样的爱才叫得上大爱之下的情爱。

对于男人和女人，最终的结果是什么，这种爱情，大爱之下的爱情最终会走向哪里？波伏娃《第二性》的结尾充满展望地说：“双方互相承认是主体。就对方来说却仍然是他者；他们的关系的相互性，不会取消人生因为两种不同性别而产生的奇迹：欲望、占有、爱情、梦想、冒险；那些让我们激动的词：给予、征服、结合，将保留它们的意义；相反，当一半人类的努力状态和他带来的体制被消灭时，人类的‘划分’将显露出他的本真意义，人类的夫妻关系将找到他的真正形式。”②

［作者系法中文化交流中心主席］

---

① 尼采：《查拉图斯特拉如是说》，孙周兴译，上海人民出版社2009年版，第111、112页。
② 波伏娃：《第二性》第2集，郑克鲁，上海译文出版社2013年版，第598页。

诗学研究

纪念韩作荣

侯马诗歌创作研讨会论文选辑

结识一位诗人

女性诗歌研究

台湾诗歌研究

诗论家研究

姿态与尺度

于虚无中对抗，在沉默里燃烧

——关于韩作荣诗歌

商　震

在2014年6月30日凌晨写下这个题目时，韩作荣老师犹如坐在我的对面，抽着烟，喝着茶，微笑里带着孩子气，眉宇间锁着凝重，谈吐时缓时急，有可说则说，无可说则止。我想起很多年前他说过的一句话，实际上这也几乎是他一生的信条——“不喜言谈，愿意被人忽略”①。对于我个人来说，甚至对于整个中国诗坛来说，他的诗是不能被忽略的，他的人格品性更是不能被忽略的。这是一个一生于虚无中对抗的诗人！这是一个在沉默中寂寂燃烧的诗人！

韩作荣是在部队里开始写诗的，他的第一本诗集叫《万山军号鸣》。这本小书里的诗，自从我认识他后，他就没再提起过。这足以证明，他彻底否定了自己那时的作品。新时期以来，中国新诗一方面蓬勃着，一方面纷乱着。最明显的是，在一个阶段里，部分诗人和诗歌作品在所谓的“先锋”和“后现代”幻觉和集体冲动中表现出对抗传统、对抗历史、对抗先师、对抗宏大叙事的特点。而此时，韩作荣却在这股对抗性的时代潮流中，储存力量，汲取营养，大量阅读西方以及中国的传统诗歌和本土其他诗歌写作风格的的诗歌理论和作品，仔细解析当时的诗歌现象与各种流派，做笔记，写心得。这使得他自身的诗歌实践在20世纪90年代始，在思想意识、诗歌趣味、诗意开掘、表达手段上都有了一个很大的提升，表现出成熟、稳健、厚实、细腻。这时期后，他的作品有着火焰一样远看像花瓣，走近却灼人的力量。

几十年来，他用人格的力量对抗意义与现象的虚无，用诗歌的美学力量对抗伪抒情与技术主义的虚无。

韩作荣的诗歌创作蜕变应该是从20世纪80年代开始的，其中的一首《可我不要装饰》可以作为他这一诗歌转变的标志。

---

① 韩作荣：《重叠的水》，人民文学出版社2006年版，第443页。

可我不要装饰

不要窗帘装饰阴暗
　脂粉装饰萎黄
不要假花装饰寂寞
　尘埃装饰青春

以大滴大滴的血装饰麻木
　多么可悲

可我不要装饰

不要琴弦装饰痛苦
　笑容装饰悲哀
不要虚伪装饰死亡的爱情
　嚣闹装饰孤独
用噩梦去装饰静夜
　多么可怖

可我不要装饰

不要厚茧装饰诗行
　皱纹装饰灵魂
不要衣冠装饰走兽
　油彩装饰口唇

用装饰去装饰人生
　多么可怜

这首诗写于80年代初期，是他刚脱下军装几年后，那时他刚在《诗刊》任编辑。这首诗，依然和他后期的诗歌有着较大差距。但这是他新的起点，是咬破茧壳的蛹，是羽化的征兆。虽然，这首诗还有些夹生，有些说理，有些蹒跚不稳，但这是他对诗歌重新认识的一次飞跃，是又一次吹响冲锋号。从这首诗开始，他由过去的仅对外在事物的描摹、观念的表达、生活气息的呈露，转变为对生活本真及内心真实的关切。这种变化是脱胎换骨的，是根本性的，为他后来的创作喷发打下了坚实的基础。这一首诗在 80 年代的诗歌语境下，还有着另一番意义。那一时期中国的诗坛也正处于转折过程中，很多诗人的诗歌有着大量的装饰性。也就是说这一时期的诗人都在用各种东西装扮自己，比如西方的、现代派的、口语的、后现代的等等诸如此类。而诗人也把自己装扮成了先知、启蒙者、英雄、市侩、痞子和诗歌烈士。这并不是说这一时期的诗歌一无是处，问题是这些诗人还没有真正意义上找到自我、找到诗歌。

更进一步地说，《可我不要装饰》是他坚守本民族审美立场，吸纳现代性诗歌的创作手法的开端。接下来，他沿着这条路不断地探寻。这期间，他创作了一批过渡性的诗歌，如《穆库尔谷地》《深秋的十六行》《瓢虫》《雪季》《伏在灯影的斜坡上》《童话》等等。说这些诗是他的过渡期，是因为此时的作品还没有达到他的艺术的高峰，还处于艰难的爬坡阶段。进入 90 年代，他就进入了一个收不住脚的爆发期和跨越期。也就是说他的诗歌由缓慢的爬坡期进入了飞速前进的跨栏期，也许这个比方不是太准确。这期间，他创作的代表性的短诗有《潮动》《杀鱼》《裘皮店》《台球》《边缘》，长诗有《重叠的水》《无言三章》《无题三章》《无为三章》《火焰》《火域》《伊金霍洛》等。

其中，《杀鱼》是技术手段最圆熟、表现力最强的一首短诗。

> 捏住鱼的头骨，刮除鳞片
> 鱼尾迅疾地击打水池
> 鱼渗出一痕痕细的血丝
> 剪去鳍，揪去腮，鱼流出黑紫的血
> 掏除内脏，肉体还在抽搐
> 鱼还活着
> 孩子说，把头切掉，鱼就死了
> 割掉头，鱼也不会死
> 我想起儿时看人杀鸡，剁了头

无头的鸡仍向前奔跑
在雪地滴一串红的血
血是红的，鱼肉是白的
刀是凉的，油是热的
那鱼在锅里还在蹦
我想鱼还在恨那把刀。可刀呢
该恨刀柄吧。我知道
刀柄是块木头，它不会恨我

诗中生活细节的使用恰切、有力，物象缥缈，具象鲜活，反讽精到，余味悠长，有绕梁三日之力。

长诗中《重叠的水》是诗质含量最高、诗性意义最强，也是解读难度最大的一首。记得那是1994年的冬天，我俩坐在他和平里的那间小书房里聊天。当然，除了天南地北地聊，也要聊诗歌。聊着聊着，他突然说："我刚写了一个长的，你看看。"我说："回去看。"我是不想把我们聊天的时间用来看诗的。回去后，我看了一遍，觉得好，但说不出究竟好在哪里。再看一遍，觉得真好，还是难以透彻地解读。这首长达43节的长诗，从情感的隐秘处出发，进而把社会生活、人文环境、道德伦理、生命现象等等全部涵盖。尤为可贵的是，这首诗不说理不说教不响亮只呈现，不主观不客观，只为诗意的深厚和审美的开阔去选择材料。有理性的支撑，有感性的顿悟，有激情的冲涌，也有节制的平衡。全诗波澜壮阔，但起伏有度，开合有节。这正如韩作荣在《语言与诗的生成》中所说的，"诗的重要不在于主题的鲜明与巨大，或内容的庞大和情感的丰富，其价值在于艺术强度和其精神内涵的丰厚"。几天后，我去他家，和他认真聊起这首长诗，他对我的阅读感受和想法也不正面回答，只说写完这首诗让他自信了许多。平心而论，《重叠的水》是韩作荣那一时期创作的顶峰，也是他一生诗歌创作的高点。这首诗内蕴丰富，密度很大，张力很强，诗中大胆使用刻意的停顿，用外在的节奏来帮助情绪的释放。词语平常，表达隐忍，诗思稠密，一股坚韧、坚定的情绪贯穿始终。诗中的人物若隐若现，诗中的事件似有似无。表现手段丰富，隐喻、反讽使用得得心应手。读后感觉是受到了用棉花包着铁球的击打，让人神思邈远，心底战栗。细读会被诗中的一股风吹动，会忽明忽暗，会痛痒兼具，甚至银牙咬碎，但就是找不到被弄疼的具体部位。这就是《重叠的水》的高妙之处。这首诗是韩作荣主动地用诗歌对社会发言，对人类共通的情感疼痛发言，对当时诗歌创作中的虚妄、虚伪发言。韩作荣自己也很看重这首诗，他说："这首长诗表达了身体的经验、情感的经验、内心的经验，接近了诗与生命的同一，在某种程度上，揭示了潜意识的真实状态。"他自己的解读也是停留在创作理念和体会上，而不是针对文本。

当时我在一家民刊《中国诗坛》做副主编，1995 年第一期我就把这首长诗《重叠的水》给发表了。发出后，许多诗友和我探讨这首诗，我们研究、琢磨，也只是停留在我最初的感觉上：觉得真好，真难透彻地解读。关于这首诗，《鸭绿江》的诗歌编辑柳沄用电话和我讨论了一个多小时，后来，《鸭绿江》也全文刊发了这首长诗。接着又被几家刊物刊载。很多年后我还能想起韩作荣写作长诗《重叠的水》的写作初衷——"如果我们不能颠覆现实秩序，就让我们颠覆语言秩序吧！"

我相信，将来这首诗《重叠的水》还会被重视，还会被重新解读。至少，对于我个人而言，我有闲暇时就会反复捧读。这还不只是我对他为人的尊重，而是对他诗歌的尊重。

韩作荣做人立场坚定，旗帜鲜明，抑丑扬善，表诉直率。只有在写诗时，他的弹性、委婉、修辞能力才表现出来。他的诗，是他性格、性情的艺术呈现。

韩作荣离开我们已近一年，每当我空落时就会想到他，会去读他的诗，那时，心底就不再虚无。

韩作荣注定是在虚无中对抗，在沉默里寂寂燃烧的诗人。

在午夜的北京，隔着生与死的距离我想起了他给人猝然一击的诗句——

注视，用眼眶间含水的光线
一颗意想不到的火星，燃起的火会怎样
把泪水烧干，可光亮和热力裹不住灰烬
是命运吗？

2014 年 6 月 30 日

［作者单位：《诗刊》杂志社］

“在路上”的生命探询

——韩作荣诗歌论

罗振亚　李　洁

在韩作荣看来，“诗是生命本真的脉动，是灵魂的生气，其感性与知性的复合，像血一样与生命不可分割”①。所以，从1972年登上诗坛开始，他就在这种诗歌观念的统摄下，不断以丰富的激情与深厚的学养，通过生命的视角打造迥异于他人的精神空间，提取诗歌创造的内在经验，在为诗坛输送着大量理趣充盈、形质俱佳的作品同时，逐渐成了众多诗歌爱好者的热心引路人和精神导师。

求“变”的探险之旅

韩作荣对自己作品的要求是严格而挑剔的。只要稍加注意，就会发现在他后期出版的诗歌选集中，早期的不少作品都没逃脱被他自我否定乃至删除的命运。当然，若用后来者的审美标准去衡量，它们中有一些的确算不上精品，其间还不同程度地留存着个人经验浅淡或者历史语境牵制的痕迹；但也无不凝聚着诗人当初创作时情感的炽热与真诚，饱含着一定的思想和艺术价值。应该说，诗人筛选时苛刻的“自我摈弃”，既是他虔敬缪斯之神的严谨态度的自然折射，也是他内心深处对诗歌艺术强烈创新愿望的一种不自觉流露。事实上，韩作荣诗歌正是凭借艺术上的严肃、认真之“变”，才在新时期后的诗坛立稳足跟，一点点彰显出成熟的底色，引起诗界的广泛注意的。

主要收录20世纪80年代作品的诗集《裸体》，是韩作荣为追寻诗歌“真和美的极致”而创作，它在1986年出版，可视为韩作荣在诗歌界的标志性宣言，袒露心灵内宇宙真实的艺术媒介。其中的《裸体》一诗写道：“细腻、圆润”的“裸体”，在“丰满如雪”的静寂中“弥漫着如水的莹洁”，“飘散着如花的芳馥”，审视着“我”由胆

① 韩作荣：《充盈与虚妄》，《韩作荣自选诗》，百花文艺出版社1995年版，第1页。

怯到犹豫再到坚定的态度，这既是主客反观的置换对调，也是物我双方在一个视域之内对“真与美”的重新定位。诗中全新的审美观照，不仅从字里行间渗透着“我”对于诗歌的真诚“膜拜”与崇敬，也体现着诗人在诗艺创新方面所做的尝试。这种对于“真与美”的坚守和对诗歌形式的不断突破相结合，形成了韩作荣在20世纪80年代独特的诗学观念：倾向于更丰富的意蕴言说与多角度的价值导向，“经常进行阐发式的主题处理，频繁使用起承转合的结构方式（包括其不规则变体），表明他对‘传统’并无禁忌；注重瞬间经验、追求语言可能，又表明他的视野中同样高悬着‘现代’图腾”。① 对于传统与现代的完美统一，兼容并蓄，与坚持以往对于浪漫主义精神的执着阐发同步，也努力融入象征、隐喻等现代性手法，多向度题材的广泛攫取，铸成了这一时期诗歌丰富、饱满的特质。

进入20世纪90年代，韩作荣依然保持着旺盛的创作精力，诗作更加注重多感觉的渗入，和综合直觉、心理、梦境等因素的体验表达。代表性作品如《瞬间的野菊》《重叠的水》《无言三章》等，均为各种感觉的瞬间迸发，它们常通过驳杂的印象、繁复交错的语言，展现庸常事物中所蕴含的情思与哲理。《瞬间的野菊》中，野菊原本“幽雅而宁静”，但被人“随意攀折”“这个危险的游戏”，使它蹈入了“指尖夭折”的凄楚结局。这里，“野菊”被折这看似简单的生活瞬间呈现，被诗人赋予了生命的意义，结尾处“我”的感悟的提领，将野菊的生命哲学与人的感受合二而一，对自然界的生存法则进行了潜在的批判。近四百行的组诗《重叠的水》，更“接近了诗与生命的同一，较好地表现了身体的经验、感情的经验，以及内心的经验，在某种程度上，揭示了潜意识中本我的真实状态”②。作为韩作荣最满意的文本之一，它通过复杂的意象、修辞来曲现诗人心灵深处的律动，是一曲追求爱与希望的协奏曲。虽然追求过程中有漫长的季节流转与等待，甚至还充斥着“遗落的泪”与“透明的忧伤”，“名词新鲜而生动”“动词紧迫”两句诗，即形象地传达出时间飞逝，诗人在“季节的背后”为向往已久的爱与希望所进行的激烈、狂乱的思想搏斗和挣扎，“可我也曾被目光杀戮，嗅着白樟脑的味道。/面对肮脏的

① 唐晓渡：《花季的秘密——读韩作荣的诗集〈裸体〉》，见《韩作荣自选诗》，百花文艺出版社1995年版，第269页。

② 韩作荣：《答〈诗刊〉问》，《半醺斋随笔》，作家出版社2006年版，第247页。

世界，我锈蚀的眼球已不再纯粹。/我怕，怕粗粝的玻璃体液将你擦伤……夜，一条蛇缠住我。环绕的冰冷。/哦，你发疯的头发。疯的眼泪。/我在瞬间衰老”。一系列驳杂、无序的交错意象，以短句组成的话语与句式，对应潜意识中瞬间感觉的复杂多变、混乱起伏，更突显了“爱的追寻”的艰难。但内心的狂风骤雨冷却后，诗人坚信“怀孕的纸页，明天，诗，我和这新鲜的世界，将再一次诞生”，新生的喜悦与心灵的复苏，完全可以同追寻过程中的激烈、丰富相抗衡，内心的波动与对崇高的企盼映衬，使诗的意蕴愈加醇厚。这时期的短诗《木偶》中对被赋予人性的、与“寂寞为伴的”木偶，《纸鱼》中对不同“鱼”类命运的思考，长诗《无言三章》对生命意义的追问，也是多感官体验综合催生的精神花朵，宣显着诗人创作心态的日渐成熟。

进入新世纪后，已出版过十余本诗集的韩作荣创作热情丝毫未减，依然笔耕不辍，相继推出《水晶》《黑白肖像》《写给妈妈》等扣人心弦的佳构，尽了一个缪斯守护者的全部忠诚。韩作荣新世纪的诗歌，语言倾向于口语化、日常化，情思取向上更接地气，淳朴、真诚的大气获得了更多的认同。如《黑白肖像》在诗人的笔下，镜头“让一张脸成为黑白分明的影像”，这在如今充满“模仿”与“遮蔽”“到处都是可怕的对称”的世界中，“有一半已经够了”。因为仅仅是“一张脸”，就会交织出现“光明”与“黑暗”、“明朗”与“阴郁”，也许正是这些变化，造就了世界、人性和该诗的深度，让人回味咀嚼再三。而《写给妈妈》则寄托了诗人对故去母亲的无尽哀思与怀念，诗中诗人尽量节制，没有声嘶力竭的哀怨思绪宣泄，更少捶胸顿足的悲痛渲染，但“当你病危的消息传来，/我慌乱、焦灼/一颗被石头坠着的心/已在沉重中抵达你的榻前”，母亲病危、儿子千里奔丧和诸多往事的回忆等事态纠结，仍把诗人深入骨髓的忧伤、懊悔和至爱表现得苦涩而强劲，越是内敛，越是令人心痛。

韩作荣在诗坛驰骋四十余载，一步步将最初展露出的非凡的艺术天赋，脚踏实地地在而后的精神探险之旅中渐次落到了实处。他是一位极其自律的诗人，从不愿沿着谙熟的艺术道路平滑，更不愿躺在自己的功劳簿上故步自封，而是不断寻找着突破、超越自我的蝉蜕途径，以丰富的创作实践，戮力求新求变，因而一直没有被时代和历史所淘汰，并且诸多艺术水准均齐的文本，将他成就为新时期中国诗坛上一座具有相当海拔高度的诗人，赢得了人们的尊重。

生命本质内蕴的洞悉

韩作荣在对事物的描摹与刻画过程中，一直坚持以生命为本位的基本立场，对人的生存状态及生命本质特征进行还原与追问。在早期诗集《北方的抒情诗》中，他就明确提出“思想的深刻，哲理的蕴含，也是要从诗行中自然流露出来”①，进入20世纪90年代后，他的创作虽然瞩目于诗艺创新，出于追求自我突破而不断变化，但是对于诗意哲思的把握，却作为一种相对恒定的质素，始终一以贯之，存在于他的文本之中。

通过对日常生活细节与寻常事物的把握，揭示生存哲学的诗作，在韩作荣的诗歌中占有相当大的比重，也出现过许多脍炙人口的优秀之作。超乎常人的直觉力和认知力，使得诗人在观察事物的过程中，总“可以置身于对象的内部，以便与对象中那个独一无二、不可言传的东西契合”②，洞悉到事物的深层本质，最终玉成充满思想和智性冲击力作品的出炉。如《晚秋的白杨林》从晚秋时节不得不与“苦夏告别”的白杨林那“荡漾于黑土之上的熟透的”金黄的色泽写起，预示着成熟与美好的白杨林和丰收的“谷物”一起，装扮着秋天的风韵与魅力，“当谷物壳裂，在牙齿之间徘徊/秋树却用明丽布置独特的风景/晚秋的白杨林倏然掠过车窗/亭亭中宛如一群金发的丽人”，虽然不能做到像谷物一样拥有丰收的喜悦和饱满的果实，白杨却依然像“老资格的词典”，被“一次次翻阅”，用自己“浓郁的色彩”装饰着整个秋天，也装饰着“旅人”的生活。诗是在写树，也是在写人，象征手段的启用，使一种向上、亮色的生存哲学在诗人的笔下，流露出了几许清丽的色彩。《杀鱼》则从生活的庸常介入，但又并未止于凡俗，“我想鱼还在恨那把刀，可刀呢/该恨刀柄吧。我知道/刀柄是块木头，它不会恨我”，这种逻辑类推看似有些简单，“恨”在这里像多米诺骨牌一样顺势倒下去，巧妙的是最后一句“它不会恨我”，却让这个思路戛然而止，诗歌的意蕴与深刻也在此处标举出来，强大与弱小的力量对比，在反讽的语言技巧中一目了然。在《冬天的树》

① 韩作荣：《北方抒情诗》后记，《北方抒情诗》，百花文艺出版社1985年版，第122页。

② 柏格森：《形而上学引论》，见伍蠡甫主编《现代西方文论选》，上海译文出版社1983年版，第83页。

中，诗人赋予“一株静默的树”以灵性，使之在“静谧”的冬天守望、伸展，在土地与天空之间为自己“炸裂”出一片天地，这里不仅有“装满声音”的鸟巢，有“忧郁的邻居”——风，还有“满脸的树杈”和“遍体粗糙的纹理”，这些描写动中有静，充满生命力的鸟叫声与静默的老树相互映衬，可以说是绝妙的搭配，诗作的最后“树的思绪”在“年轮”的扩张中默默地“伸展”，而“我”也在“溅落”的“鸟声”当中静待岁月的流转，人、树的互动转换，加大了诗的启迪张力。

除了通过直觉把握揭示事物包孕的哲理之外，诗人还注重对理性精神的挖掘，努力将情感思绪上升到理性层面，站在哲学的高度重新认识自己置身的世界。如《纸上的风景》将画家笔下“淋漓挥洒”的景色写得活灵活现，“秋天的树林”中，“水在墨迹的空白处流动”，花朵、大树站在“绿意纷呈的色彩中”，组构成一幅迷人的“纸上风景”。可是在第三节，诗人的笔锋一转，从画家笔下“风景”突然转入现实中被肆意砍伐与消费的山林，“纸张”中还渗透着“树木草浆”的味道，诗人却奇怪地将它视为“山林的尸布”，并施放出“生命在死亡中制造虚假的生命”的哲学感悟。诗歌从充满诗意的绘画写生出发，在当前最为敏感的生态问题上落笔，其独特巧妙的构思与联想可谓别具一格，在简洁、澄明的“风景”内寄寓着深邃的智性哲思，赋予了人与自然的关系以一种新的思想内涵，造就了形而上的复杂结构形态。“面对灭绝的族类/或许，我们只能在画幅中/探究虚假的生物学”，一种物类的诞生需要以另一种生命的消失作为代价，这也许是谁都无法抗拒的命题，但诗人在这样思维困境中，却理性地承担、完成了对生命问题的思考。而《进城的白菜》则从白菜视角入手，将其历经霜冻、拣摘、剥落、刀切、油煎等环节的生命过程一一道出，但它绝不是审美对象的无为恢复，原来它在白菜卑微、短暂的物象观照中，蕴藏着深刻的生命哲学，白菜在诗人的笔下，虽然不能掌握自己的命运，但同样拥有清晰的思维与丰富的情感，对自身“颠沛流离的生活”充满自怜自哀情绪，诗是巧借白菜的书写传达人类深重、可贵的悲悯情怀。

令人欣慰的是，韩作荣诗歌的生命本质洞悉从来没有沦为哲学理性的自我言说和抽象说教，单凭智力去认识，而是时刻注意走感性化的路线，将对宇宙人生的种种体会、感悟，移诸具体质感甚或朦胧的意象之中，使诗在意象的流转、跃动中，自然流露诗人内心的情绪，而在情绪的抒放过程中再渐次凸显出理性内涵的筋骨，实现对生命本质的深层言说，从而达成形象、情感与思想的三位一体。如诗人2010年创作的组诗《农历：一个人的节气》，共24首，分别以24个节气及其最明显的特征为题，结合“雨水”“丁香”“蜜蜂”“凤蝶”等多个与季节密切相关的意象，组成了一幅特征分明、清新雅致的节气风光图景，在生命哲学的揭示中，渗透着浓厚的传统文化意蕴，呈现出意象纷呈、博大精深的美感。“我爱听雨打枯荷的声音/那战栗空疏的闷响/喜欢雨水的滴答/以及绿叶油润的光亮”（《雨水·焦渴》），语汇和意象的跳转间，弥漫着初春万物复苏的清新，对于雨水、春天的渴望与欣喜溢于言表，“可那个夜晚/在树影与错落的灯光里/蓦然间一种气味袭来/浓郁微辣的香气冲击我的嗅觉/这熟悉的气息/以看不见的固执，穿透了时空”（《春分·丁香的气味》），感受到春之气息的绝非仅仅是雨声与绿叶，虽然掩隐在“树影与错落的灯光”中，但依然会有丁香扑鼻的气味袭来，让“默默地走过这片树影”的“我”回忆起了旧日的“哀伤”与“忧郁”，这里的“丁香”不只是开放在春天里的“气味”，也与“我”那一段“忘却的事物”产生了“一次难堪的邂逅”。诗人运用出乎意料的比喻将“丁香”与“往事”这两个毫不相关的意象联结在一起，造成了一种异军突起的奇峭之美，也让本来春光明媚的季节融入了更多的故事与重量。“这酷暑的花荫里没有伤害/麻雀、蜜蜂和我，似都知道/此刻，彼此都和饥渴有关/和这开放的花朵有关”（《大暑·花间词》），在盛夏的阳台上，“麻雀”与“蜜蜂”在“花间相邻”，而“提着喷壶”等待浇花的“我”竟也“屏住呼吸”，不忍惊动这些精灵们，人与物之间和平共处、其乐融融的美好场景让这个酷热的夏天顿时增添了不少清凉的感觉，诗人强烈的生命意识在这些细微的生活场景当中得到了全新的阐释。

韩作荣诗歌对生命意蕴的思考与探索，之所以能够达成和艺术形式的共时性呈现，既是因为他天生的敏感气质不断发力，将一切都披上了诗意的外衣，善于用一颗充满温情的诗心和所有的自然与人的生命“对话”，也无疑得益于诗人日益增长的丰富阅历体验，和新时期后的时代氛围，但恐怕更主要的还是缘于他超常的直觉力，他多年对中西诗歌经验的参悟所带来的深厚的诗学素养。或者说，是这些因素的合力作用，使他进入了“看山还是山，看水还是水”、“万山千水”

皆是诗的理想审美境界。而生命本质的内在洞悉和揭示，自然提升了诗歌的思想品位和思维层次。

语言艺术策略的不懈调试

韩作荣以为："诗是语言的艺术，是心灵的外化，是精神能量的聚集。"① 一首诗的成败，关键在于对"诗性意义"的把握，而这种"诗性的意义是由语言的概念意义、想象性含义以及词语之间和词语所承载的意义内涵之间的音乐关系所组成的"②。可以说，一首成功的诗最终必须靠语言的外化来实现，永远离不开词汇、语音、句子等因素之间的恰当协调与处理。正是基于这样的思考，韩作荣不仅多次撰文阐述自己诗歌观念，深入研讨语言与诗歌的关系，而且自始至终秉持独立的艺术立场，不懈地致力于诗歌语言艺术策略的调试。

重视诗歌的主体精神，尤其看重语言的表层结构之下所蕴含的精神力量，是韩作荣对于诗歌语言的追求之一。在韩作荣的观念中，语言是诗人借以表现内在情感的工具，诗人对事物的特殊领悟是处于"前符号化"状态的，而领会之后"重新建构"的过程"凝结在语言"当中，"是一种'无中生有'的命名，就是以语词的方式去确立存在，这种本真的语言，重要的不是语言表层的法则和结构，而是语言背后所蕴含的精神能量"③。他 20 世纪 80 年代的代表之作《火狐》，就鲜明有力地印证了他的论述。火狐"与寂寞相邻"，在残酷的生存环境中，已经逐渐"淡漠了优雅而有节制的情感"，不得不"眼含古老的液体洗刷昼夜"。这里诗人对"火狐"的描摹，正是从其最为常见的生活习性出发，对一只在山野中飞驰的火狐的形态、情感、生存的艰难进行了直观捕捉，细腻的描写、刻画让火狐的形象真切生动，各种语言因素间均充满诗人对于语言结构与表达的关注和重视。在诗的后两节中，诗人与火狐的关系已经由审视与被审视、书写与被书写转变为交流式的互动，"哦，你虚假的火，施展魔术的红布/迷茫中我计数你谜一样的足印//一滴埃利蒂斯的雨淹死了雨季/你预设的嘴唇再也不会卷起风暴"，人称的转换预示着"火狐"与"我"

① 韩作荣：《语言与诗的生成》，载《诗刊》2004 年第 1 期。
② 韩作荣：《语言与诗的生成》，载《诗刊》2004 年第 1 期。
③ 韩作荣：《语言背后的精神能量》，载《诗潮》2008 年第 1 期。

的情感关系逐渐拉近，这一细节的凸显正是诗人对于语言敏感的形象说明，也是他践行自我诗歌理念的具体表现。根据最初的“领悟”直至后期的“重新建构”，这一过程使得“语言背后所蕴含的诗歌精神”得到了阐发，将“物我”关系逐层递进，使得“火狐”成为诗人进行内心自我观照的参照物，使诗歌的空间里渗入了智性的思考。再有《瓢虫》写了一只瓢虫爬到“草叶上”，消失在“草叶后面”，最后消失在“瞳仁里”的现实场景。诗人通过独特的形式安排，将一个庸常的事物带上了别样的艺术内涵。“一只瓢虫爬到草叶上/一只瓢虫/两个半圆在我的眼睛里变大了/一只瓢虫//黑黑的　黑黑的　圆点儿/圆点儿　黑黑的　黑黑的/一只瓢虫//圆点儿变大了/变大的圆点儿烧着我的眼睛/一只瓢虫。”由最初肉眼看到的原物，到后来逐渐进行放大，“瓢虫”形象被不断地进行主观性强化与雕琢，这样的写法不仅加强了诗人独特的直观感受，突出了“瓢虫”的存在感，更增添了诗的艺术直觉力。“瓢虫”在诗作中已经超出了最初的含义，上升为诗人观照现实、关怀生命的象征物和情思机缘点。

除了对主体诗歌精神的关注，韩作荣还注意诗语中词汇尤其是动词的别致选择，注重与词语的交流，铸造词语的“炼金术”，正如诗人自己所说，“诗的语词的连接是靠感觉和想象的综合……语言的运动，还要靠虚虚实实，才能起伏跌宕、错落有致，其中，更多地使用动词，使诗的表层语言与内在情绪与含蕴契合，并注重情绪的转换，是诗鲜活可感的、近于行动艺术的有效手段”①。如他的《杀鱼》，将“杀鱼”的细节刻画得活灵活现、惊心动魄，“捏住鱼的头骨，刮除鳞片/鱼尾迅疾地击打水池/鱼渗出一痕痕细的血丝/剪去鳍，揪去腮，鱼流出黑紫的血/掏除内脏，肉体还在抽搐/鱼还活着”。一系列动词的连续运用，强化了诗歌的画面感，使得诗歌的节奏处于紧张、满爆的状态，有一种鲜活、灵动的感觉。再如诗人新世纪创作的《雾在飞》，写“轻纱一样的雾”“疏疏淡淡、团团缕缕的雾”“缥缥缈缈的雾”“虚虚弱弱、若有若无的雾”，以各种各样的姿态在“空旷之处、在山顶”轻快地飞翔，一连串叠词的运用将“雾”轻柔、梦幻的特点表现得淋漓尽致，“轻快地游弋”“飞”等动词的巧妙搭配，让全诗充满了和谐、精巧的艺术美感，让读者犹如走进了雾气缭绕的仙境，全诗结构设置也很巧妙，“雾在飞”一句在诗中重复出现，增添

① 韩作荣：《诗的魅惑》，华文出版社出版2001年版，第61页。

了诗句的节奏和旋律感，同时也预示出“雾”四处弥漫、环绕的特征，令读者的阅读过程似乎也如坠四处笼罩的迷雾之中，真实又朦胧。

韩作荣以为，“说诗是废话，是无意义语言，是指诗尽量抑制语言的语义功能，在其充满意义的猜想中留给我们一个阔大的精神空间，诗的意义，恰恰是同诸多意义联系在一起的‘意义关联域’，而不是简单地说明一个主题或表达一种概念”①。这种对于诗歌内在结构的重视，使他的诗歌创作始终追求一种明显的层次感和完整性的效果。像《雾在飞》中多处对“雾”的形态及其“飞”这一动作的描摹，正是诗人对于“关联域”的建构之作，让整个作品具有一种充实、饱满的感觉。再有《词语的感应》也是诗人针对语言的功能及其产生的特殊效应而创作的。其间，诗人形象地描述了强烈的文字感应，“我曾在无声中感受到一种哀怨/心灵的颤抖，暗淡的眼神/可感知的情绪让空气痉挛/时间塌陷，在隐形的旋涡里/坠入布满吸力的磁场/是磁电感应，也叫心有灵犀”。多感官的介入、叠合，不仅是诗人丰富、敏感的内心世界的必然诉求，也使得诗作有了一种立体、厚重的感觉，将文字所带来的心灵波动状绘得惟妙惟肖。诗作的第二、三节，更将这种神奇的文字魅力通过“来电”的感觉、“如临酒吧”的氛围，形象生动地表现出来，让“词语的感应”附着上多方位的体验，获得了“身临其境”的效果。

一个成熟的诗人固然需要恒定的风格，但如果长时间在某种风格中停滞不前，则很难成为一个大诗人，更难成为翘楚诗坛的“常青树”。韩作荣在40余年的诗歌创作中，对诗歌艺术、诗学理论的不懈探询，使其始终保持着变幻、鲜活的态势，不仅为读者提供了甘美的精神食粮，更为创造力匮乏的诗坛输送了一股积极的正能量。不论是20世纪90年代对现代技巧的启用，还是新世纪后趋于日常化的艺术取向，他的作品始终渗透着生命本质的感悟，闪烁着智性的光芒，含蓄委婉，耐人寻味。韩作荣诗歌的个性追求，虽然在当下充满炒作与媚俗的时代，不时显得有些落寞，但它所昭示的执着创新精神、敲击生命存在的力度与重量，和群峰簇拥的高拔风格姿态，绝不会随着诗人的驾鹤西去而消逝，相反会对诗人、诗歌、诗坛构成一种绵长的启示。

［作者单位：南开大学文学院］

---

① 韩作荣：《诗的魅惑》，华文出版社出版2001年版，第49页。

诗学研究

纪念韩作荣

侯马诗歌创作研讨会论文选辑

结识一位诗人

女性诗歌研究

台湾诗歌研究

诗论家研究

姿态与尺度

弯腰捡起一块冰

——侯马诗歌分析

沈浩波

出生于1967年的侯马，80年代中后期就读于诗歌创作氛围浓厚的北京师范大学中文系。80年代的大学生，怀抱着理想之光，整个世界的文明仿佛刚刚向他们洞开，诗歌和文学在全社会燃烧，人们对这个国家的未来怀抱着青春激扬的憧憬。当这一切戛然而止，一个时代在猝不及防中被碾得粉碎，一代人的毕业照仿佛遗像，悬挂在80年代的灵堂。侯马在那一年离开了骤然沉默的校园，不再是那个觉得自己长得像三浦友和的大学班长，进入了社会，奇迹而又饱含荒谬地成为一名警察，在秘密中开始写诗。

诗歌对于彼时的侯马，一个小警察，到底意味着什么？某种不甘？自怜？救赎？对内心荒谬感的抵抗？或者仅仅是这个青年终将成为一名诗人的宿命？

1985—1989，四年的求学生涯，让侯马为自己的文学人生，做好了一切可能的准备。童年在乡村度过，少年在小县城度过，青年时进入首都。中国乡土社会遗留下来的抒情挽歌，遭遇到了现代文学与现代文明的洗刷，如同很多有着同样成长背景的中国诗人一样，侯马也是中国乡土文明与现代文明的混血儿。但与像来自安徽怀宁的海子这样的诗人不一样的是，来自山西侯马市的诗人侯马，因其对于现代文明的向往，而不仅仅是自发的诗歌本能，更愿意逐渐褪去来自乡土中国的脆弱抒情，转而寻求文学现代性的真谛。这当然是一个艰难的过程，没有人能返身改变滋养自己灵魂的子宫。

在日后的诗歌创作中，脆弱、优美而自怜的抒情，与讥诮、反讽、智性、思辨的风格，在侯马的诗歌中长期并存，构成了一种极其复杂的“中国现代诗人”的存在，这是一个危险的美学平衡木游戏，很多中国诗人都在这场游戏中一头栽倒，从此再也不能登上真正的现代文学竞技场，只能欺骗同样从农业文明社会中成长起来的读者和批评家，又或者是完全走向反面，为了实现一知半解的文学现代性，以牺牲文学的全面性和丰富性为代价，沦为观念的奴隶，将自己拘禁于风格的牢笼。

而侯马，是这场平衡木游戏的胜利者。虽然其中充满了艰难挣扎的痕迹，他的《他手记》《梦手记》《访欧手记》《镜片手记》等分行与不分行的杰作，从某种程度上，何尝不是在利用形式的突破来抵消这种矛盾和危险呢？但真正让侯马获得这场胜利的，其实是他从大学时代就建立起来的对于现代文学、现代文明、现代人价值观的向往、热爱，以及在日后的漫长岁月中，所逐渐形成的理解力和洞见。侯马是一个对现代文明有着超凡理解力的诗人，这是其天才的一部分，也是其诗歌中智性因素的源泉。

坚定的现代文明信念，长期的写作磨砺，使得侯马的写作天平向着现代性一极倾斜。这令我想起当年的北岛，从早期写作的政治抒情性逐渐转变并定格为精确、简洁、理性、洞察的北欧式现代性，成为世界级的大诗人。北岛的转变来自于诗歌内部的艺术律令，侯马的转变则来自对文明的理解。无论基于什么原因，无论是出生于北京的北岛，还是出生于山西侯马的侯马，现代性都是当代中国诗人在写作内部迁徙的必须到达之所。顺便指出，80 年代成名的大多数中国诗人，其中不乏至今仍然活跃的著名诗人，其实并未完成甚至根本就没有意识到这场现代性的诗歌迁徙。

更可贵的是，侯马身上那种原初的、温柔敏感的抒情，并未被强大的现代性观念抹去，而是成为其写作底色的一部分，成为其诗歌复杂性的一部分，甚至是成为其诗歌“中国性”的一部分。各民族、各语种的诗歌，在完成现代性转变的路途中，最终都形成了某种带有本民族、本区域、本语种强烈特点的诗歌传统，英国诗歌、法语诗歌、德语诗歌、俄罗斯诗歌、北欧诗歌、南欧诗歌、西班牙语诗歌，莫不如此。这些传统的形成，其实是诗歌艺术的现代性律令与本民族历史记忆、内在性格心理的结合。中国诗歌的现代性过程，也终将形成汉语现代性的传统，成为世界现代诗歌中新的汉诗传统，这一传统，并非以抹杀诗人在中国的生存背景、情感来源为代价，恰恰相反，历史悠久的乡土中国记忆，乃至当代以来社会主义中国记忆，都是这一代中国诗人的内心情感来源，构成了现代汉诗的中国性传统。基于此，在世界诗歌的版图上，完整的中国诗歌的形象才得以成立。从这个意义上来讲，侯马作为这一初建之传统的重要奠基者，具备了某种标本的意义。

随着侯马诗歌向现代性方向的迁徙，《那只公鸡》式的浴血孤独，《李红的吻》式的命运感伤，《种猪走在乡间的路上》式的优美吟咏，逐渐被打进其写作的底色，而另一些更坚硬的质素正在凸显，他开始在残酷、坚硬和隐忍中，完成对文明的探求和人性的追问——我怀疑这一变化还与其漫长的警察官员生涯有关——在侯马复杂而凌乱摆放的众多诗歌作品中，文明与人性（更准确地说，应该是“何谓文明”与“何谓人”，再进一步说，就是“何谓人?”），如同一把铸造为一体的钥匙，令我能够接近这位，正在一点点趋近伟大的诗人的灵魂。

《他手记》第377则，侯马写道：“野外的树是野性的狼，村里的树是驯服的狗，怎么看，怎么像沉默的村民。”这可以与另一首名作《麻雀。尊严和自由》相呼应：

这样的诗句让我心领神会
“一出门，就能看到亲戚和麻雀”

没有深切的乡村体验
就不知道卑微的麻雀多有尊严

有谁见过：
笼中的麻雀

只有踢翻的米盅
和一具横倒的尸体

抓过雏雀的手
会终生出汗　拿不稳刀剑

它离人类最近了
但永远是邻邦，绝非家奴

饱经沧桑的人知道

他们是自由的精灵

没有道义可以审判不羁的灵魂
甚至良知也对不住自由的追求

野性与驯服，野性的狼与沉默的村民，邻邦与家奴。侯马以野外的树和卑微的麻雀为喻，映照出对丧失自由的人类的羞耻。“沉默的村民”是一种羞耻，“抓过雏雀的手，会终生出汗，拿不稳刀剑”是另一种羞耻。《他手记》第342则，还是麻雀，“麻雀在笼子里，羽毛飞乍，不吃不喝，上下扑腾，很快毙命，他扫兴，内疚，也气愤。这种卑微东西的行为不能算为气节”。依然是羞耻，一种近乎恼羞成怒的羞耻，面对卑微而有尊严的生命时，作为人的羞耻。一边是麻雀，一边是作为“沉默的村民”的人类；一边是永远的自由和尊严，一边是永恒的羞耻。自由、尊严和羞耻，强大的属于觉醒的“人”的文明意识，在侯马的诗歌中如此醒目。“没有道义可以审判不羁的灵魂，甚至良知也对不住自由的追求”，这是摆脱了文明的社会性后最后的人的文明——伴随着不可实现的羞耻。《诗章》第18则，“生来作为肉弹，她的美貌是附属”，这里描述的显然是一些穆斯林国家里，被充当人肉炸弹的妇女。这是典型的侯马式智性洞察，里面包含着对于何谓“人”这一主题的探究，自由、尊严、羞耻，都是“人”的自我被确认和塑造的重要方式，但在大多数情况下，“人”其实是处在“非人”的状态中，“生来作为肉弹”，“人”何在？“她的美貌是附属”，当“人”已丧失，美貌已非“人”的美貌，失去了美貌之于人的应有之意。

在《有一个人他自己还记不记得他是谁》一诗中，侯马再一次完成对“人”之荒谬存在的思辨式追问：

有一个人
不知道死了还是活着
这个人我连见过都没见过
我听我哥讲有这么一个人
东杨村里有这么一个人
贾老四

实际上他不姓贾
也不叫老四
老四死了
老四的遗孀又嫁了一个男人
村里人说他是假老四
就这么叫了他一辈子
贾老四

在这首诗中，侯马所洞察的，远远不是荒谬本身，而是这喜剧般的荒谬中，包含的某种对“人”的随时会被取消的恐惧，是“人”在人群中，难以确认自身的恐惧，依然是那个经典的“我是谁”的追问。事实上，“人”每时每刻都在丧失着自我，无论是丧失尊严、丧失自由、丧失身份、丧失名字……侯马在不断地目睹和确认着这样的丧失。他有一首在我看来堪称心灵史诗的作品，名叫《小柿子》，从侯马一贯的写作风格看，诗中的“我”应该就是侯马本人，这是一首羞耻之诗，一首忏悔诗，但又远不止忏悔那么简单，它同样是在揭示“人”的真相。诗中的“我”，是一个在城里读小学一二年级，还会拉小提琴的孩子，而小柿子，显然是一个完全的农村孩子。

我毒打了小柿子
在他的脸上
一连扇了几十个巴掌
小柿子开始还笑
表示他理解这是玩耍
而他依然相信我的友谊
后来，痛得受不了
他开始抽泣

小柿子的抽泣居然只是这场毒打的开始。可能由于小柿子“依然相信我们的友谊”，他竟然没有还手，这更加放纵了“我”的恶，一个孩子对另一个孩子的殴打在继续：

左右手交替

又扇了他几巴掌
这完全演变为
一个人对另一个
意志的控制
小柿子让我觉得
我有权利这么打人
我有这么威风
后来我想起来
这么一个人
竟然是我最好的朋友
他怎么配
拥有我的友谊
不由得
又扇了他几巴掌

在短短的这一节殴打描述中，竟然包含了三层殴打理由。一个对另一个人意志控制的成就感；小柿子的仿佛被控制住了的不反抗给了“我”殴打的权力；这么一个好欺负的怂孩子，居然是“我”的朋友，他怎么配获得“我”的友谊。暴力的实现，在一瞬间竟有了这么多的理由，反过来则是，竟有这么多的理由可以令一个孩子对另一个孩子施加暴力。如同这首殴打之诗还远未结束，新的殴打的理由纷至沓来。“我”的弟弟在一旁看着这场殴打，被吓哭了，因此“我”有新的理由怪罪小柿子，用继续的殴打向“我”自己证明：“我”可以保护弟弟；还想证明，“朋友与血缘相比，根本就他妈不重要”，更令“我”气愤的是，“想起我一个人被扔在乡下，还要靠打人证明自己”，于是：

我不由得接连扇着小柿子
我的手终于打痛了
弯腰脱鞋
教室后面
高我半头的小柿子
就那么靠墙站着

看我脱鞋
没有还手
也没有跑
他像是有点被打傻了
也有点像是想尝尝鞋子的滋味
等我脱下鞋
就用鞋扇他
几下
血就流下来了

详细描述殴打的过程，和过程中施暴方的心理活动，仿佛殴打在侯马成年的身体上又发生了一次。他正是想让这场殴打在多年以后再发生一次，非如此不足以令羞耻成为羞耻，羞耻只有在经过思考确认后才真正成为羞耻，而不仅仅是人类羞愧的本能。而在这样的描述中，追问才能展开，为什么一个七八岁的儿童会如此暴戾？而他的暴戾几乎就是整个成人世界暴戾的源泉：因歧视、因孤独、因对自我处境的不满而转移仇恨、因控制他人而获得的成就感、因身体性的暴力快乐、因怯懦者遭遇更怯懦者的自我救护、因对方反证了自己卑微的恼羞成怒……而被殴打的小柿子，展现出来的软弱、麻木，与施暴者"我"，正是"人"的一体两面。更荒谬的是，在侯马紧接着的描述中，那事过去不久，"我"就回城读书了，好几年以后，"我"上初中时，"回村里见过小柿子，他在田里干农活，见到我，竟然羞涩地笑了，我觉得这冤仇化解太容易了"。为何施暴者一定要在心里记住此事？而被施暴者一定要忘记？这又是"人"的一体两面。非要记住是因为羞耻和悔恨，非要忘记又何尝不是？当殴打结束，暴戾停止，野蛮停止，羞耻和悔恨立刻上升，文明开始出现，人因为羞耻而成为人！

事情远未结束，《小柿子》一诗的结尾，侯马将成年后的"我"强行拉进现场："当年，我能这样欺压他，绝非一己之力，现在，有时也麻木不仁地，助纣为虐。"已经洞悉其中羞耻的"我"，没有终止也不能停止作为"施暴者"的角色，"有时也麻木不仁地，助纣为虐"，暴行仍然在发生，诗人已无力面对，残忍的本质被揭示，但并不能因此而改变现实。诗歌并不为改变现实而存在，侯马的诗歌只是在尽最大努力地面对“人”和生而为人的文明。

丧失尊严，何以谓“人”？丧失自由，何以谓“人”？丧失羞耻，何以谓“人”？丧失个人独立的身份，何以谓“人”？而在对“人”的反复追问和确认中，侯马体现了作为一个诗人而不是知识分子的更高级的一面，他越来越抵达荒诞：

她家徒四壁，身无分文，独居山村。
警察送来了政府出资办理的身份证。
硬卡片上一张苍老而茫然的脸。

——《镜片手记24》

战后，承蒙政府厚爱，他作为一名伤残人得到一份轻松的工作：在古桥头数过桥的人数。

他俯看着人来人往，不知所来，不知所往。隐去了一切因果，仿佛生来为了过桥。过去了，还回来，或者一去不复返……不论庄严还是麻木，都让人悲哀。

他的心情好起来了，他将人数一一点清。而更多的时候，他随意地抹去一些人，让他们白白地过了桥而未被统计。

仿佛此人不曾存在，仿佛战争仍在继续。

——《镜片手记64：古桥》

生而为人，自有艰难的一面，更有荒诞的一面，该是何等觉醒的自我，才能使这自我中隐藏的“人”树立、凸现。更多的时候，“人”何以抵抗这种艰难、荒诞、茫然和麻木？在侯马众多的诗作中，隐藏了答案——爱！爱是侯马诗歌的重要母题。侯马笔下的爱，甚至是一种爱怜的状态，无所不在的爱怜。在侯马早期的诗歌中，这种爱怜显得带有脆弱和湿润，有种如花青春的顾影自怜感，有某种贾宝玉的气质，是侯马个人性格中顾影自怜的部分，在他者身上的投影，也是其县城少年的某种抒情性的遗留。我一度担心，侯马的这种脆弱抒情会伤害其诗歌的现代性，但现在看来，恰恰相反，侯马竟然强硬地将他的这种天生的爱怜纳入了其写作的文明，成为他在写作中构成的内心文明体系中牢固的堤坝，抵抗荒凉、荒谬和野蛮。时间是一把砂轮，警察这个职业更是一把砂轮，在如此粗粝剧烈的打磨中，侯马诗歌中的爱怜因素变得深沉和寥廓，变得更及物，不再是个人在他者身上的投影，而是兼具上帝般的俯视的同情，和身为同类的理解的怜惜。侯马诗歌中的爱，有时是咏叹式、把玩式的（我不喜欢，但这并不妨碍其作为侯马诗歌中的迷人质素而存在），更有理解式、探寻式的，还有某种揪心的、激烈的和迷茫的。有对他者的爱，也有个人内心奔突而又无从找到出口的爱。但所有这些爱，都使“人”得以明亮的凸显。

他是否一生都在向自己求爱。
他拼命拥抱，为什么却又痛苦地哀号。
他内心充满绝望，嘴角却挂着微笑。
他在高潮后流下了眼泪，而眼泪仍旧是哀伤的冰雹。

——《他手记：321》

爱呀，像信仰。看不到才相信，才爱戴。

——《他手记：472》

诗人巫昂在《关于侯马先生诗歌的印象》一文中说：“而开启侯马诗歌的密码就是：软弱”。这无疑是带有洞悉性的，但是，软弱之后呢？侯马的智力令他能够摸索到爱的真相，这真相有着残酷的绝望感，但因其剧烈而又振奋人心。爱是一种可以燃烧的残酷，因此它才构成信仰。当爱成为信仰，侯马诗歌的底色，已经悄然由软弱变为趋近永恒的坚定，软弱，是这坚定信念的一部分，“眼泪仍旧是哀伤的冰雹”，哀伤的，但却是冰雹。唯有理解了爱本身，才有能力将自己心中莫名的爱意，转移给他者和万物——这正是文明得以产生的先后秩序。

她一岁
吃妈妈的奶
被妈妈紧紧抱
三岁，妈妈打翻煤油炉
烧掉了她的双臂
九岁，妈妈继续唱歌

她学会用脚去切菜
给妈妈做饭
长大成人，她习惯了妈妈的爱
像青草无言，像云自然
她也恨妈妈的爱
因为无以报答
她的精神病妈妈
不会懂得怜惜孝顺的女儿

——《他手记：妈妈》

他想起早年间爸爸来了
他们只有一间屋子
妻子就睡地铺
他和爸爸睡大床

睡梦中他错抓了爸爸的手
不由得猛然惊醒
他时常淡淡地忆起
那艰难岁月的恩爱时光

——《梦手记：前妻》

我不明就里地进了一座教堂
不明就里地跟着排队
不明就里地来到一个牧师面前
他举着一枚硬币大小的薄饼
轻轻放在我嘴里
第一次
陌生人喂我进食
我含着这纸片般的恩典
不愿泪水被人看见

——《访欧手记：在威尼斯》

在我连续引用的这三首诗中，爱已经成了一种神圣的存在。《妈妈》，爱得揪心；《前妻》，爱得绝望；《在威尼斯》，爱如青草无言，又如圣餐般庄严。并非是悖论，实则是真理：唯有理解爱的绝望，才能领会爱的神圣。

居于软弱与坚定之间的，居于绝望与神圣之间的，是侯马的诗歌。因爱而确立生而为人的尊严，因生而为人而探求爱的真理，是侯马的文明。

侯马明显被诗界忽略的重要作品《镜片手记》第36是这样写的：

冬日给了他巨大的财富
一块冰　从家门踢到广场
从广场踢到电影院
整个白日　这块
冰从拳头变成鸡蛋
从鸡蛋变成戒指
他弯腰捡起　贴在
滚烫的额头

这短短的8行诗，包含着侯马诗歌的真相。他始终是那个县城的少年，弯腰捡起一块冰，贴在滚烫的额头。

［作者单位：磨铁图书有限公司］

“即景会心”：侯马的“绝技”

——侯马的诗歌创作及其诗学意义

吴子林

能于浅处见才，
方是文章高手。

——李渔《闲情偶寄》

一

先读侯马的《酷评》：

二十五年前/某晚/舍友徐江/不知在哪儿看了一张碟/回来告诉我/一个顶级的杀手/设法经过严格的安检/来到目标面前/他摘下眼镜/把镜片往桌子上一磕/用锋利的玻璃/一下切开了对手的颈部/大功告成//二十五年后/我写诗/修炼出像那位杀手/一样的功夫/就是/用日常的材料/攻致命的部位/其实最大的秘密/始终是你/怎样才能站到生活的面前

我看过的影碟跟徐江的略有不同，那“顶级”杀手使用的“武器”不是镜片，而是一张普通白纸，他镇定自若地坐着，将那张纸折成菱形，迅捷点中目标的咽喉，就像杀手“中原一点红”一般，杀人于无形。

当然，我更感兴趣的是，侯马在《酷评》里表明：历经二十五年的“修行”，他业已掌握诗歌生成的秘诀，并练成了独门的诗歌“绝技”——“用日常的材料/攻致命的部位”。

侯马真是实诚之至，他一语道破：“其实最大的秘密/始终是你/怎样才能站到生活的面前。”

那么，侯马是怎样做到“站到生活的面前”的呢？首先，对侯马来说，日常生活的经验是不倦思考、写作的诗性原料。

现代社会正在发生着历史性的巨变，日常生活是历史的底部。日常生活既是人们满足于对象“如是性”的熟知世界，又是个体可控制其各个维度和潜在可能性的世界。它表面上看似乎是一个黏稠、杂乱、凡俗、琐碎、喧闹的世界，但其中潜伏着某些被遮蔽的、被压抑的、被忽视的、被歪曲的东西，其间充满各种斗争和角逐，各种繁复的细节随时可能汇聚成某种巨大的能量，猝不及防地撞击、改变着社会发展的方向。

人类的一切事物都是临时性的、不完美的。倘若没有上帝或最高世界的存在，生活就是平庸、卑微、渺小的。当日常生活的人、事、物被解除了日常理性的笨拙枷锁，被置于诗人“赤子之心”的观照之下，便经由语言的中介，并连同其语言本身，散发出了寂静晶莹豁然的光辉。

社会的正常运行和发展，不仅需要独立不羁的“艺术家”，也需要建功立业的“公民”。理想的状态是二者合而为一。

在侯马看来，“诗歌从本质上讲，正是人的本质身份的本质证明。诗人身份是具有公共性质的私人身份”①。“铁狮子坟孕育的/良知、正义、血和传承/汉语的担当。”（《亲爱的伊沙》）探索意义和寻找永恒，是侯马内在生活的两种原初推动力。

诗歌代表的是生存的某种极致，“诗不是使生活变得更狭窄，而是变得更宽广”②。侯马的诗歌往往精准捕捉无数微妙的生活化细节，简约晓畅，不动声色，力道尽显，其锋芒凌厉，直达内心，直抵诗歌的核心。

从日常生活内部种种无形的潮汐中，侯马洞悉了各种意味深长的动向，呈现出了仅能由汉语文学来表达的思想或真理。可以说，侯马的诗歌是真正的人类学和形而上学，他总是周期性地进入直观的瞬间，体验直观的美好和静谧。

我个人比较喜欢的侯马诗篇有：《这也算是一生一个方面的总结》《结局或开始》《你是哪村的？》《一个女孩》《是什么竟然奴役太阳》《寻狗》《存在》《留学》《情怀》《麻雀。尊严和自由》《加演》《法

---

① 《麻雀访谈录——张后访谈诗人侯马》，见侯马：《大地的脚踝》，人民文学出版社2014年版，第166页。

② ［俄］维·什克洛夫斯基：《散文理论》，百花洲文艺出版社1994年版，第344页。

律》《教育》《晚钟》《成人用品店》……

譬如，《清明悼念一桩杀人案的受害者》：

> 清明悼念一桩杀人案的受害者/男人从乡下赶来/要把在城里打工的妻子/劝回家/妻子已另有相好/俩人吵翻了/大打出手/男的用菜刀/使劲剁/女的终于服软了/跪着说：/“我跟你回去。”/男人，望了一眼/快砍断的脖子说：/“来……不及了。”

这首诗关注绝望人生，呈现人性的懦弱残酷，富于现场感，戛然而止，四两拨千斤；这首诗没有华丽辞藻，却字字千钧；诗人驾驭着强大的力量，却似乎不费吹灰之力。我看见了诗人“湿润的目光”，领会到了“隐忍”的语调，以及所激发的美学势能。

侯马是一个内功超强的诗人，他以“耐心”的文火慢炖，“淬火”充分，自然功成。

他爱世界，他爱每一个生命。他沉入底层人们的生活状态，在平凡人生中感受生活冷暖；他调动自己生命里所有的精华，倾力一搏，体悟人生真谛，唤醒了我们那些麻木的感觉。

一个精神贫乏的人，一个自身生命强度不足的人，是不可能使日常生活世界焕发生命的。从人们司空见惯的事件里，侯马提取了其中稀薄而又弥足珍贵的东西——大爱和悲悯。

倘若缺乏人道，缺乏对于心灵力量的想象，不可能窥见世界真相，不可能触及隐秘深渊。在浮泛的生活世界，“责任或许是语言的本质”，侯马骨力铮铮，切实践履言说真理。

瓦莱里说得好：“重要的不是发现，而是补充别人的发现。”

我们的文化不鼓励人们思考真正的大问题，而是吸引人们关注一大堆实利琐事，沉溺于权位财富和虚名。这是文化和教育灌输的结果。

在这丧失了判断力的时代，侯马采集了各种各样的生活细节，以其“种族的触角”，还原着真实的生命形态。在他的诗里，弥漫、渗透着无尽的灵气、悟性，思想、语言、意象、境界都是独创的。所有的妙处，都潜藏在文字的血液之中。

譬如，《这也算是一生一个方面的总结》：

伊沙的爸爸/退休的老科学家/被电信诈骗/骗去了差不多是一辈子的积蓄/老G给我打电话/我找了刑警催办案子/并告诉她/骗术来源于台湾/电话有可能从菲律宾打的/钱会分转到许多城市/然后打到海外/即便能破案/钱也回不来了//一转眼几个月/我问老人怎么样了/老G说/他老人家想得可开了/说伊沙爷爷的万贯家产/就是被没收的/这是他家的命运/赤条条来/赤条条去/上次是组织/这次是骗子

多么天然的生活材料啊，到了侯马手中，现实被拓展了，延伸到了历史，“组织”与“骗子”迭加在一起，产生了奇妙的反讽效果。

人是能够创造的“人”，而不只是被限定的“物”；“人”不仅仅只是“是其所是”，还一定是“是其所当是”。

从内心出发，寻找生活，“让一种更伟大的存在向我们讲话”；侯马永远为现象所倾心，永远不倦地“看”一切。

侯马以非凡的勇气，正视历史与现实，言说某些不可表述者、不可言说者，揭示着一种“不可言喻的奥秘”；他创造了一种“优美、健康、自然，而又不悖于人性的人生形式”（沈从文语）。

“文学创作向来都只是对真理的一次探索。”卡夫卡说：“真理是我们每个人生活所需要，而又不可能从某个人那里得到或买到的东西。每个人都必须从自己内心一次又一次地生产真理，否则他就会枯萎。没有真理的生活是不可想象的。真理也许就是生活本身。”①

显然，侯马的诗歌是一种“即景会心”式的文字，是一种“智态诗写”。它们充满了人性的深度，人性所在，俱是真相。

二

古希腊有一句哲学古训：“认识你自己。”

汉娜·阿伦特在《哲学与政治》中解释了这个问题。她说，在苏格拉底那里，这句话实际上意味着：“通过认识那向我展现的东西——仅仅向我展现的东西，因而永远只是与我的具体存在有关——我才能够理解真理。”

① ［奥］卡夫卡口述，［捷］雅诺施记录：《卡夫卡口述》，赵登荣译，上海三联书店2009年版，第166页。

“认识你自己”，并不是理解那个与世界、与他人无关的封闭的“自己”，而是通过自己与世界的存在性关系来理解世界（也就是理解自己），因为世界是通过我、通过与我的共在关系而呈现给我的，我也是通过向世界呈现自己而成为自己的（获得自己的现实性）。

这让人想起王阳明所言：“你未见此花时，此花与汝心同归于寂。待你见此花时，则此花颜色一时分明起来。可知此花不在汝心外。”

20世纪以降，西方文化哲学将日常生活提高到了理性层次思考，使原本形而上的思想更加贴近生活，如，胡塞尔对“生活世界”的回归，维特根斯坦对“生活形式”的剖析，海德格尔有关“日常共存”的观念……

斯洛文尼亚美学家阿莱斯·艾尔雅维茨指出，现象学所谓的“回到事物本身就是回到先于知识的这个世界”①；意大利著名小说家、评论家艾柯认为：“我们日常经验中会发生的事情，是现时态的生活，没有多少本体论式的论断，我们叫它‘真实世界’（actual world）。”②

侯马正是“回到事物本身”，而“站到生活的面前”。他通过呈现“人”与“世界”的共在关系，让生命的顿悟、人生的真理自行呈现，而抵达了真如境界。

维特根斯坦在《逻辑哲学论》的结尾写道：“对于不可说的必须沉默。”瑞士神学家H. 奥特认为，此处的“说”指能够清晰明白地言说“特定事件”的事实。因为，维氏《逻辑哲学论》的开头还有句名言：“世界是一切发生的事情。”奥特说：“然而，还存在不是‘发生的事情’的真实。就是说，它们在真实特性上没有恰当地被‘这一和那一事情’这一陈述切中。……恰好这些真实与我们如此密切相关，如此直接地在我们之间和我们身上，以至我们实在不能对它们沉默。它们突入我们人与人之间的理解。如果人之间的理解还具有某种意义，如果还值得作出理解的努力，那么，上述可能之所以成立，正因为那些真实与我们存在之整体相关。③

侯马指出，诗歌创作是“一个强者渡人渡己”，它不仅在于是否以口语写作，更重要的是“一种精神向度的问题”。他笃信“文以载道”，认为文学的本质是“精神的开拓”，必须“在抵抗中写作”，

① ［斯］阿莱斯·艾尔雅维茨：《图像时代》，吉林人民出版社2003年版，第51页。

② ［意］安贝托·艾柯：《悠游小说林》，北京三联书店2005年版，第81页。

③ ［瑞士］H. 奥特：《不可言说的言说》，林克、赵勇译，北京三联书店1994年版，第31页。

“在超越中写作”①。

对诗人而言，一种复杂的、难以言传的精神体验，即那种“与我们如此密切相关，如此直接地在我们之间和我们身上”，却又“不是‘发生的事情’的真实”，也就是我们不能保持沉默的“不可说”之物。

面对这种不能在经验世界里被证明，但却又可能成为不可言说的感受，在人和人之间得到交流和理解的东西，诗性话语可以抛开理性言说“A 就是 A”式的自明，而采用“A 是 B”的替代性表达，即将一种不可言说的个体精神体验转化为已成历史的公共经验，而使“不可言说”者得以言说，变得可以理解。

言说“不可言说”之物的有效的表达方式，在语言学家和文体学家那里，人们称之为“隐喻”。奥特称隐喻式言说为“现象学”方法，因为它如海德格尔在《存在与时间》中所言：“‘走向实事本身！’——离弃一切悬空飘浮体系、偶然的拾物，放弃貌似获得证实的概念，抛开那些常常作为‘疑难’伴随数代人的假问题。”

这种“现象学”的言说方式，与佛教“现量”说有异曲同工之妙。“量”，是印度因明学的术语，指意识的形成过程和意识本身；“现量”之“现”，有“现在”“现成”和“显现真实”三义。

王夫之说：“现在，不缘过去作影；现成，一触即觉，不假思量计较；显现真实，乃彼之体性本自如此，显现无疑，不参虚妄。”（《相宗络索》）

作为一种意识活动的原理，“现量”说旨在执其自相而不作分别推求之念，不离直觉真实去穷究主客彼我之其他意义；“不缘过去作影”“不假思量计较”“不参虚妄”，正是这种超理性直觉活动的具体内容。

王夫之援引“现量”以说诗：“无论诗歌与长行文字，俱以意为主。”这里，“意”，即“关心”处、“会心”处。“若即景会心，……因景因情，自然灵妙，……‘长河落日圆’，初无定景。‘隔水问樵夫’，初非想得。则禅家所谓现量也。”（《姜斋诗话》卷二）

“即景会心”，是一种“充满敏感的观照”（黑格尔），它“悬置”了理性自我的“妄想揣摩”或“拟议”，在一刹那的直接体察中，就

---

① 《麻雀访谈录——张后访谈诗人侯马》，见侯马：《大地的脚踝》，人民文学出版社 2014 年版，第 183—185 页。

把握对象的内在的“意蕴”，达到了“自然灵妙”的境界。

譬如，侯马的《存在》：

> 我穿过/一段走廊/忽然发现/怎么没有听到/脚步声//我立刻/郑重起来/确保每一步/都发出声响//踢踏/踢踏/踢踏//扮演着自己的/拟音师

“存在”，一个形而上的语汇，由一个日常生活经验而彰显而辐射出来；“踢踏/踢踏/踢踏”，脚步声？人声？存在的标识？虚无的影子？“郑重起来/确保每一步/都发出声响”，这是虚无的确证？抑或虚无的对抗？“踢踏/踢踏/踢踏”，无声的恐慌？意义的阙如？“拟音师”的自欺？或是自救？生命的灵与肉，轻与重，有与无……

这一切侯马都含而不露，只是描述了一个“存在”的直觉过程，一个现实场景。钟嵘《诗品》将这种直觉的艺术创造称为“直寻”：“至乎吟咏情性，亦何贵于用事？‘思君如流水’，既是即目；‘高台多悲风’，亦惟所见；‘清晨登陇首’，羌无故实；‘明月照积雪’，讵出经史。观古今胜语，多非补假，皆由直寻。”

诗人只有拥有“生活的富裕”（黑格尔），跨越“身之所历，目之所见”的“铁门限”，获得脱俗的“心”“眼”“耳”，才能达到“即景会心”“体物而得神”“寓目吟成”“目击道成”之境。

侯马是“浅处见才”的“文章高手”，他那“即景会心”、光华自绽的诗艺和所抵达的境界，力证了现象学、佛学诸说之不谬，其独门诗歌“绝技”的奥妙就在于此！

［作者单位：中国社会科学院文学研究所］

读侯马，我手记

施战军

形容词

侯马这一组《众鸟喧哗》，第一首《情史》调度了不少形容词，着实先令人吃惊了一下。我们都晓得，读抒情诗（其实朦胧诗在质地上也包括在内）读到腻、读到要吐，首先是因为那些肉乎乎还要玄乎乎的形容词的堆砌。从“第三代”的反拨到口语诗的显扬也许最直接的原因中就包含这个。作怪的是，《情史》把一向反对的形容词密集入诗，在这里反而现出了形容词的妙处。情史，初期的奇妙绚烂当然就是“高挑轻灵艳丽”，并且在寂静小城的空巷，动作还是“舞”着的，“花蕊探着流星般的腰身”。何以解除肉感和玄虚呢？毫无顿挫准备的一个形容词陡然间从天而降——苍老。苍老的女人。从奇异之花到野芝麻似的黑色花籽，时间史的残酷无须废话，空间由物理又探入了心理。异乡浪子将孔雀花的花籽埋进时光的时候，我们知道，这短短的几行字句里，布满了来来回回于这徽南小城、无数季节的脚印。

好诗是不拒绝任何词性的，前提是，它们能够构成为诗的机理。

动作和长大

《身份证》里，弟弟的学生证虽然内容没有撒谎，但它是弟弟擅自仿造的。关于身份的巴望和欣喜的上头，很可能还站着个头更高的关于身份的傲慢和骄横，甚至拳脚相加。另一种天真的模样下面是一个狰狞的“道理”：尚未派发凭证的，没有资格自证。

《伪证》，“我”先动手掐又脏又丑的女同学的脸蛋，而几个“童蒙女友”帮他向老师作伪证，这些女孩是“长得好功课好的女生”。无缘无故地掐至两人脸上布满血痕、无冤无仇地站在脏丑者的对面，这其中的缘故和冤仇所来何处？仔细一想顿觉身心凛然。

关于“证”的诗，侯马还有，上述两首事关“长大”的过程，所以我们暂且不去讨论有关“法理”的讽喻。

童年少年动手的记忆，在侯马的短诗里多次出现。《小柿子》是其中行数最多、动手次数最频繁（而且是毒打）而心绪也最凌乱的一首。不同的是，诗明确地告诉我们，这是三十年后的回忆，因而有一种如同巴掌鞋底抽在自己脸上心上的自戕之痛。

动手打人，说是出于自我保护，莫如说是一种缺乏安全感的自我慌神。

20 世纪 60 年代中期出生者的成长背景里，总是有着不假思索到任由冲动的动作，以及不求甚解到无知的迷惑（比如《加演》与“假演”）。

他还写过《教育》，我们这代人少儿时的作文常规是编写“记一次劳动”，长大了的侯马非虚构了个“记一次捡烟盒”，小个和大个，尊严与成长。平朴的口语像高山湖泊，水下是深谷，静止般的水面，映出高处的雪峰和云朵。

原始的根性加上对成人的模仿，让“小时候”写满了斑驳的伤感。这也许就是这一代人成长的“历史感”所在，不在“斗争”的最前线，这后方，让“长大”有了可以用虚线勾勒的背景，“长成”的心路显得漫长而多情。

比如侯马有过一首《初恋》：“只有吃完辣椒/她才肯接吻/她说：就辣你/这些幼稚的把戏/天真、伤感/失败”——短而绵，专注起始，哀感后来，以低语穿过心谷，以微凉发出内热。

再比如完全“景”“象”式的《碾盘》：“碾过/那么多东西//那么多遍/树荫//阳光晒得它/坎坎坷坷//上面有/几点鸟粪”。——四段八行二十九字，数着光阴，抚过光景，依稀有坑坑洼洼的默叹。

《反目成仇》里谗言造成密友分裂，血性随着仁忍，数次“剑拔弩张”终归“模糊的仇恨”。没有故作宽谅若无其事，只因为“懒得解释”。刚性本色在，世故便不会占据中年的诗句。铁链与肋骨所发生的关系，是“长成”的极为贴切的隐喻。

于是我们才从《亲爱的伊沙》中看见成年之后的同窗煦暖，相对于胎记般的成长心理背景的可怕、叵测、善变、易朽，在青春时代获救一样可靠的老友亲情，让人感受到了成人在人际世界的些许安全和把握。

循与犯，自由、日常以及荒诞

有常情、通理、法规可循的秩序下，生活本身的并非因循、自然生成的那些部分，构成了诗的神经触点。侯马迷恋这种出自天然的触犯，点开了信息和魅性的魔盒，跑出来一串又一串叫作诗句的神灵。

《老警察》极其日常化，老警察有和妻子恰好相反相成的性格，“孩童般的笑”里又埋藏着多少案情经历和家事过往。

《法律》里头有四重叙述者，“我”讲法院老院长、老院长讲一个要毛笔的人、要毛笔的人讲他的领导，诗人讲与法律悖谬的“法律”。情境却是一个出版家的饭局，寡言的老院长要写一部关于聂绀弩的书。那位“领导”要以类于扎小人的咒法，相信用那支曾经判过死刑的老毛笔能将政敌画死——这样的反讽，不是比冠以“讽刺诗”的诗们更有意味和力道吗？

侯马有一首短诗叫《留学》，在国外碰见陌生人学习微笑，碰见同胞则习惯性地板起面孔。两个“碰见”的表情反应，有深味存焉。

这些，不是我们印象中的执法和留学本身，却有的是“人”的真切异变的心性。

《有一个人他自己还记不记得他是谁》也是侯马写的。贾老四生前死后该有多少故事。诗歌俨然是警长，指了一下，给我查！五个人物（倒数第四行里就有仨），巨大信息量在里头；相形之下，小说家也就是个警员，查呀猜呀想啊夹叙夹议喋喋不休。诗人路也曾不无傲慢地说，小说是诗剩下的，也是这个理。

循，以及犯，事实上的相对范畴是自由。《国宾馆林湖暮色》《麻雀。尊严和自由》真个是众鸟喧哗，林间和乡间的自然也充满管束者的戾气，可是终究还是要输给自然的大法：“没有道义可以审判不羁的灵魂/甚至良知也对不住自由的追求”。

读侯马，一定要读《他手记》，那是可能使你入迷的诗集或者叫字条集。

尤其是有关自然生灵、家常奇妙小事和平日突得异想的部分。请别怪我在此处抄书，抄出如下几段，是为了证明在日常的发现中，诗人对自由的珍喜和对循犯之辩的敏感。

——《他手记》342：麻雀在笼子里，羽毛飞乍，不吃不喝，上下扑腾，很快毙命，他扫兴，内疚，也气愤。这种卑微东西的行为不能算为气节。

——《他手记》343：他在灌木丛捕获了一只雏鹰。一瞬间就被小鹰爪划得鲜血长流，真是挡不住的杀手天分，他忍着巨痛，赞叹这乳臭未干的幼禽那令人生畏的王子风范。

——《他手记》344：他在祖国的道路上散步，为没感到幸福而羞愧。

——《他手记》400：儿子突然说："求你了。"/他说什么事。/儿子说没事，不知怎么就说出来的。对！他也特别想说："求你了。"确实没有什么事，也不对着什么人说。

现代诗人大都倾向于在荒凉世界中标举个性的嗓门，美声的或者明显规训过的民族唱法，最终还是像富丽堂皇的合唱；侯马这样的当代诗人，可能是在荒诞常态中寻找记忆和日常原有的动静，并以不拘一格的自由语体尽可能自然地重现。这两者之中，本质条件和悟性好的，都是可以在诗史上留下领唱者的影音的吧。

我相信，常有治诗史者，会在课堂上说：比如侯马……

那么，请最后再允许我抄上这一则，替作为有识之士的史家——

《他手记》426：从来都是因为荒诞，而不是胜利，他才会笑出声来。

［作者单位：人民文学杂志社］

虎穴中种玫瑰

邱华栋

参加这次侯马的诗歌研讨会，我很高兴。因为我和他是老朋友了，他只比我大一岁。从他大学毕业，在前门当民警的时候，我们就认识了。那个时候，我和诗人中岛经常去找他玩，一起吃饭，当然都是在小饭馆里，因为我们都很穷。所以，我很喜欢侯马的组诗《九三年》，那组诗不仅是他的个人体验和记忆，也是我们很多进京或者留京的大学生的记忆。那种初涉社会的新奇、懵懂、激情和不适应，是共通的。

在武大读书的时候，我也是一个校园诗人，我就知道北师大和北大、复旦一样，有一个诗歌群体，伊沙、徐江、侯马等是这个群体重要的成员。这几所学校的校园诗人，是最出名的。那时候，我的师兄洪烛等武汉校园诗人来到北京，一般都会拜访北师大的诗人，甚至就住在北师大，回到学校，会带来北师大校园诗人的消息，就像是当年的地下党那样，这些来自北京的消息是那么的令人振奋。

我记得 20 世纪 90 年代初期，我来到了北京，当时在北京的诗人很多，有一拨是校园诗人，以各个综合大学毕业的诗人为主，如中岛、西渡等，还有一拨是聚集在诗人何首乌麾下的各类浪游诗人，如祁人、徐亢等。大家都互相走动，饭局也很多，诗人之间像是有那么一个江湖，来来往往，十分热闹。我就是那个时候，认识了包括侯马在内的北京诗人。我还去过他在中关村大街边的那个家，我认识他的弟弟，他弟弟当时的女朋友是我在《中华工商时报》工作时一个女同事的女儿，在电台工作，经常报道领导人出访的消息的。不知道后来他们怎么样了。侯马当时是一个基层民警，他 24 小时开机，其中一个原因是常常有诗人挨打或者惹了是非，会给他打电话寻求帮助和营救。因为，那个时期，诗人是最穷的，也最容易酒后惹事，被一些人欺负。而侯马则常常出面去解救诗人。我记得起码他帮助过俞心焦

(后来改名俞心樵)，俞心焦的一只眼睛被打瞎，侯马是出面解救过的。俞心焦写过一首诗，好像叫作《回忆眼睛被害》，其中有这样的句子："仿佛全城的墨水瓶都被打翻，仿佛所有的乌贼都在吐出墨汁"，让我到现在都忘不了。

进入新世纪之后，侯马告诉我，因为经济的快速发展，很多诗人的地位都提高了，不是成了成功的商人、大学教授，就是机关干部、文化出版事业单位的人，基本不挨打了，他的24小时开着的手机，也就很少接到诗人求援的电话了。这说明了侯马是一个多么仁厚、仗义的诗人啊，这是有古风的人！那么，侯马是不是一个诗人都不重要了，他首先是一个值得信赖的朋友、可靠的兄弟、至诚至性的男人。

现在说起这些杂事，20多年过去了。可以说，我们都是属于那种留京或者进京的文学青年，从大学里毕业后，完全是白手起家的状态，但是面对北京这样一个政治和文化的中心、首都，我想，我们都觉得自己能够和她较劲，并写出好的作品。所以，可以说在精神履历上，我们都是一代人，是有着相似和接近的成长状态的。这些也可以是理解侯马诗歌创作的一个背景、一个门径。因为侯马的诗，大都涉及了20世纪80年代末期到如今20多年的中国社会的各个方面，并且混杂了自我的多重的记忆、假设和描摹。

这次为了准备这个发言，我专门从书柜里找到了侯马过去出版的五部诗集，《哀歌·金别针》(与徐江合著)《顺便吻一下》《精神病院的花园》《他手记》和《他手记》(增编版)，以及刚刚收到的他的诗选集《大地的脚踝》，细细地翻阅了一遍。可以说，我看到的侯马的诗歌历程，也看到了我自己的精神成长，或者说，侯马所书写的、捕捉的词句，也是我们一代人的生命的成长过程。当时，为了与从西方文学经验里找出路的"知识分子诗人"相对抗，包括伊沙、侯马在内的北师大诗歌群的诗风，以口语化作为路径，来进行文化姿态、诗歌技巧、现实态度和写作资源的多重反击，是非常有价值的，最终以"盘峰诗会"上的争吵和分道扬镳而成为标志。

就我个人的口味，我一直喜欢比较高蹈的、书面的、现代派的诗歌风格，这与武汉大学诗人群的风格有关系，武大出的诗人如高伐林、王家新、洪烛、李少君，我想与伊沙、徐江、侯马、沈浩波的诗风差别很大。因此，对口语化的诗歌，我一直喜欢不起来。可能是我觉得口语的表达过于简单，不够精微、复杂、晦涩和高蹈吧。但侯马早期的诗歌，在口语风格诗群的阵营里，有一种独特的、清醒的反讽意识，他善于从生活的细节入手，发现日常生活的禅意和荒诞性。这是他与很多自信满满的口语派的诗人大不一样的地方。这些诗歌大都收集在《金别针》《顺便吻一下》《精神病院的花园》三本诗集里了。

这一时期，侯马的诗歌清澈、透亮，可以看到一个真纯的、带有诙谐和反讽口吻的温和的、睿智的诗人的眼光，在打量着世界。他对当下生活场景的捕捉，今天看来是那么的生动、亲切、具体，是侯马早期诗歌美学风格的呈现。

侯马的诗集《他手记》（含增编版）和《大地的脚踝》，标志着他的诗歌风格发生了很大的变化。可以说，《他手记》《大地的脚踝》的出版，使我们看到了侯马的深沉、辉煌的“中期风格”。我想，假如一个诗人的写作可以分为早期风格、中期风格和晚期风格的话，那么，侯马的《他手记》《大地的脚踝》明显发生了诗歌风格、指向的很大变化。这个变化的最大的特点，是从侯马早期的清新顽皮的口语风格和日常生活的反讽表达，逐渐地走向了宽阔的智性表达。这是侯马的一次重要的诗歌转向，而且，凭借《他手记》和《大地的脚踝》，我看到了一个成熟诗人的身影顽强地站立起来，成一个特立独行的、卓尔不群的汉语大诗人了。侯马的“中期风格”由此确立。

说起来，我现在还清晰地记得《他手记》诞生的情况，起码是8年之前的某一天晚上，我们在一个诗人家吃饭，当时的场面似乎是庆祝某人的生日。我们喝了很多酒，其他人基本都醉了，我知道那几年侯马很少发表诗歌，我问他在写什么，这个时候，侯马拿出来了一个小本子，给我念他写下的东西。果然，这些东西发生了很大的变化。我记得，这些断片式的，带有着维特根斯坦风格的诗歌、箴言、格言和反格言，让我目瞪口呆，酒醒了一半，我受到了很大的震动，感受到了一个诗人的创作发生裂变的惊喜。可以说，侯马自《他手记》之后，成了一个超越一般口语派的浅显和明澈、反讽与黑色幽默，走向了一种智慧的、哲学的表达。

又过了几年，《他手记》出版了，稍后，增编版则扩大了内容，包含了侯马这些年在繁忙的工作之余的组诗、长诗的创作：《他手记》（四辑）《进藏手记》《梦手记》《镜片手记》《七月手记》《抗震手记》《访欧手记》等，这些作品打破了诗歌文体和哲学随笔的界限，这是侯马在文体上的重要突破。

我在阅读这些作品的时候，常常疑惑，这是诗歌还是哲学随笔？是泰戈尔写的还是维特根斯坦写的？他是让·鲍德里亚的弟子，还是帕拉的反诗歌的拥趸？侯马的这些“手记”带给了我多种的审美感受，突破了我以往的诗歌阅读经验。我想，只有创造力非凡的诗人，才能给人带来审美陌生化的效果。

侯马由此进入了一种自由之境，以“手记”的方式，扩大了当代汉诗能够表现的领域，而尤其让我惊异的，是他对复杂社会现实的诗歌消化能力。他所关心的，所跨越的，所体验的，都是这个时代最为激烈的现实带给他的感受。我们知道，最近10多年，中国社会的现实是快速发展的，由此导致了人性的很多表现，大都是匪夷所思的，每天都在上演着各类令人瞠目结舌的活剧。只要打开报纸，我们就会看到那些惊悚的新闻。而作为警察的衡晓帆，和作为诗人的侯马，则是在这样的虎穴般的现实里生存的两个分身。一个分身，需要去处理这个社会最为真切、具体、激烈的社会矛盾，他所看到的，都是最为极端的事件和人。另一个分身，则不断地脱离肉身，飘浮在现实虎穴的上空，成为一个冷静的观察者、凝思者，并且将现实虎穴的镜像，凝结为颗颗诗歌的露珠。

在这样的虎穴般的现实中，诗人侯马反而种植出了诗歌的玫瑰。这不仅是他个人的奇迹，也是时代的一个象征。

再次祝贺这次侯马诗歌创作研讨会的成功。

[作者单位：人民文学杂志社]

“在城市的清晨他感动于这样心无旁骛的身姿”
——侯马诗歌简论

唐　欣

侯马在《傍晚来到天津》一诗里这样写道：“一个异乡人/黄昏时来到异地的滋味/你们都尝过/有点兴奋新奇，还有点茫然恐惧/但重要的是/它激起了我爱和活着的勇气。”侯马自己的诗，也正是在诗歌的异地上开始的。

侯马的早期作品，是对我们习焉不察的日常现实的一种异样透视和异样发现：“这是一个冬天的夜晚/青青的果皮旋转着拉长/甜的汁粘在刀刃上/最后我心醉神迷地摆在你的沙发上/像赤裸而雪白丰盈的苹果摆在盘中”（《削苹果的女郎》）。“于是傅琼向雪凝望　同时/雪也摆出同样的冷漠朝傅琼凝望//她们相互估量相互仇视甚至爱慕/两种温柔的对视”（《凝望雪的傅琼》）。“一个下意识的动作/女秘书问：/在白天也有蚊子吗？”（《在办公室想割麦子》）。“有谁按衰老的方式生活/有谁按雪花降落的速度行进着/那个我曾经喜欢的人/在急急回家的路上/听到了弃婴的哭声”（《圣诞的日子尚未来临》）。这种在我们通常的视角之后、之外、之想不到的地方发现的一切，原本正是现实生活的一部分。解除有意无意的遮蔽，让它敞开、照亮，这就是意外的诗意。这也是当代诗人不同以往的新的使命。在侯马看来，“诗歌生成的奇迹包含着密不可分的降临奇迹和推进奇迹”，“当代诗歌不是激情之作，而是心智之作”，“重要的是不落俗套，这要听心灵的，更要听大脑的”。的确，发现需要智慧，而表达和传达这种发现，需要更大的智慧。或者反过来说，没有对后者的控制，前者也是不能实现的。出于天性的敏感，也出于对理趣的迷恋，侯马似乎特别善于从生活的缝隙处关照和捕捉到这种令人不安也令人豁然开朗的情境：“一枚樱桃/落在围棋盘上/棋手没有邀请它/裁判也不理睬它/黑白棋子/向边角惊散”（《落在围棋盘上的一枚樱桃》）。“金别针被弃在地毯上/绿绒中它像潜艇王/我捡起它放在书桌面/……我要用你代替掉了的纽扣/你肯定干得比胶布好”（《金别针》）。而在他的另一首代表作里：“这时一辆卡车/爬过乡间土路/种猪在它的油箱上/顺便吻了一下”（《种猪走在乡间路上》）。这真是匪夷所思，但这种良好的对位感正是诗人创作的秘密。侯马以后的诗加重了分析的力度，这主要是指，他处理的情境要更复杂和更微妙了：“这些翠绿的花儿呀/有整整一麻袋/沿马路摆开/它的原料是可乐瓶子/花儿，比弃尸纯洁/比灵魂颜色深”（《卖塑料花的农夫》）。“天上飘着新雪/地上堆着脏雪/她热爱这漫天的雪花/也心痛两只光洁的脚丫”（《脏雪》）。在他进入新世纪后的组诗《九三年》里，侯马以一种小警察平静和平实的口气，向我们展示北京小胡同里那些普通市民不为人知的命运：“这位老哥像柔软记忆中的一段硬物/长久地挂在冰窖胡同公厕的横梁。”“刘奶奶在前门住了七十年/愣是没有去过一次天安门。”“这个女人真是敢张嘴/这怎么可以呢/诸位想想一个妓女，披着警服？”这是一种交织着悲悯、同情、理解和尊重的感情，又是一种把自己置身于适当位置的态度，这也是口语诗里最为关键的分寸感。伊沙称侯马为“温和的先锋派”，指的正是这种沉浸于专业知识里的，对诗的内在构成与细节、诗的张力、诗的自足与成熟度的精确把握。侯马这些作品里的故事性也颇为引人：“他送她回家/他站在雨中呕吐/她的酒劲过去了/在车里冷得发抖/……他不让她说下去，说知道、知道/他告诉她关于响声/是风雨吹落了高楼的一块玻璃/在车机器盖上刻下了深深的一道痕”（《雨夜》）。这种节制、点到为止、见好就收的说法也对口语诗的继续推进提供了启示。

侯马的诗集《他手记》是一部重要的作品。无论对他自己，还是对当代的中国诗歌。对他的议论和表扬已经不少，在这儿我只补充几个没有怎么被人谈及、却也未必不要紧的方面。

忘了是在哪儿看到的，马雅可夫斯基有次朗诵，台下有人挑衅说，你们不是声称为人民说话吗？怎么一口一个我呢？老马反诘说，沙皇倒是老说我们，但他只代表他自己。这差不多也是中国现代诗歌的特点，诗人们大都习惯于第一人称，但过去总以集体代表自诩，现在个人价值暴涨，就只代表自己了。这么写的好处是亲切、贴身，并有着不容置疑的权威性（其实，“我”就真的能说得清我吗?）。可能很多人还没有意识到，侯马在诗里把主人公换成第三人称，是一个重大的转变。从“我与世界”转为“一个隐身的、匿名的、低调的作者与世界和世界里的他”，这个角度和站位的调整，必将改变我们对世界和自我的既定印象和既定形象，从而带来新的发现。他不是我，不太是，不完全是，可也不是外人，至少是最接近我（戴着面具），有些时候也可能化身为他人，“熟悉的陌生人”，不远不近，比较客观地观察和分析（肯定也是有着许多盲区和限度的，但较谦逊，也因此较通达），距离刚好合适。从我们的“辩证唯物论”教科书来说，这类似由“主观”过渡到“客观”，从哲学上说，这有些接近海德格尔对人的理解，“被抛掷在世界之中”，大家都知道，相对于笛卡尔的二元分离与对立，这是多么深刻的革命（在我看来，南非作家库切的小说非常迷人，似乎也与他喜欢用“他”的叙述方式有直接关系）。从王国维的“境界”上说，这意味着自“有我之境”向“无我之境”靠拢，后者当然要高级一些。而且，这也指向更严苛的、更精细的自我分析（有意思并充满反差的是，这位诗人居然是一名高层警官）：“尸体被抬走，客车也被吊起来了。围观的村民蠢蠢欲动，打算捡拾死者遗物。一个老头率先动手，弯腰抄起一瓶矿泉水。‘放下！’他厉声喝道，‘退回去，全都退回去。’他的同事一拥而上，把村民从现场劝离。农民的怜悯和同情都哪里去了，难道六个生命的消逝都不能压制住他们白占便宜。他说，真的需要加强社会公德教育。但是，他的眼前始终浮动着那位老人通红、布满皱纹的面庞，那欲言又止的神态。那不情愿放掉塑料瓶的手。他瞬间发怒的原因，是对权威的炫耀，而非对现场秩序的维护和对道德的坚守。他真正想说的是，对一位劳苦者的欺压是他一生的羞耻。”这样的反思、自省甚至自我批判都是不多见的。

手记，即随手写下的、备忘的、多少有点漫不经心的手稿。态度放松下来，蓦然回首，别有发见，侯马以此命名自己的诗，所谋者大。通过解放形式来解放内容，这等于预备好宽阔的河床，再给汹涌的河水自由。随写随记，随改随抄，取消的是诗的外套，凸显的是诗的身体。无数闪烁的小单元，聚合在一起，居然就有了迷离的效果。“把鞋子放在鼻子下面去闻，这是多么古老的一个行为，人类富有诗意的一个动作：要知道，肯于这么干的人不在少数，它一定与人性有关。这样的追腥逐臭属于怪癖，肯于承认的人除了儿童，就是那些坚持劳作的农人了。/农人鼓励儿童这么干。当他们鼻子流血的时候，农人就喊：‘快，闻鞋。’儿童急忙脱下臭鞋，放在鼻子下面去闻。这个古老的秘方代代相传，屡试不爽。它的奥妙在于‘信任’，相信此法的儿童必定用力去吸，从而将血凝固。/啊，脚臭，童年的活遗迹，一切都流逝了，只有不变的脚味，带着自怜自爱的秘密，在享爱与厌恶之间。”这种秘密的、特别的知识，如果不出自诗歌，还能出自哪里呢？从可能性上讲，它的弹性和容积不可限量，要多宽就能有多宽，要多深就能有多深，反过来也一样，要多浅也就可以有多浅。有的事情深挖细查，有的感觉点到为止，有的情绪一带而过，集腋成裘，居然累积到相当的规模，只有这时我们对他的整体构思和总体设计才多少有了认识（他开始就想好了吗？姑且存疑）。这样的长篇巨制，无须整齐，也不要警句和华彩段，互相映照，互相发明，貌似杂乱与细小，但我们能依稀感觉到蚂蚁毁灭大堤的威力。“老人关心孩子的脚指头。据说，大脚趾长的长大了孝顺，二脚趾长的长大了不孝顺。/他留心观察了一下，果然，有几个二脚趾不客气地探出头的家伙，都相当狡猾，不动声色地活着。/至于他，生活在一个拮据之家，从小顶破了不知多少双布鞋、胶鞋。父亲万般无奈，打算锯短他的大脚趾。他有权这样！就像托塔天王，可以亲手拿走哪吒的身体发肤。/他恨得痛心，在梦中流下了默默的泪水。是的，大脚指头怎么没有大孝心。母亲都七十岁了，还在为他缝着袜子上的洞。”（《他手记358　感恩》）侯马指出，“《他手记》首先是对诗的反动，又是对诗本质意义上的捍卫。他尝试这样一种可能，就是用最不像诗的手段呈现最具有诗歌意义的诗”。诗的本质即是发现，是特别的发现使诗成立。他的雄心似乎是，把散文写成诗歌。可以说，自从黑格尔之后，很多诗人自觉不自觉地，都在做着这个工作。但直接把散文当诗来写的人似乎不多，毕竟这太冒险了，这相当于要把走兽变成飞禽。但侯马的尝试颇为引人，他给我们介绍了许多途径。他用片段拼接整体，用碎片收集和反射光芒。除此之外，我特别留意他的诗句的独特构成。譬如大家不妨注意这一段，“哦，雨夹雪。啊，雨夹雪。哎呀呀，雨夹雪。哇噻，雨夹雪。噫吁戏，雨夹雪。且夫雨夹雪。雨夹雪，肉夹馍。”很像是乐队的反复试音（现在的诗歌乃至艺术，都是一个反复试验找调儿的过程，找到了就有了，找不到就算白瞎了），但等到“肉夹馍”出来了，我们意识到，他在递给我们花束的时候，玫瑰里面藏着匕首，今天的诗意正是如此，它出现在“不对头”的地方。它要让大地不稳，要让大路不平，要让我们在自己熟悉的家里迷失。它要求的毋宁说是一种思想能力，要对现实进行整合、修改和纠正，从而迫使我们退出业已习惯的安全地带。神来之笔就是神来了，神来了诗也就成了。“他真的不明白，一个偏僻小县城的人，到另外一个更加不知名的外省县城出差，有什么意义。更加不可思议的是，千里迢迢地，他的父亲，竟然搭火车，扛回来一张竹躺椅。/这把躺椅成了他们家唯一的奢侈品。他就是躺在这张凉爽而硬朗的长竹椅上，花了一个暑假，读完了《水浒传》全四册。这本书好就好在投降，令人灵魂激荡，心情惆怅。”我读到这里，同样是灵魂激荡，心情惆怅，这正是诗歌可以期待的读者反应。诗歌也并非无迹可寻，可以研究一下这里面转折和递进的关系。侯马说，“诗歌就是停顿”。每个句号都标示着一个节点，停下来，感觉一下，事情是否不太一样了。诗意或者诗性（瘾君子梦寐以求的纯度海洛因），正隐藏在这微微摇晃之中。我理解这实际上也还是个整理动作，接下来就要拐弯了。好比不易觉察的换气，机理有了微妙的波动。这就是它的节奏，只不过从外表的分行改为内在意思的跳跃，不是走路，而是在跑（诗与文的分水岭，假如真有的话，也挺难分清的），但不是一百一十米跨栏，而是马拉松里最后的冲刺。“兄弟给他一块糖，他高兴地剥开：原来是糖纸包着的小石头。他和兄弟一齐大笑，分享了这块‘糖’的喜剧。”平易、亲和，有点意外，有些惊喜，内容似乎并不这么简单，但还很难讲得清楚，也有点硬，咬不动，这大致也就是侯马诗歌给我的感觉。

在近作中，侯马在童年回忆和当下经验中，继续向着别人不注意、不敏感和未及探索的题材领域开掘，并贡献出新的一大批重要的作品。很多人都注意到他作品中蕴含的人文立场，但这种立场是隐蔽的和温和的，也是坚定的，毫不含糊的，是具体的，而非姿态式的。同时，它们凝结成了智性之光，照彻并照亮自己笔下的万千事务，尤其是自己的内心。诗歌的智慧不是归为结论，而是要把读者带到陌生的情境里，拓展和修正人们惯有的思维。也许跟他的职业有关，侯马大概是最关切人的尊严和权利的诗人了，他甚至把卑微的麻雀，和尊严、自由写在了一起。在真实和冗长到难以容忍的《小柿子》里，在让人尴尬和难堪的《伪证》和《教育》里，他不仅写出了莫名的暴力，似乎也写出了少年的无辜（还有什么更大的力量在控制和左右着他们），更写出了这些“原罪”背后的某种值得反思的历史的、文化的和社会的传统，在《有一个人他自己还记不记得他是谁》里，无名的“贾老四”的姓名乃至身份令人唏嘘（这样的人还有多少?），而在《清明悼念一桩杀人案的受害者》里，他的同情的目光平等地投向这两个受难的人。在他的小品《国家》里，外省与首都，小城与北京，大学新生与碰到的第一个北京女孩，刚好比对，真是巧，而且妙，难以置信，但又确凿无疑，“装扮成一名维吾尔少女”，“载歌载舞/从天安门前走过”，说的是实情，讲的是白话，却又若有所指，似有深意，是小诗里的大作品。而在最新的《拉姆斯菲尔德如是说》里，西方政客貌似深刻的哲学车轱辘话（或可理解为“正确的”现实），经他“学”给他人之后（这即是诗歌的移译或翻译，处理或整理，转化或点化），有趣的效果出现了，别人听后“笑得像个婴儿像个傻瓜”，而他也感慨“而我对世界也真是讨好”，妙不可言，有些自我怀疑，也有些自我肯定，有点得意，也有点自嘲（这就是今日诗人至关重要的现代感了），反差颇大的两段诗的无缝对接，充分展示了侯马举重若轻的风度和穿透力，也让我们多少接近了标示性的、温和与智性的侯马的个人诗学。显然，他是那种成长期漫长（相对于80年代很多少年成名、昙花一现的诗人）的诗人，但成熟以后状态稳定，后劲充足，更多一些专业精神和职业精神，他很可能也是可以写得更多和更久的那类诗人。在《春节在江南梦到诗友》一诗中，侯马向我们透露了一点他的梦境，不用精神分析我们也能看出，这是一心向诗的诗人的心思，也是一心向诗的诗人的焦虑。这样的诗人怎么会写不好呢？那么，我们还有好作品可以期待。

[作者单位：北京石油化工学院人文学院]

诗学研究

纪念韩作荣

侯马诗歌创作研讨会论文选辑

结识一位诗人

女性诗歌研究

台湾诗歌研究

诗论家研究

姿态与尺度

诗歌“青春期”的生成性与困惑

——关于谢小青的诗

霍俊明

在溽热的武汉参加闻一多诗歌奖评选的时候，在《中国诗歌》上我第一次比较全面地阅读了谢小青的诗。作为一个20世纪80年代末期出生的年轻诗人，她是入围此次诗歌奖最年轻的候选者。尽管她的诗歌可能还存在着一些可供商榷的问题，但是她的诗歌已经引起了批评家和诗人的普遍关注。当然对于谢小青这样一个年轻的写作者而言，她的起步较高，有些诗作也相对成熟，但是整体上看也存在当下一些青年写作者普遍存在的问题。换言之，此文对谢小青的肯定以及一些问题性的指出既是来自于她的文本，也是来自于对整个诗坛的写作而言的。对于年轻的写作者我充满了期许，说些具体而微的建议对写作者而言也是一种必备的参照。很难想象，对谢小青这样的具有潜力尚需进一步凸显个性阶段的诗人而言说出的全是肯定和赞誉的话。这是可疑的。这使我想起梁小斌在参加第十八届青春诗会的时候曾经说过这样一句话——“青春诗会的最大收获是产生了困惑”。是的，青春的诗歌如果没有困惑而只有自信和自负是可怕的，也是可疑的。

就谢小青目前的诗歌所处的阶段而言仍处于“青春期”，这样说并没有贬低诗人的意思，即使是海子在离世前也仍然处于诗歌“青春期”。换言之，谢小青的诗歌正处于未完成的状态。在诗人的诗歌品质和个性逐渐生成和凸显的过程中诗人不能不产生困惑和不满——除非这个诗人过于自以为是，这样就只能自生自灭了。这一阶段的诗歌写作最大的好处和优势是自由、自我、随意、任性、大胆，有写作的热情和饱满度。这些还有些粗糙但是具有旺盛成长势头的原生性是成熟阶段的诗人所不具备的，当然其局限性也同样是明显的。

一

尽管谢小青的一些诗歌涉及城市空间，但现在来看其处理更多的则是乡土背景下的家族、记忆以及成长期的内心漩流。当诗人在城市里仍然不断回望遥远偏僻的故乡，这不能不是当代中国那些有着乡土经验的人在全面城市化和城镇化时代的集体性命运，“我在向往现代文明与享受城市消费的时候，感觉自己失落了什么，身心受到了某种压抑与捆绑，机器轰鸣、高铁飞奔、信息爆炸，我们脚步匆匆、神情木然，在欲望的路上一日千里，我突然就想停一停，想回头看看被远远抛在身后的灵魂”（谢小青：《我会沉睡，诗歌醒着》）。回忆就是挽歌。

在“铎山镇”这样的特殊而狭小的空间，谢小青以干净、利落、朴素、悲悯的叙述方式还原了乡镇生活的内里和真相。实际上还原能力对于诗人而言只是一个初步的要求，问题是当下很多青年诗人因为急于在诗歌中扮演各种诗人形象而使得这种还原能力正在普遍降低。“父亲去铎山镇”更像是一个小说的开头。平淡无奇的叙述口气恰好与平淡、局促、贫穷的日常生活现场构成了深层的一致。两百米长的街道，二十里的距离，一起容纳的却是无边无际的阴影，“最后他买了低档香烟回家/把阴影藏在肺里”。在一个年轻诗人呈现的诗歌世界中我看到的却是一个略显沧桑的诗人形象。她有时候并不宽怀，也没有学会在时尚中消解苦难与悲欢，而是时时在诗歌中反复出现戏剧性的场景和冲突。这种戏剧性冲突并不像一些诗人那样来自于阅读和西方现代诗歌传统的想象，而是直接来自于个体经验。从现代性转型的角度而言新世纪以来的“中国经验”所提供的“农村现代化”“传统的再造”等现代模式所展现出的人和社会的丰富性、复杂性不仅已远远超出了当下西方社会的文学经验，而且还超出了中国以往的文学经验。由此，这对作家的想象力和写作而言制造的难度是可以想见的。在谢小青这里，个人经验和社会经验之间，乡土与城市之间，当下境遇与过往记忆之间时时处于一种胶着的状态。由谢小青诗歌的戏剧性我们既可以看到个体的命运，也可以在整体性的意义上思考晚近时期以来中国诗歌写作的集体命运和遭际。写作就是在寻找精神意义上的故乡和本源。这在一个全面城市化和城镇化时代显得如此虚妄、吊诡而尴尬。在一个社会分层愈益显豁的年代，在一个“中国故事”如此难解的年代，当你试图在深秋或寒冬越过灰蒙蒙的高速路和城市上空寻找故土的时候，你必须学会在“斩草除根”的现实中承受噬心而残忍的孤独。你起码要在文字中付出代价。

谢小青有很多处理乡村经验和记忆的诗，比如《父亲去铎山镇》《〈资本论〉后传》《姿势不同》《好好爱你，故乡》《夏天的收割》《云彩也可以触摸》《亲眼所见》《黑洞》《张铁匠》《乱坟岗的女人》《谢春花跳到哪里去了》《暮春》《大坪村的春天》《草民》等。这种趋向在目前中国诗歌界非常普遍，这既有时代的精神诉求又有诗歌趣味自身的合理性。当文学不得不参与了现实生活，那么写作就不能不是沉重的，“小时侯我连一件新衣服都没穿过，上学也没买过一本参考书。年轻人都出去打工了，只剩下老人与孩子守着破败的家园。一提起笔，我的内心就纠结与痛苦，就想流泪，我的父母一辈子吵架烦恼，我的两个成家的哥哥连新房都盖不起，农村还存在着重男轻女的观念，女孩被遗弃被虐待的事情也常有发生。这是中国文化人分等级的悲剧，我写乡村不需要任何掩饰，更不会去虚伪地赞美，我把乡村的伤口暴露给读者，我把新旧文化的冲撞展示给读者”（谢小青：《我会沉睡，诗歌醒着》）。写作就此不能不成为一种命运。这让我想到了吉尔·德勒兹的一句话——就写作和语言而言“精神病的可能和谵妄的现实是如何介入这一过程的?”当下的写作状态与现实场域之间越来越发生着焦灼的关联，甚至社会伦理学一度压抑了美学和趣味。正如布鲁姆所嘲笑的很多诗人和研究者成了“业余的社会政治家、半吊子社会学家、不胜任的人类学家、平庸的哲学家以及武断的文化史家”。近年来诗歌与现实的关系不断被讨论甚至引发激烈的论争，也确如王家新所说任何一个时代的诗歌都要在它与现实的关系中来把握自身。诗歌与公共性现实的关系一直处于龃龉、摩擦甚至互否之中。这不仅在于复杂和难解的现实与诗歌之间极其胶着的关系，而且在于诗歌的现实化处理已经成了当下写作的潮流。而这种现实化的写作趋向还不只是中国化的，甚至是全世界范围的。正如多丽丝·莱辛所说，我们处在这个面临威胁的世界。我们长于反讽，甚至长于冷嘲热讽。某些词或观念几乎不用了，已经成为陈词滥调了，但我们也许应该恢复某些已经失去其力量的词语。

诗歌作为一种趣味、美学、修为、技艺是无可厚非的，我们也没有必要在一个社会分层明显的时代让诗歌承担起沉重的社会伦理和道德。正如爱尔兰诗人希尼所说，在某种意义上，诗歌的功效等于零——从来没有一首诗阻止过一辆坦克。鲁迅更是直截了当，“一首诗吓不走孙传芳，一炮就把他轰走了”。但是同样重要的是在一个电子碎片化的时代和共时化的大数据时代以及文化消费的社会，当下的诗歌与现实之间的关系从来没有像今天这样紧密、矛盾、纠结。很难想象一个诗人的村庄和住宅一夜之间被夷为平地的时候，他在诗歌中不愤怒、不理解、不控诉。说到诗人与现实的关系很多诗人还会惯性地将公共生活与国家意识形态甚至政治之间联系起来，比如欧阳江河所说的“中国这个国家，从来写作都是政治的一部分，尤其是诗歌。你想要脱离政治来谈论优美、意义、崇高，那几乎是不可能的事情。我所理解的最好的诗歌写作，尤其是‘大国写作’，一定要触及人的生命，人的存在的根本。在中国，触及人存在的根本而不触及政治是不可能的，所以当代诗意不必回避政治”①。德国的塞姆·基弗认为当下的时代不再是把人扔进奥斯维辛的焚尸炉，而是“被经济的当代形式所毁灭，这种形式从内里把人们掏空，使他们成为消费的奴隶”。而当政治以文化消费的形式或娱乐化的“拟象”（比如好莱坞电影）直接参与了政治体制和意识形态，写作就变得愈益艰难了。就诗歌与现实的关系而言阿多尼斯认为诗歌不是对现实的再现，“不论回避现实还是屈从现实，都是另一种‘奴役’。诗歌应该超越现实，把我们从现实中解放出来”。这句话很深刻，但是对于复杂的诗歌写作而言即使诗歌介入现实也并不意味着就不能写出好诗和重要的诗。也许只有极少数的伟大诗人能够超越现实，但是对于更多的诗人而言重要的是出于现实的旋涡将之转换成为诗歌的现实、语言的现实和想象的现实。关键是如何通过诗歌语言的方式表现内心的无数个“现实”的风景。

二

重新回到谢小青的文本接着看诗歌的乡村叙事问题。“铎山镇”与二十里外的山村和千里之外的城市之间，在油菜花的田野和《资本论》以及飞机场之间给诗歌带来的则是伦理化的写作趋向。但是必须提醒诗人尤其是像谢小青这样的年轻诗人们注意的是，当一个时代的美学和社会学重新成为问题甚至出现极其密切甚至紧张关系的时候，一定要清醒随时都要记得是在用诗歌说话，而不是新闻、小报、大字报、上访信、举报信、控告信、忏悔书。当然诗歌可以体现这些功

① 欧阳江河：《电子碎片时代的诗歌写作》，《诗建设》2013 年第 10 期。

能，但必须是诗歌的方式。对此，谢小青有着自己清醒的思考，“我也写了大量的生活题材诗歌，也写过打工题材的诗歌，但我不是为写生活写生活，不是为打工写打工，不是为贫穷写贫穷，不是为同情写同情，不是为批判写批判，我们活在这个世界上，不论贵贱，生命是平等的，诗人应具有普世价值观。我写了富士康，写了年轻的农二代对大工业时代的不适应，写了分居两地的女工的性寂寞，写了维修工拥有‘三妻四妾’的特殊环境，我也写了下煤窑的哥哥，但我只是写人，写人性，写终极关怀”（谢小青：《我会沉睡，诗歌醒着》）。

谢小青的诗就是从故乡和铎山镇出发的诗，她不得不时时折返和寻找，而这个过程必然是疼痛甚至是虚妄无果的。在《父亲去铎山镇》《资本论·后传》等诗歌中我们看到一个女孩愁云密布的面庞和愈益沉重的内心。我曾经强调过一个诗人和写作者企图回到过去或超越当下都是不可能的，正因如此我们也才会不断强调所谓的有难度的写作。由故乡的“地方性知识”所牵涉出来的必然是在空间和时间的交叉点上对生命、存在、命运、现实和时代的直接应答。《天堂的路费》中也出现了当下诗歌中频频现身的“小煤窑”和挖煤工人。对于写作者而言，考量这样的诗歌成功与否的最好方法就是比较阅读，比照下同类诗歌之间的类同或差异——没有差异就称不上什么好诗。在写乡村的同类型的文本中，《夏天的收割》和《云彩也可以触摸》的诗歌品质显然抵不上《好好爱你，故乡》。前两者更多近于线性的白描，这样的文本并不能让人再次认识真正意义上的乡村。庄稼、土地、汗水、河水、动物都已经在中国现代化转型过程中的乡村发生了近乎翻天覆地的变化。如果在当下的叙事中既展现历史性的关联又深入展现当下的内核，既是艰难的又是必要的。这就要求诗人不仅要具备面向自我和现实的能力，而且更应该具有面向语言和个人化历史想象力的准备。而《好好爱你，故乡》这首诗则不仅每个细部都能够在象征性的场域中揭示乡村的真实，而且在频繁密集的近乎剥洋葱的过程中将一种切实的命运感凸显出来。她在一个个词语背后密布了针尖、荆棘和芒刺——“故乡，我想把这两个字拆开/该毁掉的就毁掉，该搬迁的就搬迁/重新建设我的小葱拌豆腐的审美/我捕风捉影的思念”（《好好爱你，故乡》）。

如果一个年轻的写作者，她的诗歌具有了某种“发现性”，那么她的写作潜质和能力是可以预期的。几年前在一个刊物上读到谢小青的时候，我感受和印象最深的就是《亲眼所见》这首诗："那天，我跟几个小伙伴在乡间小路上玩耍/突然看见一个熟悉的邻居/画面一样朝我们移过来/有点蹊跷，我们叫了他一声，他也没应/竟大摇大摆从我们中间飘过/这绝非杜撰，多年以后我都不明白/当我们回到家时/听到鞭炮响起/他死了！刚刚我们还在路上与他相遇/他真的死了吗？我们对死亡充满了怀疑"。这是一首真正意义上具有还原和发现性的诗。乡村的很多东西都变了，甚至是烟消云散般的变化，但是有些东西似乎一直在若隐若现地延续和现身，比如乡村的鬼神文化、死亡故事、不可解的甚至神乎其神的神秘现象。《亲眼所见》在很多没有乡土体验的阅读者那里肯定会认为这是写作者在故弄玄虚、装神弄鬼，但是真正有过乡村生活的人对谢小青描述的这种一个人的魂魄在刚死时现身的故事并不陌生。在我的老家，几十年中我听到的类似的故事太多了，有的就发生在身边的人身上。这种带有历史性、民间性的乡村，对于当下普遍流行的伦理化的社会学癖好的"新乡土叙事"而言是一个很好的拨正。值得注意的是谢小青的诗歌中有些语句和意象有时显得生硬，比如"童心抛锚""山河破碎，铁蹄铿锵"等。对于谢小青，诗歌的路还长，尤其是对于诗歌的"青春期"而言成长必然伴随着缺陷甚至困惑。谢小青的有些诗抒情方式比较直接，肯定和直陈性的语句也比较普遍，比如"从前生跳到后世，从后世跳到前生/也跳不出苦菜花的命"。实际上这些诗歌问题随着写作经验的逐渐成熟会自然避免的。诗歌本质上还是语言问题，因为语言所携带和呈现的已然是诗歌的全部。

在全面城市化和城镇化的时代，我们生活在大大小小的雾霾笼罩的城市、城镇和城乡结合部，写作者实实在在地经受到了不小的精神激荡与写作困窘状态。在逐渐高耸而同一化的城市建筑背后是曾经诗意的、缓慢的、困顿的乡土。在推土机的隆隆声中以及经济利益铁臂的驱动中曾经温暖熟悉的故乡、家园都破碎成了旧梦。在城市化和城镇化的现实面前写作不能不与之发生对话甚至摩擦、龃龉和碰撞。"诗人的天职是还乡"曾经让中国的作家在语言中一次次重建精神的栖居之地。然而对于突然出现的城市和城镇化景观，很多写作者仿佛像被空投一样从乡村抛掷到城市的陌生空间。这个时代的写作者是否与城市之间建立起了共识度和认同感？1936 年卓别林《摩登时代》正在 21 世纪的社会主义中国上演——人与机器的博弈，乡土与城市的摩擦。命定的“离乡”和无法再次回到的“故乡”成为双向拉扯的力量。当城市化和城镇化时代全面铺展开来的时候，我们是否还能保持一个写作者的良知和纯粹的美学立场？无论如何我们应该相信写作者无论是面对城市还是更为庞大的时代都能够发出最为真实的声音。米沃什曾有两部作品分别叫作《从我的街道出发》《从我所在的地方出发》，当年顾城关于北京有一组极其诡异和分裂的诗《鬼进城》，这是极其准确的城市化时代的写作预言。与强硬城市相对的是虚弱“乡土”的命运。谢小青的一部分诗歌也转向了所生活和学习中的城市空间。

乡村生活尽管贫穷、悲苦，但仍然是带有温暖的体温和记忆的。尽管其中有些诗也有紧张和分裂的成分，但更多是舒缓的、内敛的。而当谢小青面向城市的时候迎面而来的就是空前的紧张感。《慌张》《天桥》比较有代表性地呈现了诗人城市生活的心理状态——“站在天桥上/我怀疑是一阵春风/吹来了这么多的甲克虫/让我眼花缭乱/在金属的外壳里/跳动着弱小的心脏/一抬头/天空就把我们看作了陷阱//桥下如同湍急的河流/不停地流呀，流呀/流到哪里，那里就是前途/远方有多远/连翅膀也不知道/我不由一声叹息/是我们在不停地赶路/还是道路把我们背在身上”（《天桥》）。对于所有有过乡村生活经验的人而言，乡村和城市永远是拉扯神经的两极状态。无论你偏向于哪一极，必然会产生痛苦。由此，诗人也必须在这些为我们所熟悉或陌生、麻木、紧张的城市生活中完成类似于剥洋葱的工作。在她剥开我们自以为烂熟的城市的表层和虚饰的时候，她最终袒露给我们的是一个时代的痛，陌生的痛、异样的痛、麻木的痛、不知所措的痛。写作者必须要领受一个时代的伤口或者一个时代不容辩白的剥夺。这样的诗处理现实并不难，但难的是具有“现实感”。而对于时下愈加流行的“打工诗歌”和“城市”写作我抱有某种警惕。这不仅来自于大量复制的毫无生命感以及个人化的历史想象力的缺失，而且还在于这种看起来“真实”和“疼痛”的诗歌类型恰恰是缺乏真实体验、语言良知以及想象力提升的。这种类型的诗歌文本不仅缺乏难度，而且缺乏“诚意”。在这些诗歌的阅读中我越来越感觉到这些诗歌所处理的无论是个人经验还是“中国故事”都不是当下的。更多的诗人仍在自以为是又一厢情愿地凭借想象和伦理预设在写作。这些诗歌看起来无比真实但却充当了一个个粗鄙甚至蛮横的仿真器具。它们不仅达不到时下新闻和各种新媒体“直播”所造成的社会影响，而且就诗人能力、想象方式和修辞技艺而言它们也大多为庸常之作。我这样的说法最终只是想提醒当下的诗人们注意——越是流行的，越是有难度的。

三

我一直听到这样一个说法，尤其是在女性那里，认为诗歌和写作是不分什么男诗人和女诗人的。这句话在特殊的时期和特殊的场合以及女性自身的心理差异上而言当然有其合理性和必要性，但是在另外一个层面上而言，诗歌不能不与性别有关。这样说的意思就是，对于谢小青这样的女诗人而言她的一部分诗歌显然是只有女性的敏感才具有的。换言之一种特殊的女性言说的视角不仅直接回到了个体的身体感受，而且还原出真实的生命本质。值得注意的是女性写作一直有着自我戏剧化的趋向，日常生活与白日梦重叠，真实与虚幻彼此相生。这些既有寓言性又有细节感的写作方式对于显现女性特殊的情感和知性空间显然具有一定意义。

当谢小青以女性的眼光来审视和面对城市生活的时候，这样的诗同样需要勇气。《人流卡》这首诗尽管前半部分的抒写还有些随意，但是结尾处给人心和男人们以当头一击。尤其重要的是结尾的方式恰恰是只有女性才具备的，“那些藏在子宫的孩子，不是今天的孩子/昨天的童话已胎死腹中/那晚我流了好多血/在梦里”。梦，流血，正是女性最具普遍性的一种记忆和写作方式。在此意义上，女性的身体感知和记忆会比男性更细腻、也更持久。比如《美味》一诗就很具有代表性，“我梦到自己裸体坐在一群人中间吃饭/一桌美味，我不停地动筷子/却发现一些人侧过头来看我/一些人偷偷瞟我，一些人窃窃私语/有人偷偷摸了我一把/又有人偷偷摸了我一把/我生气了/你们大名鼎鼎，你们道貌岸然/可我还是个孩子”。这种“梦境”看起来虚幻却比真实还真实，所以诗人一定要注意诗歌的“真实”并不一定直接来自于对社会现实的呼应和伦理化的歌哭。谢小青既有对家族和乡土背景的深情和不甘的追挽，也时时在处理个人经验、内心想象和现实境遇时有戏谑、不解、诘问。我曾在一篇文章中简略论述了 1989 年以来 20 年间女性写作与家族谱系的关系，而谢小青关于母亲的诗则一定程度上还原了血缘和乡村双重意义上女性的日常性命运，比如《姿势不同》一诗。而《乱坟岗的女人》则是在普世性意义上对那些生前悲苦、死后荒凉的乡村无名女性们的再一次命名。在我老家的集体坟场上，老一点的坟墓上所有女性都是没有名字的，一律用霍高氏（我的祖母）、周郝氏（我的外祖母）代替。如今这几年，埋在这里的女人都有了自己的名字。这似乎多少也是一种女性和乡村在新时代的进步，尤其是《儿时，我看见父母做爱》这样的诗是需要勇气和胆量的。这种极难处理和把握的诗歌类型在汉语诗歌谱系中少之又少，“儿时，我睡在父母的鼾声里/鬼就离我很远/六岁时，我发现黑暗在摇晃/床铺在咀嚼青草/月光雕刻着两个重叠的身影/我听到耕耘的牛在喘息/犁铧卷起浪花/我吓坏了，童心抛锚。/只是我还不明白，男人如何/把坚硬的部分藏进女人的身体”。这也是特殊的关于个体身体和精神成长的乡村教育。需要明确的是，身体是在存在的意义上来讲的。现在很多诗人将身体和肉体混为一谈。《第一次进入女澡堂》不仅将乡村和城市空间直接并置在一起，而且将身体学意义上的乡村女性与城市女性以及不同年龄段的女性重叠在一起。这些身体实际上就是不同的精神状态和生命状态的交织甚至直接碰撞，“在澡堂，我看到了自己的生命过程/对未来反倒少了一些恐惧/昨天已经过去，明天孤独夕阳/今天病树前头万木春，乳房膨胀”。这是关于女性的诗，而这样的诗如果只是发生在相对封闭空间的乡村是不可能的，而对于那些直接生活在城市的女性来说也不会产生这样的诗。这是类似于“中间地带”的文本，诗人在中间的那个尴尬的位置上却能够更为清晰地对两个地带进行观看、审视和追问。沿着“身体”的路线，谢小青的很多诗就看得比较清楚了，比如《锁骨》《我们把阳光铺在床上》《让我也打一次铁》。尤其是对于年轻的女性而言，身体感知和爱情幻想必然体现在诗歌创作中。在此意义上，诗歌写作更近于一种特殊方式的日记和精神档案。《我们把阳关铺在床上》并没有像其他女性那样直接处理身体的官能和内心的幻想，而是再一次将乡野的身体记忆重现出来，“真好，我们一遍遍抚摩阳光/学鸟鸣，在枝头云端/学农人干活，发出粗重的呼吸/你要我叫你父亲，我要你叫我母亲/依然是父亲与母亲睡在一起”。在《锁骨》这首诗中我一直对其中的一句不太接受，至于不能接受的原因还不是在于其中涉及的身体部位，而是在于这句话无论是从必要性还是准确性上都带有疑问，这句话是“这个夜晚，在我温柔的肚脐眼里沦陷”。谢小青的《让我也打一次铁》

让我直接想到的是李轻松的一首诗《让我们再打回铁吧》。这两首诗甚至在题目上就有直接的“血缘”关系。我与李轻松在她首都师范大学驻校期间所做的长篇访谈录的题目就叫《爱上打铁这门手艺》。如果两首诗比较阅读的话，两首诗的关联性、差异和品质就会自然呈现了。李轻松的这首诗是滚烫的、灼热的、燃烧的、饥渴的。正如西方一个女性主义诗人所说的体温高烧103°，“我始终不知道，铁是件好东西/铁是我血液里的某种物质/它构成了我的圆与缺，我内部的潮汐//许多年来，我一直缺铁/我太软，太弱/是什么腐蚀了我的牙齿　使我贫血/到处都布满了铁锈/直到我闻见了血，或闻见了海//整整一天，我们一直在打铁/我摸着我的胸口像滚烫的炉火/而我的手比炉膛更热/一股潜伏的铁水一直醒着/等待着奔流，或一个伤口/它流到哪儿，哪儿就变硬　结痂//亲爱的，不要停下，/我从来不怕疼。从来不怕/在命运的铁砧上被痛击/或被粉碎，只是我需要足够的硬度/来煅造我生命中坚硬的部分//在所有的女人里，我的含铁量最高/我需要被提出来，像从灰里提出火/从哑语中提出声音/从累累的白骨里提出芬芳/连死亡都充满尊严//深深地呼吸吧！在这个夏天里/连汗水都与铁水融为一体/从此我们将是两个不再生锈的人”。谢小青的诗则是智性的、冷却的、反思的，“装模作样，我也抡起了大锤/我对这个世界没轻没重/即使敲打不到位/我的声音也很铁/铁花是怎么开的/我不空想，也不跑题/好好地打一会铁/像锻工师傅那样/对一件事或对一个人铁心//一个女诗人说/‘老公，让我们整整一天打铁/使劲，使劲’/我的脸就红了/难道，这就是贪婪/在灼热的氛围里/女人的骨头就容易变型/我出汗了/把敲打过的记忆扔到角落/就迅速冷却”。

对于女性诗歌而言互文性阅读是非常有效的一个方法。这大体涉及女性经验、阅读和想象中历史沿留下来的精神趋同化的一面。谢小青应该受到了对女性诗人阅读的一些影响，当然转换和提升才能使得诗歌带有差异性和个性。读到谢小青的《草民》时我想到的是当年李小洛的一首代表作《省下我》。只是二者之间的互文性更多呈现为两个不同的精神方向和言说方式。李小洛采用的是“以退为进”的方式，说出的是“省下我吃的蔬菜、粮食和水果/省下我用的书本、稿纸和笔墨。/省下我穿的丝绸，我用的口红、香水/省下我拨打的电话，佩戴的首饰。/省下我坐的车辆，让道路宽畅/省下我住的房子，收留父亲。/省下我的恋爱，节省玫瑰和戒指/省下我的泪水，去浇灌麦子和菊梅。//省下我对这个世界无休无止的愿望和要求吧/省下我对这个世界一切的罪罚和折磨。/然后，请把我拿走。/拿走一个多余的人，一个/这样多余的活着/多余的用着姓名的人。”谢小青则是直接的前进式的，“我怎么能省下蔬菜、粮食和水果/省下书本和笔墨/像张白纸，或者贫血/矫情，那是诗人/我不会浪费一粒米/也不会挥霍穷人的梦/穷人不会数星星，只与风雨调情/路边的野花，不羡慕花瓶//我那么矮小，远离天上盛大的浮云/我声音微弱，要用心才能听到/树大招风，当高昂的抒情被连根拔起/我只是弯了弯腰”。当一个女性在诗歌中喊出“谁躺在我的身边，谁就是我的祖国”时我们也只能相信：爱情的幻想是一个女性尤其是女诗人所挣脱不开的，有时是美梦，有时也成了梦魇。这实际上就是一种情感的乌托邦，它不关乎道德，只关于爱或者不爱——“当我放下纠结的世界/他就抱住我，不着一词/梦里我们裸体躺在草地上/被阳光抚摩/没有羞耻，也没有被人围观/梦里放着一个默片”。

谢小青的《杉木》一诗让我想到的是路也当年写的诗《木梳》。在诗歌的心理层面，二者具有相近性，即都是对精神世界的重建。只不过在路也那里重建的重心是古典小令和田园牧歌式的理想爱情，“我们在雕花木窗下/吃莼菜鲈鱼，喝碧螺春与糯米酒/写出使洛阳纸贵的诗/在棋盘上谈论人生/用一把轻摇的丝绸扇子送走恩怨情仇/我常常想就这样回到古代，进入水墨山水/过一种名叫沁园春或如梦令的幸福生活”。而在谢小青这里，重心则倾斜到了城市化时代的乡村命运和个体命运。当路也在对江南和江心洲的诗意氛围中说出“我是你云鬓轻挽的娘子，你是我那断了仕途的官人”的时候，谢小青则是在相反的方向上发声，“我不叫你官人，那是男权/你不叫我娘子，那是三从四德跪着的胭脂/我们像杉木一样挺直腰杆生活/用炊烟伸进天堂/夜里，我们喝自酿的甜酒，月亮就开始发烫/我们在杉木板床上颠鸾倒凤”。

谢小青的诗歌中曾反复出现了翅膀的意象，那么什么是她的翅膀呢？梦、身体、爱情，还是城市化时代千里之外的故乡？我想到了诗人的一句话——“我会沉睡，诗歌醒着”。

［作者单位：中国作家协会创研部］

父亲，怎样代替了乡村？

——读谢小青的《父亲去铎山镇》

王清辉

《父亲去铎山镇》完成了从“父亲”到“乡村”的动人描摹。村外的世界即使只是一个小镇，在父亲看来也是令人目不暇接不知所措的，他的生活就是这样充满了窘迫和不安。可是对于诗人来说，父亲怎样代替了乡村，这才是诗歌的主题所在。

诗中她从父亲的所看，写到父亲的所想、所做，直接超越了女儿对父亲的单纯亲情，诗中描述的不仅仅是父亲的形象，更是一个乡村的精神形象。从小，女儿爱父亲才爱故乡，这是血缘亲情，但是，当女儿长大了走出乡村之后，则是通过爱故乡来思念父亲。持“异乡”身份的当然不仅仅是诗中的父亲，更是诗人本人。只有当作了“城市异乡人”的女儿回望父亲的时候，才能表达出这样的乡村精神形象。这个形象让我们焦虑，同时又召唤着我们，给我们以安慰。在这个意义上，父亲代替了乡村，他的不安甚至让人觉得安慰，诗人细腻而节制的缅怀里藏着深深的眷念，有父亲的地方就能拴住漂泊不定的心灵。

传统诗歌中有大量的乡愁诗，写客居他乡的游子孤寂的心境和对家乡、亲人的思念，极尽曲折动人之外，更不乏化思乡与忧国为一炉之作。如杜甫因睹物思人、触景伤情创作《秋兴八首》，“丛菊两开他日泪，孤舟一系故国心”“夔府孤城落日斜，每依北斗望京华”“鱼龙寂寞秋江冷，故国平居有所思”等俱是如此。柳宗元在《零陵早春》中说：“问春从此去，几日到秦原。凭寄还乡梦，殷勤入故园。”家乡始终是诗人寻找庇护和慰藉的所在。王维的“来日绮窗前，寒梅著花未”，方干的“昨日草枯今日青，羁人又动故乡情。夜来有梦登归路，不到桐庐已及明”，也都巧妙地表达了思乡之情切。然而，面对着突飞猛进的现代化和城市化，思乡不再是那么简单的情绪，也不再是那么单纯的个人体验。《父亲去铎山镇》通过简单纯净的语言，充分表达出了其中的复杂性。她既带着鲜明的个人气息，但是其中表达的经验又不完全是个人的，通过父亲形象对乡村形象的替代，她实现了抒情的“非个人化”。我们从中读到了她对父亲的悲悯，对乡村经验的缅怀，更读到了她心灵上对父亲和乡村的依赖以及深情。将个人经验和诗歌的审美要求融合在一起，在我看来这是不多见的成功之作，其主题更是一代人所共有的心灵史。

父亲对乡村的依赖总有一天会变成“我”对乡村的依赖。在此之前，“我”对父亲的观察其实也就是自己生活的写照。面对着生存本质上的困境，“我”的故乡在哪里？“我”的父亲在哪里？这样的思索有时候会让人痛苦，有时候会让人失落，有时候也会让人觉得安慰，有时候还会让人成长。这也是现代化背景下“乡愁”的重要意义。

[作者单位：中国作家协会创研部]

[附]

父亲去铎山镇

谢小青

他偶尔离开山村
到二十里外的铎山镇
看过往的城市班车
他也想中途上车
看那些打扮妖艳的女子
想把她们种在地里
看打台球
看一个个老故事掉到陷阱里
悄悄倾斜的阳光
打在他泥土色的脸上
他在两百米长的小镇上转来转去
从香香理发店到铎山加油站
五分钟路程，却用了他大半辈子
最后他买了一条低档香烟回家
把阴影藏在肺里

成长的记忆

——读谢小青的《第一次进入女澡堂》

刘晓翠

对于诗歌创作，谢小青曾这样表述过：“网上我与一位诗人交流，他说，不要被天下大乱的诗坛迷惑，诗歌说到底还是语言的艺术，不论你用口语还是用意象，语言都要有诗意，有张力，而诗歌则要有文化底蕴，有进步的思想，有来自灵魂的呻吟。我豁然开窍，坚持走自己的路，努力让语言直抵心灵，穿透真实的生活。”①

当下诗坛的诗歌创作日趋多样化，诗作也良莠不齐，然而，真正好的诗歌永远是对人类的真实境遇的描写，能够直达人的内心并反映某个族群、某一类人的生存状态。诗人谢小青的诗作《第一次进入女澡堂》便为读者展现了20世纪90年代之后少女自我成长的心路历程。

这首诗以白描间杂诗人内心独白的形式描述了“她”第一次进入公共澡堂的图景。来自乡村的“她”，对于身体（他人的及自我的）的感知懵懂而似是而非，诗人用“剥开的春笋”形容自己的身体，那样洁白，又那样羞怯。在“她”的乡村，洗澡时向来是私密的，没有人为“她”解释生理的变化及意义，“她”所了解的一切都来源于自我感知。

当“她”第一次在公共澡堂中，关于身体这个“她”有限了解的世界一览无余袒露在“她”的眼前，各个年龄段女子如同人生的不同场景集中展现，这些具象如同镜子般给了这个女孩关于真实生命的展望。她写到“在澡堂，我看到了自己的一生”，这是高度浓缩的时刻，年少时看尽人生的变化，“她”并未显现出害怕或忧虑，而是“对未来反倒少了一些恐惧”，对少女对于成长的粉红色幻想在这一特定场景中消解，“她”发现年长的“教师”及“退休的老人”给她展示的具象是“怀孕三月”“干瘪的丝瓜”，及“布满条纹的花岗岩”，

---

① 谢小青：《谢小青诗歌及诗观》，载《诗选刊》2009年第1期。

如此这般的震撼而又真实。诗的转折点在此后出现，“她”感觉到自己的当下是“病树前头万木春”，诗意由此提升，“她”的独特之处在于又赋予了成长以自信和恬淡。

人生的成长是在不断地消解和结构的痛楚中实现的，经历过这一痛楚，从而实现对于世界的认知的重构。诗人谢小青将自己的成长用第一次进入澡堂的经历作为切入点，在这简短的一幕中，浓缩了她自我的成长的全部历程，她以乡村少女独特的经历，将城乡的二元对比凸显，这种差异又在“她”身上巧妙地化解掉，进而自然地融合起来，“她”坚韧聪慧的品格，是一代从乡村到城市求学的少女的典型，这首诗由描写她对自我身体的认知的变化推进至对人生成长变老的思考，也暗含着她二元空间内知识结构、认知能力的悄然蜕变。在描述当代大学生成长的诗作中，此诗无疑以其独特的角度、层进的结构及积极的精神成为具有代表性的一篇。

此诗语言灵动从容，显出超越诗人年龄的成熟感。她使用简洁的口语，自然而不矫揉造作地将对于未来的成长的期盼自然生发而出，用词坦率而天然，其中也包含“肉身化”写作的倾向。对于成长的感悟由身体开始写作是一个真实的切入点，而随着时间的推移及诗人历练的增加，期盼诗人可以在写作中突破并加以升华。

［作者单位：首都师范大学文学院］

［附］

第一次进入女澡堂

谢小青

在乡下，我们关起门，用木盆洗澡
我的秘密也越洗越大
上大学后，第一次进入女澡堂
心跳就加快。我好奇地打量别人
再慢慢地脱衣服，动作僵硬
当我如剥开的春笋，乡村就曝光了

那些小女孩如风中摇曳的花蕾

我的童年，只在水塘边泛起天真的浪花
而刚刚发育成熟的少女
胸脯上倒扣着两个白色小瓷碗
莲蓬头在下雨，与乡下的雨一样
在少女的身体上画出弧线
好多事情，就这样温热地流过

那些教师，人到中年
身体臃肿，肚子鼓起如怀孕三月
乳房下垂，秋风里开始干瘪的丝瓜
她们取下眼镜后，世界就一片茫然
那些退休的老人则像我的奶奶
动作迟缓，不言不语
她们老得只剩下布满条纹的花岗岩
与叶芝写的那首传世诗歌没什么关系

在澡堂，我看到了自己的生命过程
对未来反倒少了一些恐惧
昨天已经过去，明天孤独夕阳
今天病树前头万木春，乳房膨胀

我会沉睡，诗歌醒着

谢小青

读小学后就喜欢上了唐诗宋词，那种简洁的语言、微妙的意境，是我学习汉语的最好导师。

而老师的讲课多是照本宣科，机械地解释词句的意思，总结所谓的思想含义，千篇一律，致使我都不太愿意听课了。我常常在上语文课的时候偷偷看课外书，看借来的小说与诗词，当时我也不明白，唐诗宋词为何能激发自己的心灵共鸣，那些词句里到底又蕴藏着何种神秘的力量？这个问题，直到我在城市读书多年，直到我写新诗多年，才恍然大悟。农村是人与自然磨合的生态结构，而城市是大工业时代的产物，两种不同的环境，让我在对比中有了不同的感悟与深层次的思考，我在向往现代文明与享受城市消费的时候，感觉自己失落了什么，身心受到了某种压抑与捆绑，机器轰鸣、高铁飞奔、信息爆炸，我们脚步匆匆、神情木然，在欲望的路上一日千里，我突然就想停一停，想回头看看被远远抛在身后的灵魂。

想到唐诗“春眠不觉晓，处处闻啼鸟”，就怦然心动，而在钢筋水泥建造的丛林里，在车水马龙拥挤的大街上，我几乎忘记了这种熟悉的情景，忘记了大自然给予我们的种种愉悦。想到唐诗“两岸猿声啼不住，轻舟已过万重山”，我就有一种莫名的忧伤，是诗歌将时光放慢了，让审美凝固在那一刻，让我们在千年之后还能感受到那种真实美妙的诗意，感受到简洁传神的语言魅力。诗人将自己与自然一起化作了语言的生命与灵魂。让我迷惑的是，千年前文言文语境里的古诗词，尚能写得明白如话，却又字字珠玑，一般读过点私塾的小学文化的人都能看懂，而在白话文的今天，为什么我们在诗歌里写了那么多累赘之言，造了那么多空乏意象与神马哲理，甚至玩语义短裂，语法混乱，让具有大学文化的人都看不懂，其实那些远离生命与自然的文字只是虚假的幻象，没有任何艺术价值。

在玛雅人预测的世界末日的第二天，我早早从预言里醒来，不是担心，而是有一种莫名的兴奋，我散步到岳麓山上，清新的空气里有小飞虫扑到我的脸上，触动我敏感的神经，我是那样欣喜，仿佛是经历了一场劫难后回到了大自然平和安宁的怀抱，还有什么比人与自然的和谐相处更为美妙？我感慨万千，写道：

在充满预言的2012年
过去的风浪一一隐退
渐显的竟是这无尽繁华城市中的
一个小女孩手中蠕动的虫子

记得开始写诗歌的时候，一位老师就对我说，你来自乡村，应写自己亲身感受到的真实的乡村，写农耕文明与现代文明发生冲撞的当下乡村，不要去重复过去的乡土诗歌，这就让我有了较高的起点，跨越了过去的淳朴乡情与神性麦子，也跨越了身在城市的乡愁吟哦，把握到乡村的本质特征与转型期乡村的变化节奏。

我从小在农村长大，我眼里的乡村封闭、落后、贫穷，虽然改革开放十几年了，农民没有挨饿受冻，但日子仍过得苍白，小时侯我连一件新衣服都没穿过，上学也没买过一本参考书。年轻人都出去打工了，只剩下老人与孩子守着破败的家园。一提起笔，我的内心就纠结与痛苦，就想流泪。我的父母一辈子吵架烦恼，我的两个成家的哥哥连新房都盖不起，农村还存在着重男轻女的观念，女孩被遗弃被虐待的事情也常有发生。这是中国文化人分等级的悲剧，所以我写乡村不需要任何掩饰，更不会去虚伪地赞美，我把乡村的伤口暴露给读者，我把新旧文化的冲撞展示给读者，在感染读者的同时也给读者带来一种思考与警醒。

离我家二十几里路的乡村出了一个大人物，前几年是中国的首富，他在自己的老家修了直升飞机停机坪，一时成为我们那里轰动的新闻。这件事给了我深深的触动，改革开放三十多年来，中国的社会与经济有了长足的发展，但也存在着巨大的问题，钱财都集中在少数人尤其是官僚的手中，老百姓买不起房，看不起病，大学生难找到合适的工作。对于体制与文化的严重缺陷，我们的诗人又有什么样的认识与反思？我们又发出了什么样的声音？于是我写了《资本论后传》，诗人与读者认为这是继我的《父亲去铎山镇》《儿时，我看见父母做爱》后新的代表作，是对时代症结锋利开刀的作品：

我的家乡，一个农民的儿子
他的公司一上市，就圈了两百亿
他的直升飞机就降落在田野上
村里一个老党员，一辈子坐在台下开会
他去见马克思的时候
仍一贫如洗

最近，我在研究波兰诗人米沃什与以色列诗人耶胡达·阿米亥的诗歌，他们的写作睿智透明，关乎普遍命运。也许是有些想法与大师不谋而合，颇有共鸣。米沃什主张诗歌不能脱离现实，而现实生活只给诗人提供创作的素材，诗人应赋予它“真正的”现实性，这种现实性更多的打上了预言的烙印。反观今天的某些诗人，闭门造车，套用修辞与概念，比喻接套比喻，过度注重意象的堆砌，而脱离现实背景，脱离自己的生活去创作，这种创作显然不能长久。我虽然没有大师这么明确的思想，但我却努力从现实中发现昨天的影子，审视今天的走向，并希望明天有所改变。《好好爱你故乡》，我写了乡村落后的一面，并对明天的有着新文化新面貌的故乡充满了期待。《父亲去铎山镇》，通过父亲在小镇上转悠，从理发店到加油站之间5分钟的路程，折射出30年改革开放背景下的乡村变化，对父亲这个乡村典型形象的外在与心灵的刻画，以及对他们的生存窘境与向往的描写，充满了悲悯，不只是对父亲这个乡村群体的悲悯，也是对这个时代的悲悯。

从香香理发店到加油站
五分钟路程，却用了他大半辈子
最后他买了一条低档的香烟回家
把阴影藏在肺里

研究生和大学生的生活其实没有什么不同，同样的上课玩手机、食堂打饭、宿舍上网。一切那么平凡，随着时光之水飘向下一个生命的渡口。在这样的环境下，我们感觉不到诗意，我们向往的是现实生活。那天晚上宿舍四个姐妹一起嚷嚷着要看《那年，我们一起追过的女孩》。我们从十点半开始在电脑前摆好阵势，一口气看到了十二点，终于结束了。电影中的画面尺度很大，情节真实，讲的是高中时候男女青涩的爱情。主角男生一到家中就裸体游荡，一丝不挂，不懂羞涩，几个坏学生总是坐在教室最后，喜欢集体手淫寻找刺激。而他们却一起喜欢上班里成绩最好的一个乖女孩，于是产生了相互张望的初恋故事。这是城里男生女生在花季雨季的回忆。我没有经历过，那些与父母据理力争的画面我只在电影情节与梦里相撞过。现实生活中的我怎么有勇气去反抗那“为父母是命”的千年情劫。

我的青春期，过得没有一点脾气，什么叛逆什么反抗，什么追求自我个性与张扬，几乎都不曾在我的日记里出现过，那是城里孩子享有的成长经历。我的青春和泥土与草籽味道搅在一块，原始但不野性。那时，我只隐约感觉到班里喜欢我的男孩子挺多，记得其中有一个男孩子跟我泄密，有一次他们一起跑去一个山谷里玩耍，一片宽阔的草地被绿山与荆棘环绕，旁边清澈的水库映照着几个男孩蓬垢的脸。他们先是悄悄地挨个逼问，而后声音越来越大，最后发言变得争先恐后，“我将来一定要开着摩托车去把她接回去当我的新娘子”，这是一个男孩对其他情敌撂下的狠话，当时就赢来一阵羡慕的喝彩。

在乡村，爱情只是婚姻，只是传宗接代。在城市，爱情也常常打上了金钱与权力的烙印。但我为之疑惑，在现代文明时代，我们可以自由恋爱，结婚后可以离婚，离婚后可以再恋爱，为什么有些诗人还像古代封闭妇人那样宣泄隐秘情绪？我们到一处地方，想的也是要生一群儿女，老公是我的粮食。其实这些诗歌都是三从四德的封建道德的折射，所谓的爱情只是对男人的愚忠与依附。我想，爱情应是没有欺骗的自由的情感，是没有世俗目的彼此的欣赏。因而我在诗歌中写道：“即使有一天我们分开，也是燃烧的流星扑向伟大的黑暗。”我想用自己略显青涩的情感经验与大胆想象，为这情感贫乏的年代写出动人的爱情诗篇。

为什么想到这个男人的时候
我却在别人的怀抱
不爱，也爱了，不恨，也恨了
只有这个男人与我的锁骨相依为命
每到深夜，我就听到开锁的声音

我不喜欢那些对着村庄、麦子、湖泊、十万亩良田的空泛抒情，也不喜欢那些住狗窝吃方便面、农民工讨要工资被打、低档加工业的农村女孩做了小姐、矿难死人等下层生活表象文字。一段时间，打工诗歌与反映下层穷苦生活的诗歌扑天盖地而来，但造成这些问题的根本原因，尤其是体制与文化遗传的原因，诗歌却鲜有表现与挖掘。这些生活诗歌与新闻性诗歌还有个问题是语言不过关，诗歌中的口语并不能等同于日常生活用语，它还需要提炼，要有张力与内在空间，此外，它还应有自己独特的节奏与旋律，能给读者带来语言的阅读快感。我也写了大量的生活题材诗歌，也写过打工题材的诗歌，但我不是为写生活写生活，不是为打工写打工，不是为贫穷写贫穷，不是为同情写同情，不是为批判写批判，我们活在这个世界上，不论贵贱，生命是平等的，诗人应具有普世价值观。我写了富士康，写了年轻的农二代对大工业时代的不适应，写了分居两地的女工的性寂寞，写了维修工拥有“三妻四妾”的特殊环境，我也写了下煤窑的哥哥，但我只是写人，写人性，写终极关怀。

回家见到哥哥
他脸色灰白，不见阳光的痕迹
我们都不提小煤窑，装出开心的样子
但我明白，哥哥一月工资五千
赚的是去天堂的路费

无论富人穷人，无论善人恶人，我们都会消失于尘土，诗人的身份、地位、虚名都将消失，只有优秀的文本能留下来，只有真实独特典型的诗意会连贯昨天、穿透未来，比我们的生存更为长久，并成为历史的元素。诗歌不只是给了我快感与慰藉，也让我获得不同角度切入这个狗屁世界与人生，让我不被表象左右，不被虚无迷惑，让我拥有了独立人格与思想。明天，我们肉身都将死去，但诗歌会如上帝一样醒望着。

[作者为诗人]

诗学研究

纪念韩作荣

侯马诗歌创作研讨会论文选辑

结识一位诗人

女性诗歌研究

台湾诗歌研究

诗论家研究

姿态与尺度

20世纪80年代中后期中国女性新诗书写分析[①]

艺 丹 欧阳小昱

学术界之谓“女性诗歌”的崛起，是在80年代中后期，此时，相当部分的女性诗歌作者的书写出现强调书写女性自身、去除男性中心对于女性的遮蔽与扭曲、表现鲜明的女性立场和性别意识的新迹象。她们的诗，形成了冲击诗坛的“女性诗歌”潮。面对她们激狂的痛苦宣泄和真率的欲望袒露，诗坛与读者产生了极大的争议。

自1984年翟永明发表组诗《女人》为开端，翟永明又相继写出《静安庄》《人生在世》《黑房间》，其后，唐亚平推出《我就是瀑布》和黑色组诗《黑色沙漠》，伊蕾写作组诗《独生女人的卧室》《被围困者》《流浪的恒星》，陆忆敏、海男、张真、崔卫平、林雪、赵琼、张烨等人纷纷参与女性写作，这一批作者写出了数量丰厚的作品，汇成了80年代中后期颇为活跃、颇具冲击力的女性诗潮。综观这些诗作，一些新的女性自我认知以及诗歌修辞因素值得我们关注。

一、彰显性别立场，敞亮内在空间

随着新时期人性话语的逐步深入以及西方女权话语的吸收，女性对于自身的认识理解有了新的视点，在精神立场与自我意识方面有了新的思考。这在一定程度上，使她们获得了与往日不同的强烈鲜明的性别意识以及相对应的崭新话语能力与形式。

崭新的视点促使女性诗人们急切寻找一种方式来重新确立自我，她们首先选择了回到自己的内在宇宙空间，回到自己的身体。这一选择对于女性深入真实的自我认知有重大的意义。马克思曾言：“任何

① 本文是艺丹、欧阳小昱主持的广州市社科规划课题《20世纪中国女性新诗写作研究》阶段性成果。

人类历史的第一个前提无疑是有生命的个人的存在。因此第一个需要确定的具体事实就是这些个人的肉体组织，以及受肉体组织制约的他们与自然界的关系。”① 女性在写作中回到她最内在的存在，回到身体内部和深层的本能欲望，也就回到最明确最具象化的女性自我。其内宇宙的开掘主要沿三个方向展开。

其一，通过女性身体部分与生理经验的描述，来表现女性独特而隐秘的生命体验。在某种意义上讲，女人的自我生命的经验存在首先是一种“身体经验的存在”。女人的身体经验与生命经验的关系十分密切；同时，女性与男性的分别与差异的起端也是从生理身体经验开始的。女性有别于男性的生理现象，诸如月事、怀孕、生殖、哺乳、流产等生理特征和变化感受，它对于女性心理状态的深刻影响，是男性永远无法感同身受的经验世界——

而四号产床在等待我/天白了又灰　灰了又黑/我缓缓失落世界徐徐上升/我参与地狱的大合唱/我死死握紧一只无形的手/已被汗河漂走/一次诞生是一种偶然/如一个没有凶手的流血事件/我含着泪水/在襁褓的镜子里/发现了自己的原形

——赵琼《我参与地狱的大合唱》

她们对于女性真实的生命体验展开了诗意的体验与形容，有女性痛苦的生产体验，痛苦之中不仅潜藏着对于生育过程的恐慌也含有对生命的惊讶，还有着历经生命炼狱后，体验到的一种成熟平静的母性情怀。诗歌的意象每每取自女性独特的生理经验，并在女性生命共相的揭示中投射了浓重的个人主观感受。女性独特的受伤、痛苦、恐惧、压抑、升华、包容、兴奋等种种体验，女性在自我的体验中所承受的心灵压力与享受到的独特喜悦，屡屡诉诸于诗人笔端。

其二，情欲的凸现。将内宇宙的开掘推向峰巅，并成为众说纷纭的焦点的，是80年代中后期女性诗歌中许多女诗人大胆直露的情欲抒写和性生理体验的传达。她们在此彻底摆脱了以往追求爱情却否认性爱的心理禁忌，以身体书写洞开女性生命之门以反叛男权话语的遮蔽。她们大胆表现女性真实的情感欲望乃至隐秘的性体验，改写了女性在性爱中传统的被动乃至受到压抑的历史，由这种个体体验与文化

① 《马克思恩格斯选集》第1卷，人民出版社1972年版，第24页。

反抗的立场出发，诗作里悍然矗立着一个个颇有些离经叛道、骇世惊俗，燃烧着生命情热和爱欲烈焰的崭新的女性“自我”。情欲的诗意体验，是身为欲望主体的女性对生命飞腾与生命本真状态的深刻体认，“妇女的性本能是宇宙性的，就像她的潜意识是世界范围的”①。在对性爱场面的欲望氛围的诗意表现上，女性诗人从性别鲜明的写作立场出发，总是蕴藏着女性欲望主体的位置的崭新的性别主体观念，因此她们常常选用感官性、反叛性语言入诗，以女性特有的激情与热烈营造女性欲望诗语的氛围。

其三是沉沦、深渊及黑夜、死亡意识的抒发。在这一批的诗作中，我们时常会发现一种浓厚的危机感和不安全感，这种氛围构成的这种危机与深渊感与这些女性诗人的强烈而深刻的自我反省、自我审视以及由此而至的受压抑扭曲、追求毁灭死亡意识有内在的联系。翟永明说：“站在黑夜的盲目中心，我的诗将顺从我的意志去发掘诞生前就潜伏在我身上的一切。”② 在笔者看来，这里所谓的黑夜，实际就是长期以来女性处于历史文化的沉默、边缘的位置，处于失语、压抑的真实生存状态的象征。在此反省自我的氛围中，许多的女性诗歌作者也操起“黑色”图腾。借此色彩的笼罩覆盖，女性似乎获得了一种揭示并强化女性自我深层体验的有效途径。一时间，黑色意象四处弥漫。诗人们“渴望一个冬天，一个巨大的黑夜”，因为“夜使我们学会了忍受或是享受”，“树立起一小块黑暗/安慰自己”（翟永明《女人·证明》）；她们在黑夜里直面女性生命的本真状态：“我总是坐立不安/我披散长发飞扬黑夜的征服欲望/我的欲望是无边无际的漆黑”（唐亚平《黑色沙漠》）；黑夜引得诗人心灵飞翔：“我是女人中那最好的女人/我是你的黑眼睛，你的黑头发”，“我以为我握住了你的柔情，而夜潮/来临，波中卷走了你，卷走一场想象”（沈睿《乌鸦的翅膀》）……一直以来，女性处于沉默无语的历史边缘，“巨大的压力一直将她们隐蔽于‘黑暗之中’——人们一直竭尽全力将黑暗强加于她身上”③，这种洪波涌起的黑夜意识，表达了女性渴望展现在男性话语下深渊式生存境遇与体验，象征着女性诗人对被遮蔽的生

① 埃莱娜·西苏：《美杜莎的笑声》，引自张京媛主编《当代女性主义文学批评》，北京大学出版社 1992 年版，第 205 页。

② 翟永明：《黑夜的意识》，转引自吴思敬编《磁场与魔方》，北京师范大学出版社 1993 年版，第 142 页。

③ 埃莱娜·西苏：《美杜莎的笑声》，引自张京媛主编《当代女性主义文学批评》，第 201 页。

命深层的强烈展现愿望。

与黑夜紧密相联的还有这些女性诗歌中所表达出来的强烈的深渊、沉沦、毁灭、死亡的冲动①。她们此时更多集体性地以死亡为参照来关注人类生存与自我存在的本相。大量出现的“死亡”意识也许是当代中国女性经历了多重幻灭后，具有某种失望、绝望感的镜像化自我观照——

> 在毁灭的渴望中爬向一丛干燥/残枝败叶，嗜痛彻骨/片片撕碎的蝶翼在火中优哉游哉/焚，焚，用恨用爱来杀死自己，/在世纪的砒霜灌溉之前/在你的光芒刺伤之前/风谢了，雨谢了，夏季谢了
>
> ——张烨《茉莉花》

> 把我砸得粉碎吧/我灵魂不散/要去寻找那一片永恒的土壤/强盗一样去占领、占领/哪怕像这瀑布/千年万年被钉在/悬崖上
>
> ——伊蕾《黄果树大瀑布》

这种死亡、沉沦与深渊的冲动，表现了女性对于生命悲剧意识的全面觉醒，女性生命意识在此空前强化。女性诗人们满怀“毁灭”的激情，希望在面对死亡深渊中把生命从自我迷茫中唤醒，领悟有限生命的感性存在，以对死亡的认知反过来激活对生命的欲望。在不断地毁坏与灭亡中，诞生着生机勃勃的创造力。不可否认这种死亡沉沦毁坏的群声，一定程度上折射出当时混乱的社会、诗坛语境在女性心灵深处掀起的波澜。她们借此观照生命与社会，以特定方式达成对自我生命的宣泄与救赎，她们不再以单纯的软弱和温情打量世界，而开始以独立的思索和洞察作为内在精神特质。

以内宇宙的开掘及其所凭借的自我体验与躯体表达为主体的80年代中后期的女性诗歌书写，对女性自身内部世界的生命体验所作的深入却又不无偏狭的开掘，使埋藏千年的女性生存体验与更深刻的存在本相得以反叛性地敞亮出来。她们在此找回自己被放逐和被“他者”化的躯体，以此对抗男性世界与菲勒斯中心话语，这种性别意识鲜明的性别写作，传达了女性新的觉醒和对女性重新自我认知与深层

---

① 崔卫平编：《苹果上的豹·选编者序》，北京师范大学1993年版，第7页。

解放的呼唤与渴望，这无疑具有相当的开拓性意义。

二、反思女性文化身份、历史境遇

由于摒弃疏离了过往僵化的政治意识形态，长期沉睡的女性意识如同火山爆发一般喷涌而出，这势必引发女性群体的新的自我反思。女性诗歌书写开始深入反思表现历史中大量被遮蔽的女性生存真相，对于家庭、父权、母亲、家庭主妇、女性命运等历史存在状态的反省，使女诗人们的诗歌闪烁着强烈的反叛之光。

内宇宙的深入挖掘，使女性对于女性个体与整体的命运有了更为多元复杂的自我审视、认知与评判的能力。如前所述，70 年代末至 80 年代初，女性诗人所呈现的自我评判与认知常常带有肯定积极、单纯昂扬的气息；而至此时，女诗人对自我形象的追寻和拷问显示了女性反思意识的自觉。她们对于女性性别身份有了更强烈的重新探索的愿望。陆忆敏的《美国妇女杂志》中写道——

> 从此窗出去/你知道，应有尽有/无花的树下，你看看/那群生动的人//把发辫绕上右鬓的/把头发披覆脸颊的/目光板直的，或讥诮的女士/你认认那群人，一个一个/谁曾经是我/谁是我的一天，一个秋天的日子/谁是我的一个春天和几个春天/谁？谁曾经是我

如此写作，通过对女性自我的反省具有了女性审视的别样角度与深度。这一反省包蕴着重新怀疑并追寻自己的愿望。她们反省着社会转折的巨大历史阵痛中女性所遭遇的现实人生重压与内在危机，此时的女性诗人的自我评判中往往包容着自尊、自立、自信、自恋、自虐、自疑、自嘲等等彼此纠结、矛盾复杂的内涵。

那种单纯骄傲地表达呼唤女性独立、自强、自尊的姿态消失了，诗人也不再具有启蒙导师的抒情倾向、身份，不再是上帝、牧师、人格规范一类的角色，而只是表现自己生命最真实的体验，然而它的客观性则可以使读者有可能从不同的角度去感受，呈现一种多义的审美效果。

家庭，从整体社会角度看，是容纳个体、慰抚孤独、享受温情、

拥有稳定的基本单位，但是长期以来，由于封建文化的规定，女性被迫在文化规范中永久而扭曲地限定于家庭中。而在女性主义思潮中，女性学者们十分重视对家庭中女性身份、地位的反思。女性主义者康妮·艾许顿·麦尔斯说：“女人能不能认真反省，她的地位其实并不在她的手中，却总是被控制着某些社会情况的个别男人或一群男人所掌握；而这个情况，从跨国企业到最小的核心家庭皆然。长久以来，这种制度一直在家庭中成长、茁壮。”① 在新的女性主义视点导引下，女性对于现实中的家庭关系的体验更为敏锐冷峻，一种强烈反叛诞生了。诗作里的家并不是女性诗歌传统写作中常常想象的那样温馨宁静，更不是理想中的亲切温暖，它已经让女性感到一种严重的隔膜与陌生。唐亚平在《主妇》中具体描绘了主妇的日常生活：

> 我的腰变粗，嗓门变大/一口碎牙咬破世界/唠叨是家常便饭，有滋味/……/系一条不干净的围裙/就该我绕着锅边转/鼠目寸光，儿女情长/鸡毛蒜皮的事，说不尽做不完/唯有平庸使好日子过得长久/明天的明天全装进坛坛罐罐/就这样活到底//家是末日的土地/我在家里出生入死

平庸的主妇生活对于女性而言实际并非享受而成为末日的土地，诗歌体现出女性论者艾德里安娜·里奇所说“女性一直是男人的奢侈品，是画家的模特，诗人的缪斯，是精神的慰藉，是护士，厨师，替别人生儿育女，是他们的文秘和助手”② 的精神内涵。主妇丧失了自我生命的意义，在与灰尘与油污的斗争中，难以获得生命的充实与自我价值的实现。

长期以来，女性诗歌创作一直存在着“母亲”崇拜传统，母亲常常成为女儿们获取温暖柔情的港湾，成为女性诗人们满怀着怀旧情结、感伤情绪的抒情对象，是其寻求庇护的最直接的对象。在“五四”时期与新时期，大批讴歌母爱的诗作作为人性人情的呼唤与人文理想的重建而纷纷涌现，形成了女性诗歌中特殊的“小女儿”潮。然而，女儿们终将成长。此一时期的对于母亲而作的女儿诗，开始发射出成熟冷静的光芒，女儿们不复往昔的柔弱和温情——

---

① 雪儿·海蒂：《海蒂性学报告·情爱卷》，林淑贞译，海南出版社2002年版，第773页。

② 转引自张京媛《当代女性主义文学批评》，第126页。

听到这世界的声音，你让我生下来，你让我与不幸构成/这世界可怕的双胞胎，多年来，我记不得今夜的哭声/那使你受孕的光芒，来得多么遥远，多么可疑，/站在生与死之间，/你的眼睛拥有黑暗而进入脚底的阴影何等沉重

——翟永明《女人·母亲》

在父权象征体系中，“母亲”是被规定好的象征秩序内一种结构性存在，往往承担着男性象征秩序赋予的责任。她们对于女儿有着潜在的规定性与塑造性，构成环环相扣的女性命运链条。这常常将女性持久笼罩在父权制的阴影中，女性对于男权中心的态度在一定程度上也取决于女儿对母亲的态度。审母意识的产生，使她们对于母亲形象以及母女之间的生命的复杂性联系有了更深刻的理解与体悟。母亲在此所呈现的面目是复杂的，既象征着慈爱、博大与生命的创造力同时又蕴含着某种摧毁、无奈与生命的惨伤；而母女之间那绵延神秘的命运锁链，又令她们对于自身与母亲的命运充满了悲悯。对于母亲、母女关系的重新审视反思表现出新一代的女性诗歌作者们重新塑造女性自我镜像的强烈愿望。

伴随着母亲角色的反思，也开始诞生出对父权的质疑。萨玛在《父亲》中忧戚地疑惑“你是语录　我们纷纷是你的后记/和再版前言”，同时愤怒地声讨“你不让我活/活着是一种羞耻/头和脸是一种羞耻/灵魂和思想是一种羞耻/你不让我死/死亡是另一种羞耻/停止和背叛　羞耻中的羞耻”；由于父亲的干涉，“至今我不能走到大街上/走到一个人面前/拉起他（她）的手　同他亲切地交谈/至今我无法回到我女人的身体/居住在里面　如同筑巢在柔软的沙滩”。在夸张的申诉中，油然而生的是女性对于长期压制自我的父权的反抗。父亲的形象冷漠而残忍，成为女儿不幸的直接制造者，父女的关系在此似乎陷入僵局，父权的威严骤然扫地。谈诗的《无题》中自嘲道：“女人如水/总是有条件地倒进男人的杯子/然而　被无条件地喝干”。女性的命运与男性的对峙状态显得无奈又悲哀，那种女性已然解放的空洞观念理想在此被冷静地审视与否定。

三、情爱关系的重新审视

“爱情”为女性诗歌的永恒主题之一，然而此时其精神指向有了若干变化。一般而言，女性的爱情诗书写喜欢温柔、温情的词语来渲染形容爱情中的情绪，用默默注视、伏肩哭泣、肝肠寸断、遥相思念来传达情愫；同时，她们更多在社会伦理道德范畴内游移，渴求精神领域的理解、支持。伴随社会文化转型，女性诗歌中的爱情表达具有了一些新的因素。

首先，追求强调灵与肉的完美结合。80年代中后期的女性诗歌更多张扬的是精神与肉体上的交融与占有，是智慧与欲望的碰撞，享乐原则与情爱原则的互利与共生。无性的爱和无爱的性在这里都被彻底否定了。性爱拒绝了麻木不仁的常态而渴求一种燃烧的状态，灵魂又要求迅速充裕的应和。张烨对爱的精神与肉体性的区分困惑又豁达：“我得到一种爱/情欲里看不见精神的光环，听不见/感动灵魂的声音/我得到一种精神/它像拔地而起，领空飘扬的树/空灵、超脱，但没有根的责任/凡得到的都不是所想寻找的/奢望过高也许就不是爱情，是超爱情？/看穿爱情，又容纳爱情吧，生活到处都是”，这里，女性所理解的爱情既是现实的耽乐的又是与精神融合的，二者彼此引领，她们不再要求无爱的欲而是渴望情欲与爱情的统一。女性诗歌对于性爱美的张扬，是对于以往回避无视性爱美的反拨，“它扭转了女性诗歌对‘性’的嫌恶心理，使女性在正视自身、认识自身之后获得灵与肉相结合的崇高爱情”①，女性不再像以往那样迷失于道德迷宫。

另外，领悟爱情中的负面与世俗的内涵，表达对爱情既冷静又痴迷的矛盾。首先，记忆性的永恒与体验性的瞬间使女性们走出了某种历史中长期固存的对情爱对象的痴迷，爱情表现出其固有的永恒与暂时共存的矛盾。爱情的无奈早在林徽因、郑敏、陈敬容那里已被略微洞察，而此时女性对于爱情的经验更超越了以往的对于爱的完美与永恒的崇拜，爱情永恒不朽的神话在此被打破了。不只爱与被爱的火焰难以持久，爱还常常伴随着背叛或死亡，就是在相爱中爱也在一分一秒中逝去，诚如汪恰冰所说：“恋人们哪，每一天/你们都能相爱几分钟？/屈服在彼此的手中、眼中/喘息着、渴望在紧紧的拥抱中获得/

---

① 李蓉：《中国女性诗歌现代衍进的主题表征》，载《诗探索》2001年第3期。

永恒。即使，一无往昔，/又消失了，又磨损了，而且/更残缺，更易被众人接受——/确实没有一种爱能比说出它的唇活得更久”（《病侣》），这里，爱情比肉体更速朽，既然爱不能在真实状态中获得永恒，那么它只能借助人们的想象力和记忆力，以此打通时间概念中的过去现在和未来，收获想象中的永恒。同时，在一些诗人那里，爱不再被抬高得过于神圣，“爱的日子里/我知道了疲倦/不再像一个孩子/有过多的渴望”（小君《平静的日子》）。

长期以来，女性的存在被设置于家庭、设置于情爱牢笼，尽管在参与民族国家宏大话语的建设中女性从狭小的爱情天地中走出，然而对于爱情的认识仍然是神秘又神圣的。同时，由于各种政治社会因素，爱情常常只成为宏大政治理念的附庸，爱情的个体性、世俗性甚至负面性特征并未得到真实面对。至此时，女性对于爱情的思虑开始显示得更为成熟冷静。爱情，不仅是神圣的更是世俗的、个体的，不但很难完美圆满永恒更是令女性承担更多心灵纠葛的存在。爱在此时已经成为她们每个个体生命中可亲又可疑的一部分。

四、强调自我书写的权利

这一代女作家在某种意义上发现她们自己没有历史，书写与如何书写开始为女性诗人们所关注。几千年的“男权中心”话语史中，被放逐于边缘位置的女性在文化秩序中成为语意不明的符号，处于缺席和缄默的失语状态。翟永明的《人生在世》表露了女性写作话语缺失的焦虑：“通过星辰、思索并未言明的/我们出世的地方/毫无害处的词语和毫无用处的/子孙排成一行/无可救药的真实，目瞪口呆”，对于社会与历史的无言和无奈，反过来增强了女性话语的焦虑；伊蕾也深深感受到了男性文化构建的历史文本对“我”的束缚和压力：“有一些语言我不能说出/有一些感觉甚至变不成语言/有一些语言见到思想就疯子一样地逃亡/我有着健全的声带和舌头/可失去了表达的功能”（《流浪的恒星》），“你的语言像钟声回荡/这金属的声音把我包围/所有的道路隐而不见/我试图冲破这声音/却把它撞得更响/我只有飞快地书写笔记/那黑暗的字迹又把我包围/我堕入了黑暗世界”（伊蕾《被围困者·7》）。

西方女性学者认为，写作有助于掘开压制女性的历史，争取言说的权利，“写作，这就是为她自己锻制了反理念的武器。为了她自身的权利，在一切象征体系和政治历程中，依照自己的意志做一个获取者和开创者”，“只有通过写作，通过出自妇女而且面向妇女的写作，通过接受一直由男性崇拜统治的言论的挑战，妇女才能确立自己的地位”①。而女性语言意识的觉醒直接导向“女性被讲述”的历史的转化，并校正男权中心话语，这无疑具有文化反叛与建构的双重意义。此时的女性诗作中，比以往任何时候都更清晰地重视了女性写作的使命和意义。写作归还了女性长期被压抑被漠视的能力与资格、幻想与表达以及丰富的内在情思，写作使女性得以接近其本原力量。于是，在女诗人那里，写作已经与她们的生命方式融为一体——

> 我有一间书房兼卧室/窗上的月亮是我的家私/我天生一张白纸/期待神来之笔把我书写/我有我的乐趣/我的天堂在一张纸上/我寻求神的声音铺设阶梯/铺平一张又一张白纸/抹去汉字的皱纹/在汉语的荆棘中匍伏前行
>
> ——唐亚平《自白》

她们仿佛接受了一种命定的归宿，不可抗拒地回应着内在的写作呼唤：“我明白/到了必须/闭门写诗的时刻”，“紧闭家门/重新坐下来喜爱世界”（王小妮《紧闭家门》），“你强劲的好世界/我看不到它/我写世界/世界才低着头出来/我写你/你才摘下眼镜看我/我写一个我/看见头发阴郁该剪了/能制作的人/才是真正了不起//请你眯一下眼/然后永远走开/我还要写诗/我是我狭隘房间里的/固执的制作者”（王小妮《应该做一个制作者》），“大风夜，大风夜/我的书桌刮飞，几乎接近了星座/它的四肢紧抱我，我冷，我害怕/大风夜，大风夜/我在抽屉里赶制嫁妆/它们是些状语、词缀、动词中的水银”（赵琼《飞翔》），女性通过书写重新发现了自身与宇宙，并且在书写中表达出一种独立思考。这种女性书写立场的坚持，正是女性自我意识更广泛觉醒与强化的结果。写作使女性从文化潜层和彼岸回来，成为女性自救的一种方式。

① 张京媛主编：《当代女性主义文学批评》，第195页。

结　语

80 年代中期的女性诗歌特别关注女性作为特殊性别存在的生存状态与权利要求，放射出强烈的女性生命之光。在此，她们以前所未有的方式表达着女性长期压抑的痛苦、悲愤和欲望，使一直被遮蔽被忽略的女性意识真正得以浮出地表。女性诗歌中的自我内涵发生了质的变化。

同时，我们也意识到这种写作还存有相当的局限与缺憾。首先是许多诗歌的书写空间过于偏狭。女性过度地沉溺于自我的天地中往往容易导致过度的自怨自艾、自卑自怜甚至于歇斯底里的自虐，这在一定程度上，有损于女性健康独立的自我成长。另外，以情欲为主题的"性话语"如何真正上升为审美性的诗歌话语需要更深入的思虑。

［作者单位：广东警官学院］

从边缘出发的超级浪漫主义

——马莉诗歌阅读札记

陈芝国

自舒婷以《致橡树》和《神女峰》开启新时期女性诗歌写作以来，在中国开放多元的社会文化语境和欧美女性主义文学思潮的双重作用之下，当代诗坛涌现出众多女性诗人，她们已经成为读者热议的对象。从70年代末就开始写诗的马莉，虽也曾引起少数研究者的关注，但更多时候是以《南方周末》文艺副刊编辑和女性散文家而为人所知。作为诗人的马莉，30多年来一直处于诗坛边缘，但边缘并非荒原，而是始终坚守诗歌理想，以其体式与意旨繁复多样的近700首诗作成长为一处不可忽视的诗歌森林。埃德蒙·威尔逊在谈论波德莱尔的象征主义文学方案时曾说："这个方案推翻了浪漫主义派松散、浮夸的文学风尚，在形成一个新的文学思潮之余又并不旨在追求自然，反而要达到一种超级浪漫主义的效果。"① 马莉虽不是一个自觉的象征主义诗人，但她以敏感心性熔铸个人经验，以多智幻想倾注绚丽幻象，从双重情结而生的影响的焦虑挣脱而出，既发展出一种形而上的神性想象，又在本事与象征的频繁易位中拓展出女性诗歌罕见的历史想象力，从而形成了一种超级浪漫主义的诗歌风格。

一、从边缘出发

奚密认为，"'边缘'的意义指向是双重的：它既意味着诗歌传统中心地位的丧失，暗示潜在的认同危机，同时也象征新的空间的获得，使诗得以与主话语展开批判性的对话"②。这一源出德勒兹的边缘化理论视角早已成为学界的共识。马莉的从边缘出发，除了分享先锋诗人在当代文化语境中共有的边缘化想象以外，还体现为与其诗歌

① 埃德蒙·威尔逊：《阿克瑟尔的城堡》，黄念欣译，江苏教育出版社2006年版，第10页。
② 奚密：《从边缘出发：现代汉诗的另类传统》，广东人民出版社2000年版，第1页。

生涯密切相关的成长、求学与写作时空的边缘化。

柏桦曾说道："当时的贵州文学青年处在无书可读的苦闷之中，他们只读了早年的艾青诗选、泰戈尔之类，这些书还不能强力提升他们的精神高度，他们对于世界的现代性进程或前沿还一无所知，而北京青年已十分熟悉存在主义及荒诞派戏剧了。正是在这一点上，北京地下文学在场域中的占位必然领先于贵州，处于主导地位。他们在写作中自然而然是'游戏规则'的制定者，偏远的贵州地下文学只能处于非主导性的占位。"① 这段话不仅准确地描述了20世纪70年代初贵州诗人群和北京诗人群因文学阅读的差异而导致日后文学场域地位的不同，也对我们考察同样身处诗坛边缘的马莉具有方法论的意义。

从文学地理学的视野来看，马莉生长的湛江，不仅是地理学上的大陆边陲，也是文学史意义上的边缘。马莉少女时期生活的空间不仅没有传统女性写作的积淀，即使相较于其他成长于文化中心城市和文化家庭的同龄女性诗人而言，马莉的文学启蒙，亦属边缘。舒婷出身于厦门的书香门第，不仅从小在祖父熏陶下开始背诵唐诗宋词，小学二年级已开始啃读《红楼梦》。插队生活教训了她的天真，让她在1970年初越过普希金的俄罗斯抒情，来到拜伦、济慈的英美浪漫主义和应修人、何其芳的中国象征主义。出生于长春的王小妮幼时常爬到父亲藏书的阁楼上翻阅古代诗词典籍，并在父亲指导下吟读李杜，在无形中接通了中国古典诗歌自然淡泊而意境深远的传统。成长于成都的翟永明，其父母热爱文学，家中有不少中国古典戏剧集，她下乡时随身带着《桃花扇》《西厢记》之类的书，中学写了很多古体诗词，下乡两年又写了几十首，当她在姐姐莫然的影响下开始学写现代诗后，自白派的普拉斯立刻将她多年蕴积的古典文学素养以激烈而个人化的面目呈现出来。出身并成长于湛江这样一个文化边缘的马莉，父母是海军军医，她从小在白色病房和消毒剂混合着药品气味的环境中长大，从父亲和朋友那里可以读到的几乎都是带有革命浪漫主义风格的俄罗斯文学家的作品，如莱蒙托夫的《帆》和《当代英雄》、查良铮翻译的《普希金抒情诗集》和高尔基的《海燕》等作品。马莉80年代初求学的广州，混合着港台大众文化、商品经济和主旋律色彩浓厚的军旅诗人，既无可供交流切磋的先锋诗歌圈子，也无蔡其矫式的老诗人对年轻诗人的赏识和推举。据朱子庆观察，"广东文坛静悄悄"

① 柏桦：《左边：毛泽东时代的抒情诗人》，江苏文艺出版社2009年版，第43页。

的恶谥是随着世纪之交广东诗人群体的涌现才成为过去时的。① 身处边缘，其不幸在于无法分享诗歌潮流涌动的光芒，但在极度寂寞中的孤独前行，也使她在朦胧诗、第三代、知识分子写作和后口语诗等诗风之外，形成了自己独特的风格，凭借天赋的直觉，感受天地宇宙。这从她的第一本诗集《白手帕》中已可约略窥见。

马莉最早的诗集《白手帕》共收诗 19 首，记录着诗人最初的成长印痕。当处于诗歌场域中心的诗人们已纷纷抛弃知青年代的普希金、高尔基和艾青，甚至将他们视作自身追赶现代化的绊脚石时，在《白手帕》中却看到马莉对这些前辈们的追慕和借鉴。《你，我亲爱的小树林》将“小树林”作为一个象征，指向诗人过去的生命，表达诗人对故乡、亲人和儿时生活的怀念。直露的抒情与深沉的怀念皆令人想起马莉至今仍能背诵的普希金的《奶娘》。《秋天》虽是“诉说着从不被你理解的一次爱情”，但“一群群野马在远处奔跑/乌云正沉思地聚集力量/愤怒地扯起一道闪电的叹息”与高尔基的散文诗《海燕》在语气与句法方面何其相似。当然，《白手帕》的其他诗篇更多令人想起的是艾青从抗战爆发到去延安之前的诗歌。《郊外之冬》的第三节“风，在寒冷的原野上前进/穿过田埂由下而上放肆地旋转/房子旋转树林旋转”和《道路与鸟儿》的首节“狂风，咆哮着解开了/冬天的外衣，一片赤裸裸的洁白/盖满道路、房屋、森林/伸向无边无际的远方”明显化自艾青《雪落在中国的土地上》“风，/像一个太悲哀了的老妇，/紧紧地跟随着/伸出寒冷的指爪/拉扯着行人的衣襟，/用着像土地一样古老的话/一刻也不停地絮聒着”。就画面质感而言，马莉表现出了与学习者身份相符的稚弱。除了“风”以外，《白手帕》中随处可见的“树林”“羽毛”“土地”也与艾青诗歌不无关系。当然，即使在她蹒跚学步的早期，模仿对象也不是径直显现于她的写作中，经常是人生经验唤醒她内心潜藏的文学记忆。马莉曾在散文中借女孩冬林的故事写道：“冬天的林子才温暖，才富有诗意呢”，“我”无比喜爱艾青《冬日的林子》，“在‘冬日的林子’里徘徊是一件很幸福很愉快的事情，虽然天气很阴暗，看不见鸟儿，也没有青葱的叶子，虽然南方的冬天并不下雪，但仍然可以体验到另外一种感觉——一种孤独、宁静、温暖而又快活的感觉”②。当读到“在

① 朱子庆：《瘦狗岭诗歌笔记》，南方日报出版社 2004 年版，第 20—21 页。
② 马莉：《夜间的事物》，湖南文艺出版社 2001 年版，第 139—140 页。

这里，冬天同样温暖/每一棵树都挺立着/每一片叶子都醒着，激荡在/纷纷扬扬的无数寒冷的日子里”（《有一天，我到森林里去了……》）时，艾青《冬日的林子》中的两行“我欢喜走过冬日的林子”和“冬日的林子里一个人走着是幸福的”仿佛在我们耳边响起。“一个无辜的冬天像佩铃一样落下了/落在我的肩上和我的手上/落在鸟儿的羽毛和宁静的雪地上/只有我们的心灵当啷作响/冬天像道路一样漫长……”（《道路与鸟儿》）仍是对艾青《我爱这土地》和《雪落在中国的土地上》中部分意象的化用，但马莉借用艾青的旧瓶，装的却不是热爱苦难中国的旧酒，而是为个体命运不屈呐喊，为个体自由与纯洁爱情而吟唱的新酒。当然，艾青对祖国山河深沉的爱也感染了马莉。洪子诚认为，“在80年代，当‘现代化’作为一种告别‘历史暴政’和解决社会矛盾的新的发展方案，在知识界的想象中充满希望的乐观前景”①。在舒婷写出《祖国，我亲爱的祖国》两年后，马莉也写出了《献给我年迈的祖国》。虽然与舒婷用短句、无韵和感叹号营造的激昂节奏相比，马莉用长句、押韵和省略号营造的是舒缓的节奏，但这两首共享了彼时文学精英的乐观想象，本可因其风格的差异而相映成辉的诗歌，前者因其作者早早占据诗坛中心地位而成为传诵至今的名篇，后者因其作者始终处于诗坛边缘而默默无闻。

充满浪漫主义和现实主义味道的俄罗斯文学以及艾青的诗歌启蒙了马莉的诗歌写作，奠定了她最初的写作基调：体式自由、语言明晰、情感诚挚、观念雅正。她在20世纪90年代前后的诗歌一定程度上犹如钟摆，一直处于对青少年时期文学偶像和诗歌风格的挣脱与返回的摆荡之中。《有一天，我到森林里去了……》最早预示了这种缠绕她一生的精神焦虑：一方面，“高高的树崖，阳光跌下来/阳光和我站在一起/我真想永远这样地站下/我不想走了……”；一方面，“我走出宁静的森林/冬天在我的后面窥视着/我不回顾/路，还很遥远……”。

马莉的边缘化，还体现为内在写作姿态的边缘化。如何在真实经验与意识形态的临界点施展想象力，除了通过坐在花园中的椅子或面朝大海的椅子建立一种冷峻的“思”的姿态②，马莉还常常站在窗扉

① 洪子诚：《中国当代文学史》，北京大学出版社1999年版，第329页。

② 沈苇：《一把面向大海的椅子》，为马莉《金色十四行》序言，太白文艺出版社2007年版。

象征的内与外、自我与社会的临界点上进行观察和思考。有时候诗人通过窗扉看到的是原野，如“我慢慢起来/靠着门槛”听着贝多芬的《命运》(《夏夜里，我和你……》)，“我靠着门槛/望着远方草地上的风筝”(《在一条古老的胡同》)，“我悄悄靠着门槛/坐下听”一支欧洲名曲(《我是不讨人喜欢的女孩》)。更多的时候，窗扉之外是熙攘的城市风景，如“都市气候装饰着/落地窗前巨大的风景”(《你不可违背我》)，“午后醒来”的诗人“走到窗前朝下张望/外面大街上/呈现出/灰色的网状情绪/我清楚地感觉/像玻璃杯握在手中”(《触摸》)，“我注视着门/门由来已久/门的左边或者右边/你不觉得我需要这种体验吗/你没有找到任何一种表达方式”(《门的左边或者右边》)，无论是橡皮子弹以“光滑而结实”的声音“从我的上空和这座城市的上空穿过”(《橡皮子弹》)，还是“让我呼吸它让我的肺变黑”的城市灰尘(《谬误怎能擦洗干净呢》)，诗人都觉得“自己需要保持这种姿势/应当靠窗子近一些”(《橡皮子弹》)。这种身在屋内观看屋外的边缘化姿态，使马莉既不会因为彻底陷入女性私人生活，从而完全丧失掉诗歌的公共性，又不会因为纵身跃入街头成为社会行动者，从而丢掉了诗歌的本体追求和知识分子的精神自治。换言之，诗人只有坚守边缘，才能实现与主流话语的批判性对话。

二、影响的焦虑

哈罗德·布鲁姆的“诗的影响论”，将诗人之间的竞争，视作“父亲和儿子作为强大的对手相互展开的斗争：犹如拉伊俄斯跟俄狄甫斯相逢在十字路口”[①]。马莉作为女性面对父亲的厄勒克特拉情结与她作为诗人面对诗歌前辈的俄狄甫斯情结，一直纠结于她的心中，形成一种与众不同的“影响的焦虑”。

读过一些俄国文学作品的父亲希望马莉成为一位作家：“小马莉，爸爸的病好不了，爸爸很难过，你要好好读书啊，读高尔基和列宁的书，长大了要写好文章……”[②] 这一临终遗言魔咒般的力量从寻找缺失之爱、靠近精神之父与创造语言之美三个方面影响了马莉日后的阅读和写作。在2003年以前出版的三本诗集《白手帕》《杯子与手》

① 哈罗德·布鲁姆：《影响的焦虑》，徐文博译，江苏教育出版社2006年版，第12页。
② 马莉：《温柔的坚守》，百花洲文艺出版社2000年版，第192页。

和《马莉诗选》中，诗人几乎从不直面父爱的缺失，而是将她对父亲的怀念潜藏于她对具有俄罗斯文学精神气质的诗歌前辈的追摹之中。《在遥远的地方》的前三节以“我曾在没有夕阳的孤岛上眺望”“一个人在黑色的月下的徘徊”和“我一只手坚定地握住另一只手”刻画出一个失去父爱的海边少女的孤独、彷徨与渴望，第三节末行“我在想”的居然是第四节中的惠特曼、聂鲁达、拿破仑、林肯、马克思和列宁。这些人物从未集中出现于舒婷、翟永明和王小妮的笔下，但在马莉这里，恰恰是非常自然的。在她的四本散文集《温柔的坚守》《怀念的立场》《夜间的事物》和《词语的个人历史》中，我们几乎读不到有关中国古典文学的只言片语，闪耀的都是外国文学家和哲学家的名字。这使得马莉的想象方式，正如艾晓明所言，“相当的西式，倾向于浪漫的典雅”①。《在遥远的地方》虽非优秀之作，但它完整地呈现了前述潜藏行为的全部过程。在想到“马克思和列宁”之后，南方冬季“咸味的风”和“绿湿湿的灌木丛”作为上述精神父亲的转喻，“在沉默中向我扬起/爱情丰满的嘴唇”。当恋父情结的代偿机制运转起来之后，这个“东方的女子”“贪婪地奔跑”或者“躺在沙滩上”，陶醉于欲望的想象性满足。马莉曾将自己在散文中屡次提及的海德格尔喻为太阳，此诗末节“我曾经像死者一样/闭上眼睛/等待着重新上升的太阳”，句式和意象既是对首节的呼应，又是精神之父代偿功能结束以后，以“太阳”隐喻重新开始的寻父之旅。

穆旦翻译的《普希金抒情诗集》曾是一代知青在苦寂的岁月里最重要的精神食粮。即使后来马莉已阅读了许多现代派诗人的优秀诗篇，但她“仍深深热爱普希金”，因为“普希金永远是第一，是源头”②。《放逐者》用讲故事的语调叙说“一个古老东方的世纪”的被放逐者，“渴望一个他们所不认识的人/在自由的道路上/撑起自由的旗子/像撑起帆、智慧和尊严”。这里回响着的不仅是使马莉萌发诗人梦想的莱蒙托夫追逐理想寻求自由的诗歌《帆》的声音，而且有普希金诗歌中“在残酷时代歌颂过自由，并给倒下的人召唤恩幸”的声音。普希金能吸引一代知青，既因为他在残酷时代讴歌自由与理想，更因为他对纯洁浪漫爱情的赞美浇灌了苦闷的青春。然而，新时期以来，在诗人们告别革命与浪漫的同时，爱情也几乎成了诗歌写作的雷

① 艾晓明：《夜色温柔》，为马莉《夜间的事物》序言，湖南文艺出版社2001年版。

② 马莉：《温柔的坚守》，百花洲文艺出版社2000年版，第113页。

区，除了比较接近主流话语的舒婷写过不多的几首之外，其他诗人更多是从身体政治学与性别理论的角度对爱情进行冷嘲热讽。虽然马莉明知“在没有热爱的年代/一个人的热爱将被众人嘲笑”（《在没有热爱的年代》），但对于有着“普希金情结”的她来说，爱情仍然是她笔下恒久的主题。《秋天》向土地和太阳诉说不被对方理解的爱情，《我没有哭》在大道上呼唤远行爱人的归来，《白手帕》用潮湿土地埋藏丰富的感情。不仅《放逐者》中讲述者与倾听者的爱情交织于放逐者故事的叙述中，她的其他许多述说恋爱感受讴歌爱情的诗歌，也都同时包含着对自由、理想与正义的追求，例如《夏夜里，我和你……》再次感到不屈者在这个世界存在的激动，《有一次，我们……》在爱情的沙沙喧响中迎着北方粗野的旋风走向远方。

19 世纪俄罗斯文学先驱们崇高而完美的精神父亲形象在 20 世纪 90 年代初中国市场经济加速推进的世俗化进程中遭到了进一步的摧毁，当然 19 世纪这一形象在中国的坍塌也与后冷战时代俄罗斯国际地位的萎缩和 20 世纪俄罗斯流放者文学对威权历史的揭批遥相呼应。精神不能当饭食、爱情无法饮水饱的社会现实也让马莉此时陷入焦虑之中。《被一种精神陶醉》便是这种“影响的焦虑”的生动写照。第一节试图以首尾完全重复的诗行“我注视着这一切”将过去的时间和内心的风景完全封闭，这也许正是朱大可所说“马莉诗歌高度警觉的闭合性”的又一体现。① 但如期而至的风不仅掀起长裙，也使隐藏自我的“黄色的帷幔朝窗外飞去”，预示诗人对窗外社会现实的某种渴望。在接下来的两节，诗人夜读屠格涅夫的回忆录，在忽明忽暗的灯光和四处弥漫的光晕中，老妇给屠格涅夫圣饼的图景，恍惚之间以屠格涅夫给诗人圣饼的画面重现在书房内。这两节犹如一个提喻，开启第四节对俄罗斯精神的整体性赞美与怀念：“在俄罗斯/人人都是圣徒”。对诗人而言，俄罗斯的教堂、音乐会、风雪象征的崇高与浪漫“被 19 世纪的大门/永远地关闭了”。第五节径直写出诗人对俄罗斯精神的恋父情结被 20 世纪末中国现实撕扯的焦虑：“我感觉我像两个人/一个生活在今天/另一个生活在屠格涅夫的世纪/我感觉我是他的情人”。诗人终于在第六节恍然大悟，意识到俄罗斯精神毕竟属于一个已经消逝的时代，告诫自己不能再沉浸于其中，因为那个即将吞噬

① 朱大可：《越过女性主义的感官视界》，为马莉《马莉诗选》序言，南方日报出版社 2004 年版。

掉自己的时代，“太神圣太经典也太虚幻了”。最后一节再次强调诗人内心受俄罗斯影响而生的焦虑：“我热爱过去/也害怕过去/因为它的力量/会摧毁现存的一切”。这首诗既呈现了马莉从“文革”前夕到“冷战”结束30年来的个人精神发展史，也浓缩了一代知识青年30年来的精神变化史。当然，这首诗在马莉的诗歌生涯中还具有转折性的意义。在此之前，就像叶芝诗中无法分清舞者与舞蹈一样，马莉无法分清父亲与父亲的临终遗言，往往将精神与伦理纠缠在一起；在此之后，马莉终于能够直面父爱的缺失造成的心理创伤，关于父亲的点点滴滴开始自然而平静地浮现在她的笔下，不再借助精神之父实现想象性的满足。此外，马莉对诗歌体式的认识也自此发生变化，不再执着于无拘无束的自由体，而是开始尝试一种宽严相济的现代十四行。

在《父亲坐在沙发上看着母亲》中，父亲第一次作为主角出现。这首诗回忆母亲带着年幼的“我”和妹妹坐火车到上海去看望病中的父亲，晨风中空气变换的鬼脸，屋檐上痴情盘旋的鸟儿，湿润而明亮的喷泉，皎洁的月光和散步时姐妹俩被父亲牵着的手，共同将父女亲情渲染得细致而生动。最后父亲面对姐妹追逐打碎的花瓶碎片，“沙发上的父亲沉默不语/平静地看着我们的母亲”，意味深长。自此诗以后，马莉写了多首怀念父亲的诗。《六月二十日》在30年后的父亲忌辰，诗人终于摆脱了幼年丧父的哀痛，开始平静地“描述一下父亲”。《棕色的镜框》从棕色镜框中父亲的遗像着笔，写出父亲年轻时的气息随风而逝之后，诗人借触目可见的棕色物体回忆与父亲在一起的日子。《我来到这世界不久，父亲就走了》围绕父亲送给母亲的盒子展开想象，用似淡实浓的笔调写母亲在盒子装满的想念中，忘记了世界的存在，歌颂爱的永恒。《我的篮球没有故事》从篮球落地的声音出发，大都市男性散发的平庸气息使诗人想起父亲身上曾经存在但已化成袅袅青烟的优雅与浪漫气息。这似乎是恋父情结的显现，但从精神分析的角度而言，潜意识此时已转化为意识，压抑的欲望通过诗歌写作得到了释放与升华。《呼唤击痛了我的心》写诗人在散漫的下午幻想着父亲“悄无声息地呼唤我的小名”，抒发诗人内心多年来深藏的怀念。《父亲，是你喊我的小名吗》再次以小名这种最亲昵的声音勾起思念。诗人来到暴雨的窗前，看到门外老桑树落下满地的叶子，触景生情：“是你吗？父亲，你从何处走来/从夏天，从好多年前的夏天/你年年走在回家的路上，妈妈等你/三十年了，我们在家中等你/等啊等啊，天都黑了，狗儿都哭了/等你的病痛快些好，等你安详的面容/你的微笑，稳健的脚步，又下暴雨了/‘莉莉……’父亲啊，你又喊我的小名了/今年的紫桑果被雨水击落，路途太遥远了/父亲，我已长大，可你仍喊着我的小名”。正如诗人沈苇所说，“在涉及乡村、童年、父爱等主题时，尖锐不安的马莉忽然变得亲切平和起来，而且表现出深入记忆、改写记忆的出色能力”①。正是用无处不在弥漫于事物中的爱，马莉一点点战胜了身边的死亡和恐惧，在创作的升华中抚平了父爱缺失的心理创伤，与自己达成了和解。

三、神性想象与历史想象

至于从精神与伦理的纠葛中分离出来的精神，马莉非但没有让它随着世俗的步伐向下滑落，反而使其进一步地向上飞升，接近一种形而上的神性高度。因为在她看来，“诗歌的神性决定了诗歌的品质”②。在《我看见了一粒沙子》的结尾，“在这个漫长的时刻/注定了要贯穿我的一生/我命令自己/永远爱你亲爱的敌人/并离他远去”，诗人抗辩的对象正是诗歌写作中亵渎神性的庸俗化倾向。然而，非诗歌的鄙俗化倾向却是现代人类生活的必然性存在。埃德蒙·威尔逊曾这样分析T. S. 艾略特通过《荒原》达到的超级浪漫主义境界：“对鄙俗之恐惧和对平凡生活的羞涩的同情；苦行式的对性经验的抗拒和性爱情感之源枯竭引起的痛苦；并且追求一种可能取代性爱情感的宗教热情。”③ 当马莉从恋父情结走到这种大爱与大恨共存的神性状态，她的诗就不再是隐秘欲望的宣泄，不再是个人意识的宣示，不再是以一种个人化的浪漫主义诗语描绘个人灵魂的神秘图景，而是在形而上的飞升中接近了超级浪漫主义的境界。70年代末以来的中国诗歌一直有诗人试图超越个人化的浪漫主义，走向一种形而上的更深刻的超级浪漫主义，例如昌耀、贺中、海子、骆一禾、西川等诗人。耿占春认为，“一切诗学与神学或宗教想象，它在文学与文化上的表现，在当代中国文化思潮中，在中国70年代末到80年代末这个时期，都不具有社会学意义上的落后或反动的意义。这些神话学的想象力所唤醒的

① 沈苇：《一把面向大海的椅子》，为马莉《金色十四行》序言，太白文艺出版社2007年版。
② 马莉：《词语的个人历史》，百花文艺出版社2006年版，第131页。
③ 埃德蒙·威尔逊：《阿克瑟尔的城堡》，黄念欣译，江苏教育出版社2006年版，第80页。

是精神空间对意识形态范畴的越轨”[①]。这种看法似乎也适用于90年代中期以来马莉诗歌的神性想象，因为其诗歌的神性想象试图超越的正是权贵资本主义主导的当代文化与生活世界的粗鄙化。

马莉90年代中期以来诗歌的神性想象，其实来自马莉早期的《月光下，一棵神秘树在哭泣》《一棵棕榈树和两个女人》《雨巷》《我有一条黑色三角巾》《墙痣》等，正如诗人牛汉所言，“都发散着缕缕不绝的细微的神秘气息”[②]。这种屡屡给诗人带来创作快感的浪漫主义神秘视境，在世纪之交社会文化语境影响下经历痛苦裂变，演化成为神性想象和历史想象。《保留着对世界最初的直觉》讲述人类寻找光的故事，其类乎创世纪的图景，潜含着《圣经》中“上帝说，要有光，于是有了光”的典故。“我”为何“相信眼前的天空”，因为“我相信天空下站立着不死的神灵”，因为“无论美梦成真还是苦苦哀告/神灵敞开一条不眠的隧道/让不同命运的人，在此相聚”（《我为什么相信眼前的天空》）。这种神性想象，也是一种超验的虚幻想象。当抑制超验想象力已成为不少诗人心照不宣共同遵守的“潜规则”时，马莉依然坚持“当一个人尤其是一个诗人感知一个世界的时候，虚幻就它的本体来说，呈现的又是一个真实的实体。这就是一个诗人的神性的世界，而且是一个高度真实的世界”[③]。《抓住直觉的影子》以鞋子作引，诱发直觉，在直觉与梦幻诗语化的运行轨迹上，写作本身也变为一种超验的行为，变为一种超越技艺的心灵旅行。现代大都市生活可怕的荒凉，及其美学与精神上的干枯，从我们身边数以百万计的无名者正在进行着的索然寡味的例行公事中，从我们不间断将灵魂磨蚀殆尽的重复操劳中，从比我们内心的痛苦要哀伤得多的龌龊和脆弱的享乐中，正逐渐清晰地显现在我们每一个人的眼前。生活于广州这样一个世俗化商业化大都市的诗人深感于此，以《别太在乎那一切》重新寻找生命的完整性与崇高感，重建生命的神性。前五行在太阳、光芒和芳香的引导下，呼唤被城市生活挤压成纯粹功能性存在的人，“穿上一双优雅的鞋子/走到你渴望去的地方”。中间六行在旷野与都市的对比中，呼吁人们不要留恋城市生活空虚的繁华，因为你的镜子里只有象征衰老的白发，你的华服“藏不住所有的愤怒”，

---

① 耿占春：《失去象征的世界：诗歌、经验与修辞》，北京大学出版社2008年版，第115页。

② 牛汉：《一个流动的生命体》，为马莉《杯子与手》序言，华龄出版社1994年版。

③ 马莉：《词语的个人历史》，百花文艺出版社2006年版，第128页。

"你宝贵的时间，凌乱而忧伤"，生命因此需要重新融入充满神话色彩的烫金流云与静止湖泊。在超级浪漫主义者看来，诗歌作为一种用语言进行的戏剧性象征行动，本身就是一种神的创造行为的幽暗对等物。按照当代修辞学家肯尼斯·伯克的看法，戏剧性象征行动需要一个和它性质一致的，能够和它自己成为一体的场景，"这种观念最宏大的变种是一种超自然的宇宙演化论：人类在充满神性的场景中行动，因此他们也具备了神的特征"①。最后三行两个重复而急促的呼告短句暗含的紧张被省略号巧妙地疏解之后，出现的是一个完美无瑕的跨行诗句："当金色月光想念你的时刻/袖中的灰尘跌落了，我们坐在草地上"。这首诗最后的跨行诗句，让我们看到了从城市的荒凉中解放出来的生命重获神性的可能。极而言之，从边缘出发的马莉，虽然其诗歌资源是西式的，起初与中国古典是隔膜的，但却可以凭此跨行诗句进入汉语诗歌的大传统，因为她终于可以用极其简单朴素的语言抵达一种"复得返自然"而"悠然见南山"的玄言境界。

马莉还有一些十四行诗直接以"神"为题，如《神引领了窗前的月亮》以问答的言说方式，在古罗马典故的征引中，将爱情提升到形而上的高度。《仿佛众神来到我们中间》用词语编织一张巨网，打捞被知识分子写作与民间写作共同遗弃的象征主义通灵术，网住七月的流火、屋宇、植物、月亮，从网中抓取灵感的光芒。《神赐的食物多么温顺》以诗人在京郊辛店村夏日午后的生活为场景，以画家的纤细与敏感，写出死亡因为"神赐的食物"亦即神性的显现而有了复活的可能。《看见了最明亮的部分》直接以"神是无边的"开篇，赞美神的辽阔、安静、隐蔽和温柔，诗人虽然"看不见它"，但"总被它的手牵引着行走"。神知道"黑暗的秘密"，才能让诗人依靠神恩授的与万物存在的速度、形状、气息、声音、重量对应的词语，去潜入被主流话语遮蔽的暗夜，在重新虚构的历史中，寻找那些失踪者。这首诗从法力无边的"神"开始，结束于重新虚构的历史，巧妙地完成了从神性想象向历史想象的过渡。

马莉如果面对粗鄙的现实只能开出神性拯救方案，那么她的很多诗可能要被人误读为脱离现实的中产阶级精神剩余物，幸好在她的诗歌中，如《我摸不到穷街陋巷的历史》《不顺从也不怯懦》《帮凶在耀武扬威》《怯懦的技巧》《大地上有一些失踪者》《在小人聚拥的时

① Kenneth Burke. Grammar of Motive, New York: Prentice－hall Inc, 1954. P454.

代》《致友人》《致ZJ》等，展现出了一个女性诗人独特的历史想象力。批评家陈超提出一种个人化的“历史想象力”，来修正先锋诗歌的日常生活经验想象力与超验想象力的缺失，吸取它们各自的优长，达到一种综合创造力的开拓。这种“异质混成”的“历史想象力”，“要求诗人具有历史意识和当下关怀，对生存、个体生命、文化之间真正临界点和真正困境的语言有深度理解和自觉挖掘意识，能够将诗性的幻想和具体生存的真实性作扭结一体的游走，处理时代生活血肉之躯上的噬心主题”①。当然，在马莉展开自己的历史想象力的诗作中，最能显示其个人性的是她将媒体人的经验变成文学象征的作品。在移动互联网催生的自媒体尚未蓬勃滋生的90年代中后期，《南方周末》作为全国发行的大报，曾是众多读书人读懂中国的有效途径。然而，又有多少局外人能体会它在遭受一波一波的整肃时屡败屡战不屈求生的经验与意志。马莉的《在夏天远未到来之前》截取其中一个片段，隐晦地记录了新闻监控给媒体人造成的恐惧，以及与恐惧共生的一种革命性的骄傲与快感，与她的散文《门与走廊》形成一种互文性。第一节“走廊的脚步声已然响起/我立刻否定了假想的情节/我不能够这样做/因为我太骄傲”中的走廊并非想象的虚构，而是诗人“曾无数次走过”的走廊，它无声地伴随着《南方周末》大楼内的媒体人。诗人的“骄傲”来源于走廊两边的门，因为“所有的感觉中门的距离仿佛充满着神奇的推动之力，一切都依赖于我们的骄傲和任性，我们想走进就走进，想走出就走出，它几乎成为我们自由和秘密的保护者”②。诗人对走廊怀有的恐惧，来源于出现于走廊的窥视与监控，在1203室内办公的她，似乎想打开这扇属于自己房间的门，一探究竟，然而门内的媒体事业带给她一种崇高的骄傲感，使她臆想自己“已置身于苦难和阳光之间”，她相信能够以雨声冲刷一切污浊的“夏天就要来了/走廊的脚步声很快就会消失”。诗的结尾“走廊的脚步声已然消失”，诗人仍然在门内，保住了自己的骄傲。

相较于男性诗人以混杂的文体应对复杂的经验，马莉的实验写作是在外表松散而内在紧张的自由体之外，探索外表严整而内在泰然的十四行体。如果说自由体《在夏天远未到来之前》断断续续欲言又止的方式对应着置身于秘密中的诗人内心紧张的风景，那么《告密者的

① 陈超：《重铸诗歌的“历史想象力”》，载《文艺研究》2006年第3期。
② 马莉：《怀念的立场》，云南人民出版社2000年版，第169页。

兄弟》在保持集中而锐利的历史想象力的同时，又以十四行体捍卫了诗歌本体，拓展了实验写作的可能性。《告密者的兄弟》对理解诗人如何在本事与象征的易位中运用自己的历史想象力至为关键："告密者有一片土地，在镜子后面/照耀着镜子中间，一直照到/镜子里面，更深之处，但是/晚了，太晚了，一些人从前门走了/另一些人从后院逃跑了/院子太深，花太香，你站在/背朝我的地方，你立刻认出了我/你坐在空椅子上，月光照耀你的脚/棕榈树从你的脚下生长出来/你给我讲告密者的故事，你说/从前有一个告密者从事着一项/伟大的黑暗事业，但告密者的头颅/被人提走了，是被他的兄弟/镜子后面的告密者，事情就这么简单"。如果按照新批评的读法，《告密者的兄弟》无疑会令人想起中国历史上绵延不绝的告密文化或中国人日常生活中经常出现的告密者形象，因而它的终极指向似乎是文化或国民性的普遍弱点：通过出卖别人保存和提升自我。一个完全不熟悉《南方周末》内部历史的读者，读完《告密者的兄弟》，也可能会结合诗人年少时的经历将其理解成"文革"中告密历史的真实呈现，进而痛恨和批判"文革"对人性的扭曲。然而，一个知悉《南方周末》全部细枝末节及其内部传说的读者，无疑会惊讶于《南方周末》内部长期存在着实施监控与窥视的告密者，更会惊讶于诗人将本事变成象征的出色技能。这首讲述告密者故事的诗倒着往前写，前五行直接切入告密者的存在以及被监控对象从走廊前后的逃离，中间五行转换到逃离者存身的后院，"你站在背朝我的地方，你立刻就认出了我"仿若过往时代革命者在公共场所的互认与交流。写出这一句的时候，身处和平年代的诗人内心一定充满了兰波式的超级浪漫。月光与棕榈树下的讲述，显得诡异而诱人。末四行描绘告密者的自身命运，"伟大的黑暗事业"以强烈的反讽开启"但"字之后告密者简单而可悲的结局：告密者的生命总会被更大的告密行动吞噬，犹如革命总是反噬自己的儿女。当读者再回头重读全诗，倒着写所显现的恐怖效果便不由得令人寒战：到底谁是告密者？是前五行中的第三人称的"告密者"？还是中间五行中的"你"？抑或是假装恐惧地听告密者故事的"我"？还是逃离的"一些人"或"另一些人"？因此，运用历史想象力的诗歌，不再纠结于"写什么"和"怎么写"的疑似两难，而是在守护语言之家构筑的诗歌本体时，呈现出丰富的历史意识和当下关怀。

［作者单位：广东第二师范学院中文系］

诗学研究

纪念韩作荣

侯马诗歌创作研讨会论文选辑

结识一位诗人

女性诗歌研究

台湾诗歌研究

诗论家研究

姿态与尺度

“且去填词”：读《纪弦回忆录》

胡　亮

中国诗人还没有写出过一部伟大的回忆录，换言之，现有诗人回忆录还配不上他们遭遇的苦难。“时间”和“现实”是一对磨盘，足以让勇气和以勇气为前提的信史化为一小把齑粉。是的，有很多次，我们已经看到，诗人们具备了洞察能力，然而可怕的是，他们同时也具备了荒废这种洞察能力的能力。而且，他们愈趋年迈，特别是愈趋成名，对于艺术的苛求反而愈趋放松。此种委顿局面，试比于俄罗斯文学里伟大的回忆录传统，甚或其分支，伟大的遗孀回忆录传统，如何能够望其项背？

考量胡适以来的历史，最有可能写出伟大回忆录的诗人，当亦不下数位，纪弦就是其中之一。此翁生于1913年4月27日，殁于2013年7月22日，终得享百岁遐龄。其人祖籍陕西，出生保定，长于扬州，曾流落香港、上海，后出徙台湾，复定居美国，由富贵而饥寒，由流离而安闲，其阅历不可谓不多舛而多艰。如纪弦果欲撰写回忆录，则不唯是一部新诗的通史，亦是一部中国乃至世界的断代史。远在1966年下年，或是1967年上年，纪弦还住在台北龙江街，诗人痖弦就已经当其面提出此类倡议。迟在三十余年之后，亦即1997年5月，纪弦已有84岁高寿，方才动笔响应痖弦的倡议，到2000年11月杀青，所获者三卷五十余万言，名之《纪弦回忆录》。2002年1月，该书由台北市文化局出资，并由联合文学出版社付梓。然则，此书亦不得称为伟大回忆录，因为诗人终于没有将对自由的追求与对某种狭隘政治观的坚持区分开来，而个人意识的膨胀则严重影响了他对时人和时代的洞察，至于文风的夸张和自鸣得意，倒还在其次。但是，我们仍然发现，此书确实会在某些方面矫正并满足我们的期待，笔者试图围绕纪弦个人史与新诗史的瘤结般的交错，来展开这篇迟到的文章，并且稍稍瞻顾一下自己的青春：大约是在1993年前后，也许正当洛夫带领的台湾诗人团赴旧金山为纪弦祝贺八十大寿，笔者读到诗人的复沓之诗《你的名字》，为其角度之刁，譬喻之奇，与乎节奏之美，而发出了难以掩抑的赞叹。

1

纪弦本名路逾，自云乃是汉儒路温舒之后，其父路孝忱却以武功名世。值得一提的是其祖父路峄（字山夫，号笑逢，被称为中宪公），性格孤傲狷介，作画作诗以自给，有《苇西草堂诗草》二卷传世。后来的事实证明，纪弦颇得隔代之遗传。

1929年9月，纪弦考入武昌美术专科学校，只学一学期，就于次年转入苏州美术专科学校，其间因丧父而留级，后来毕业于1933年7月。这次转校让诗人遭遇到美学的保守派。苏州美术专科学校校长颜文樑，早年留法，即以水彩和图案享誉巴黎。其作品注重光与色，颇有印象主义"点画派"之风，但在总体上仍坚持写实主义。而纪弦却认为，武昌美术专科学校推行的野兽派和后期印象主义才是正途。争论由此而起。纪弦不准备屈服，"并且"，他甚至这样回忆到，"对于未来、立体、构成、超现实等新兴画派，我也颇感兴趣。"① 从纪弦1934年所作自画像，可以清楚看到现代风留下的齿痕。

大约就在转校前后，纪弦开始写新诗，其同学校友，徐京，王家绳，林家旅，亦有同好。纪弦早期笔名，"路易士"，即由林家旅的戏称而来。纪弦之弟路迈，则用笔名"路曼士"，亦写作亦翻译。由此亦可见当时西风之盛。当年，纪弦曾集徐京与沈绿蒂之句，得到一首"虚无主义诗"："管他妈的花谢花开，管他妈的春去秋来，我从女人的裤裆下，看见了一切的政治"，已经显现出重要症候，"调侃"，以及"相对论"，此二种症候后来可以大体上标明纪弦的美学身份。

然而，我们切不可认为，现代派的旗手纪弦生而为现代派。他本人亦供认，其二十岁前作品，深受当时新月派影响，"十之八九为格律诗"。查诗集《摘星的少年》所录"民国十八年至二十一年作品"，尚存四首六行诗，可知事实确乎如此。新月派引英国维多利亚诗歌为

---

① 《纪弦回忆录》卷一，台湾联合文学出版社2002年版，第43页。下引诗文，凡未注明，均见此书。

圭臬，具有从浪漫主义向现代主义过渡的各种“延异性”，并引导彼时新诗形成了犬牙交错的地质层。一者，部分新月派诗人开始豢养自己的象征主义之兽，比如徐志摩之于波德莱尔，邵洵美之于魏尔伦，而同属新月派的卞之琳甚至成为现代派的先驱者；再者，现代派的其他先驱者也自觉地从“新月派氛围”出逃，在“形式”之外，试图以内心的探秘作为对白话诗的反对和拯救，比如戴望舒，当他开始厌恶《雨巷》的音乐性，事实上就已经转向法国象征主义。对此已有公论，自然不必赘述。笔者想要说明的是，在此前后开始写作的纪弦，不但没有摆脱，甚至还服从和证明了新诗史上那个特殊阶段的“延异性”宿命。

据纪弦自述，其早期作品，由于受到王家绳及其南京同学的影响，“偶尔还带着点左倾的色彩”，由于作品散佚，已经难以印证，但是，后来他却拒绝为左翼刊物投稿。

如要研究纪弦，以上两点不可不察。

2

大约是在 1933 年年底，或是 1934 年年初，纪弦在上海四马路现代书局买到戴望舒的第二本诗集《望舒草》，同时订阅《现代》杂志。戴望舒的第一本诗集，《我的记忆》，出版于 1929 年 4 月，从集内三辑作品来看，已经开始从音乐性向非音乐性缓慢转变。《望舒草》则主要收录新作品，也保留了《我的记忆》里的非音乐性作品：这表明戴望舒对新诗美学模式的最后选择。戴望舒的语言态度给路易士带来了“更具决定性”的影响，让他从新月派的“旧锦囊”里一跃而出：他决定废止格律诗，写作自由诗。戴望舒在《望舒草》附录《诗论零札》——此文作于 1932 年，原以《望舒诗论》为题，此前已在《现代》第二卷第一期发表——开宗明义就讲道，“诗不能借重音乐，它应该去了音乐的成分”①；纪弦却不排斥这个概念，他认为，“自由诗的音乐性高于格律诗的音乐性；诉诸‘心耳’的音乐性高于诉诸‘肉耳’的音乐性”。两者的观念是扞格的吗？显然不是，纪弦用反对的方式沿袭戴望舒。心耳肉耳之论，看似胜出一头，实则仍未跳出戴望舒的轨辙。不管如何，从 1934 年开始，纪弦迎来他的自由

① 《望舒草》，现代书局 1933 年版，第 112 页。

诗时代，当年《现代》5月号就刊出其新作品《给音乐家》，9月号又刊出其另一件新作品《时候篇》。从此一发而不可收。1935年春天，也有可能是夏天，在一个晴朗的下午，22岁的纪弦与30岁的戴望舒在上海江湾公园坊见面了："他脸上虽然有不少麻子，但并不很难看。皮肤微黑，五官端正，个子又高，身体又壮，乍见之下，觉得很像个运动家，却不大像个诗人。"两人一见如故。1936年4～6月，纪弦曾赴日本游学。他狂热地搜罗西书，借日本诗人堀口大学的译诗集《月下之一群》，得到法国现代诗更多更直接的炙烤，"深受阿保里奈尔（Guillaume Apollinaire）之影响"，自此眼界大开，戴望舒自然也越来越缚他不住。在东京，纪弦写出《致或人》，此后不久又写出《火灾的城》，均自称为超现实主义作品。很多年以后，纪弦也拒绝承认他的风格与戴望舒存有相似性："一点儿痕迹都不见。"从种种信息来看，纪弦或认为戴望舒仅取法国象征主义，而他兼收法国象征主义和美国意象主义。"然则戴望舒给我的影响何在呢？曰：自由诗的精神而已。"我们不妨如此表述：前者是在观念而不是风格上影响了后者。然而，观念和风格之间的复杂因果又不免让我对这种表述心存狐疑。戴望舒死于1950年2月28日，享年45岁。到1990年，纪弦写下《安魂曲：戴望舒逝世四十周年祭》，一连写了两首，"附有后记，说明一切"。

这里还要说说《现代》。该刊创刊于1932年5月，由施蛰存做主编，戴望舒和杜衡（本名戴巍，又有笔名苏汶）做编辑。根据国民党《上海市党部宣传工作报告》，当局曾认为这个杂志具有"半普罗"性质[①]。然而就杜衡个人而言，他似乎不但要做到"非普罗"，而且要做到"非政治"，于是引发了关于"第三种人"的论战。纪弦坚定不移地支持杜衡，他甚至认为杜衡之敌——鲁迅，在论战中已经被人利用。"较之施蛰存，杜衡是更加欣赏我的才华的"，所以当1935年12月，纪弦出版第二部诗集，《行过之生命》，杜衡乃欣然作序，并为诗人的虚无主义作辩，"并不是虚无的思想造成这丑恶的二十世纪，而是丑恶的二十世纪造成这虚无的思想"。纪弦与杜衡就此结下友谊：一起避难香港，一起滞留上海，一起流亡台湾，可谓如切如磋，如胶如漆，如兄如弟。但是杜衡也并未做到非左非右，其长篇小说《叛徒》（在《现代》连载时以《再亮些》为题），曾得纪弦激赏，仍然

① 参读王文彬《雨巷中走出的诗人——戴望舒传论》，商务印书馆2006年版，第82页。

坚持右翼立场。到台湾后，他放弃文学，转而研究经济学，更加顽守右翼立场。杜衡死于1964年11月17日，享年57岁。纪弦称之为“30年代保卫文艺自由之英雄”“一个杰出的小说家兼批评家”——这可能含有友谊的拔擢。在《现代》诗人群中，纪弦与徐迟或许最为相惜。大约在30年代，徐迟就曾写有一首诗，《赠诗人路易士》①，说在纪弦的黑西服的十四个口袋里都藏着诗，并且说，只有当纪弦握住他的手掌，他才能想到自己也能歌唱。此后两人走上不同的道路——纪弦认为是左翼诗人马凡陀“拐走了”徐迟。1985年，当纪弦出版自选诗第八卷《晚景》，徐迟曾专门去信“对之大为赞美”。1993年，《纪弦诗选》在大陆出版，徐迟为之作序，认为这些作品“比现代派之现代派还现代派”，同时还盛赞其“宇宙意识”②，这一点，后文还将论及。1996年12月12日，徐迟在武汉同济医院跳楼自杀，享年82岁。纪弦在美国获得消息后，十分悲痛，当月31日就写下《哭老友徐迟》。徐迟生前自云有两大恨事——此处不便也不必再细说，而他与纪弦的经历与命运，如果加以比较，还有谁不感叹造化小儿的胡闹？

1935年1月，《现代》改为综合性杂志，其后只出版两期，就告停刊。到1936年10月，由戴望舒另主编《新诗》月刊出版。戴望舒出一百块钱，纪弦、徐迟各出五十块钱。后两者不愿意担任编委，实际上仍然参加编务。这个杂志的新意和美意在于，终于跳出《现代》门户，试图从更大范围来总结和展示现代派的成就。按照纪弦的谱系学，当时的先锋诗人，可以大致按照居留之区域和作品之精神分为两派，“南方诗派”与“北方诗派”，南方诗派即以《现代》诗人群为主，包括金克木、玲君、南星、侯汝华、陈江帆、陈时（注意：此人被纪弦称为“后起之秀”）、徐迟、路易士、戴望舒，北方诗派则包括卞之琳、孙大雨、梁宗岱、冯至、何其芳、林庚、曹葆华。可以看出，北方诗派以后期新月派为主，强调通过格律来实现克制的抒情。为了强调南方诗派已经率先唤起自由诗之魂，纪弦还强把居住在上海的邵洵美纳入北方诗派，把居住在北京的冯文炳（废名）纳入南方诗派。这是纪弦的蛮横。纪弦认为，《新诗》创刊以后，北方诗派都渐

① 见蓝棣之编选《现代派诗选》，人民文学出版社1986年版，第353—354页。

② 参读刘登翰、朱双一《彼岸的缪斯：台湾诗歌论》，百花洲文艺出版社1996年版，第140页。

渐“南方化”，而从1936年到1937年，“南方精神的胜利”，为新诗迎来一个收获季。只有林庚是个例外，因为“在他写了不少自由诗之后，忽又开起倒车来，发明了所谓的‘四行诗’，而竟回到唐诗宋词元曲的天地里去了”。

值得注意的是，到了1988年下年，纪弦却忽然开始写俳句。这可能与他的留日经历有关：俳句正是日本最为流行的格律诗。这样，我们就看到有趣的场景：纪弦一边写俳句，一边反复自嘲：“使用了五七五俳句的形式，虽说东西写得还算可以，但我不打算常用。因为俳句也是‘定型诗’之一种，这违反了我一贯的‘自由诗’的立场。”

3

战事起了。

1937年7月，《新诗》出罢7月号，8月，《新诗》社特约印刷所就遭到日军轰炸，徐迟诗集《明丽之歌》，以及李白凤诗集《凤之歌》，原稿以及校样，均化为灰烬，再也不可觅回。纪弦带着一家老小溯长江而西上，由上海而武汉而长沙而贵阳而昆明而河内而香港，1938年下年初到香港，就认识胡兰成。胡兰成曾如此记录这次见面，“打仗的第二年，一天，路易士从云南而来，在杜衡处见面了，是一位又高又瘦的青年，贫血的，露出青筋的脸，一望而知是神经质的。他那高傲，他那不必要的紧张、多疑、不安与顽强的自信，使我与他邻居半年而不能丢开矜持”①。1942年夏天，纪弦回到上海，而胡兰成早在1939年下年就已被汪精卫召去南京。彼时上海已沦陷，纪弦很快陷入困顿，曾赴南京拜见胡兰成。胡兰成喜欢简静安闲的里巷生活，自云“没有劝过一个人参加汪政府”②，并说他的朋友穆时英（新感觉派小说家）也是自己主动要求参加（后来遇刺了）。胡兰成有没有劝过纪弦，后者的表述很含混，接着就写道“他很尊重我的决定，并未加以强留”，两人在丹凤街石婆婆巷的胡公馆里，“只谈文艺，不涉政治”。几天后，纪弦回到上海。他亦承认此后多赖胡兰成

① 《路易士》，胡兰成《中国文学史话》，上海社会科学院出版社2004年版，第159页。下引胡兰成观点，凡未注明，亦见此书。

② 胡兰成《今生今世》，台湾远景出版事业有限公司2009年版，第241页。

接济。1943 年，胡兰成从南京回到上海，1974 年，又从日本去往台湾。这两个时间段，纪弦是否与之来往，双方回忆录都没有记载。

关于纪弦，胡兰成（其人可废）至少写过两篇文字（其文不可废）:《周作人与路易士》《路易士》，虽不及《今生今世》来得幽深灵异，却也自是不凡，或可视为关于纪弦的最好的文字。胡兰成认为，“路易士的诗在战前，在战时——战后不知道会怎么样，总是中国最好的诗，是歌咏这时代的解纽与破碎的最好的诗”，又说，“《女神》轰动一时，而路易士的诗不能，只是因为一个在飞扬的时代，另一个却在停滞的、破碎的时代”。胡兰成独拈出“破碎”一语，恰恰触及痛痒，也许他已然明白，这正是现代主义的块壤、瓜果和色香：啊，就这样，纪弦势必与民国时代一起“破碎”。纪弦亦言及，胡兰成曾说其诗“深受法国象征主义和美国意象主义之影响，然后又意识地摆脱之而有所独创”，则不知出于何处。虽然胡兰成对纪弦亦颇有微词，比如个人主义，病态，读书少，生活经验缺乏，狭隘，固执，装作骄傲，做作得很幼稚，等等，而纪弦仍然视之为知己：“胡兰成评论小说，固然十分中肯，而对于诗，他也有独到的见解。”

张爱玲也觉得纪弦做作，然而她却认为胡适、刘半农、徐志摩、朱湘都上了绝路，反倒是纪弦似乎透出某种生机，断言其部分作品“没有时间性，地方性，所以是世界的，永久的”，评价之高，甚于胡兰成①。奇怪的是，纪弦在回忆录中反而并未叙及。

后来，有人指认纪弦为“汪派”之一员，并说他到台湾后换笔名，正是为遁形。对此，纪弦力辩其无。回忆录至此，居然破口大骂。据纪弦举证，早在 1945 年抗战胜利后，他想要个“胖”的笔名，遂改“路易士”为“纪弦”，并常以新笔名给《和平日报》写稿。该报副刊主编恰是纪弦的老朋友徐淦。

4

1948 年 11 月 29 日，纪弦移居台湾，时年 35 岁。到 1953 年 2 月 1 日，主编《现代诗》创刊号出版。这是中国新诗史上的大事。

纪弦向来热衷办诗刊，曾于 1934 年办《火山》，出版二期而止；1936 年办《菜花》，出版一期而止，同年办《诗志》，出版三期而止；

① 参读《诗与胡说》，张爱玲《流言》，中国科学公司 1944 年版，第 141—147 页。

1944 年办《诗领土》，出版五期而止；1948 年办《异端》，出版二期而止；1951 年办《新诗周刊》，出版二十六期而止①；1952 年再办《诗志》，出版一期而止，乃是台湾第一家新诗杂志。《现代诗》似是这些诗刊合乎逻辑的结果。

然则事实并非全部如此：《现代诗》延续的乃是《现代》之香火。1935 年，就在《现代》停刊当年，杜衡办《今代文艺》，出版三期而止，施蛰存办《文饭小品》，出版六期（纪弦误记为十二期）而止，戴望舒办《现代诗风》，出版一期而止；1936 年，叶灵凤办《六艺》，出版三期而止，吴奔星、李章伯办《小雅》，出版六期而止，戴望舒办《新诗》，出版十期而止。从这些刊物可以看出，施蛰存、杜衡、叶灵凤的趣味在于整个儿的文艺，而戴望舒则愈来愈坚持他的一门心思，或者说一门新诗。这些刊物（除《文饭小品》皈依明清性灵派）薪尽而火传，递交着被压抑的现代性，对纪弦的雕镌自是十分深刻。

到了 1956 年 1 月 15 日，纪弦组建现代派，加盟者计有 83 人，后来又扩充到 115 人，方思、白萩、辛郁、林泠、林亨泰、蓉子、郑愁予、罗门、罗马等赫然在列。为了区别于 30 年代现代派，纪弦把这个由他领衔的现代派称为“后期现代派”，或“台湾现代派”。同年 2 月 1 日，《现代诗》第十三期刊出由纪弦执笔的《现代派的信条》及《现代派信条释义》，主张“横的移植，而非纵的继承”。从此以后，纪弦开始推动“新诗再革命”，提倡“新现代主义”（在不同场合和不同阶段，他又称为“后期现代主义”“中国现代主义”或“东方现代主义”），终于将现代诗的火种播撒于台湾，并延及香港、越南、菲律宾、新加坡和印度尼西亚，在 20 世纪五六十年代结下累累硕果。这些已是常识，此处不必絮烦。值得注意的是台湾赴美女学者奚密的观点，可能会让很多大陆学者感到意外：“50 年代到 60 年代中期现代派所代表的现代诗并不是官方意识形态的表征；恰恰相反，在诗的理论与实践上均体现了对后者含蓄的批判和反抗。”② 1996 年 5 月，

---

① 纪弦本人已经记不起《新诗周刊》出版期数。据张默《台湾新诗大事纪要（1900—2002）》：“《新诗周刊》借《自立晚报》副刊版面创刊，每周一出版。至民国四十二年九月十四日休刊，共出刊九十四期。此为迁台后最早出现的一份新诗期刊，第一至廿六期由纪弦主编，第廿七期以后由覃子豪主编。”张默《台湾现代诗笔记》，台湾三民书局 2004 年版，第 334 页。

② 奚密《早期〈笠〉诗刊探析》，转引自章亚昕《二十世纪台湾诗歌史》，人民文学出版社 2010 年版，第 162 页。下引林亨泰观点出自《〈现代诗〉季刊与现代主义》，痖弦观点出自《现代主义：国际与本土——现代诗运的回顾与前瞻》，均转引自此书。

纪弦从美国回台湾参加“百年来中国文学学术研讨会”，31 日，给汪启疆颁发“八十四年度诗选奖”，余光中代表《八十四年度诗选》编委会致辞，却特别向纪弦致敬：“中国新诗复兴运动的火种，是由纪弦从上海带到台湾来的。纪弦当年大力提倡现代诗，为现代诗出钱出力，现代诗在台湾逐渐形成气候，才有像今天这样辉煌的成就。”

可是纪弦自己却认为，他从上海带到台湾来的火种，“是的，火种，火种”，却是他“行囊里有两期《异端》”。异端社的发起人，除了纪弦，好像还有其弟路迈（路曼士），作小说时笔名“鲁宾”或“鱼贝”，作诗时笔名“田尾”的便是。异端社宣言由纪弦执笔，印在创刊号封面，强调“个性”与“自由”，反对并反对服务于“偶像”和“独裁者”。现在看来，这份孤独、匆忙而偏执的短命刊物，无论如何，难以确立为《现代诗》的前身——而纪弦自己，也没有完全践行其宣言，他五六十年代所作政治抒情诗，比如《在飞扬的时代》《向史达林宣战》，可以作证；1975 年 4 月 5 日后所作多篇诗文，尤其是长诗《北极星沉》，也可以作证。后来他亦未用反省来弥补既成。尽管连纪弦亦不免如此，台湾诗人林亨泰却认为《现代诗》已经将国民党倡导的“战斗文艺”压到最低限度了。

1964 年 2 月 1 日，《现代诗》出版四十五期而止。借此终刊号，纪弦再次发表其代表性文论《论移植之花》，以示终不悔。该刊又于 1982 年复刊，已与纪弦无涉。

要在这里补充的是，现代派早期成员罗马，其实就是商禽，他后来转入《创世纪》诗社，在《现代诗》趋于式微之际，会同洛夫等人，取道纪弦曾有尝试的超现实主义，终于促成了台湾现代诗的柳暗花明。

5

现在必须谈到纪弦和覃子豪的论战。

这两位诗人的美学分歧由来已久。上文已有提及，1936 年 4 ~ 6 月，纪弦曾赴日本游学。游学期间，纪弦先后认识两个四川诗人，一个李华飞，另一个覃子豪，三人时相过从，讨论艺术。纪弦和覃子豪都很热爱古典音乐，其他趣味则迥乎不同：画家，纪弦喜欢马蒂斯和毕加索，覃子豪则颇不以为然；诗人，覃子豪喜欢拜伦、雪莱、济慈和雨果，纪弦则喜欢艾略特、波德莱尔、马拉美、兰波、魏尔伦、瓦雷里和阿波利奈尔，“总之，他喜欢浪漫派，我喜欢象征派就是了”。由此可见，后来的论战并非偶然。

纪弦赴台不久，即与覃子豪重逢。1954 年 3 月，覃子豪与余光中另成立蓝星诗社。到组建现代派时，覃子豪亦拒绝接受纪弦的邀请。据余光中追述，蓝星“是针对纪弦的一个‘反动’”①。1956 年 4 月，余光中发表所译之史班德（Stephen Spender）之《现代主义派运动的消沉》。1957 年 8 月，覃子豪发表《新诗向何处去》，针对纪弦主张，提出“六条正确原则”，纪弦答之以《从现代主义到新现代主义》《对于所谓六项原则之批判》。1958 年 4 月，覃子豪复发表《关于新现代主义》，纪弦复答之以《两个事实》《六点答复》。关于这次论战的具体过程及主要节点，大陆学者，比如古继堂、刘登翰、章亚昕，已有比较深入的清理，简而言之，就是“主知”与“抒情”的论战。纪弦强调“主知”，认为“诗乃经验之完成”。为了求得绝杀，双方，尤其是纪弦，将观点绝对化，颇不免意气用事。纪弦爱养宠物，养过猫，养过狗，还养过斗鸡。彼时之纪弦，与所养之斗鸡，大体上可以引为同志了。胡兰成曾说纪弦好比堂吉诃德，而《蓝星》，不免成为一架倒霉的风车。值得叙及的是，双方笔墨官司虽然如此热辣，见面时却依然礼节彬彬，言笑晏晏，亦堪称诗歌史上的佳话。

对于纪弦的反抒情，反浪漫，反表现，反确定，反格律，今日也不消再辩得。但是纪弦在论战中提出的另一个观点，“无所为而为”，如剑悬顶，则尚未过时，“须知诗人兼充祭师、预言者、宣传员、人道主义者，或是社会改良运动家的时代老远地成为过去了”。

论战后双方各各反省，均有所修正。1960 年，覃子豪为某青年诗人作《序》，亦转而强调“以知性来净化情感”②；1961 年，纪弦发表《从自由诗的现代化到现代诗的古典化》，后来亦转而强调“抒情与主知并重”。就在纪弦开始矫正其观点的时候，亦即 1961 年，坚持绝对现代立场的洛夫却又与余光中发生关于“虚无”和“现实”的论战。这两次论战，其实都可以归结为“现代”与“传统”之争，其结果亦很相似：双方各各反省，均有所修正。洛夫后来亦认同笔者

---

① 余光中《第 17 个诞辰》，转引自洪子诚、刘登翰《中国当代新诗史》，北京大学出版社 2005 年版，第 308 页。

② 参读覃子豪《序》，云鹤《忧郁的五线谱》，台湾以同出版社 1960 年版。

的观点，即这种论战可以视为洛夫与后来之洛夫，或者余光中与后来之余光中的跨时空辩驳，原是现代诗内部的和而不同①。痖弦甚至认为，《现代诗》《蓝星》《创世纪》共同“形成一个时代的风格”。1962 年，纪弦宣布解散现代派。

覃子豪于 1963 年 10 月 10 日去世，享年 51 岁。11 日治丧。众诗人公推纪弦撰写并朗诵祭文，据云读罢泪下如雨，“听者无不为之动容”。纪弦还写出好几首悼诗，而以《休止符号》为最佳，后来还曾当众称之为“大诗人”。想来覃子豪亦必含笑于九泉。

6

1963 年 5 月，应“菲华文教研习所”之邀请，纪弦赴菲律宾讲学，认识诗人莫灵乐小姐（Miss Morino），后者赠以茉莉花，居然使得诗人很快完成一首苦思难续的未竟之作：《M 之回味》。这是诗人成名后与世界交流的开始。1969 年 8 月，应尤荪（Amado Yuzon）之邀请，纪弦再次赴菲律宾，参加“世界诗人大会”。其间，尤荪和美国女诗人露脱（Lou Lu Tour）有意促进台北代表团和苏联代表团接触和对话，则亦不算闲话。两次赴菲律宾，纪弦对这个民族的“色彩的良知”留下深刻印象。1970 年 6 月，应许世旭之邀，纪弦赴韩国，参加“第三十七届国际笔会”。其间，曾听取川端康成和林语堂的演讲，并与韩国诗人许世旭、赵炳华等欢饮，与日本诗人草野心平邂逅——纪弦曾翻译过他的作品。1973 年 11 月，纪弦参与在台湾筹办“第二届世界诗人大会”。此次大会，共有三十多个国家一百多位代表参加，包括美国女诗人玛丽·纳恩（Dr. Marie L. Nunn）和魏金荪夫人（Dr. Rosemary C. Wilkinson），后者对此后历届“世界诗人大会”的召开颇耗心血。值得叙及的是，原台湾诗人吴望尧，此次作为越南代表参加大会，期间与台湾故友商议，欲以个人名义设立“中国现代诗奖”，得到广泛响应。1974 年 6 月，“首届中国现代诗奖”出炉，授予纪弦特别奖。

1976 年 12 月 28 日，纪弦移居美国，时年 63 岁。此后朝暮徘徊于旧金山西海岸：不见台湾，亦不见大陆。1981 年 7 月，应魏金荪夫

① 参读洛夫、胡亮《台湾诗，“修正超现实主义”，时病：洛夫访谈录》，方明编《大河的对话》，台湾兰台出版社，第 273—274 页。

人之邀请，纪弦就近参加在旧金山举行的“第五届世界诗人大会”。其间，纪弦获得世界艺术文化学院（World Academy of Arts and Culture）荣誉博士学位。1985年11月30日，纪弦首次用英文写出Foggy San Francisco（《多雾的旧金山》）一诗。自此以后，纪弦每有诗意，就必须先选择使用何种语言，如果用英文来写，就坚持用英文来酝酿和斟酌。他坚决反对先用汉语写，再自译成英文，认为那是“可耻行为”。纪弦将新写的英文诗呈示魏金荪夫人，后者遂建议他给《POET》投稿。该刊由印度诗人Dr. Krishna Srinivas主编，他也是世界诗社（World Poetry Society）主席。按规定，必须先加入世界诗社，方可在该刊发表作品。纪弦当即加入。恰好该刊的美国编辑就是玛丽·纳恩。世间之巧，人际之缘，往往便是如此。此后，纪弦就以加州诗人名义，频频在《POET》发表作品。而纪弦，也与玛丽·纳恩结下让人歆羡的友谊。1987年4月、1991年8月，他们先后筹办两场朗诵会，朗诵者独有一人，即是纪弦，听者亦独有一人，即是玛丽·纳恩，地点都在玛丽·纳恩之家：从Pacifica到Napa。纪弦还为玛丽·纳恩写呈许多献诗，其中有首《三人行》，将太平洋拉进来，加上二者，遂成三人行。在纪弦看来，太平洋是位王后，而玛丽·纳恩就是位公主，上帝把她安放在“青天，碧海，和金黄色的沙滩”之间。

然则纪弦与世界交流，似仅限于礼仪与日常，并未获致诗学上的惊艳、猎奇与乎合金般的冒犯和错综。

90年代初以来，很多大陆诗人亦去往美国。从纪弦的回忆来看，除老南、老刘、老夏及顾城夫妇外，他几乎没跟更多大陆诗人接触，笔者原本甚为期待的某种对话也就无从发生。这也是令人遗憾的事情。

7

纪弦家族具有强大的繁殖能力，其儿女孙儿女曾孙儿女，总有数十人之多；而纪弦之创造能力，与之相比毫不逊色，到耄耋之年仍无衰退之势。张默早就曾说纪弦作品“当在千首以上”①。而其晚期诗，最大收获就是宇宙诗，1985年的《宇宙论》，1986年的《方舟》，即是代表，而1989年的《有一天》和《给后裔》，1991年的《玄孙狂

① 张默编著《小诗选读》，台湾尔雅出版社1987年版，第8页。

想曲》《空间论》，1993 年的《宇宙诞生》，1995 年的《物质不灭》《恒星无常》《早安哈伯》《致木星女人》，1996 年的《致水星》，1997 年的《黑洞论》《关于飞》，2000 年的《圆与椭圆》《诸神之足球赛》，也很重要。就在 2000 年，诗人编成自选诗第十一卷《宇宙诗抄》，这部诗集，可以视为他对 1942 年所作《摘星的少年》的衰年酬答。笔者之所以大量胪列纪弦晚期作品之目录，主要原因在于，此类作品，大陆学者多所不知，很难得见。纪弦的宇宙诗乃是科学和神学从相互错扰到达致和谐的结果。纪弦在少年时代，便对天文学产生过很大兴趣；到 1975 年 10 月 29 日老母去世，乃遵照其生前愿望，接受施洗，加入信义会。此二者，当是纪弦此类作品的内在的涌泉。

纵观纪弦一生之作品，或可如此括出其最著之特征：曰调侃，曰相对论，曰神学和科学。

还有两首诗必须稍作介绍：1992 年所作《预立遗嘱》，1999 年所作《水火篇》（原名《死之设计》）。两次，纪弦均明确交代须将其骨灰撒入太平洋。纪弦喜滋滋如是设想：千年之后，有一位美丽的姑娘，在旧金山海湾钓到一尾小鱼，烹而食之，终得其灵性，于是成为一位杰出的诗人了。

8

回忆录至 2000 年而止，传主之生命则至 2013 年而止，据云死前犹呼钓鱼岛。从头至今，纪弦都参与和见证了新诗的成长。再没有其他诗人拥有同等资历。那么，其新诗谱系是如何梳构的呢？他曾用两次演讲来回答这个问题：1986 年 8 月 16 日，在旧金山演讲《现代诗在台湾》，1989 年 4 月 2 日，又在桑尼维尔演讲《何谓现代诗》。纪弦认为，新诗大约可以分为四个时期：萌芽时期（1919—1931）、成长时期（1931—1937）、消沉时期（1937—1949）、复兴时期（1949—）。后来他又认为，消沉时期之作品，不是传单就是口号，只能算是“非诗”，于是对这个谱系进行调整，仍然分为四个时期：以胡适为代表的白话诗时期，以徐志摩为代表的格律诗时期，以戴望舒为代表的自由诗时期，以纪弦为代表的现代诗时期。而现代诗，亦可分为三个阶段：格律诗的自由化（戴望舒），自由诗的现代化（纪弦），现代诗的古典化（郑愁予，抑或余光中?）。可以看出，纪弦对冯至、艾青和卞之琳的无视，以及对于“隐秘的”西南联大诗人群的无知。特别应当引起注意的是，纪弦甚至将大陆“朦胧诗”亦归于“台湾现代诗影响下的产品”。这种简单的文学进化论让人十分讶异。无论如何，纪弦终于将“今天下英雄惟使君与操尔”的雄视坚持到了最后。

附记：1963 年 4 月，纪弦诗集《摘星的少年》由现代诗社再版。也许就在当年 5 月赴菲律宾讲学期间，纪弦曾将这部诗集携赠给云鹤：后者就住在马尼拉。1987 年 1 月，云鹤将此书转赠给流沙河：后者正研究台湾诗。后来，流沙河又转赠给杨然，杨然则转赠给笔者。花开花落几十度，这本诗集才辗转来到笔者面前，翻动发黄而变脆的纸页，陡觉时空翻转，永恒亦刹那，刹那亦永恒，便只好抛去秃笔，闲坐高楼，独对西山一脉深黛。

2014 年 1 月 27 日，放松堂

［作者单位：四川遂宁市发改委］

“让我将不朽的爱，留给世界”

——钟鼎文的生平及其对台湾诗坛的贡献

古远清

初生之犊不畏虎

钟鼎文（1914—2012），本名国藩，笔名番草，安徽省舒城县人。1929年入上海吴淞中国公学大学部政经系就读，次年他以“蕃草”的笔名在戴望舒主编的《现代》杂志上发表诗作，成为“现代派”的一分子。1932年，上海公学因“一·二八”事变被炸得片瓦不存，钟鼎文只好到北京，借读北京大学，修满学分后考上日本京都帝国大学哲学系后转社会学科。他在此期间刻苦钻研美学，并用自己的青涩之笔翻译黑格尔的《美学导论》。那段时间，上海《申报》聘他做日本特派员，主要职责是采访日本重大新闻，时值伪满洲国的溥仪访日遭韩国人袭击，正在现场采访的钟鼎文被疑为间谍，由此被日兵监视。有一个晚上，钟鼎文读到日本名家松尾芭蕉写古老池塘青蛙跳进去的声音的诗作，便灵机一动由二楼丢东西进一楼花园的池塘中，让监视他的日兵转移注意力使自己读书不受干扰，后来日本兵看到他是一个本分的读书人，便撤销了对他的监视，由此可看出钟鼎文的机智与勇敢。

1933年毕业于京都帝国大学哲学系后转社会学科的钟鼎文，次年在上海《现代》《春光》发表《水手》《自画像》等诗。1936年担任南京中央军校教官，兼任复旦大学教授。次年任上海《天下日报》总编辑，诗人艾青随其任副刊主编。抗战爆发前曾加入马占山将军的抗日义勇军，欲赴前线参加长城战役，却因气候适应不了与年纪大未能实现。卢沟桥事变后，他投笔从戎，任第五战区少将参议兼安徽省党政军联合办公厅主任秘书。此时有人发密电给蒋介石，诬告钟鼎文是左派。为了洗清罪名，钟鼎文长途跋涉到重庆，花了一个月时间向时任委员长的蒋介石澄清事实。他的这一片诚心使蒋介石解除了对他的怀疑。抗战初期钟鼎文应聘赴桂林任《广西日报》总编辑，艾青也随其任副刊《南方》主编。抗战末期，钟鼎文赴重庆任职国民党中央党部文书处长，日本投降后随政府定居南京。

1949 年钟鼎文辞去党职后随军去台，历任“国大代表”、《自立晚报》与《联合报》《中国时报》主笔和世界诗人大会荣誉会长、世界艺术文化学院院长、台北市民营报业联谊会秘书长、《新诗》周刊主编、“中华民国新诗学会”会长等职，为《联合报》广受欢迎专栏“黑白集”作者群之一。曾获中山文艺奖、中国文艺协会荣誉文艺奖章及国际桂冠诗人奖，第一届、第三届世界诗人大会杰出诗人奖、世界华文文学终身成就奖等。出版诗集有：《三年》，安徽省文化委员会，1940 年初版。《行吟者》，台北，台湾诗坛杂志社，1951 年。《山河诗抄》，台北，正中书局，1956 年。《白色的花束》，台北，蓝星诗社，1957 年初版。《国旗颂》，台北，中央日报，1962 年。《雨季》，台中，台湾省新闻处，1967 年。《钟鼎文短诗选》，香港，银河出版社，2002 年。另有英、法、德、荷兰文诗集出版。

一生历经政界、新闻界及文坛的钟鼎文，是早慧的孩子。五六岁时，钟鼎文上私塾便开始读四书五经，由此打下国学根基。在 7 岁时他认识了漂亮的小女孩向荃。作为小学同班同学，他还记得初见到向荃就喜欢上她，真可谓是青梅竹马，可惜中间失去联系数年，直到抗战时钟鼎文留日归国回故乡，而向荃则因后撤到六安经过舒城，两人在路边巧遇，钟鼎文便下决心把握这次难得的机会，要和她结秦晋之好，后来果然实现。2006 年，钟鼎文相知相识 85 年挚爱的妻子在台北仙逝。钟鼎文想起中国人落叶归根的古训，于 9 月 22 日将太太向荃的骨灰带回安徽省舒城县河口乡，安葬于祖居后山的“春秋陵园”公墓。

钟鼎文外祖父家是书香门第，父亲时任安徽省律师公会理事长。小时候钟鼎文相当顽皮，在接受采访时他说，自己就像现在人说的好动儿一般。他们家重视下一代教育，父亲原本送钟鼎文上县内小学，但校方深怕喜欢活动的他出现意外而建议其父亲让姐妹们陪钟鼎文一起上学，这样和女孩子一起可以得到制衡。正因为钟鼎文跟姐妹们上学时接受了西方教育，知识面较宽，对新世界与外国进步的思想与知识的潮流都非常向往，甚至可说求知欲望非常“饥渴”，故上小学、中学都跳级。

钟鼎文14岁时加入国民党。留学日本期间，在其安徽府上发生重大血案，造成父母双亡。有人认为是“土共”所为，官方还抓了两个长工做替死鬼，其生死就等钟鼎文的裁决。从小受忠恕仁义教育的钟鼎文，反对血债要用血来还的做法，当机立断决定恢复这两位儿时玩伴的人身自由。善有善报，恶有恶报。钟鼎文在抗战时期多次遇到难关或遭人落井下石，尤其是在广东梅岭被日寇追杀时，都能化险为夷，人身安全无大问题。“由此可知其不惧强权的仁爱的精神，与如初生之犊不畏虎的勇敢精神。”①

出手不凡，耐人寻味

钟鼎文登上诗坛是1930年。作为安庆第一中学高中生的钟鼎文，登临学校附近的镇风古塔时受陈子昂的《登幽州台歌》启发而创作了处女作，发表在《学生周记》上。兼任报纸副刊编辑的语文老师高歌，在发表此诗时从钟鼎文本名钟国藩的“藩”字拆字做笔名“番草”。下面是收入《白色的花束》第64、65页的《塔上》：

我登临在塔上——

在塔影的下面，
是无边的屋瓦；
在瓦浪的下面，
是百万的人家。

在那些人家里，
许会有小小的院落；
在那些院落里，
许会有各种的花。

① 刘正伟：《现代诗坛的推手——前辈诗人钟鼎文先生专访》，载（台北）《乾坤诗刊》第42期，2007年夏季号。本文有关钟鼎文生平部分吸收了此文和郭士榛的成果。

那些花，
寂寞地开着，
又寂寞地落下……

此诗缘情写景，情景相生。作者用层层递进手法写登塔所见。这幅风俗画视线由近到远，后来由远到近。虽无“欲穷千里目，更上一层楼”的哲理性，但结尾有人生的感慨和寄托。全诗押韵，适合朗诵，由此可看出其出手不凡。国民初期有这样的好诗，说明新诗已度过了“尝试期”。

钟鼎文求学时正值国共合作，后来两党分裂，国民党清党时把许多思想左倾的学生实行关押直至枪毙，这其中有许多是钟鼎文要好的同学与挚友，诗人不赞成这种专制手段，认为对年轻人应该以感训导正的手段教育，这不仅可给学生一个机会，而且可以减少冤案的发生。教育部门认为钟鼎文对党国不忠，有参与风潮的嫌疑，于是对他发出通缉令。这是他 80 年后回返故里才在安庆第一中学一百周年校庆当年的纪念册上发现的，他猛然想起父亲当时叫他离开家乡到上海原来是为了避祸，可更名为钟灵的他来不及办转学证明，无法读书只好到处打工。他一边工作一边写诗投稿以煮字疗饥。在有名的《东方杂志》上，常可看到他的诗作，其中《船》这首诗还得了一笔不菲的稿酬。1936 年他又在上海《东方文艺》发表描写江北大饥荒的诗作《家庭》，受到左倾文艺批评家们的好评。这首写实诗，充满了人道主义关怀，王任叔（即巴人）就曾撰文加以表彰，盛赞此诗的新写实主义。不过钟鼎文对此并不以为然。他认为，任何主义或理论只是作品的包装，最重要的应是作品内容要有真实感情，空谈理论并不能指导创作。

钟鼎文在 30 年代发表的诗和戴望舒一样，多抒发忧郁和暗淡的情绪，如他的《桥》①，所用的词语不是“灰白色的”“灰黑色的”，就是“疲倦了的”“脆弱的”“浊”，其中所流露的是一种深沉的喟叹。卢沟桥的炮火，敲碎了现代派诗人所营造的象牙之塔，钟鼎文的诗风由此改变。他不再弹唱灵魂的颤音，而转向关注社会和政治，所不同的是他写抗日诗歌不写炮火连天的场面，如《还都·飞行》：

① 载（上海）《新诗》第 6 期，1937 年。

南京——重庆
八个年头的烽火转进；
重庆——南京
三个钟头的天马航程。

百战归来，山河依然无恙！
万里川原是银镶的织锦，
千重岭岳是金铸的浮雕；
从云端俯瞰故国，更觉娇娆。

忽然间，回想起身经万劫，
转觉得，恍惚是千年的归鹤；
看大地上点点的村庄，斑斑的城郭，
该都是遗民的泪，战士们的血。

开头写时空的演进，形象地叙述出抗战的历程，字里行间充满着对祖国河山的热爱。“银镶”“金铸”用词精确，生动地写出祖国的娇娆和强大，不惧怕任何敌人的侵略。“身经万劫”与“千年归鹤”相对照，写得含蓄，耐人玩味，尤其是结尾充满了忧患意识，特别感人。

钟鼎文的诗抒情浓郁，不同于纪弦强调知性弄得语言干巴和难懂。在语言创造上，他注重诗的音乐性，同时也善于用写实笔法表现自己的人生抱负，如 1932 年作于山东旅次的《登泰山》：

它站着，它是泰山。
在它的上面，我站着，
而我的上面，是天……

天，从我的上面，垂向四方，
山，从我的下面，波及四边；
天与山，在远处连成一线，
以我为轴，划出宇宙的浑圆。
在此时，在此地，我是一点，

寄托于无边际的时间、空间；
我要以我的有限，对抗无限，
放开怀抱，高歌在泰山之巅。

在我的上面，是天。
在天的下面，我站着，
而我的下面，是山……
啊啊，泰山，
你且站在下面！

此诗用单纯的意象写出了作者敢叫泰山“站在下面”的不凡抱负。这种抱负不是通过说教写出，而是先描绘泰山的地理位置，然后写天与山如何连成一片。作者不是狂妄之人，他深知自己的渺小，在宇宙间只是“一点”，但作者不怕体单力薄，要以有限对抗无限。“泰山，你且站在下面！”这是何等动人的雄心壮志！由此也可见，高亢豪迈是这首诗的主旋律。

现代诗坛的重要推手

钟鼎文与纪弦、覃子豪并称为“台湾诗坛三老”。这“三老”年轻时均在大陆认识，如钟鼎文与覃子豪是在北平一家书局二楼因为同班学习世界语而认识的，纪弦则是钟鼎文流亡上海时因写诗而结缘，他们的友谊一直延续到海岛。纵然在文学观上有差异与争执，像纪弦与覃子豪常常打笔墨官司，但打完仗后交情依然故我，而钟鼎文也常常当他们的调解人。如果说这“三老”纪弦是把现代派的火种由大陆带到台湾，覃子豪是以诗的教育者和播种者著称，那钟鼎文的贡献表现在充分利用自己的行政资源和影响力创办诗刊，并让台湾诗人与国际接轨。

正如刘正伟所说：“钟鼎文先生亦是现代诗坛的重要推手”。①1950年11月17日，《自立晚报》副刊《万家灯火》刊载香港报纸剪稿《草山一蓑翁》，其中“草山”是指蒋介石的办公兼居住之地（后

---

① 刘正伟：《早期蓝星诗社（1954—1971）研究》，佛光大学博士论文修订本，2012年1月20日自印。

改名为阳明山)，这里用“蓑翁”比喻“总统”，遭官方指涉对蒋介石有不敬之处而停刊，并被处以永不复刊的处分。次年在钟鼎文努力向蒋经国提议复刊，后果然在9月复办。鉴于当时新诗人苦无发表的园地，而任该报总主笔的钟鼎文自己同为新诗的作者与爱好者，于是由纪弦怂恿，钟鼎文便得寸进尺争取到《自立晚报》的版面创办《新诗》周刊，并邀请纪弦、葛贤宁等人一同主编，还请“立法院长”张道藩题刊头。这尽管有“背书”的意味，但《新诗》周刊毕竟为重建战后的台湾诗坛，促成现代诗在台湾的蓬勃发展作出贡献。

不是独立发行的《新诗》周刊，其版面共占《自立晚报》6～8栏，其中1～52期为7栏，52～74期为8栏，74期后缩小为6栏。关于这个周刊的创办人、主编者，各种史书说法不一，如有人认为“周刊由葛贤宁、李莎、覃子豪、纪弦、钟鼎文等人主编和创办”，这是把创办人与主编者混为一谈。据刘菲采访钟鼎文，周刊的创办人应是钟鼎文、葛贤宁、纪弦三人，其他人均是后来加入参加编务。周刊于1951年11月5日出刊第1期，当时没有印主编名字，而实际负责的是上面讲的三位元老。他们都是业余的：纪弦是成功中学教师，葛贤宁是张道藩的秘书，钟鼎文是《自立晚报》总主笔。后来纪弦任课繁重，靠编刊写稿补贴生活很累，因而编了一段时间后交给覃子豪接手，覃子豪因公出差时则由李莎接棒。①

台湾的新文学史家为现代诗写史时，通常从纪弦创办《现代诗》写起，而忽略了《新诗》周刊的存在，这是很不公正的，正如麦穗所说：“周刊和那几位主持人是现代诗和诗刊在台湾的传薪者和开山者。”② 该周刊自1953年9月14日停刊，共出版94期。停刊的原因是《自立晚报》调整版面，编者在《告别作者和读者》中云：“本刊在自由中国诗坛是最早而悠久的诗的刊物……本刊发现了不少优秀作者，如蓉子、童钟晋、腾辉、杨唤、方思、郭枫、陈保郁、林郊、林泠、谢青、李政乃、萤星、潘梦秀、梁云坡、金刀、漱玉等。”这其中坚持继续创作成了名诗人的有蓉子、杨唤、方思、郭枫、林泠等人。据向明回忆：当年蓉子的抒情小诗脍炙人口而成为诗坛一大亮点，③ 至于周刊所刊登覃子豪的《海洋诗抄》系列作品，是台湾当代

---

① 刘菲：《关于新诗周刊》，载（台北）《新诗学报》第5期，1991年6月。

② 麦穗：《现代诗的传薪者》，载（台北）《自立晚报》1982年12月29日。

③ 向明：《诗中天地宽》，（台北）台湾商务印书馆2006年版，第287页。

新诗史的重要名篇，其中《追求》至今为人所传颂：

> 大海中的落日，悲壮得像英雄的感叹。
> 一颗星追过去，向遥远的天边。
>
> 黑夜的海风，括起了黄沙，
> 在苍茫的夜里，一个健伟的灵魂，
> 跨上了时间的快马。

这首诗发表时，钟鼎文以“番草”的笔名加编者按：“在我所读过的新诗中，《追求》是我永志不忘的好诗之一。这短短的九行诗，将沧海落日启发人类对于时间消逝之迅速与严肃的感觉，完整地把握住，其净化的思想，确已进入了诗的最高境界。这首诗打击了我的自负，但也安慰了我，鼓励了我。”

钟鼎文不仅编诗还教诗，1953 年 12 月 1 日成立的“中华文艺函授学校”新诗班教员名册除有覃子豪、纪弦、钟雷等人外，另有钟鼎文。1961 年 10 月，中国诗人联谊会与中国文艺协会，在台北市水源路文协大楼举办为期半年的“新诗研究班”，作为班主任的钟鼎文所讲授的是《中国诗的源流》。这个研究班培养了文晓村、古丁、王在军、蓝云等一批著名诗人。

钟鼎文的第二贡献是 1954 年 3 月与覃子豪、余光中、夏菁、夏禹平、蓉子等人发起成立“蓝星诗社”，陆续加入该诗社的有罗门、张健、向明、吴宏一等人，其中学院派人士不少，近乎精英们沙龙式的雅集。他们的结合，系对“现代诗社”的一个“反动”。纪弦要从事“横的移植”，他们不赞成。纪弦要打倒抒情，他们的作品却以抒情为主。该诗社社性低，“党性”不强，从未标榜什么主义和流派，奉行的是温柔敦厚的抒情路线，对不可一世的纪弦具有制衡作用。后来钟鼎文与喜欢标榜自己的覃子豪意见不和而退出，另于 1967 年联合诗界筹组“中华民国新诗学会”，并当选为会长。此“学会”尽管没有创世纪、蓝星诗社影响大，但毕竟团结了一小批非主流诗社或未加入诗社的作者。

钟鼎文的第三贡献是于 1973 年与菲律宾资深诗人尤松发起组建并召开第一届世界诗人大会，并被推举为会长，后又共同创办“世界艺术与文化学院”，作为世界诗人大会活动开展基地，由钟鼎文出任院长。世界诗人大会已在各国召开26届，每年台湾代表都不缺席，钟鼎文为台湾新诗与国际诗坛接轨铺平了道路。

让抒情与叙事结合

长期身居要职的钟鼎文到台湾后，其经历和官方背景，使他较少写出关怀社会之作，产量也不够丰盛。应该肯定的是：他的诗境从此变得浩翰壮阔，音节铿锵有力。他不再用“现代”而改用写实的笔触刻画事象，让抒情与叙事结合，语言不再艰涩。1976年写于美国的《留言》，便是他这方面的代表作：

让我将不朽的爱，留给世界：
将我难忘的恨，带进坟茔。

一片浮云飘过大海，是我的生命。
一阵微风吹过花丛，是我的感情。

我祈祷的手将变作树，伸向穹苍。
我含泪的眼将变作星，俯瞰大地。

亲爱的母亲，亲爱的故乡，我太困倦了，
让我回到你们的怀抱里久久地安息吧。

此诗之所以叫《留言》而不叫《遗言》，是因为诗人写此诗时不仅笔健而且身健。但大自然规律是不可抗拒的，人老了难免联想到百年之后的事。如果要出一道“留言”或“遗言”之类的考试题，该有很多写法：壮志未酬，希望生者完成自己未竟事业的；该有抱怨生不逢时，希望到阴曹地府后能加以补偿的；该有有仇未报，有恨未消死不瞑目的，还有遗体处理、遗产分配一类的嘱咐，等等。这类给后人后世的遗言或留言，最能反映一个人的思想境界和品德修养。钟鼎文这首诗，正表现了他对人类、对祖国、对故乡深沉的爱。此诗共分四段。第一段抒写作者宽阔的胸怀和人道主义立场。他不像鲁迅，对敌人一个都不宽恕，而是要将恨带进坟墓，希望今后世界上只有爱没有恨。在还存在着各种敌对势力的社会里，要完全消解恨似乎是不大可能的。但不能否认，作者的愿望是美好的。也许是作者过去有太多的恨，所以他不愿后来的人们仍然在相互仇视乃至相互残杀中生活。第二段是写自己愿世界充满爱的精神不死、感情不灭。其中用了云飘大海、风吹花丛的比喻，要人们时时、处处牢记他的留言。第三段进一步强调诗人的心是仁慈的。在生前，他曾向苍天祈祷和平，含着眼泪控诉吃人的野兽。这些均表明，在现代诗人中，钟鼎文极具温柔敦厚的品格。他的思想情感，均是中国诗传统精神的产儿。第四段从幻想回到现实。诗人的老家在大陆，他 40 年来一直劳碌奔波，且没有断绝过对故乡的思念。他设想自己百年之后能叶落归根，让遗体葬于大陆，以消多年的乡愁，这表现了诗人对祖国对家乡的无比热爱。钟鼎文的诗，一向较为平和，诗风明快流利而健康，这在此诗首尾两段表现得极为突出。此外，他还受了新月和现代派的影响，作品有较浓厚的浪漫气息，这主要体现在中间两段。从全诗看，此诗放得开收得拢，调子虽低沉但一点都不悲伤，作者的人生观是积极的、向上的，与那些厌世者完全不可同日而语。

《瞭望者》也是一首佳作：

我站在山岗上，
瞭望着远方——

而在我前面的山岗上，
也正站着一个瞭望者，
也正和我一样地
瞭望着远方。

镀上夕阳，而又染上暮色；
他的姿态是一座古老的铜像，
独立于宇宙的苍茫。

人生在世总不能只顾眼前而失却理想。理想虽遥远不能立即实现，但它可激励人们前进。正如一位诗人所说：“理想是火，点燃熄灭的灯，理想是灯，照亮夜行的路；理想是路，引你走到黎明。”如果没有远大的理想，人的生活将要变得毫无意义。

人生这种经验，用诗表现出来便成了《瞭望者》。那个瞭望者，站在山岗上，从早晨一直望到太阳快要下山还不肯离去。“他的姿态是一座古老的铜像，独立于宇宙的苍茫。”这是用浪漫主义的手法赞美瞭望者意志的坚定和追求的执着。他的姿态，是雄伟的，他的形象，是高大的。作者之所以先写“我”而不先写“他”，一方面是为了衬托和强化“瞭望者”的形象，另一方面也表达了作者的愿望：希望大家都来做“瞭望者”而不要鼠目寸光，只顾眼前。这首诗写得非常精练含蓄，语言极富弹性。就“瞭望者”一词来说，它的内涵有较大的伸缩性和延展性。除可作上面的理解外，也可理解为瞭望者瞭望的是远方的故乡，思念的是远方的亲人，瞭望的是远方的大陆。这也许才是作者的本意，但上面的分析并没有拘泥于实写的“远方”，而将瞭望者理解为目光远大的理想主义者，也还不至于牵强附会。因为诗无达诂，义有多解，况且此诗确有大量可供读者联想和想象的空白，以至“形象大于思想”，欣赏者完全可以根据自己的生活经验进行艺术再创造。这种再创造，虽然是根据诗的意境和形象引申出来的，但它不一定要求吻合作者的原意。

诗是生活的艺术化

《行吟者》是钟鼎文去台后出版的第一本书，书中的作品多半写从大陆到宝岛的见闻，有真情实感，绝不是无病呻吟的产物，如《台北桥的夜吟》《高雄港的黄昏》。这个集子有众多诗作写于大陆，其中有对故乡的眷恋，有对故土的抒怀，如《苏州河的歌》《三年》。这些作品在叙事的同时辅之于抒情，有新月派的遗绪。关于《行吟者》这部诗集，30 年代老作家杜衡（苏汶）在《〈行吟者〉题记》中云：“新月派与现代派在艺术上的成就，不可抹杀，但其末流，亦非无弊。前者做作而枯燥，后者晦涩而萎靡；前者得譬诸旧诗之在晚唐，后者则如词之在南宋，似乎总是一种‘偏锋’而非正路。……他（钟鼎文）是接近于较早期的浪漫派，作风是那么明快、流利而健康；但他也吸收了其他两派的长处，而摆脱了那种表面的形式。我当时心想：这是一个能够不受时代影响愿意独自走着自己的路的诗人，纵然这条路是寂寞的，是漫长而艰苦的。”①

1956年出版的分三辑的《山河诗抄》，第一辑为海风集，写到宝岛的感受。第二辑为乡愁集，第三辑为大陆纪行，多为记游之作。值得重视的是该书扉页上的“举目有山河之异”。这“异”，是指政权更替后，山河的风景也不同了。那时流行“战斗诗”，作为跻身于上层社会的钟鼎文也难免写些抒发家愁国恨的应景之作，但不是声嘶力竭的叫喊，更不是血泪的控诉，而是将爱恨深深埋在心头。他的政治诗含蓄深沉，不作标语口号式的表现，如《第五个秋》：

屈指数来，今年的秋是第五个秋，
我的手，竟捏成一只愤恨的拳头……
五年的秋风，吹白了多少少年头？
五年的秋雨，滴去了多少故乡愁？
多少壮怀，在五年里浇满了浊酒？
多少傲骨，在五年里埋进了荒丘？

多少人的轻裘，五年里变成了褴褛？
多少人的褴褛，五年里变成了轻裘？
有多少人，在五年里憔悴，消瘦；
有多少人，在五年里新起了高楼？

天上的明月，有过六十次的圆缺，
月圆月缺，照着我们在海外漂流，
人间的花朵，有过二十次的开落，
花开花落，却带不去我们的恩仇。

未报的恩，未复的仇，盘在心头，
一年一层，砌成我心头的五层楼；
我站在五层楼头，以悲泪为奠酒，
临风洒去，遥祭故国的河岳千秋！

屈指数来，今年的秋是第五个秋，

① 钟鼎文：《行吟者》，（台北）台湾诗坛杂志社1951年版，第161—164页。

我的手，竟捏成一只愤恨的拳头……

这里运用对比手法诉说作者心中感慨与悲愤，其源出自时代的变异改变了不同阶层的人的生活，可在外表上并不锋芒毕露。作者借用复沓的手法抒发“我们在海外漂流”的苦楚，其中“愤恨的拳头”指向谁读者完全可以感受出来，但毕竟没有点破，这说明作者即使在应景，也尽量做到有“月圆月缺”“花开花落”的形象叙述。这与当时流行的“战鼓与军号齐鸣，党旗共标语一色”的八股之作是不同的。即使是写“战斗诗”，他也注重艺术性，均有中国传统诗歌的精神，并注意将这种传统精神现代化。

积近80年的创作经验，钟鼎文认为现代诗人应该思考“写一首比我们生命稍长一点的作品来”。他指出，诗人应对不同生活中细微的事物较一般人多一重感受、多一分感动，而将这分灵思运用诗的语言，将生命的感受化为美学的呈现。因此，他的题材常常取自于日常生活，来自于生活经验的感受，可说诗是生活的艺术化。① 如覃子豪去台湾后出版的第三本诗集《白色的花束》，在内容上不再多写乡愁，而改为以生活小感触为主要书写对象，形式上短诗取代了长诗，下面是著名的《人体素描·发》：

寄一切风情于发吧，
发是惯于打着旗语的青春底旗。

而我，已经是年逾四十，
在发里早有了叛逆的潜藏。

一旦这些叛逆们公然哗变，
从边陲起义，问鼎中原。

我的发将成为白色的降幡，
迎接无敌的强者之征服。

把少量白发的出现比喻为“叛逆的潜藏”，还有诗中“打着旗

① 郭士榛：《台湾现代诗坛的推手：写诗30年的钟鼎文》，2007年12月7日网上文章。

语”“公然哗变”“从边陲起义”“白色的降幡”等警句，均使人过目难忘。作者用军事术语写头发由黑变白，意象显得新颖奇特。

《人体素描·乳》是别人多次写过的题材，但钟鼎文仍然能写出新意：

圆润，匀称，
美学上永恒的焦点。

女人们代表维纳斯时代，
她们的杰作属于古典派；

男人们代表马蒂斯时代，
他们的杰作属于野兽派。

为了美学，
谁都会作明智的抉择。

诗中出现的“维纳斯”“马蒂斯”，还有“古典派”“野兽派”，使全诗带有浓厚的人文气息，一点都不存在生理刺激，是名符其实的人体美学之作。

同样，《人体素描·臂》写女人的身体，柔美而没有色情的意涵：

夫人，在你玲珑的身上，
寄生着光滑的、狡猾的蛇。

你的晚礼服不仅让你身上的蛇游出来，
而且暗示着乐园的禁果已经熟透……

末句点到为止，完全不同于当下的性爱诗。钟鼎文的诗作风格明朗格调优美，并重视形式美的创造，于此可见一斑。

强调新诗的归宗与归真

不喜欢理论的钟鼎文，生前未写过长篇论文，当然也未出版过诗论专著，但他的诗论影响极大。其中《关于诗的理论》[①] 属短评，全文虽然只有700多字，可它提出了三个重要观点：理论会影响创作，理论会自相矛盾；诗是有生命的，不能用科学的方法去解剖。这是针对覃子豪的诗论《诗的解剖》来说的。其中谈到理论的自相矛盾时有如下的话：

> 什么“主义”“概念”“定律”……以至于“政策”，这些异端的闯入者，一方面会杀害诗，一方面他们本身又会互相矛盾，动起干戈，骚扰得使诗的创作成为不可能。

此文刊出以后，惹来一场风波。有人向当时的文艺总管张道藩反映：“此文反对文艺政策，这明显是针对你。”葛贤宁听了后，吓得连忙退出《新诗》周刊。虽然后来弄清钟鼎文这篇短文只是泛泛而谈不一定有针对性，且他属党国的忠贞之士，但这毕竟表现了钟鼎文敢说敢言的风格。

纪弦喜用理论来指导诗，但钟鼎文认定文学都有反叛性，不论是对时代、现实的批评都得用文学作品去反叛。孔子说“诗可以怨”，怨是一种责备，但诗又是温柔敦厚，可以陶冶人性，因此写诗是要感性的，以理论谈诗，就没感觉了。[②] 可见，钟鼎文不属新潮诗人，其诗学观较为传统，这充分见诸于他在“中华民国新诗学会”举办的新诗研讨会上发表的一篇演讲词《新诗的归宗与归真》[③]。

“归宗”，是说新诗要同传统诗的血统相结合，诗的形声面貌可以和老祖宗不一样，但气质、血缘却是一脉相承的。“我们要把中国传统的优点保留下来，就像‘天人合一’这种精神，是我们最高的哲学境界，形成中国诗特有民族性。过去如此，现在也如此，将来仍然如此。”总之，“归宗”所强调的是民族性。如果没有民族性，不知道你写的诗是哪一个民族、哪一个国家的，这样的诗写得再好，其价值亦不高。所以，诗的民族性是中国诗必须具有的“国籍”。1941年钟鼎文作于山西褒城旅次的《褒城岁月》，便是具有中国“国籍”的作品：

---

① 载（台北）《新诗》周刊第4期，1951年11月26日。
② 郭士榛：《台湾现代诗坛的推手：写诗30年的钟鼎文》，2007年12月7日网上文章。
③ 载（台北）《新诗学报》第4期，1991年2月。

千古的明月，万里的旅客，
今夜里，一时同在褒城。

寂寞的孤城，似瓮，
一城的月夜，如银。

月色与孤城，都依然如故
在何处，有吹笛的羌人？

今夜里，我将诗句题上明月，
留给千古的旅客，对月长吟。

此诗明显受唐朝边塞诗的影响，但又不是拾古人牙慧，而是经过“对月长吟”的再咀嚼和再创造。

钟鼎文在演讲中一再强调的“归真”，是指时代性，这是讲内心的真诚，也就是诚心诚意；此外是真诚的表达，也就是实话实说。对于当时台湾诗坛上出现的“新古典主义”，钟鼎文认为它完全符合自己既不复古，又要有现代精神的一贯主张。在这次演讲中，钟鼎文还含蓄地批评了某些人要与中国分家的倾向。他认为搞横的移植是种极端，而只认乡土不向西天取经的乡土文学是另一种极端。钟鼎文并不否认文学有地域性，但文学仅仅重视乡土是远远不够的，应当放开眼界在地域的基础上提升层次和意境。他坦率地说，“我对有些诗人朋友过于强调草根性，似乎倾向分裂主义，觉得有检讨的余地。草根性是重要的，但不要形成对民族性的排斥”。这种“分裂主义”，后来的确出现，且愈演愈烈。演讲到最后，钟鼎文寄希望于两岸统一，希望台湾的诗歌拥有许多大陆读者：

> 我们这一代的中国诗人，能有机会拥抱我们全中国的地理和全民族的历史，对我们每一个现代诗人都是莫大的帮助，这个时间很快就会来到，我们要有一个心理准备，不要以为自己生活在安定而自由的台湾而瞧不起大陆同胞。

当时台湾比大陆富，钟氏的讲话具有强烈的针对性。后来两岸诗坛的频繁交流，也应验了钟鼎文演讲的预见性。

关于中国现代诗史，钟鼎文的评论也有涉及，如对早期象征派诗人李金发，他在《李金发评传》的序言中强调："李金发在二三十年代引进了法国象征主义，对中国新诗、现代诗形成是一个划时代的突破。如果我们要对法国象征主义的影响有所超越，从中国民族文化的基础上开拓新诗现代诗的新路，也许这本书可以作为结束旧路，开拓新诗的里程碑。"钟鼎文既没有否认李金发为新诗开辟的贡献，又对当代现代诗的发展做出了殷切的期待。这段话同时为李金发诗龄不长后又放弃写诗并在暮年反思"找不出一条正确的道路，觉得有自欺欺人之嫌"做了很好的注解，所以钟鼎文在《李金发评传·序言》的末尾专门告诫后来者："李金发的路已经走完了，我们要走我们的路。"① 钟鼎文说这段话到现在过去了近30年，可台湾诗坛还没有完全找到自己该走的路，因而钟鼎文的叮咛仍然有现实意义。

从以上论述可看出：不管在创作、评论或诗运的推广上，钟鼎文对台湾现代诗的发展均作出了巨大的贡献。正因为如此，在送别钟老时，党政要人均对钟氏作出很高的评价：台北市辛亥路市立第二殡仪馆怀亲厅悬挂的挽联分别是马英九的"谠论硕望"、连战的"硕德遗徽"、吴伯雄的"遗风宛在"、吴敦义的"文采遗徽"、宋楚瑜的"遗泽裕后"。由诗艺文出版社负责的《钟鼎文全集》也在积极进行，这是令人欣慰的消息。

［作者单位：中南财经政法大学］

① 钟鼎文：《李金发评传·序言》，见杨允达《李金发评传》，（台北）幼狮文化公司，1986年版。

论简政珍汉语新诗写作与批评的在场性

傅天虹

不管是大陆或台湾汉语诗坛，历经了20世纪80年代的辉煌之后，汉语新诗写作90年代开始进入一种“无名”状态。诗人们或者以抒情，或者以叙事，或者以智慧进入诗坛也进入对个体生命和当下存在的诗歌化表达。这其中虽然不乏大量艺术上的优秀之作，然而，总体的感觉还是让人氤氲于浮泛虚幻的诗风之中。这或者是一个“缺席”“不在场”的诗歌时代所缺乏的，一种经由诗人的在场而体现出来的诗歌的疼痛感和力量。当前后现代诗歌写作的典型特点，用米勒的话来说，就是意义不在场。米勒说：“这犹如一个路标，其所指之物在另一个地方，在那边，不在场，被置换。”

中生代诗人简政珍是享有盛誉而成就卓著的诗人、诗学家、诗理论与批评家，他的诗作诗评，没有像90年代以来的大多数诗人一样沉浸于自我一己的世界中，只关注和书写个人的内心世界，而是把诗歌的触角伸进了这个正在发生迅速变化的社会。本文尝试将其诗作诗评结合起来探讨，认为其诗作力度往往体现在对当下、民间、微观的在场性的捕捉上，而其诗评、诗学则努力在解决现实、诗人与诗之间大大小小的疑惑、争议、纠缠难解的结，关注诗歌自身的真实处境。其诗歌不是停留在90年代以来的边缘化的个人独自吟唱，而是以诗人强烈的在场感表达着对现实和历史的一种承担意识。

一、现实的诗化与诗歌的存有

总体而言，简政珍汉语新诗创作的取材展现人生的各种面向，对现实细微如雕刻的关注抒怀可以说是最为重要的写作题材，无论是地震、洪水还是SARS、大选，无论是江湖、市场还是街角、马桶，诗人对现实生活的取材十分广泛。然而，现实出现在他诗歌中，并不是干瘪瘪的，而是有一股强烈的“存有”的味道。郑慧如教授认为简政珍的诗歌具有哲学“道说”的鲜明倾向性①，即哲学的厚度，这个观察既中肯又切入核心。然而简政珍诗歌的哲学意蕴，并不是作者以哲学意念去描述生活意象，而是以其丰富的社会阅历、生动的艺术想象以及睿智的语言文字，最终启迪了读者自身对于社会人生的哲学思考。简政珍说：“当意象渗入思想，思想就有了芬芳。当思想渗入诗行，诗就有了哲学的厚度。哲学接纳意象可使理念布满诗质，使哲理富于生趣和人味。哲学可以理直气壮地展示意象的烙记，但哲理只能隐约含蕴于诗行。诗学可以明白道出诗的意象，诗却不能直接讲出哲学思想，它必须经由意象中介。”② 这使得简政珍汉语新诗写作中呈现一种“在场性”。

“在场”，即感受在场。感觉，感受，在这里凸显了一个主体性问题。“在场性”（Anwesenheit）原本是德语哲学中的一个重要概念，在使用演化中，为整个西方当代哲学所接受。在康德那里，“在场性”被理解为“物自体”；在黑格尔那里，指“绝对理念”；在尼采思想中，指“强力意志”；在海德格尔哲学中，指“在”“存在”。到了法语世界，则被笛卡尔翻译为“对象的客观性”。“在场”（Anwesen）即显现的存在，或存在意义的显现，或歌德所说的“原现象”。翻译过来，相当于我们汉语的“在—不在”的“在”和“有—无”的“有”。更具体地说，“在场”就是直接呈现在面前的事物，就是“面向事物本身”，就是经验的直接性、无遮蔽性和敞开性——而“澄明”是通往“在场性”的唯一可能之途——只有“澄明”才能使“在场性”本身的“在场”成为可能。而欲达至“无遮蔽状态”，只有通过“去蔽”“揭示”和展现。因此，“在场”特别适合来探讨诗人在写诗时，如何通过以上步骤实现诗歌、诗人、世界的在场，实现在与黑暗的主动接触和冲突中，通过无遮蔽的敞开，而达至自由之境。

1. 在简政珍汉语诗歌创作的11本诗集（其中有三本诗选集）中的五六百首诗以及四首两百行以上的长诗中，不论人生的面向为何，都展现了相当程度的“在场性”。最值得一提的是，一般诗人或是作家极少敢去碰触统治者荒谬的行径，但简政珍那首六百多行的《放逐

① 郑慧如：《意象逼视人生的美学深度——读简政珍的诗》，见简政珍著《当闹钟与梦约会》，作家出版社2006年版，第1页。

② 简政珍：《诗的哲学内涵》，《当代诗与后现代的双重视野》，作家出版社2006年版，第94—95页。

与口水的年代》却在当权者的统治下完成，绝不逃避。“在场性”首先表现为诗人对作为存在者自身的境遇，他与周围世界的联系，换言之，对他和他的同时代人的命运具有实质性的了解和认识。在尊重事实的基础上，包括对生存意义的追问和责任的履践，都是“在场”的写作者所不能回避的。其中，大量存在于现实生活中的现象，尤其是那些反人类、反人权、反人道的灾难性的现象，是“在场”诗人最为关注的目标。

试以他在大陆出版的诗选集《当闹钟与梦约会》简略讨论简政珍在生命关注方面所取的向度。有一些研究者对“当闹钟与梦约会”这个书名百思不得其解，认为其精妙而玄奥。在我认为，闹钟与梦可以是一种哲学意蕴，其各代表着多种看似相互对立、纠合、冲突而又相连相扣，互为佐证，最终在诗人处交合的隐喻。既可以解读为，梦是一种生命体征，闹钟是一种工业时代的产物，梦是游移的、模糊的，闹钟是机械的、预定的，这样两种事物的约会注定了生命在当下的被挤压的命运。所以《当闹钟与梦约会》一书中，有如此的意象“当水流失去了源头/当心湖注满了漂白水的涟漪/睁眼凝视你的/是阳光下周遭诡异的微尘/我必须起坐，去迎接/岸边 SARS 殷勤的呼唤”（《SARS 的呼唤》），或者“堤岸无所不在/回头你已不在岸边/背后，灰白的涛声/总会在数字中储存/然后被人遗忘/我们前瞻，展望声光/我们后顾，看不到自己的倒影”（《世纪末》）；既有“冷气房里”人的生存的日益枯燥：“我在条条的公文里/寻找隐喻与意境/试图将感受打扮成各种案由”，“冷气房里/我是拉开窗帘时/所抖落的微尘”（《冷气房里》），也来之于“午后的玄学”中无法自我定位的焦虑：午后醒来，“窗打开窗/追逐遗失了追逐/我不知道这就是我”（《追逐自我的行星》）。而在人生的旅次，“一些五官只剩下/曾经垂涎，曾经/制造泡沫的唇舌/在水中等待/一些姓名的/再生”（《旅次》）；“家在咫尺/但开钥匙的动作/将留给午夜”（《城市二景》）……这以上种种，何尝不是在快速滚动的时代节奏中，敏锐地嗅到了一股强烈刺鼻的世纪末情绪，并以含蓄隐晦的寓意笔法，对现代文明的负面影响做了极其深刻的内心反省：“树头黄花翻滚/是向日葵遗忘了什么东西吗?”（《印象》）“堤岸上有人在垂钓沾了油污的河鱼”（《灾前》），“所有的冰山因为错误已融化成水流”（《雨后的山坡》），“千万桶废水及溶剂正在整顿河川”（《之后》），“白蛆正在黑猫的尸体上营生”

（《季节过后》），“垃圾桶吐泻出/满地的本土文化”（《街角》）。于是乎在人类工业化文明的加速过程中，童年时代的“鸟声和记忆里的青山/都在烟云之外”（《奔驰》），悬浮于“世纪末破碎的臭氧层中”（《世纪末》）。“面对大楼，我找不到观赏的角度/面对自己，我找不到镜子”，诗人惊悸地感觉到：“地球本是一颗/肉眼看不见的/陨石”，人类破坏自然的频繁活动，终于使其从无生命的陨石中“看到了彼此共同的归宿”（《流水的历史是云的责任》）。

2. 其次，更有趣的是，“当闹钟与梦约会”，还往往可以从诗人个体出发来理解。闹钟之于梦，其实是带有一种存在主义的意味，它意含着现实性、个人性和介入性。创作个体必须成为自由主体。一个真正的写作者，不但需要具有自由的、进步的政治社会观念，其精神状态也一定是自由的。就是说，尽管他生活在不自由的境地，他的心，仍然渴望飞翔，渴望自由地叫啸。他不会因为外部力量的压制和诱惑，而失去自己的声音。诗人希尼和卡内蒂说到舌头时，一个说“被缚的舌头”，一个说“获救的舌头”，都在强调良知、意识和语言的一致性。是诚实打开了“在场”之门，把做人和作诗统一了起来。埃莱娜·西苏指出：“写作乃是一个生命与拯救的问题。写作像影子一样追随着生命，延伸着生命，倾听着生命，铭记着生命。写作是一个终人之一生一刻也不放弃对生命的观照的问题。”① 因此，如果说当前的许多诗作的作者只能用“作者”这种职业性的词语来指示的话，简政珍则属于那些可以真正称其为“诗人”的。因为“诗人”作为一个高层次的种类，必定要承担两大负荷，第一是人的重量。人在前。而这一刻的“人”，是一种思想，一种品德，一种“意志”。这个问题很复杂，但最表面的，诗人必须要具备一定的“德”和“人格”。简政珍诗作里的“人”与诗内涵所显现的重量，让人吃惊。其二是诗歌的质量。诗歌的质量必定也要达到相当的高度。几乎所有简政珍的诗作都有浓密的“在场性”，但这些在场性又有极高极深的艺术性支撑。即使上述书写统治者的诗小说《放逐与口水的年代》也如此。试以他的一首短诗《政客》为例：“你是一枚铜币/在手指间辗转发亮/因此，你渐渐/丧尽颜面//但，当你薄如一张纸时/你在街头巷尾/探测风向/然后在一沓沓的纸张里/复制你的脸”。诗中第一节

---

① 埃莱娜·西苏：《从潜意识场景到历史场景》，张京媛编《当代女性主义文学批评》，北京大学出版社1992年版，第228页。

“丧尽颜面”本来是谩骂的词语，但是因为铜币在手指间摩擦，脸孔渐渐模糊，而变成巧妙的一语双关，暗指政客见不得人的勾当。第一节的铜币，到了第二节变成纸钞或是选举传单。纸钞比铜币更没有重量，隐约透露人格愈趋于轻薄。探测风向暗示投机、投人之所好。不论纸钞或是选举传单，都是复制政客的脸，而选举需要钱，更需要一沓沓地复制。这些隐藏的讽刺，简政珍都不说出来，而达到相当高度的艺术性。我们可以说，由于“不说”，简政珍的诗才那么富于深度。

诗歌不管在谁的手里，都应该是神秘的，是美好的，富有个性的。诗人的在场，必定要达到精神和意志的最终在场。这是诗人自己也无法回避的事情。任何一个诗人，必定要用他的思想写作，他的思想必定大于他的写作。诗人从精神和意志上来说，他是冷静、客观、自由、温和、清晰、本真、质朴的，甚至带有一定宗教色彩。现代诗歌不少作者特别注重自我，注重自我内部那些极端琐碎的伤害。没有这些东西，他们写不出来诗歌，但有了这些东西，因为只考虑到自己的疼，没有考虑到大众是否也会这样地去疼，因此诗歌写得狭隘拘谨。而高明的诗歌作者简政珍却能把小我推开，推到大多人之中去。他站得高、看得厚。他不着急，他扎在人堆里，仔细寻找，观察自己的位置。正如他的一首诗《江湖》“昨天你在台上/表演一套夹杂笑声的剑法/一个失明的老妇人/侧卧在地板上聆听你的招式”，这里，孰是观者？孰是表演者？孰是诗人？孰是读者？简政珍似乎和我们做了一个关于悖论的反讽，然而却正是这种表演和聆听的姿势中，凸显了哲学意蕴的探索。

可以说，简政珍在写诗歌以前，就预备好了起跑的姿势。他不由自主地，把自己当成了诗歌里的一个支点。诗歌因为他的在场，而充满迷人的风情。他在诗歌里，认真讲述自己看到的，自己听到的。他讲述的时候，有时候细腻，有时候威严，有时候豪爽，有时候虔诚，有时候软弱，有时候胆怯，有时候灿烂。他自己所有的情绪都得到恰当地经由诗歌的处理，他的完整，也就是诗歌的完整。但无一例外，作为诗人，简政珍总体上还是把握着自己的在场。该收就收，该展开的时候，就恣意深入无人之地。但说到底，诗人的在场，终归为诗人情感的在场，诗人的精神和意志是他在场的出发点，是根据，也是他要体现和渗透给他人的东西。但从艺术手法上来讲，简政珍却从不把自己的在场当成负担，从某种意义上说，简政珍的诗人在场是别人看到的在场，对他个人而言，则已经超越了在场。而诗人在场，我认为突出的优点就是：他更像一个放牧者。如果世界死了，那他就是一个守墓者。诗人应该去除那些自称为真理的谎言，去除那些制度化语言、意识形态用语，去除公众意见对作家心灵的遮蔽、对人类个体生存处境的遮蔽、对当下现实的“真实”与“真相”的遮蔽，使诗歌直接进入事物内部，与世界的原初经验接触，并通过本真语言呈现出来。在此意义上可以确认：“在场”就是去蔽，就是敞亮，就是本真。

简政珍曾经有感而发：有些本土“诗人的‘呼吁’，在关注社会现实有所贡献的同时，却也造成诗性存有的创伤。最主要是，这些本土论述将诗简化成目的论与意识形态的化身”。因而，诗容易成为口号式的呐喊，类似陈情书，而诗学论述也渐渐演变成族群论述，“如此的论述，是以诗为工具，诗的存有寄居在目的论与意识形态的阴影下。表象因为经常语调充满了怒吼与眼泪，诗充满了生命力，实际上诗已经被目的论的绳索所羁绊。书写表象是诗存有的展现，实际上是诗性的自我消解”①。所以，他才深切提出：“假如忧虑、恐惧、痛苦和死是存在的基本现象，人总是在‘不得不’下延续生命，岁月流转，代代相传皆如是。诗人能感受生命‘不得不’的紧张感，诗将饱藏泪光血影的稠密度。‘不得不’使人生变得悲壮。走向诗路注定是个悲剧，但并不悲哀。‘不得不’使诗人体会到诗路是宿命的归依，当现实人生充满乖谬，当时代低俗到不需要诗时，诗人有‘不得不’写诗的悲壮。”②

3. “在场”是开敞的，“在场”的语言形式常常表现出一种直接性，犹如闪电，于瞬间照彻夜空。说到底，人类的现实，在某种意义上，也是一个语言——话语的现实。世界因话语而存在，话语实践在人类三大实践（物质实践、精神实践）活动中，越来越占有重要的份额。作家创作的话语世界——文学世界——是一个间于感性和知性之间，可以承载历史、解读现实、塑造形象的虚拟空间。在虚拟（virtus）的世界里，作家对现实所进行的追问，实际上就是现实存在的各种可能性——当下的可能，在场的可能，审美的可能，以及艺术的可能……将N种可能性用语词复现，使潜在的、想象的、隐含的现实显

① 简政珍：《落实人间的意象美学——一个新世代诗学的建立》，傅天虹等编《汉语新诗百年版图上的“中生代”》，作家出版社2008年版，第180页。

② 章亚昕：《简政珍的诗歌观念》，傅天虹等编《汉语新诗百年版图上的“中生代”》，作家出版社2008年版，第212页。

现化、明朗化，成为人的审美对象。

学者给文学编派不同种类，用逻辑严密的定义给这些文类套上紧身衣，殊不知，自由观念大于文体观念，“在场”写作总是不断打破固有形式的规限，不断探索和创造新的形式，从而表现为一种近于实验性的写作。这样的写作，表面上看似乎在玩弄形式，实质上恰恰是形式主义的敌人。即使不得已如鲁迅自述说的“含含糊糊”“曲曲折折”的表达，自由意志也终将穿透语言之幕，抵达核心。在他的《火》一诗中：

午夜，当人的脉搏
随着霓虹灯起动
一把火寂寞得想
一览人世风景

一楼，甫刚睡眠的国四学生
揉眼皮，找眼镜
不知怎么一回事，直到
所有的升学参考书
在火中变成升腾的舞者
还不知道
怎么安排心得

二楼，误以为火焰敲门是
警察临检，一对男女
慌乱中以衣服
包裹相互亵渎的语音
然后争相
赤裸夺取燃烧中的窄门

三楼，一个年轻的母亲
抱着婴儿，背对
进逼的火影，茫然
看着闭锁的铁窗

和街上捡拾生活的小猫

四楼没有人迹
眼见日历一张张成灰
墙上的挂钟停下来默哀

火焰兴致地跃上
五楼时，单身的老人
正翻个身，梦着
战火和晚霞
一个小偷
及时剪断通往顶楼的铁栅后
从容投入
清冷的夜色

这首诗中，在“更上一层楼”中，简政珍犹如剥洋葱，将诗歌的语言外衣一层层拨开。通过对五个楼层不同意象的层层深入，分别道出五种人生世相。其中，既有国四生处于升学竞争的挣扎，远胜于大火；有仓皇出逃的男女，色情泛滥势如火之蔓延；有单亲家庭的母婴、被遗弃的茫然，等同于葬身火海；有失去任何生命迹象，早就被另一场火灾哀悼的“废墟”；有空巢老人的孤独寂寥和小偷的趁火打劫……这各层楼各是人生的诸相，其实也是“言”的五种不同表达方式和呈现，而言背后之意，却在这独立意象的语言之中的空隙处显现。本诗最值得注意的是结尾，人安装铁窗为了防小偷，却因而在大火中丧命，但小偷可以轻易剪断铁栅栏来去自如，这是令人无可奈何的悲剧。诗歌的效果建立在悖论与悲剧的结合。当然，这种生存荒谬的悲剧，需要读者细致体验，简政珍绝不会说出来，所有优秀的诗人都不应该说出来。

另外，五个楼层是五个留白，似乎是互相隔绝、互相疏离。五个留白加起来，成为整体社会缩影，是更大的空白，并置的意象、繁复的寓意，取得很好的效果。这首诗名为“火”，其实还有更深层次的意思，不管是诸相空乏，或者众生躁乱；不管是语言空壳或者是意义凝重，最终都将在猛火中化为灰烬，无所剩有。这种悲剧感，使得简政珍在看待事物时，更多了一层厚重感。这正是由于诗人一直是以一种自觉的在场意识关注当下的现实，这使他的诗在这个消费时代浮泛的物质和欲望之流中显出了厚重感和质感。它们不是轻飘飘的文字组合，而是凸显了语言的力量和精神的魅力。他认为诗作的白纸黑字即是沉默之海中凸现的语言之岛，而沉默是言外之意也是社会人生的本质真实，诗人必须清洗假象，用语言来还原现实的本质。诗人强调艺术对生活的自主性："诗将时间的长短重新调整，诗也将不同的空间加以组合，诗正如电影的蒙太奇，它剪辑现实。"①

在简政珍的许多诗篇里面，诗人表现出一种对外在现实和内在世界进行形而上的表达的努力。这无疑扩充了诗歌的容量和张力，能够将诗的触角伸向更为广远的范围。从诗人的角度来说，形而上的进入，更有利于他从人类生存和生命本体的意义上来观照自身和社会。

二、多元整合的诗作诗学观

有一些论者认为简政珍的诗歌写作和观念是倾向于"后现代主义写作"的，正如上所说，后现代诗歌写作最明显的特点便是"不在场"。令人惊奇的是，简政珍的诗作，却使后现代的"不在场"展现"在场"的面向。这也是陈建民在他的诗作中看出后现代精神的正面意义的道理。② 事实上，从简政珍的诗歌创作和诗学来看，他的创作世界是一个分有和共在的多元整合。章亚昕教授就提出"简政珍的诗歌观念，集中表现为贯通性，亦即努力沟通诗艺的现实性与现代性。……属于一种整合诗学与史学的集大成的美学风范"③。因为他的诗歌创作一方面是在场的介入，对作家主体的介入，对当下现实的介入，对人类个体生存处境的介入，另一方面又是哲理式的摊开和探索；一方面是浸淫至深的现实关怀，希图以诗意与灵魂的共在将三者统合，表达自己对于生命、爱欲、存在、死亡的独特理解，另一方面又是以艺术家的姿势表演、雕刻着自己，敞亮着自己。甚至有意以旋转的舞姿在三面镜子前复现自己，让自己的写作尝试分有、对应文学

---

① 简政珍：《诗心与诗学》，台湾书林出版有限公司 1999 年版，第 52 页。

② 陈建民，《简政珍诗中后现代的正面导向》，傅天虹等编《汉语新诗百年版图上的"中生代"》，作家出版社 2008 年版，第 314－333 页。

③ 章亚昕：《简政珍的诗歌观念》，傅天虹等编《汉语新诗百年版图上的"中生代"》，作家出版社，2008 年版，第 109 页。

文体的多个领域。简政珍由诗到思，不懈地追问，不懈地求索，以作品表达对世界的认知、不解、拒斥与抗争。以一种“不抱怨”的姿态，以一种同行者的心境，与现世警惕地保持着距离，竭尽全力希望能为心灵的澄澈安置一个狭小而逼仄的空间，自我体悟、自我安慰，在自恋与想象中，安享生命的孤独、寂寞。这种种都表明，简政珍已经相当成熟，以至于其诗作诗学不应该被限制在某种框限之中，而真正体现诗歌的在场、诗人的在场、诗学的在场。

可以说，在诗歌创作中，诗与思的关系，是每一个作家都必须面对的、不易把握和处理的关系。要想在写作中使存在的真理脱颖而出，作为虚构着的保存，创建于作品，任何一侧的偏重都有可能导致作品的分裂与脱节。天使与魔鬼本来就是孪生的姐妹，犹如文学中的诗与思。一个作者，注定一生与思想和语词交际，语词展示思想，思想灌注语词，让语词垒砌思想的长城的同时，要特别注意不使语词固定于思想的桎梏之中，成为无法言说、显现自己意义的木偶。在接受存在诱惑的同时，驱遣语词的同时，要注意保持自己内心的“定力”，使诗在思中自由地呼吸与游戏。

而对于简政珍而言，能保持诗与思的关系的，便是他自身对诗学的不断探索和哲思。总体而言，简政珍诗学批评主要有两种，一种是关于诗学基本理论的研究，如《语言与文学空间》《诗心与诗学》；另一种是现代诗歌现象和区域诗歌史的研究，如《当代诗与后现代的双重视野》《放逐诗学》和《台湾现代诗美学》。但两者常常互为表里，见出深厚的理论功底和思考力度。尤其《台湾现代诗美学》可以说是一部最能体现 20 世纪 50 年代以来台湾诗歌创作经验的诗学著作。陈大为说：这部《台湾现代诗美学》是“台湾现代诗（和后现代诗）美学最重要的学术专著”①。在这本书的导论里，简政珍主张：“诗美学的检验，一再显示一种辩证。一方面，诗要在艺术为本的范畴里圆熟，另一方面，若是诗一再在现实的情境下展现时，诗艺必须接纳现实的触摸。艺术不能自我封闭，但艺术又不能向现实既有的成规和标准臣服。以现实为思维对象的诗也不能只是现实的复制品。诗更不能是反映现实的工具。”② 这一段话可以说是简政珍诗学观念的

① 陈大为：《台湾后现代主义诗学的评议和演练——评简政珍〈台湾现代诗美学〉》，傅天虹等编《汉语新诗百年版图上的中生代》，作家出版社 2008 年版，第 360 页。

② 简政珍：《台湾现代诗美学》，台湾扬智文化事业股份有限公司 2004 年版，第 8—9 页。

集中体现。整体说来，简政珍为汉语新诗贡献了一个横跨两岸的诗学内涵：

1. 诗的生命感与哲学厚度
2. 诗美学不是目的论的牺牲品
3. 意象的流动性
4. 诗的双重视野
5. 苦涩的笑声
6. 不相称的美学
7. 似有似无的技巧

事实上恰好契合他自身的汉语新诗创作，成为其创作的主要原则和追求的境地。正如他在诗歌中所说：

成为诗人的充要条件是
看着海涛清洗文件时
能了解到
这是黑潮给岛国带来额外的温度
让他们酝酿另一次的
白色恐怖
我们要谅解到
右边的海洋已不太平
左边的海峡
总会沉淀一些飞行物或船只
让后世
有一些缺了脚的椅子
证明我们一度的
今生今世

简政珍认为“诗人看透现实时并没有得意的笑声，而是坠入清冷的空茫”①，“诗人只有腾空自我才能写真我，而真我已是我和外在世界的交相辨证”②。主体既在场又隐匿，既深入又超越，并严格“掌

① 简政珍：《为何写诗》，沈奇编选《台湾诗论精华》，陕西人民教育出版社 1995 年版，第 216 页。

② 简政珍：《诗的生命感》，沈奇编选《台湾诗论精华》，陕西人民教育出版社 1995 年版，第 220 页。

握现实与诗之间的分际”——这不正是作为现代知识分子的现代诗人之人本的存在，及现代诗之文本的存在，念念所求的本质属性吗？总而言之，对于汉语新诗写作和诗学批评而言，心灵的缺席将会使所有这一切变成无尽的散沙和枯黄的野草，使历史、文化、自然、现实等成为无效的资源。我们所有的言说，务求和心灵、生命有关，这样，我们的追寻和诗歌文本才会显示出应有的价值，我们的疼痛、喜悦、感恩、追问、怀疑、否定、批判等才显得饱满而真实可信。诗歌，也因心灵的千差万别，当其在场时，才会出现更大的、更多的可能性。

简政珍的诗作与诗学是当代汉语诗界的重镇。正是在这种意义上，我们可以认为，简政珍的作品体现了当代诗人极珍贵的动向：第一，从东西对峙到相互关注，不是中体西用也不是西体中用，而是在“地球村”的时代选择一切人类文化的优秀成果为我所用；第二，不再盲目地歌颂或批判现代文明，而是坚信以人为本的原则，坚持人道主义的价值观念；第三，诗歌与诗学不为任何政治诉求或是意识形态服务，诗歌的写作有潜在的目的，但不是目的论的代言人；第四，不论再富于深度，诗人绝不在诗作里“说”出他的主题或是哲学，因为不说，诗歌更有了厚度；第五，不管如何，任何时代任何地域，诗歌的在场、诗人的在场也就是诗心的在场，才是根本。

［作者单位：北京师范大学珠海分校］

诗学研究

纪念韩作荣

侯马诗歌创作研讨会论文选辑

结识一位诗人

女性诗歌研究

台湾诗歌研究

诗论家研究

姿态与尺度

七月派诗人阿垅诗歌理论研究

毛丹丹

新诗史上的“七月”，是19世纪40年代中国新诗走向成熟的一个重要团体，它是以诗歌理论家兼诗人胡风为中心，《七月》及以后的《希望》《诗垦地》《诗创作》《泥土》《呼吸》等杂志为基本阵地而形成的青年诗人群，阿垅是最重要的代表诗人之一。阿垅，不仅是一位出色的诗人，也是一位杰出的诗歌理论家，他于1939年写下其第一篇诗评，此后一直致力于诗歌理论建设与诗歌批评活动。阿垅的诗歌理论著作主要有三本，即《人与诗》《诗与现实》《诗是什么》，这些专门谈论诗的著作加起来多达一百四十多万字。阿垅可以说是七月诗派除胡风外最重要的诗歌理论代表，并且其诗论自成一家，在中国现当代诗歌批评史上具有独特地位。至于他的才情已有论者指出“由于诗人受到浓重的西方宗教文化的影响，在显示人性深度以及诗的美感表达上，都鲜明地凸现在一般诗人之首。从诗本身的意义来看，他的才华有时超越了胡风、艾青及其他同仁”①。

阿垅在诗歌理论方面的建树理应受到重视，他在主体倾向上倡导着现实主义的诗歌传统，并努力探索着诗的特质、诗的形式与内容的关系、诗与政治、诗的方法等方面的问题。本文就从典型情绪说入手，探讨阿垅的现实主义诗学理论建设。

一、诗的本质：以“典型情绪”说为基点

1. “形象”与“情绪”的文体学定义的鉴别

任何一个诗歌理论家都要面对同一个问题，即诗是什么？将诗与小说、戏剧等其他文学形式区分来开的特质是什么？阿垅说：“小说

① 万同林：《殉道者——胡风及其同仁们》，山东画报出版社1998年版，第395页。

和戏剧，一般是由作品中的人物来活动的。但是诗，却纯然是诗人自己底世界；他自己底直接活动。因此这一种活动，在诗里，是这样主观地的。因此诗底生命的东西，是情感；而且只是情感。既不是观念，也并非形象。"① 在这里，阿垅将小说、戏剧等文学形式中的"人物形象"作为诗歌"情绪"的对立面，同时强调诗人的主体性（诗的典型人物就是诗人自己）。

阿垅认为，小说、戏剧等文学形式"要求典型的人物和典型的环境底在一个作者的完成；因此就要求一种形象底完成"，同时"作者并不正面发言，一切活动底展开是付托了他底人物或者形象的"②。典型论随马克思主义在中国得到广泛传播，但在无产阶级革命文学运动中长期存在一种"公式主义"倾向。对此，七月派的另一位理论家胡风在"使用'客观主义'的概念，通常是指被动地'奴从现实'，在复杂的生活面前不能发挥主观能动作用去把握现实的本质意义，不能在创作中注入作家独特的理解和个性艺术、热情，等等"③。对形象的认识，阿垅也指出"形象是客观主义，或者自然主义"，"形象是主观的情感贫弱，捉住一些外面世界的浮光掠影就夸耀为上帝一样伟岸的原始生命底创作的，而自己实则一无所有"④。"形象"这一术语原本具有诸多内涵，文学形象是"假定"与"真实"、"个别"与"一般"、"确定性"与"不确定性"的统一，但在"公式主义""客观主义"影响下，创作不从实际出发，而是从先定的观念出发，对人物形象的塑造也出现了僵硬化、刻板化的现象。诗歌创作中亦出现了被论者称为"隆凸于纸面的诗底新形象"（指鸥外鸥的《被开垦的处女地》第一节），这些诗采用字体的大小及诗行的排列来塑造诗的形象，阿垅敏锐地看出这类"新形象"诗歌的苍白与无力，将这些形象斥责为"一个半殖民地知识分子底一种不太可靠的苦闷，一种自豪的敏感底呕吐物而已"⑤。

针对"形象"的滥用，阿垅提出诗的生命是情感。但以情感论诗在诗歌史中并不是阿垅的独创，确定诗歌的本质方面可以说他回到了"诗缘情"的传统。陆机在《文赋》中称"诗缘情而绮靡"，但我们

---

① 阿垅：《人·诗·现实》，生活·读书·新知三联书店1986年版，第47—48页。

② 阿垅：《人·诗·现实》，第50页。

③ 温儒敏：《中国现代文学批评史》，北京大学出版社1993年版，第217页。

④ 阿垅：《人·诗·现实》，第47页。

⑤ 阿垅：《人·诗·现实》，第47页。

必须看到古典诗歌中“诗缘情”的传统对“情”的强调太过于看重文学之中的美学成分。阿垅所要的诗的情绪与情感必须是与现实生活紧密相连的，就像他在谈诗歌的内容时说：“个人底内容，它必须是历史的内容和世界的内容——社会的内容底另一个说法。”①

阿垅用情感来定义诗歌，“以强化情绪浓度的方式来丰富中国诗歌日益空虚的情感世界”，“试图在壮大情绪之流中充实中国新诗的底蕴”②，于是在抒情之中阿垅又特别突出了诗歌的“力量”。

他在论“诗的排列”时提出“力的排列”和“美的排列”，他分别是这样解释的：“力的排列，以诗底内在的旋律为本质，而定为某一形式，使诗底血肉浮雕地凸出”，“美的排列，有为音节的美，属于听觉底和谐，有为行列的美，属于视觉底参差，更近于形式地纯粹了的”③。而“诗底生命底进行，情绪或力，有着一定的起伏，形式上的排列受着这一诱导的”④，一首好诗的完成在于情绪的变化，并且“力的排列”“反作用于内容，使旋律加强，深沉，像疾风、暴雨底四谷齐鸣的谱子，或者像山林楼阁底烟雨霏微的层次，使读者底情绪在读着这一节或者这一句的时候，自然地或者被迫地火花爆发而投置于那轰然震荡之下，或者缠绵不已之中”⑤。并且认为，“美的排列”必须从属于“力的排列”。“力的排列”的引入可谓有力地冲击了诗歌中的呻吟之语，摒弃了那一味偏向浪漫主义者们所钟爱的个人的、唯美的、自恋的、闲适的、士大夫趣味的方向，同时从个人的感性、情操出发，是一种个人在观察社会人生以及投入社会人生之时的种种感性，远离了那种现实感薄弱的“纯诗化”倾向。

2. 诗歌的典型人物就是诗人自己

阿垅首先从文体学出发鉴别了诗的抒情本质，然后提出了诗的抒情主体——诗人自己。小说需要典型人物的完成，若非要追问诗的典型人物，阿垅给出的回答是“那么这个典型人物就是诗人他自己”⑥，他对这个诗的“典型人物”有着自己独特的认识。

---

① 阿垅：《人·诗·现实》，第56—57页。
② 李怡：《阿垅诗论的文学史价值》，载《汉语言文学研究》2010年第1期。
③ 阿垅：《人·诗·现实》，第12页。
④ 阿垅：《人·诗·现实》，第36页。
⑤ 阿垅：《人·诗·现实》，第36—37页。
⑥ 阿垅：《人·诗·现实》，第50页。

首先是要求诗人是一名“战士”，具有一种“战斗”品格。这可以说是出于特殊语境下的时代要求。

阿垅说：“诗是诗人以情绪底突击由他自己直接向读者呈出的。”① 阿垅的战斗要求与他所从事的工作是相关的，他是国民党军官同时又是地下党员，政治倾向上偏于中共。特殊年代里拥有着矛盾着的双重身份又造成其内心的搏斗，所以他才会说“出卖耶稣的犹大，不是出卖了耶稣，而是出卖了犹大他自己”②。阿垅对诗人的身份上有着最纯粹的要求，诗人是什么样子的？他的回答是：“诗人是在商品世界之中不失其赤子之心的一种特殊的人。”③ 阿垅强调诗歌的“战斗性”，但却不是像滥作政治诗的那样一味地只是怒吼着自己的愤怒，或一味地呼唤着光明，充满着口号似的虚假。他说：“诗句，不是响亮的节奏诱导着队伍前进的口号，而是一个战士从事白刃战以打击敌人在那生死的一瞬从巨大的胸腔吼出的洪怒的一声‘杀！——’声。”④ 他要的是一种行动。中国的诗歌传统一直是强调抒情的，而在行动的领域则表现得甚为薄弱。而阿垅说诗人“不但要英勇地给敌人以决定的打击，并且要坚苦地和内奸不断地作战”⑤。

这种“战斗”的品格要求还影响了阿垅对于爱情诗的理解。诗被阿垅定义为“战斗性的呼声”，但他并没有否认诗歌中爱情的声音，而是对爱情诗提出了他特别的要求。爱情是文学作品中永恒的主题，有人说只有追求爱与死之类的作品才能不朽，而阿垅认为即便是爱情也要与时代紧密相联才会是不朽的，所以在阿垅的爱情诗里他也是战斗着的。对“战斗”的理解容易走向偏颇，容易将其等同于“战争”，阿垅没有这样偏狭的理解，显现出的是一种人道主义的关怀，他说：“没有为战争而战争的那种战争的。也不能够有为战争而战争的那种战争理解。为战争而战争的那种战争，那种战争理解，那只是一种希特勒们底主观中的存在物。”⑥ 我认为阿垅对诗歌的战斗性的说法基于的还是一种文学为人生的美学原则，措辞上的“战斗”“战争”乃是他处于那个时代以及他所处的位子的缘故。基于对爱情诗的

① 阿垅：《人·诗·现实》，第50页。
② 阿垅：《人·诗·现实》，第10页。
③ 阿垅：《人·诗·现实》，第7页。
④ 阿垅：《人·诗·现实》，第8页。
⑤ 阿垅：《人·诗·现实》，第10页。
⑥ 阿垅：《人·诗·现实》，第20页。

特殊要求，阿垅的爱情诗创作也极具艺术特色，诗风上也显得凝聚、深沉，从某种意义上说，可谓是扩大了爱情诗的表现内容，从狭小的个人空间中走到更广阔的人生之中。我们甚至可以说，阿垅所要求的这种诗歌的时代性走出了中国诗歌由来已久的多愁善感的外衣。

另外，这种“战斗”精神与胡风所提倡的“主观战斗精神”具有共通之处。“主观战斗精神”在当年的左翼、革命文学理论中可谓独树一帜，它既具有现实主义的革命文学理论倾向，又格外注重作家的“主观精神”。它继承与发扬了鲁迅“为人生”和“直面人生”的现实主义精神，要求作家对现实生活树立一种真诚主动的姿态，并要作家都成为对现实人生有“真知灼见”而又对文学事业有献身精神的“战士”。

其次，阿垅还探讨了创作过程中诗人的想象、灵感与生活的关系。

灵感，是浪漫派诗人钟爱的东西。在阿垅的眼里，那种关于“灵感”的“天才的”“神秘主义”的解说是徒然的。他认为“把天才来解释灵感，又把灵感去解释天才”是“无知的教科书”，是一种“并没有说明什么的说明”①。否定“这种玄之又玄”的说法主要有两点原因：一是阿垅认为这些神秘主义的说法不过是故弄玄虚，“只有用空洞才可以说明空洞，只有用神秘才可以扩展神秘；不致破陋，不遇障碍”②，另一个原因则就在于阿垅坚持的诗的创作态度，也是七月派诗人的创作态度，用绿原的话来概括就是说：“努力把诗和人联系起来，把诗所体现的美学上的斗争和人的社会职责和战斗任务联系起来。”③ 阿垅认为创作欲的来源“一切不是从非常的天才，而是从极人间的生活”④。但他并不否认“灵感”，在他看来，“灵感”是一种“广泛的存在”，阿垅举了一个“吹笛”的例子，他说因为朋友的笛子与他的生活是不可划分的，所以拿起来的时候，快乐与忧愁，都是琳琳琅琅的。而他因为不懂如何吹笛，所以没有表达情绪的能力，但情绪却是存在的。诗人要如何才能把握住“灵感”呢？只有通过生活诗人才能拥抱它。阿垅对于生活亦是有其要求的，他追求生活的“真实、充实、结实”，灵感产生于这样一种精神健康、饱满的状态。只

① 阿垅：《人·诗·现实》，第119页。
② 阿垅：《人·诗·现实》，第120页。
③ 绿原：《白色花·序》，人民文学出版社1981年版，第2页。
④ 阿垅：《人·诗·现实》，第121页。

有“对于生活的搏斗强，向生活的祈求大”，才能获得“强的、大的感发”。这也就是说阿垅要的“灵感”不是神秘莫测的天外来物，而是一种与生活搏斗着的精神状态。

这种与生活搏斗着的精神状态不仅有助于灵感的产生，还有助于想象力的发挥。在阿垅看来，想象力归根结底是一种理性的活动。他说斯芬克斯是“想象的顶点”，但“也不过是生活的恐怖和人生的谜底一尊颇为特殊的偶像而已”①。阿垅赞扬想象力，但却从未割断想象力与现实生活的联系。他批评泰戈尔在《诗人底宗教》一文中那种让人减少许多寂寞而想象出来的世界。他认为，泰戈尔的这种想象，是与我们无关的上帝的“宽广而渺茫的心”，存在“一种历史的矛盾。当它要求突破现实，突击得那么强大，胜利得那么缤纷，那是好的；但是越过现实之后，它却脱离了现实，放弃了现实，并不回过头来把握现实，并没有力量指导现实，这又是不好的了”②。阿垅看到了想象力在创作中的自觉与不自觉，出于一种对现实的深切关怀，他又为“想象”找到了“生活”这块土壤。他要“想象”从卑微的世界出发而又重新回归到这片土地，而不是让“想象”达到一种神的俯瞰众生的姿态。

阿垅对于灵感与想象的言说，强调了其与生活的关系，同时冲淡了“灵感”与“想象”的神秘主义色彩，强化了其现实主义诗学理论。最重要的是指出了他们与生活搏斗的关系。“搏斗”与“战斗”又具有相通性，就像是胡风用“熔炉”来比喻作家的创作过程，胡风说：“作家底想象作用把预备好的一切生活材料融合到主观的熔炉里面，把作家自己底看法，欲求，理想，浸透在这些材料里面。想象力使各种情操力量自由地沸腾起来，由这个作用把各种各样的生活印象统一，综合，引申，创造出一个特定的有脉络的体系，一个跳跃着各种情景和人物的小天地。”③

以“情绪”来对抗“形象”，并指出诗人就是诗歌的典型人物，两者的统一即为阿垅对诗的本质的认识：“诗，是典型的情绪的。”④以“典型情绪”说为基点的现实主义诗学理论注重诗歌的情感，并从创作论的角度重视与强调发挥诗人的主体性的重要性，同时强化诗人

---

① 阿垅：《人·诗·现实》，第121页。

② 阿垅：《人·诗·现实》，第136页。

③ 胡风：《胡风评论集》上册，人民文学出版社1984年版，第312页。

④ 阿垅：《人·诗·现实》，第57页。

的社会使命感。阿垅对“情绪”有近乎偏执的推崇，对创作过程中的想象、灵感等主观因素也比较关注，但在谈及诗歌中思想、智慧等因素方面却保持着警惕，这与40年代中国现代诗歌的发展形成某种对立。在他看来，思想、智慧不应该是外部的东西，而应该是诗人本身生活经验的结果，带着诗人的个性与感性色彩。虽然没有绝对排斥思想、智慧，但对创作中的理性思维的重要作用没有充分的认识，某种程度上甚至将“情绪”放在了至高无上的地位，与理性思维对立起来。这种明显的排他性表现出其诗歌理论建设的时代局限性，这个方面将在后文“对‘现实’和‘智性生活’的认识”部分展开说明。

二、针对趣味主义、民族形式、哲学玄思的发言

1. 对诗歌形式的认识：坚持自由诗的传统

阿垅对诗歌形式的认识，始终坚持着“五四”以来的自由诗的传统。

绿原在《白色花·序》中说：“中国的自由诗从‘五四’发源，经历了曲折的探索过程，到30年代才由诗人艾青等人开拓成为一条壮阔的河流。把诗从沉寂的书斋里、从肃穆的讲坛里呼唤出来，让它在人民的苦难和斗争中接受磨炼，用朴素、自然、明朗的真诚的声音为人民的今天和明天歌唱：这便是中国自由诗的战斗传统。”① 绿原的话指出了自由诗自“五四”发展以来的一个重要要求，即诗要从纯粹属于知识分子的转向属于民间的。

40年代出现了许多适应战争需要的诗歌形式，比如说街头诗、传单诗、朗诵诗等。这里且不谈街头诗、传单诗等的艺术得失，单从其推动新诗通俗化、民间化出发，阿垅看到了其对新诗发展的特殊贡献。

针对有人对街头诗的嘲笑与质疑，阿垅说：“笑街头诗是诗底堕落。”② 他并不是说街头诗、朗诵诗等没有缺点，对街头诗、朗诵诗的肯定更多的还是基于他的那种现实主义诗学立场。阿垅论街头诗，说他的理解是“原来诗是人间底的。把金身送入了那个沉檀玲珑雕刻

---

① 绿原：《白色花·序》，人民文学出版社1981年版，第2页。

② 阿垅：《人·诗·现实》，第16页。

的神龛，把瓶里那束鲜花移种于那片春风万里的原野，正像把诗发展到街头，那是，还给它那个它原来应有的地位"[①]。诗歌从"神龛"到"街头"，在阿垅看来是回到了其应有的地位。回顾诗歌史，也许最"民间"、最"街头"的诗歌就是我们的诗歌源头——《诗经》，《汉书·食货志》："孟春之月，群居者将散，行人振木铎徇于路，以采诗，献之大师，比其音律，以闻于天子。故曰：王者不窥牖户而知天下。"

关于街头诗或者是朗诵诗，阿垅还说："朗诵，是诗底动域，不是诗底形式。所以这一运动，与其说是增加诗底种类的，不如说是开拓诗底世界的。"[②] 论抗战以来的街头诗或是朗诵诗，常见的论调即是促进了诗的"散文化"，如朱自清先生在《新诗杂话》中言："抗战以前的新诗的发展可以说是从散文化逐渐走向纯诗化的道路"，"抗战以来的诗又走到了散文化的路上"[③]。艾青也明确提出"诗的散文美"的概念，将诗歌形式散文化问题提高到了美学的高度，从某种意义上说，可谓否定了之前新月派诗人格律化的努力。诗的"散文化"的提倡一般都被认为促进了诗的语言的民间化、通俗化，阿垅在提倡诗的大众化的时候也对诗的语言发表他的看法，这个方面首先是针对古典诗词中存在的文字游戏的趣味主义倾向提出的。

文学是语言的艺术。但阿垅喊道："打倒语言的拜物教！"[④] 阿垅要打倒的是古典诗歌传统中的"推敲"或是"一字师"的说法，不要诗歌变成文字的游戏或是智慧的玩弄。阿垅认为"试帖诗""回文诗""禁体诗"等过于强调技巧，用词造句变成了魔术。对于诗而言，"不是辞藻决定诗，是意境以及气氛决定了命辞遣字；或者说，并非语言完成了文学，倒是文学完成了语言"[⑤]。回文诗等可谓古典诗词中的文字游戏，是传统诗歌中的一种士大夫的趣味。阿垅的现实主义立场肯定无法对这种脱离现实生活而玩弄语言技巧的诗表现出兴趣来，他说这种技巧"是一种不幸，在这语言的迷宫中我们并没有发现童话中常有的珍宝"，他所肯定的诗的语言是那种"饱含情绪以及饱含思想的语言"，这种技巧性的语言"只是七拼八凑而五光十色的

① 阿垅：《人·诗·现实》，第16页。
② 阿垅：《人·诗·现实》，第18页。
③ 朱自清：《新诗杂话》，第37、38页。
④ 阿垅：《人·诗·现实》，第70页。
⑤ 阿垅：《人·诗·现实》，第73页。

语言，只是搔首弄姿而兴妖作怪的语言，仅仅的语言，脱离生活的语言，没有生命的语言”①。

另外，新诗史上出于诗歌大众化的努力可谓经常从民间歌谣或方言中寻求资源。1940 年在国统区曾有一次关于“民族形式”的讨论，并且形成了“民族形式中心源泉”论，这是“民族形式”讨论中的偏激说法，认为“民间文艺形式是民族形式的中心源泉”。要创作具有“民族形式”的新文学的关键在于形式的大众化，适合普通民众的习惯与乐趣，因为就要特别利用传统的形式，主要就是民间形式。而“五四”以来最大的缺陷则是形式上的“欧化”，造成了文学与人民群众之间的隔膜，为此未能真正深入人民群众之中。因而在“民族形式”的讨论中，要摆脱“五四”以来欧化的形式，要用中国传统的形式表现革命的现实主义，建立与抗战相适应的新的文学形式。这些由于时代的变化而出现的重视传统文学形式的理论倾向，具有理论上的片面性，“民族形式”被简化成一个“形式”问题。

针对诗歌语言要向民族形式——山歌、方言等——学习的说法阿垅提出了他自己的看法。阿垅说：“语言的问题，基本的问题是语言本身底变动远较生活一般底变动缓慢得多的问题。”② 生活的发展始终先于语言，只有先出现新事物、新观念之后才会产生新的语言。而山歌它是“一种过去的形式”，无法“夺取那种有进步要求的语言来构成它自己”，而且“进步的语言往往也会十分猛烈地反对敌对它的这种过去的形式”③。对芜杂且粗粝的方言而言，它是不能直接成为诗的语言的。我们在写诗的时候，使用的语言可以是人们常用的口语，也可以吸收山歌、方言土语，但关键还是“要把语言底位置十分恰当地放到诗里面”④。同时他还说：“散文和散文诗和诗的争论，那实在是无聊的，界限不在于语言底形式，在语言底实质。”⑤ 诗的语言重要的是“不是思辨的语言，而是感染的语言”，“不是描写的语言，而是主动陈述的语言”⑥。在语言上，阿垅否定了那种士大夫情趣的智慧的诗，也不要那种方言的诗。他要那种生气勃勃闪耀着光芒

① 阿垅：《人·诗·现实》，第 78 页。
② 阿垅：《人·诗·现实》，第 83 页。
③ 阿垅：《人·诗·现实》，第 82 页。
④ 阿垅：《人·诗·现实》，第 87 页。
⑤ 阿垅：《人·诗·现实》，第 89 页。
⑥ 阿垅：《人·诗·现实》，第 89 页。

饱含着情绪的语言的诗，是那种可以表达、交流与传递情感的语言，他借普希金的诗句说“用语言去把人们底心灵烧亮”①。

对“民族形式”的看法，阿垅依旧与胡风有着共同的认识倾向。面对“民族形式中心源泉”论，胡风曾作《论民族形式问题》发表自己的看法，他说，“‘民族形式’，不能是独立发展的形式，而是反映了民族现实的新民主主义的内容所要求的所包含的形式”，并且，“既然是内容所要求、所包含的，对于形式的把握就不能不从对于内容的把握出发”②。

2. 对“现实”和“智性生活”的认识

在论述诗歌的抒情本质之时，我们已然看到阿垅对“情绪”推崇，在某种程度上他甚至将“情绪”放在了至高无上的地位，与理性思维对立起来。

但阿垅也并非是完全不要智慧的人，只是坚决反对那种简单地“外部地要求思想”的诗歌。他说：“感性的认识是和客观事物在直接接触的当中产生的，它可以是混沌的，但是它是现实的；但是，智性的认识，不一定从和事物的直接接触而来，往往是思辨的，内心的，个人的，所以它有优越之处，也有危险的地方，它既可以明彻，它也可以空幻。所以，如果那么偏向地强调了智性的认识底价值的结果。往往可以是脱离生活的倾向，反现实的倾向，形而上的倾向。”③阿垅看到了“智性的认识”走向“反现实、形而上”的道路，脱离了现实主义的立场，阿垅说：“今天，在革命序列中的人民大众并不是等到受了完全教育才来参加的，多半并不是懂得了全部的哲学体系，具备了高度的理性和智慧的。而我们的知识分子，也不见得就是全智全能的半神半人的人物，那么，把理智和情感隔绝起来，把思想和情绪对立起来，应该是一件徒然的事。”④ 他要的诗歌的思想本质上还是要是诗人的，而不是属于哲学家的形而上的哲学道理。

20 世纪 40 年代，是一个民族大觉醒、大奋起的时代。摆在每个人面前的是民族的存亡、人民的自由与苦难、光明与黑暗的斗争等巨大的时代主题，这是每一个有良知的诗人都不可逃避的。要求诗歌表

---

① 阿垅：《人·诗·现实》，第 90 页。

② 胡风：《胡风评论集》中册，人民文学出版社 1984 年版，第 258 页。

③ 阿垅：《人·诗·现实》，第 108—109 页。

④ 阿垅：《人·诗·现实》，第 109—110 页。

现时代的、社会的内容，忠于现实的传统，对民族和人民命运的关切已经成为阿垅生存与创作的精神源泉与支柱。

但我们也必须指出其诗论所体现的时代局限性。阿垅站在他的现实主义立场，认为超越现实政治关怀的其他倾向都存在严重问题，与40年代出现的“智性化”倾向的现代主义诗歌划清界限。同时，这种“听命于时代”带有浓厚的政治意识形态色彩的要求与其强调诗人的主体个性方面又陷入了矛盾的境地。

阿垅说过，他所探讨的问题就只有一个，即：“关于诗，——或者关于人生和政治。”① 并且在他诗论的纲领性文件《箭头指向——》中说：“诗是赤芒冲天直起的红信号弹！攻击！攻击前进！诗是攻击前进的红信号弹！”② 这是三句明显有着口号式的呼喊，带有明显的政治色彩，而且还为诗歌规定了创作任务“今天，诗和诗人底任务是：A、作为抗日民族战争底一弹；B、作为抗日民族战争底一员”③。这样的言论不可不说是一种浮泛的概念的叫喊。而且出于一种政治立场，特别强调诗歌中的政治成分，他写过一篇题为《我们今天需要政治内容，不是技巧》的短文，认为“今天的诗，是远离了政治的”④。针对这一现象，他提出了对诗歌的政治诉求，认为诗人“必须是人民底号手和炮手”“时代底发言人”，将诗歌艺术规律，向古典诗歌优秀传统学习等方面的内容斥为“荒谬”“开倒车主义”的，“强调了诗必须要有政治内容：要直接以诗搏击政治事态，或者间接通过生活情绪表达人民的政治要求”⑤。

阿垅的现实主义倾向过于强调诗歌的政治性内容，而强烈的政治功利性诉求导致他忽略了人生的其他体验，并且面对诗歌中“智性化”倾向，偏颇地认为那是“一种智慧底无情和失败；它严峻地高耸入云，然而，实际上那又脚不着地”⑥，只看到了它们的消极面，没有看到现代主义倾向的中国新诗派力图融合现代主义与现实主义而做的努力，对诗歌技巧方面的一味排斥又导致了他在诗歌艺术上的粗糙。

---

① 阿垅：《诗与现实》第三分册，第297页，转引自罗洛《人·诗·现实》序，第3页。
② 阿垅：《人·诗·现实》，第3页。
③ 阿垅：《人·诗·现实》，第3页。
④ 罗洛：《人·诗·现实》序，第7页。
⑤ 罗洛：《人·诗·现实》序，第7页。
⑥ 阿垅：《人·诗·现实》，第98页。

既是诗人又是评论家的双重身份，让我们有理由相信阿垅的诗歌理论创见都来自他的诗歌实践，也是他出于对诗歌的热爱所作的真切体察。虽然阿垅的诗论建设从抗战起持续到50年代，内容丰富并且自成体系，但是他与学院派的纯理论家的诗歌建构不同，就本质而言他无意于构建系统而完善的诗学体系，只是针对新诗发展路上出现的问题提出自己的见解，这亦是他特别关注新诗的前途的体现。对形式与内容关系的认识摆脱了形式主义的束缚，坚持了自“五四”以来的自由诗的传统。要求诗歌中的政治内容，表现出对社会与人民的强烈关注，体现出诗人的良知和社会使命感在现实生活冲击下的觉醒，远离了那种现实感薄弱的“纯诗化”倾向。但对超越了政治关怀的其他趋向持坚决的否定态度，表现出他狭隘的一面。研究七月派诗人阿垅的诗歌理论的特点及其局限性，对新诗史而言，有利于加深我们对19世纪40年代中国诗歌命运的认识与体察。

［作者单位：南京大学中国新文学研究中心］

王光明诗歌批评的几点启示

罗小凤

当前，中国的文学批评无论是以学院派批评为主体的专业批评还是媒体批评、网络批评，都不断遭到批判、指责。确实，当前的文学批评现状不容乐观：学院派批评擅长于生搬硬套西方理论话语对文本进行肢解，堆砌半生不熟的西方学术名词故作高深状，导致了批评的艰涩化、程式化；媒体批评与市场合谋，将批评沦为“捧角”、推销、炒作的策略，导致了批评的商业化、庸俗化、泡沫化；网络批评则由于网络的匿名性和网络平台的普泛化而导致了批评的随意性、“灌水化”。基于此，不少学者、作家对当下的文学批评发展前景颇为“悲观”，甚至认为文学批评已终结[①]。其态度与观点或许有失偏激，过于悲观，却真实反映了批评发展的偏向与危机及其处境的尴尬与艰难。

诗歌批评大体依循文学批评“三分天下”的态势发展，同样无法逃脱诟病与尴尬。王光明的诗歌批评显然属于专业批评中的学院派批评范畴，但王光明却既疏离了媒体批评的商业性与网络批评的随意性等缺陷，也疏离了学院派的枯燥、死板等弊病，出示了独特的批评风度。他默默地在边缘秉持自己的操守，以边缘的批评身份、独立的批评品格和注重文本细读、敞开问题、秉持诗性的批评姿态形成了自己的批评理念和话语方式，其批评路径对于当下诗歌批评发展的偏向与危机具有极为重要的启示意义。

一、批评家的身份归属：从边缘返回自身

批评家的身份归属是关乎批评家属性和精神品格的最基本的问题。20 世纪 90 年代以来及至当下，批评家或被经济利益与人情绑架，

① 刘士林：《文学批评的终结》，载《文论报》2000 年第 15 期。

大多书写“红包批评”“人情批评”，或加入传媒的合谋之中，成为“捧角”的经纪人、吹鼓手或各类造势运动的骨干力量，或沦为网络“酷评家”“骂杀家”“捧杀家”，甚至有些批评家自己也被“明星化”，频繁“出场”于各种诗歌活动，完全已找不到批评家的身份归属，丧失了独立的批评品格。对此，霍俊明曾清醒地指出：“中国20世纪90年代后期以来的诗歌批评已经在工业化乌托邦的幻觉与狂欢的失重中踩空了踏板，大量的批评者充当了喜欢造势的诗人圈子的利益同盟者和权力分享者。”他看到“那么多批评者‘与时俱进’地加入娱乐时代的‘笑声’和合唱中去”，“沦落于欲望和金钱的风尘，成了官僚诗人、商人诗人的抬轿者和令人肉麻的吹鼓手”，从而让“批评者的身份”显得“格外可疑”①。霍俊明敏锐地发觉了批评者的独立身份的丧失，而这是形成独立的批评品格至为关键的质素。

20世纪90年代初，王光明便清醒自觉地意识到“20世纪中国知识分子不断走向边缘化的历史境遇”，他认为这是知识分子的本位回归。他发觉知识分子已在“中心意识形态话语威权和商品经济汹涌潮流的挟裹”中被推向“边缘的极地”“中国知识分子从政治文化中心地带不断向边缘滑落，甚至走到了边缘的极地，思想文化的影响力日渐式微”，他认为这是传统社会向现代社会转型的特点之一，知识分子应该“在不断推动的内心焦虑和精神失调中，在危机与挑战面前作出积极主动的反应，认清自己的边缘处境，在边缘寻求立足之地和开拓自己的存在空间”，在他看来，“边缘是必要的观察距离和高度”“边缘位置与边缘处境尽管有被抛弃、失落的意味，但也不妨看成是本位的皈依。处于边缘位置不一定是坏事，不再被宠与看护的同时，依赖性、附属性与奴仆性也随之消散，从而真正以智力上的自治、民主开放的结构，在社会和文化诸问题中，发挥独立的清理、甄别、预测和建构的功能”，因而他主张知识分子“应该放弃文化中心主义的幻想，承认现代社会的多元性，接受所处的边缘处境并且不把它看作一种偶然，自觉用平等、自由的对话语言写作，在边缘重返自身”②。这是王光明对知识分子被放逐社会“边缘”处境的清醒自觉与反思，他自觉调整心态与姿态，皈依知识分子的“边缘”本位，在“边缘立场”中形成高标的独立品格和自由精神。他多次表达了他的“边缘

① 霍俊明：《呼唤“纯棉”的诗歌批评》，载《南方文坛》2009年第5期。

② 王光明：《在边缘重返自身》，载《作家》1994年第3期。

立场”，如在《近年的中国诗坛》中指出“因为时代平凡，因为被放逐到边缘的边缘，所以这是一个‘非诗’的年代，但是上帝与魔鬼都不管诗歌，不再成为各种势力争夺的中心，诗人也就有可能反省和回到自己的位置，追求自己的理想”①，《说边缘》《从批评到学术——我的90年代》等文章中亦反复重申他的“边缘立场”。王光明还对皈依“边缘”本位的依托之所进行了思考与寻觅，他发现“大学”是最妥善的地方之一：“可以培养自己的独立思想和自由的意识，不必迎合浮浅低俗的社会潮流”“赢得了沉思的空间和自由思考的时间，使人有可能反思生存的时代，寻找自我的身份，追求精神的归属”②。可见，在王光明的认识中，“边缘立场”不仅是一种立场和姿态，不仅意味着知识分子对价值向度和话语角色的调整，更是知识分子“独立品格和自由精神的象喻”。而作为一个以批评家为角色的知识分子，这种“独立品格和自由精神”显然尤其重要。

王光明不仅在理论上认识到知识分子的“边缘”处境，他还从对知识分子边缘位置的清醒认识发展为他对诗坛与文坛的“边缘”姿态。王光明意识到文学批评也处于“边缘位置”，已“失去中心意识形态的看护和以往读者的热情”而来到了“真正的考验面前”③，那么，文学批评者就应该归位于这种“边缘立场”，“从基本问题出发”。对此，荣光启给予了充分肯定：“王光明对现代知识分子的事业格局的反思和对自身的角色定位，对‘边缘立场’的认同，对‘政治－文化－体化’学术模式的警惕，为他接下来的文学批评奠定了基本的立场和思想上的独立性，也为他的批评能对复杂的历史现实关系和问题能够作出有力的清理、回应提供了可能的保证。”④ 王光明自己一直秉持“边缘立场”并持续至今，他不凑热闹，不抢占山头，与当下被传媒、网络绑架，被经济利益、人情牵着鼻子走的批评家角色完全不同，这是一种精神姿态，一种独立品格，是一种不趋附逢迎，不为利益、权势、名利、人情所诱惑的精神品格，批评家只有心怀这种品格，其批评才能真正具有公信力、有效性。王光明崇尚自由的、独立的批评精神与品格，有好说好，有坏说坏，如他对君儿的《上

① 王光明：《近年的中国诗坛》，载《江汉大学学报》2009年第3期。

② 王光明：《从批评到学术——我的90年代》，载《山花》1998年第12期。

③ 王光明：《从批评到学术——我的90年代》，载《山花》1998年第12期。

④ 荣光启：《本体话语与问题诗学——王光明的诗歌批评之旅》，载《福建论坛》人文社会科学版2004年第6期。

山》一诗直截了当地给予批评“一首平庸而混乱的诗作”，但对倍受争议的于坚《0 档案》却给予了充分肯定，认为这首诗“无论对他自己，还是对90 年代中国诗坛而言，都可以认为是一篇重要作品”①。孙玉石发觉了王光明的独立品格与自由精神“他能不囿既成的强势舆论与实际存在的人情笼罩，坚持一抒己见的坦率直言”②，这在人人冒充批评家的众声喧哗中，是难能可贵的姿态与精神，是批评家应该有的姿态，王光明这种“从边缘返回自身”的姿态对于当下的诗歌批评甚至整个文学批评都不无启示。

当然，这种“从边缘返回自身”的姿态并不意味着批评家可以不关心诗歌现实和诗歌现场动态，王光明是以这种内在的精神姿态和品格与诗坛保持一定的“心理距离”。在诗歌批评中，与诗歌现场保持一定的“心理距离”是必要的。“心理距离”是20 世纪心理学美学代表人物布洛的核心主张之一，他主张在审美过程中要保持“心理距离”，他曾喻举海上遇雾的著名例子说明“心理距离”的含义，即海上行船时遇见了大雾，当大家都烦闷、焦虑、紧张、恐惧时，而“你”却摆脱上述情境发现海雾的奇异的美，这便是在“你”与海雾之间插入了“心理距离”。③ 布洛强调在审美活动中要注重“距离”的介入、“距离极限”的保持、不能失之于“距离太近”或“距离太远”等原则，在他看来，距离太近容易使审美主体产生功利欲望，破坏审美的非功利性质，从而使审美变质；而距离太远则主客体之间因缺乏理解与情感的契合，无法达到审美共鸣，从而难以建立起审美关系。布洛的观点或许有些唯心，但笔者觉得将“心理距离”引入诗歌批评、文学批评场域却非常必要且合理。诗歌批评在本质上是一种诗歌审美活动，诗歌批评家即使身在诗歌现场也应该保持一定的“心理距离”，不能失之于“距离太远”，也不能“距离太近”，尤其是要与政治化、商业化倾向等功利性质保持距离，如此方能建立起有效的诗歌批评和批评的独立品格与风骨。王光明的“边缘立场”并非漠视诗歌现场，而是他与诗坛、与诗歌对象保持适当“心理距离”的一种姿

---

① 王光明：《现代汉诗的百年演变》，河北人民出版社 2003 年版，第 620 页。

② 孙玉石：《以问题穿越历史》，为王光明著《现代汉诗百年演变》序言，河北人民出版社 2003 年版。

③ 布洛：《作为艺术因素与审美原原则的“心理距离说”》，英文题名为 " Psychical Distance" As a Factor in Ar and an Aesthetic Principle，最初发表于《英国心理学杂志》1912 年第 5 卷第 2 期，后收入莫里斯·威茨编的《美学问题》第 2 版（1970 年），中文译文载于《美学译文》第 2 集，第 93 页。

态。事实上，王光明非常关注诗歌界的新现象、新问题，对新涌现的好诗人、好作品、诗歌现象的回应非常及时、敏锐、深刻，如《近年诗歌的民生关怀》《相通与互补的诗歌写作——我看“民间写作”与“知识分子写作”》《世纪之交中国文学的艰难前进》以及每年《中国诗歌年选》的序言等文章中对诗歌现场的把脉与诊断都非常及时且切中肯綮。当他面对地震、冰灾、旱灾、“非典”等灾害连连的社会景况，他主办“诗歌与社会功能的关系”研讨会，组织全国各地的专家探讨在新的社会现实面前诗歌与社会功能之间的关系变化。当新世纪以来散文诗的发展势头引人瞩目之时，他筹办“散文诗”的研讨会，为散文诗的发展走向把脉。但无论何时，他都不圈地抢山头，不参与纷争，不逢迎阿世，坚定地坚持自己的“边缘立场”和独立的批评品格、自由的批评精神，这不能不让当下正沉溺于红包与人情、名利与话语权的旋涡中无可自拔的诗歌批评家们好好检省一下自己的身份归属与角色立场。

二、文本细读：新批评的实践与策略

一直以来，文学批评家、文学研究者与文学刊物编辑们都垂青于“宏大架构”“宏观把握”的“整体性”“综合性”论文，而对文本细读则嗤之以鼻。对此，有学者指出：

> 我们的不少学者大都喜欢制造宏大课题，所谈问题不是纵贯千年、百年，就是横跨中西、欧美，并且动不动就要总结“规律”与揭示“本质”，而与此相反，对于那些如“作品分析与解读”“作品欣赏”一类的细小问题则不屑一顾……在文学研究和批评中，许多跨领域、跨学科的“文化研究”论文“空洞无文、阔略不当”，许多文学理论和批评文章根本不联系“文学文本”，以至于读起来让人摸不着头脑。①

笔者认为，这段话实在而锐利地指出了当前文学批评与文学研究中的“流毒”及其根本症结。诗歌批评领域亦不例外，太多的批评家总迷恋于“宏论”，热衷于从宏观上把握、评价诗坛态势，从整体上

① 徐克瑜：《当前文学研究中的文本细读问题》，载《文艺争鸣》2009年第3期。

臧否诗坛发展优劣好坏，而大多难以沉下心细读诗歌文本，从文本实际出发，深入文本内部进行细节性的研究，产生了许多“空洞无文、阔略不当”的“误读”。

王光明在其诗歌批评中却广泛纳入新批评方法中的“文本细读法”，他主张深入文本内部进行细读与分析，并以多种形式付诸实践。“细读”（Close Reading）是由新批评派的重要理论代表、“新批评之父”瑞恰兹首次提出的[①]。瑞恰兹极力反对和批判文学外部研究的方法，而主张在文学批评中使用文本批评[②]，在他看来，任何文本以外的社会、作者和读者等方面的因素都只会给文学批评造成干扰，而文学批评本身根本不需要文本以外的任何事物作为其参照，因而他提出了“Close Reading”的批评概念，国内学界一般将其译为“细读”，其含义是指以作品文本为中心，通过细致谨慎地分析作品语言等形式要素，最终整体评价作品价值的文本批评方法。这种方法是文学批评的基石和重要批评方式，陈思和认为细读文本可以提升“艺术审美性”，回到“文学性”上来[③]，文本细读对于文学批评的重要性是不言自喻的。然而，这种“新批评”方法由于偏执于文本分析而否认文学与外部世界如社会、作者和读者的天然联系，因而它对传统批评的突破之处也即其缺陷所在，携带着偏颇、片面、孤立的痼疾。许多批评家在面对诗歌文本时，总是或理念先行地生搬硬套自己批评体系中有关诗歌语言、结构、意义、语境、语气等理论资源与话语，对诗歌文本进行肢解，或过分拘泥于文本内部与细节的分析与延伸，桎梏于个人阐释与想象，导致了诗歌文本与文本实际的脱离、分裂，形成了过度阐释。

那么，如何将文本细读作为有效的批评方式介入文学批评？王光明对文本细读批评的实践与想象或许可以提供一些有价值的启示。王光明在其诗歌批评中非常重视文本细读工作，正是文本细读时对文本的文学性和审美性的捕捉，让他能避免庸俗的社会学分析，而敏锐、准确地把握诗歌发展的“真实”状态，不至于“大而不当”或“误读”。但他并不拒绝文本的外部研究，而是将对文本的内部细读分析与文本所产生的社会历史文化语境的外部考察相结合，如他在分析

---

① 瑞恰兹：《文学批评原理》，杨自伍译，百花洲文艺出版社 1992 年版，第 243 页。
② *I·A·Richards: Practical Criticis*, *London: Routledge*, 2001, P203.
③ 陈思和：《文本细读在当代的意义及其方法》，载《河北学刊》2004 年第 2 期。

《雨巷》这首诗时，不仅在细读文本时深入分析音节、情绪、“丁香”意象、情境、韵律、结构、诗歌技巧、内在机理等内部细节，还对此诗诞生的外部社会历史文化语境进行考察：“发表《雨巷》的1928年，新文学的中心已开始从北京移往上海，亚洲最大的都会上海五光十色的现代风景已经引起一批年轻作家的关注，一列由刘呐鸥、施蛰存、戴望舒等人设计的《无轨列车》，正满载着现代城市生活奢华、浮泛的感觉，从水沫书店开出，让人们观看那些时代旅客对速度、金钱、欲望等‘都市风景线’的沉溺。”王光明呈现了《雨巷》诞生时许多作家对上海大都市的“都市风景线”进行书写、展现的文学风气，经过对比分析他得出结论：“《雨巷》并不直接指向社会，而是进入记忆和梦境的世界。这里的记忆混合着个人的情感经验和对传统文化的深情眷念，是向后看的；这里的梦境也不是憧憬式的，指向未来的，而是怀乡式的。”① 王光明虽然在文本细读时结合外部语境进行考察，但并不陷入社会文化批评的陷阱，而是将外部因素作为参照后抽身而出，回到文学性和审美性。而且，王光明在进行文本细读时不仅“知其人论其世”，还“顾及全篇，并且顾及作者全人”②，并常将细读的文本对象与作者的其他文本互相比照进行互文性的阐释解读。他在分析卞之琳的《圆宝盒》所关涉的题材时，他拉出《酸梅汤》的题材与之进行比照：“它（《圆宝盒》）是一首通过想象情境赞美领悟之美的诗，处理的是一个抽象题材。这个题材恰与前面提及的《酸梅汤》的题材相反：《酸梅汤》是一种社会现实经验，表现的是城市社会底层小人物的‘戏剧性处境’；而《圆宝盒》是一种个人的、想象的内心经验，写看不见、摸不着的经验、思维的洁净对世界的折射与包容。”③ 在对比参照的互文性阐释中，《圆宝盒》的文本内涵才清晰地呈现出来，这便是王光明进行文本细读时的阐释策略。同时，王光明还常将细读的文本对象与其他作者的同类文本进行对比性阐释，如他在解读多多“阅读”父亲的诗《我读着》时将此诗与艾青、公刘、昌耀、王小龙等书写父亲的诗进行对比，尤其是王小龙的《纪念》进行对比，更清晰地凸现文本对象的内涵深度与书写价值。不惟如此，王光明还善于宏观把握诗歌的发展理路和走向，将整体

① 王光明：《现代汉诗的百年演变》，河北人民出版社2003年版，第268页。

② 鲁迅：《题未定草》（七），《鲁迅全集》第6卷，人民文学出版社1981年版，第430页。

③ 王光明：《现代汉诗的百年演变》，河北人民出版社2003年版，第294页。

的、历史的把握判断与个案的、现场的分析考察相结合，拓展了一个既见树木又见森林的丰富的批评空间。王光明的总体文章和诗歌史著作中都插入了许多详致的个案分析，张桃洲在评价《现代汉诗的百年演变》这本诗歌史宏著时便发现王光明采取“宏观评述与个案分析相结合的论述方式”，“在阐述重要的理论命题和实践现象时，较多地佐以诗人个案和诗歌文本的例证，使行文显得有度，活泼灵动”，“讲究个案的典型性和文本的典范性或经典性，总是选择一些最能体现某一时期诗歌成就的诗人或文本进行剖析”，使《演变》“没有陷入空泛的理论议论和观点罗列”，因而，“具有代表性意义的个案分析和精细的文本研读，是《演变》的一大特色”①。张桃洲细心地发现了王光明批评话语的言说策略，这不仅是《演变》的特色，也是几乎所有王光明诗歌批评文章和著作的特色。而且，王光明在对作品进行细读时，他的批评不是就作品谈作品的狭隘的、琐碎的赏析、解读与阐释，而是以一种“史家的眼光”将文本放在历史维度上考察。所谓“史家的眼光”，主要是批评家将具体的诗歌文本放到整个诗歌史发展的视阈下加以考察，这其实便是艾略特所强调的“历史的意识”：“这个历史的意识是对于永久的意识，也是对于暂时的意识，也是对于永久和暂时的合起来的意识。”艾略特认为凭借这个“意识”，批评家能够发现是什么东西“使一个作家成为传统的”，也能准确地把握这个作家在“时间中的地位”，以及作家“自己和当代的关系”。②当许多批评家在为诗歌“造势”“造山”运动呐喊助威，为诗歌明星们抹“口红”时，王光明却站在诗歌历史发展进程与诗歌现实的交叉口为诗歌文本、诗人和各种诗歌现象把脉，充满了历史感。如分析翟永明的《在古代》一诗时他将此诗与诗人90年代末诗歌写作的“危机”、2000年以来具有“飞翔”感的诗和参古省今的诗进行比较，认为这是翟永明“摆脱危机的尝试”，并由此延伸拓展，认为这反映了“20世纪80年代女性主义写作的一个迷思”③，显然是将《在古代》一诗不仅纳入翟永明的诗歌写作史中，也纳入了女性诗歌史与整个诗歌史的场域中进行考察。这种带有“史家的眼光”、历史感的诗歌批评能更客观、真实地把握诗歌脉动与走向。

① 张桃洲：《评王光明〈现代汉诗的百年演变〉》，载《文学评论》2004年第3期。

② 艾略特：《传统与个人的才能》，卞之琳译，载《学文》第1卷第1期，1934年5月出版。

③ 王光明：《开放诗歌的阅读空间》，社会科学文献出版社2008年版，第242页。

值得一提且颇有意思的是“读诗会”，这是王光明对文本细读式批评进行实践操作的重要形式。“读诗会”是20世纪“推动诗歌发展的重要动力”①，胡适、闻一多、徐志摩等都组织过“读诗会”或类似的沙龙式交流形式，其中最有影响的是朱光潜主持的“读诗会”，八九十年代的北京大学也延续过这种传统。而王光明于2003年重新拾捡起这一传统，“希望从阅读的角度去探讨诗的基本问题”，这一传统延续至今已近十年，已举行近四十场（次）（概况见文后附表）。王光明及其弟子主持的“读诗会”并不仅仅朗读或朗诵诗歌作品，更注重对诗歌文本的分析、研读，性质与通常的诗歌赏析、品鉴并不完全相同，常常带出富有诗学意义和本体价值的“话题”或“问题”，如对徐志摩的《落叶小唱》的细读中带出的问题是“什么是诗歌的内容”“我们该如何看待诗歌中的内容问题呢”②，带有诗歌批评和诗歌研究的倾向，是文本细读式批评的有益实践。

文本细读是批评的出发基点，而文本细读式批评也是新批评的一种重要方法。但文本细读只是诗歌批评的一种方法，不能完全将批评视野封闭在文本内部，更不能以其取代其他批评方法。王光明细读文本的实践方式与文本细读式批评的言说策略，对规避好“大”喜“宏”的弊病和孤立、偏颇的缺陷都具有借鉴价值，为当下诗歌批评风气提供一些思考与启示。

三、从问题出发：开放性的批评路径

当前的诗歌批评家大多或以吹捧炒作为己任，加入合唱和吹吹打打的行列中，或趋新逐异，为理论所捆绑，堆积理论，生拉硬扯地将先行定作的理论框架套入批评对象，不知所云，或居高临下地以“判官”语气与姿态要么奉行“酷评”“骂评”，对当前诗歌发展否定到底，要么高唱赞歌，一捧到底。这些批评路径大多属于整体性论断或印象，并未真正细读文本，因而并未能把握诗歌发展的内在脉象和“真实”状态。当批评家们以裁判官的语气对作品、现象作论断、下结论时，王光明却主张不要“锁定”而要开放历史，从问题出发，开放阅读空间和批评空间。当批评家们争先恐后地抢占山头，培植自己

---

① 王光明：《开放诗歌的阅读空间》，社会科学文献出版社2008年版，第4页。

② 王光明：《开放诗歌的阅读空间》，社会科学文献出版社2008年版，第55页。

的羽翼，建立自己的话语权和势力圈子时，王光明却“板凳一坐十年冷”地静心、潜心地从最基本的诗歌问题开始梳理、研究。当下这个“夸张、狂躁、横扫一切”① 的时代，能坚持谈问题的批评家太少了，而在普遍浮躁的时代语境中，能抓住真正有价值的问题，更非易事。

“捧杀”或“骂杀”都属于诗歌价值判断，但诗歌批评本身其实并不是一种判断，李健吾便曾指出：“我不太相信批评是一种判断。一个批评家，与其说是法庭的审判，不如说是一个科学的分析者。科学的，我是说公正的。分析者，我是说要独具只眼，一直剔爬到作者和作品的灵魂的深处。”② 李健吾认为批评是非判断的，而是“分析”的，虽然其所擅长的印象式和点评式批评亦不无缺陷，但却在此点出了诗歌批评的基本伦理。米歇尔·福柯也曾说：“我忍不住梦想一种批评，这种批评不会努力去评判，而是给一部作品、一本书、一个句子、一种思想带来生命；它把火点燃，观察青草的生长，聆听风的声音，在微风中接住海面的泡沫，再把它揉碎。它增加存在的符号，而不是去评判；它召唤这些存在的符号，把它们从沉睡中唤醒。也许有时候它也把它们创造出来——那样会更好。下判决的那种批评令我昏昏欲睡。我喜欢批评能迸发出想象的火花。它不应该是穿着红袍的君主。它应该挟着风暴和闪电。”③ 这是一种富于创造力的“批评”，批评本质上就是一种“再创造”，而非“盖棺论定”的判断。那么，如何“分析”？如何给文本带来新的生命，增加存在的符号，迸发想象的火花？深入文本内部进行细读，从而发现问题，分析与研究问题，在问题中文本才能获得“新生”。王光明正是在对大量诗歌文本的细读过程中，发现问题，分析与研究问题，从而形成其独特的批评路径。王光明的这种批评路径是从20世纪90年代开始形成的，他从80年代开始批评之旅，但在90年代实现了批评的转型，他将这种转型后的批评称之为“探讨问题的批评，或干脆叫作学术化的批评”，是有着“更严格学术要求的批评家”所从事的批评，主要“从文学现象的跟踪，个别作家作品的实际批评，走向一些重要文学现象的反思，提出和敞开一些真正的问题并让人们进一步思考它们；批评的文

① 谢有顺：《如何批评 怎样说话——当代文学批评的现状与出路》，载《文艺研究》2009年第8期。

② 李健吾：《李健吾文学评论选》，宁夏人民出版社1983年版，第50页。

③ 米歇尔·福柯：《权力的眼睛——福柯访谈录》，严锋译，上海人民出版社1997年版，第104页。

体也由即兴、随感式的发挥走向庄重、较为缜密的论文”，在他看来，“无论如何，标示一个时代文学批评成就的，毕竟不是印象的，即兴的批评‘小品’，而是提出、回答了重要问题的论析性的论文和专著。我们不轻看那些感觉敏锐、快人快语、意气风发的短小评论，但提倡文学批评的深思熟虑与中肯是有益的。尤其在一般读者常常把传媒中的诸多新闻式的文字、文学作品的推销诡计也误认为是‘文学批评’的时候，指出这种专业性批评的存在，可能有助于克服社会对批评的偏见。同时，我还想说，学术化的批评是文学史和理论发展的基石”①。因而，王光明的批评主要“面向新诗的问题”，即使是在文本细读或印象评说中，他也注重从最基本的问题出发，他从不轻易下判断，认为批评“不是你个人做出一种主观判断，而是把问题梳理清楚，给出一种说法”“我们现代人都要知道，我们自己都是有局限的，所以你的主观判断就不一定非常正确。避免主观判断的方式就是你应该少下好坏的简单结论，而是应该多重视现象，从现象里面梳理问题、分析问题”②。王光明每年编选《中国诗歌年选》（花城出版社），每年都从几百种报刊上细读大量诗歌文本，从中发现问题，梳理问题。如前所述及的，他注重文本细读，但他所践行的文本细读不只是对文本的拆解或阐释，而是细致地研究、提取诗歌文本中有价值、有意义的关涉诗歌本体的问题，如他在解读《雪落在中国的土地上》时，注意的是这是一首“有问题的诗，涉及自由诗的可能与限度”③，于他而言，文本只是呈现问题的一个平台或样品，其文本细读最重要的在于从细读中读出“问题”。王光明在其诗歌批评中都分析一个个具体的诗歌基本问题或本体问题，《中国新诗的本体反思》中反思了“新诗”概念的命名、“新诗”的唯新情结、“现代汉诗”对“新诗”概念的超越、取代等关涉中国新诗的本体问题；《自由诗与中国新诗》对“自由诗”的概念进行了历史和理论的检讨，反思了早期自由诗理论、新诗接受自由诗的过程、自由诗存在的合理性、自由诗与格律诗并存格局等遗留于诗歌史的基本问题；《面向新诗的问题》更是以其对各种诗歌基本问题的研究、分析呈现了他“从成就评估到问题关怀

① 王光明：《文学批评的学术转型——九十年代文学批评的一种倾向》，载《南方文坛》1997年第6期。

② 王光明等：《“回望八十年代”读诗会》，未发表，2009年12月30日。

③ 王光明：《开放诗歌的阅读空间》，社会科学文献出版社2008年版，第90页。

的研究中心的转变”轨迹[①]。在诗歌史写作中，王光明也是抛开了一般的线性叙述，而以问题串联，形成问题链，以此建构诗歌史，形成了独特的言说策略。王光明认为，诗歌史的写作“不是要‘锁定’历史，把‘尝试’的文本正典化，堵塞继续探索的可能，而是想开放探求的过程，观察解构与建构的矛盾，梳理凝聚的素质，反思存在的问题，呼唤艺术的自觉”“与其把一种未完成的探索历史化，不如从基本的问题出发，回到‘尝试’的过程，梳理它与现代语境、现代语言的复杂纠缠”[②]。许多诗歌史一般都是“盖棺论定”，理念先行，未能真正深入作品内部，但《现代汉诗的百年演变》却并非如此，从不轻易下结论，只是敞开问题，将问题呈现出来，这都是在边缘身份与文本细读中成为可能的，发现了别人难以发现的问题。正如王光明自己所言“从最具体的学问做起，从基本材料入手……提出和澄清一两个有意义的问题”[③]，他的诗歌理论是一种以“问题”为核心的诗学。王光明看重问题，而非已有的结论，注意对史实或各种关于史实的“叙述”及其暗含的观念予以辨析，重新发现内在的问题。《现代汉诗的百年演变》中梳理了现代汉诗从晚清开始的百余年的发展历程中各种基本问题与本体问题，“将新诗看作一串问题链（或方案）而不是现成的研究对象”，被视为“富有建设性的创意”[④]。王光明的“问题诗学”引起许多人的关注，孙玉石曾给予高度评骘，认为他是“以问题穿越历史”，“就一个时代颇有纷争的重大问题，他能不掩饰，不回避，不拐弯抹角，直接进入问题的核心”[⑤]；荣光启则指出：“在方法论维度上，王光明坚持的是一种‘提问题’的修辞学，从问题出发，开放历史，探讨问题，并不一定解决问题，留下的是一个不断追问诗歌之本质和意义的‘踪迹’。”“将王光明关于诗歌的言述称之为‘问题诗学’，是强调他学术研究的‘问题’意识和‘问题’路径。”[⑥] 王光明重视问题的发现与研究而非下判断或结论的开放性批评路径，值得当代“诗坛”上歇斯底里般大声叫嚣着“批评死亡”

---

① 王光明：《面向新诗的问题》（后记），学苑出版社2002年版。

② 王光明：《现代汉诗的百年演变》，河北人民出版社2003年版，第4页。

③ 王光明：《文学批评的两地视野》，北京大学出版社2002年版，第5页。

④ 张桃洲：《评王光明〈现代汉诗的百年演变〉》，载《文学评论》2004年第3期。

⑤ 孙玉石：《以问题穿越历史》，王光明著《现代汉诗百年演变》序言，河北人民出版社2003年版。

⑥ 荣光启：《本体话语与问题诗学——王光明的诗歌批评之旅》，载《福建论坛》人文社会科学版2004年第6期。

“批评终结”或正急着为各种“造山”“造势”运动“下定论”的批评家们反思自己的批评声音。

四、诗性、理性的契合：批评的话语风度

王光明的诗歌批评属于专业批评范畴，更确切一点，学院派批评，这种诗歌批评“重视资源的采集、梳理、归纳、吸收”“最终强调的是学理性”①，是偏重理性的。目前，批评界对这类批评的指责多于肯定，认为“学院派”批评“搬弄西方学术名词、话语呆板、枯燥、乏味、行文程式化、规整化、学究气浓厚、堆砌时髦的学术名词，却未击中要害，没有思想深度、没有锐气、没有鲜明的立场、没有独到的学术见解、没有对作品文本的针对性、行文空洞、沉闷”②。归结而言，这些弊病至为关键的是“诗性的缺失”。事实上，中国的诗歌批评从“五四”时期开始便由中国古代注重“诗性”的感悟式批评向理性批评发展，因为“五四”时期倡导科学民主中的“科学”并非指涉具体的科学技术，而是侧重与强调“现代理性”，这一理念盛行语境下的诗歌批评以至所有的文学批评都强调“现代理性”，理性思维明显匮乏的批评家们于是纷纷向西方文论寻求借鉴和援助，而西方文论注重逻辑、分析、辩论、判断、推理，因而以西方文论为“拐杖”的中国诗歌批评与文学批评都向理性批评发展，从而弱化了传统的感悟式批评话语。至于90年代学院派批评的出现，理性批评更是发展到了一个新的阶段。评论家南帆便认为“学院派”批评本身就“意味了另一种理论语言：理性，严谨，引经据典”③。过分的理论依赖与缠绕必然导向其自身难以克服的弊病，因而导致了批评界对学院派批评的质疑。

然而，王光明虽然操持专业批评的话语方式，他却将理性与诗性做了很好的处理。他所实践与坚持的文本细读由于侧重对语言意义、结构、节奏、韵律、形式等各种内部因素的分析，是偏重理性的；他从问题出发梳理与研究诗歌史中的基本问题、本体问题，注重理论分析与思辨，也是偏重理性的。而且，王光明于20世纪90年代实现了

---

① 贺绍俊语，引自王光明等《批评：自我反思与学理寻求——关于90年代文学批评的对话》，载《山花》2000年第10期。

② 转引自陈竞、金莹《学院批评：如何批评，怎么说话》，载《文学报》2010年1月7日。

③ 转引自陈竞、金莹《学院批评：如何批评，怎么说话》，载《文学报》2010年1月7日。

从批评到学术的转向，形成了学术化批评的风格，更是偏重理性的。但王光明并非如时下许多评论家们照搬一些半生不熟的理论强行套入文本分析，也不是肢解诗歌文本，而是注重“诗性”，将理性与诗性相结合，形成了独特的批评风度。

王光明于大学时代曾是一个狂热的“诗歌青年”，曾有过炽热的文学梦想，曾获得过“庄重文文学奖”，因而，他其实拥有诗人、批评家、学者的多重身份，只不过由于他 1981 年从诗歌梦、文学梦中“拔腿出来”作诗歌批评，人们渐渐忽略了他曾经作为一个诗人、作家的身份。多重的身份所潜藏的多维心智结构使王光明既有理性思维，又保留了诗性，即使是严谨、学理性非常强的《现代汉诗的百年演变》亦充满诗性，张桃洲指出这部著作“善于以诗意的笔法抚触那些文本的内在机理”①；孙玉石先生也指出：“各种诗歌现象历史中出演角色的轻重的酌定，诗人与流派现象的忽略与侧重，诗作评骘的高低与使用文字的多寡，自然显出作者‘选择意图’的诗性所决定的某种主观性和论述的偏激性来”②，虽然孙先生是想指出王光明的“偏激性”，但他指出这是王光明的“诗性”所致，因而其实也指明了王光明诗歌批评所具有的“诗性”。而这正是王光明的学术化批评不同于其他学院派批评家的地方，显示了王光明的诗歌批评并非从理论到理论的推衍，并非枯燥的理论肢解，而是对诗性与理性的调协，避免了刻板、呆滞、枯燥、教条。

感性与理性交融、思性与诗性统一的批评风度是一种理想化的诗歌批评范式。正如有学者指出的：“单纯的理性批评是外在于文学的，是生硬僵化教条的；单纯的感性批评也容易流于表面化、模糊化和过度的自我化，缺少逻辑严谨的理论发现与创建。”③ 而吴景明指出，理想的“文学批评本应理性与感性相统一，既有严谨科学的理性思辨，又有自由通达的审美体悟；既不为名利折腰，也不作帮忙与帮闲之文；关注一切文学作品中呈现出来的被时代压抑的人性，被生活湮没的心灵，被历史遮蔽的真实，和一切感动我们的审美品质；抵制赝品化和平面化，抵制意识形态和市场的双重影响；不做西方理论的跑马场，而是拥有独立自由思想的旅人，不是乏味的广告商，而是生动

① 张桃洲：《评王光明〈现代汉诗的百年演变〉》，载《文学评论》2004 年第 3 期。

② 孙玉石：《以问题穿越历史》，王光明著《现代汉诗百年演变》序言，河北人民出版社 2003 年版。

③ 张艳梅：《重建诗性批评的可能》，载《艺术广角》2011 年第 5 期。

优美兼及批判锋芒的引导者，不是简单的发现和阐释，而是精神的审美和艺术的再创造”①。他们都敏锐地意识到，只有将诗性与理性恰到好处地相结合，将学院派批评与媒体批评、网络批评的优点进行整合，方能构建出一种独特的批评话语，形成独特的批评风度。

王光明诗歌批评文本中诗性与理性的契合形成了他的诗性批评。首先，王光明对文本的解读不是以理论为手术刀肢解文本，而是致力于自己与文本的灵魂交流，致力于自己与作者的心弦共振，真正深入文本最细微处。他在分析《雪落在中国的土地上》时感觉到“好像年轻的少妇一夜之间就变成了母亲，一下就老了一样”，“觉得非常震撼”②；“震惊”于《一本书的跋语》里“结局对追求的反讽”，在“唯一的安慰把心撕裂”这行诗句中“停了很久”③；在读《中文系》时则“感到痛快”“痛快之余又不免让人生疑”④，都显示了王光明在这种阐释性批评中诗性的体验与感悟，他总设身处地体验文本对象中所蕴含的情绪与感觉。其次，王光明的批评是对文本的再创造，充满富有诗意的想象。罗兰·巴特说：“批评并非科学；科学是探索意义的，批评则是产生意义的。”⑤ 王光明的诗歌批评常常就诗歌文本中的诗句展开充分想象，将人带入一个诗的意境，如分析散文诗《异乡人》时，他写道：

> 我们又一次与“房子”中发现失去了主体的主人公相会了。这时黑夜已经过去，“黎明惨然开了”。于是他想起了斜挂慈颜的家门。“应该回家”，他说。但是他心中有一种不祥的预感。因此每每靠近家门又都掉头走开。⑥

王光明在对作品对象的分析中完全走入了一个想象的诗歌情境，这是一个现场感十足而又充满诗意的情境，是王光明根据诗歌文本再创造的一个艺术世界。他沿着诗人的抒情纹理展开想象，在想象中探求诗人内心最微妙的情感脉动，从而获得对诗的真正内涵的体悟。此

---

① 吴景明：《文艺批评怎能自说自话》，载《光明日报》2011 年 2 月 28 日。

② 王光明：《开放诗歌的阅读空间》，社会科学文献出版社 2008 年版，第 90 页。

③ 工光明：《开放诗歌的阅读空间》，社会科学文献出版社 2008 年版，第 214 页。

④ 王光明：《开放诗歌的阅读空间》，社会科学文献出版社 2008 年版，第 252 页。

⑤ 罗兰·巴特：《批评与真实》，温晋仪译，上海人民出版社 1999 年版，第 64 页。

⑥ 王光明：《悲壮的“突围”——序灵焚散文诗集〈情人〉》，见灵焚著《情人》，海峡文艺出版社 1990 年版。

外，王光明诗意化的言说方式也是其诗歌批评保持“诗性”的重要因素。王光明的批评文本并非抽象的概念化的语言，如“一扇重新打开的门”“默默传递的火把”“不断破碎的心灵碎片”“岛屿中的‘岛屿’”“旧瓶新酒入‘人境’”“从一个呱呱坠地的婴儿成长为一个充满活力的少年”等比喻性言说都非常形象，充满感性和诗意，有助于他对文本对象进行整体性描述与品评，却又不落于抽象、枯燥。王光明就是这样，注重“诗”与“论”的结合与平衡，将理性的思考、恣意的想象、丰富的意象和缜密的批评语言结合得恰到好处，这对于规避与矫正诗歌批评的“嚼蜡化”或“随意化”倾向都显然不无借鉴意义。

王光明的诗歌批评所能提供给当下诗歌批评界以启示的，肯定并不限于上述内容，此仅为笔者所感受与体悟的。当然，王光明的诗歌批评亦并非无可挑剔，每个人都有自己的局限，他也无可避免，但其独特的诗歌批评姿态、策略与品格对当下诗歌批评界的意义，必将渐渐被批评界和诗歌界认识。

（本文为作者2012年度教育部人文社会科学基金项目成果，编号：12YJC751057）

［作者单位：广西师范学院文学院］

诗学研究

纪念韩作荣

侯马诗歌创作研讨会论文选辑

结识一位诗人

女性诗歌研究

台湾诗歌研究

诗论家研究

姿态与尺度

胡续冬诗歌论

郭建超

作为“70后”诗人群中的一员，胡续冬具有鲜明的个人化色彩。一方面，虽然他身在学院里，但他的创作中少有形而上的玄想，多了一些日常性、口语性、反讽性的个体体验和民间精神；少了一份关于生命的严肃的思考，多了一些普通人生活中的喜怒哀乐。另一方面，身为大学教授、专栏作家、诗人，胡续冬在诗歌中或多或少与当下的流行文化产生了某种互动关系，成为“70后”诗人群以及青年大学教授群体中名副其实的“潮人”和“麻辣教授”。其诗歌没有那么多的传统与保守、持重与沉思，而更多显出时尚潮流元素以及轻松的自娱的姿态，这值得我们进行更为深入的解析。

一、克制的“性感”与“狡黠”的智性

近些年，伴随着后工业文化渐入佳境，人们也逐渐走进了“信息爆炸”的年代，五花八门的信息借助媒体等手段不断冲击着现代人的眼球，并且以几何式的速度在不断地发酵着。毫无疑问，社会体制的变革与社会文化的丰富与多元对于诗人的创作也产生了极大影响。而这种影响首先则表现在诗歌整体情绪的认知层面上。

胡续冬所处的“70后”诗歌群体在个人创作初期时所面临的环境与以往的诗人有着较大的不同：一方面，他们大多在90年代，也就是中国工业社会的高速发展时期进入大学，因此，他们中的大多数创作起点较高，并且从创作之初就表现出了一定的诗艺追求与艺术品位。另一方面，由于信息渠道的单一和闭塞，当代诗坛始终存在着对于历史经验及个体存在价值等形而上问题的凝重思考，以至于多年之后，许多诗人依然沉吟在自我与历史的“价值圈套”中。随着计划体制的松绑与信息源的逐步多元化，诗作者的感受机制所接收到的信息

也发生了质地上的转变，为诗人的创作带来了新的可能，当“70后”诗人刚刚开始创作的时候，已经时至90年代中期，随着体制意识的逐渐淡化与瓦解以及市场经济的逐渐升温，这一批诗人创作生态似乎发生了很大的改变：“他们既最为直接、轻松，毫无负担，又能冷静理智地观察现实与历史的更迭变幻，兼具单向、勇敢的人生色彩和世俗、实际化的行事风格……充满高远的精神寄托，也决不放弃个人从精神到肉体的享乐与狂欢的合法性。”① 许多诗人的写作开始有意识地将个人的创作与体制性问题疏离开来，将诗情的发挥着力控制在形而下的向度。更值得关注的是，以感性的思考对日常化、碎片化、表层化的生活进行加工，甚至更进一步，将目光投向了最为显在的元素——身体，将与自然欲望所捆绑而存在的“身体”从“讳言”的伦理系统中解放出来，让欲望伴随着精神的解放而得到充分的关怀。

胡续冬的诗歌成长虽然伴随着“70后”的步伐，并也在作品中表现出对于个体原始欲望问题的独立思考，但是相较于部分作品试图借由身体的异质性爆发来试图走向“反文化”的价值路径存在着些许差异。我们首先来看他的一首诗作：

> 她是他的硅胶孔，他是她的/蓝色振动器。折迁、半价，/白天的喇叭包围他们，女店员表情生动，讲解顾客心中的鬼。/他们被关在橱窗里。/面对/肮脏的玻璃，男女顾客分拣目光的软硬。/他们则安静地/注视着对方原料里的安静……接通电源/穿过脆弱的玻璃/在一起剧烈振动。她是他/揪心的紧/他是她不顾一切的/快/他们是局部/是局部的爱/夏天令他们有了温度和永远：/他们在商店倒闭之前火热地隐身。/女店员草草记下一笔：/“女A、男B两款样品遗失。”
>
> ——《成人玩具店》

提及“成人玩具”，这种题材即使在当下对于许多人来说也依然有着十足的视觉冲击力，单是这个题目就可以使得痴男怨女们产生暧昧的遐想，但也因此避免不了被贴上“猥亵”的标签，甚至胡续冬本人也自称为“猥琐大叔”以自嘲。而在另一层面，作为消费时代的工业产品，“硅胶孔”和“振动器”以对消费者的观照姿态，以及文本

① 罗振亚：《朦胧诗后先锋诗歌研究》，中国社会科学出版社2005年版，第259页。

最后一段对消费品的个体物化消费价值的消解，直指消费时代的内在矛盾——个体外在物质世界的丰富与内在精神世界的空虚。从某种程度上来说，这种“时代病”的情绪往往预示着暧昧的现代性意味，所讨论的依然是现代人如何实现个体生命“突围”的内在困惑。

随着社会开放程度的不断提高，中国人逐渐开始变得不再“谈性色变”。除了“欧风美雨”的渲染与洗礼，公众的平面信息载体向着多元性、广泛性的立体媒体的升级也逐渐消解了公众对于这类问题相对保守的传统认知。这使得诗人胡续冬开始更多地尝试开始关注于个体（特别是肉体）生命享乐的合法性表达。

但是，胡续冬的创作的着眼点不在于彰显个体的肉体欲望与文化环境之间格格不入的关系，更没有将身体的快感与痛感作为武器以指向“反文化”的价值标靶，从某种程度上而言，如果说“下半身”诗人们在诗歌中着力表现的是身体与文化间格格不入的对抗的“肉感诗学”，那么胡续冬表现出的则是看似暧昧诱惑、实则凝聚了智性思考的“性感诗学”。在对身体的呈现上，胡续冬避免由于肉体泛滥而造成诗性宏观意义上贬值的危险，呈现出一种克制与冷静，对于一个极具诱惑力的审美标的，他并没有更多的将思考“深入身体”，而是试图挖掘审美时的愉悦感受，从而“深入精神”，因此其诗歌中的“桃色元素”往往并不暗喻着个体生命与社会文化心态之间难以调和的内在张力，而是透过一系列性感、灵动、幽默的诗语言，表现出个体生命在社会发展过程中所展现出的生命活力，以及现代人在“感官时代”所呈现出的生命悸动与活性，从而在略显“油滑”的诗语言背后获得智性的精神满足。也许正如桑克所言，胡续冬的创作往往在“有意无意间给一些读者带去了快乐，但这其实并不需要特别关注。最需要的或许只是快乐作为一种诗歌效果在汉语诗歌中的意义”①。

由此可见，“克制的性感”与“狡黠的智性”应该能够成为胡续冬诗歌的两个关键词。有必要指出，这里所说的“性感”和“智性”都是相对意义上的概念，是相对于以更为露骨的创作姿态的“下半身”诗歌而言的。所谓“性感”，是指一种创作风格，它有别于“下半身”直入感官享乐的肉欲高扬，在胡续冬的诗歌中更多地表现为某种节制，其肉身的诱惑与遐想背后往往存在着一个更为鲜活的现场，却不失诗人特有的狡黠，因此呈现出一种“坏坏的”创作风格。而所

① 桑克：《读胡续冬的诗》，载《诗刊》2006年第6期。

谓“智性”也不同于卞之琳诗学概念中的知识性与哲理性，在这里更多的指胡续冬诗歌中依然保有，并执着追求的独属于知识分子的审美品位与风格。如这首《野兔》：

这金发小美女竟像是从/我刚刚下载的毛片中走出来的一样，/V领衫、小短裙，懒散的人字拖/啪嗒出北美学妹的小罪恶，/一对纤细的脚踝慢悠悠地/把紧绷的大腿里沙哑的肉的声音/摇晃到臀部那高高翘起的音箱里：/左边的音箱说着Oh，/一小下/浮士德的停顿/右边的音箱/又接着说Yeah。/她那淘气的锁骨/没能锁住盛在E杯里的两份/香草蜂蜜冰激凌/烈日下，/它们时刻像要融化……凄凉的晚景/我默默地删除了/电脑里所有的毛片，/顺手还把/收藏夹里的/几个兔子洞堵了个严实

透过这个文本我们可以看出胡续冬在谈及“桃色”内容时的“狡黠”与敏感：这首诗为读者完整地再现了一次“审美的过程”，通过作者的观察视角、流畅的时髦语言以及贯穿于全篇的灵动而具有跃动感的节奏，这首诗塑造出了一个身材火辣又活泼漂亮的北美妙龄少女形象，从这个形象中我们很难看到当下许多诗歌所表现的焦虑与紧张，更多地发现了力透纸背的生命内在活性。而从更深层次上讲，一次对于“青春无敌”的少女的观察，是如何能够在精神世界转化为对于“智性”的某种探索的呢？我认为这源于其对审美的还原过程。

诗歌这门古老的艺术有着悠久的历史传统，并且在漫长的发展历程之中形成了一套美学品质，读者也在长期的文化浸染之中形成了相对稳定的审美期待，即便人们走入了现代主义视野，走入了消解、调侃、解构的时代，传统诗学中的雅致、浪漫的审美风尚也依然在人们的潜意识层面占有一席之地。90年代以后，随着社会环境的转型，诗歌的审美品位也发生了极大转变：80年代的崇高与激昂面临着普遍失效的危险，而一些直接介入生活现场的诗歌开始大行其道。但需要指出的是，随着诗歌流通媒体的立体化程度越来越高，90年代的诗歌在呈现出多样化审美倾向的同时也往往是泥沙俱下的。“一些亲临‘生存现场’的‘生活流’诗歌充斥的是庸俗、肤浅、粗鄙、琐屑的‘美学’趣味”①，这也导致了部分诗歌向着过度审丑的方向滑落，从

① 王昌忠：《中国新诗中的先锋话语》，学林出版社2008年版，第240页。

而不断消解着大众对于美好的审美期待，也消耗着90年代诗坛的活力。《野兔》在文本上并不晦涩，甚至有些直白，这个作品如特写镜头般再现了一次审美过程，这次审美源于对于异国女郎青春、活力与健美的瞬间把握，整个作品并没有停留在对于肉体官能性感受的挖掘，而是始终在精神层面游动。这种对于生命青春活力的凸显，似乎也显示了胡续冬相对明朗、健美的审美倾向，也表现出对于审丑贬值的某种反拨意识。

我们再来看他的另一首诗作：

把宝石放进莲花，/就能看见你在哪里：/骑一座流浪的雪山，/沿江啜饮月光里的欢喜。/你眼中有慈悲流溢。

——《五周年的五行诗》

相较于胡续冬的其他日常化风格较为浓烈的作品，这首诗表现出他回归来源于个体精神世界的生存经验的创作倾向。在此诗中，具有冲击力的语言背后隐藏着庞杂的经验，并将修辞的力量附着于这些经验之上，从而形成了对经验的“陌生化”处理，使其在不断的惊喜中交叠，成为“精彩的废话”（姜涛语）。此诗中“欢喜”“慈悲”等佛家语汇的加入，建构出整首诗的具有内向性的情感场域。当然，跳脱于世俗热情、回到关于永恒意义的思考也是胡续冬诗歌的重要组成部分，这似乎也更符合大众对于诗歌审美风格的传统追求。这种在诗歌中对“美”、对重大主题的坚持，既是胡续冬为规避诗与现实事境脱节所作的努力，也可视作其对“智性”维度的开掘。

二、背向“现代”，朝向本土

和许多“70后”诗人一样，胡续冬的诗路成长历程是与改革开放以来中国大陆城市的成长道路同步的。伴随着城市现代化程度的不断提高，工商业城市在诗歌作品中愈来愈朝着理性化、客体化的趋势转变。由此，不少诗人的作品中开始体现出对城市物质化面貌的审视与批判。

从更深的维度来看，许多诗歌表现的是个体在消费社会的后现代语境之中的生存快感与生存焦虑之间的剧烈张力，诗人们在对现代文明的黑暗面进行不懈批判的同时，也置身其中难以自拔和逃脱。正如李欧梵指出的：“历史愈往前进，文化的危机感也愈强，也愈要反抗这种直线前进式的现代时间观念。”[①] 对于诗歌来说，就是要表现出生命个体在现代与传统的文化夹缝中同现实世界敏感的互动关系，这便涉及了陈超曾经所提出的“深入当代”的问题：即“如何在自觉于诗歌的本体依据、保持个人乌托邦自由幻想的同时，完成诗歌对当代题材的处理，对当代噬心主题的介入与揭示”[②]。面临着拜金主义风潮和权力主义话语权威的双重暴力，是否需要激活诗人生活状态中对于当代生活的生存规律的此在性价值的挖掘与认知，与是否诗人应该选择遁逸于当代生命经验之外而重返个体存在维度的两种诗艺之间，存在着某种二元对举模式的内在张力，而对这个核心命题最大限度的诗化体现，便集中体现在诗人对于城市/乡村二元对立关系的处理之中。

“现代性”一直为现代人所困扰，作为城乡二元结构在现代化过程中的阵痛人群，异乡人的生存状况始终受到“70后”诗人的关注：一方面，许多“70后”诗人经历了社会体制的转变与风尚的革新，经历了多年艰苦的求学生涯，对于许多漂泊于城市之间的务工者的生存状况有着深切的感受与同情；另一方面，日常主义诗人们不懈试图探求关于“日常性”和“现代性”的内在联系，这种联系便在从城市化水平较低的农村而来的外来务工者的身上表现得更为突出。因此，从某种程度上而言，再现外来务工者在城市中的生存状况，既是对于诗作者对于日常性题材的开掘，又彰显了现代人的“无根性”隐疾：

来京三月，柱子终于找到一份/体面的差事：到北大刷广告。/他到工地上和老乡辞别，并从克扣他工钱的头头那里讨回了/“牛逼”二字。柱子的土坷垃脸上/春意融融，蛤蟆西装裹紧/青蛙背心，手提糨糊、排刷/和怯生生的辍学记忆，把广告/死死夹在胳肢窝下腥臊的兴奋里：/李大哥说那上面写的是叫人去加拿大/种树养娃；李大哥还说/北大很大，他家的黄狗在里面/跑不到头就会累趴下——果真如此……北大的公告栏上，几

① 李欧梵：《未完成的现代性》，北京大学出版社2005年6月版，第64页。
② 陈超：《深入当代》，《磁场与魔方》，北京师范大学出版社1993年版，第326页。

十张广告/全都刷得像烙饼紧贴锅底。他/蹲在地上，捡了根烟头犒赏自己，/看几个穿西装的同行还在/刷其他国家的种树养娃，心头/摘下一朵香喷喷的劳动红花。/这时一串凶巴巴的吐沫星子/突然把一个戴眼镜的小胖姑娘拉到/他面前："统统给我撕掉！/你刷的 GRE 盖住了我的诗歌节海报！"

——《柱子到北大刷广告》

"柱子"所呈现的，是一个复合性形象。"柱子"是无数外来务工者群体中的一分子，他的城市生涯与许许多多从农村来到城市的务工者有着相似之处。全诗充满了"柱子"在城市化过程之中表现出的与现代都市人价值尺度之间的不协调与不同步："柱子"一边"裹紧西装"，干着"体面"的差事，一边却以"种树养娃"这个更具农业生活气息的概念去界定都市生活；一边单纯朴实的劳动，一边又被"胖姑娘"以调侃的方式将自身的劳动价值消解。诗中所呈现的一系列矛盾与摩擦，凸显出社会在现代化转型过程中那些处于城乡结合之"夹缝"的个体的生存困惑。

"柱子"无疑凝结着诗人自身对于现代性的思考。作为一个身在北京的异乡人，胡续冬不可避免地感受到了"现代性"文化流对异乡个体价值观念的冲击，在价值尺度上也有着身处文化夹缝之中的焦虑，因此在都市表现与乡土回望之间呈现出"精神漂泊"的创作姿态。从更深角度来看，这也表现出现代人在都市机械生活之中缺乏精神依托的"孤儿意识"：

太平洋大厦的第十三层，/亚细亚的孤儿在风中哭泣。/他把羊群赶进电脑，独自/坐在鼠标上数星星。/星星啊星星真美丽，/明天的早餐在 CEO 那里……没有人理会他。/没有人夸奖/他小眼睛的水灵和/青蛙 T 恤上的葱心绿。他只有开动罗大佑的扫描仪/把顽皮的幽灵存进服务器，/让这 IT 世界的未来主人翁/在通往天国的光缆上飘来飘去。/而在太平洋，亚细亚的孤儿/仍在中央空调的风中哭泣。

——《亚细亚的孤儿——为马骅而作》

实际上，在整个"70 后"诗群中，"异乡人"的感怀已成了一种创作倾向，例如胡应鹏的《蜗居在城市的乡下人》等。这也体现了整个“70后”诗人群体在社会变革期的某种焦虑：一方面，他们离开乡村走向城市，个体精神身份的转换往往难以与社会身份的转换同步，“异乡人”的身份界定又在潜意识层面不断冲击着诗作者的创作经验；另一方面，多年的离家生活使得价值观念不断地受到城市现代文化的修正，这使得重返乡村、试图找回个体精神的支撑点也变得更为困难，从而陷入了传统文化与现代文化、乡村经验与城市经验共同构筑的精神围城。

现代工业生产对人类官能性的持续刺激，对于诗歌来说不单单带来了观念的创新，同时也带来了语言的丰富。胡续冬是一位十分重视语言的诗人，其诗歌语言往往融合了多种语言元素，呈现出一种时尚与传统、幽默与庄重、猥亵与崇高的并生互容。典型的是这首《太太留客》：

> 昨天帮张家屋打了谷子，张五娃儿/ 硬是要请我们上街去看啥子/《泰坦尼克》。起先我听成是/《太太留客》，以为是个三级片/ 和那年子我在深圳看的那个/《本能》差球不多。酒都没喝完/ 我们就赶到河对门，看到镇上/ 我上个月补过的那几双破鞋/ 都嗑着瓜子往电影院走，心头/ 愈见欢喜。电影票死贵/ 张五娃儿边掏钱边朝我们喊：/“看得过细点，演的屙屎打屁/ 都要紧着盯，莫浪费钱。”…… 电影开始，/ 人人马马，东拉西扯，整了很半天/ 我这才晓得原来这个片子叫“泰坦尼克”，/ 是个大轮船的外号。那些洋人/ 就是说起中国话我也搞不清他们/ 到底在摆啥子龙门阵，一时/ 这个在船头吼，一时那个要跳河……

方言的介入使得此诗呈现出某种“原生态”的语境景观，立足于家乡传统文化（特别是语言）结构，诗文本也通过俏皮、灵动的土话与方言将其推向了个体生命此在性的哲学节点。一方面，方言可以被看成是地方文化的隐喻载体；另一方面，一旦方言进入诗歌，它便会因诗歌本体的内在规律性而表现出不同于其固有内涵的赋义维度。正如王家新所说：“虽然我们使用现代汉语写作，但一旦进入诗歌，它就会成为另一种语言，即在现代汉语这样一个大的语境与系统中自成一种语言。”① 胡续冬所使用的方言——四川方言②——具有独特的语言模式、鲜明的地方文化色彩，因此在文学作品中往往具有很强的艺术感染力。蜀人历来豪爽，因此四川方言在诗歌文本中往往具有很强的颗粒感和粗糙性，同时四川方言在语词的音乐性上也具有鲜明的特点，因此，当四川方言进入诗歌语词环境之中时，也具有一定的幽默性。敬文东曾把四川方言的特点总结为“肉体性”，他认为“它（指四川方言）始终从近处取譬，很少把目光移向远离自己身体周围的虚拟空间和事物，即使是谈到这些空间和事物，也给他们赋予了强烈的反讽、戏谑的色彩”③。从《太太留客》不难看出，乡下人对《泰坦尼克》的欣赏删除了对于影片艺术深度的思考，更多是从人类自身的猎奇本能出发，从而得出了“活该那个船要沉”，和“粉子排成电影肯定好看”的结论，消解浪漫的同时又维护了现实生活的合理性。

但是，我们需要关注语词背后的广阔的隐喻世界，“语言的隐喻功能和自述性天然葆有一种浪漫主义情怀，它向往高处的位置，也向往别处的生活，向往逃脱对事境的贴近式陈述”④。在语言层面，与那些沉醉于技艺性的探索相比，胡续冬似乎更倾向于性情的自然表露，他的诗语体系节奏更具口语风格，语言更为欢快、明朗，并不执着于语言层面的把玩琢磨。值得注意的是，胡续冬诗歌的语言有着一定的与“语言狂欢”风潮相区分的自觉，他在尽可能获得创作快感的同时，力避滑入“写作大于诗歌本身”的危险，因此在语言选择上体现出了某种艺术上的节制。这使得其诗歌创作显示出既有别于单纯的学院性写作的隐蔽姿态，又不同于口语化写作中一泻千里的浪漫以及直入生活现场的自我狂欢。

在对于乡土题材的表现方面，方言的确有着先天的优势，即使面临着消费文化时代语言爆炸、信息爆炸的特定语言环境，日常话语似乎也很难从诗语言系统中得到松绑。《太太留客》中的语言在表层上符合日常话语体系中的语言逻辑与语法结构，但如果将整个诗文本保留，而对诗歌结构进行破坏与消解，就会发现，如果脱离了语境的内

---

① 王家新：《为凤凰找寻栖所——现代诗歌论集》，北京大学出版社2008年版，第274页。

② 胡续冬是重庆合川人，按照现在的标准，重庆方言与四川方言应该是两个不同的概念，但据胡续冬表示，儿时他们根本不区分重庆话和四川话，所以本文将胡续冬的方言做四川方言处理。

③ 敬文东：《中国当代诗歌的精神分析》，中国社会出版社2010年版，第125页。

④ 敬文东：《追寻诗歌的内部真相——论诗歌的四大关系》，见臧棣等编《激情与责任》，人民文学出版社2002年版，第268页。

在赋义，整首诗更像是一本方言版流水账。将《泰坦尼克》误认为《太太留客》，也许说明了主体在当代环境中所面临的“桃色遐想”，但更多的是诗歌语言系统在面对流行文化（特别是迎合构图时代要求的影视文化）的视觉冲击下的悸动和陌生；而四川土话与潮流词汇的使用，则表明身处信息时代大潮中，诗人自身的语言系统因遭到社会潮流文化的冲击而变形重构，最终实现了对信息的反向加工，并借助一种土洋结合的方式来构成对于现代文化本身的软暴力，以及诗人自身可以任意使用各种语言杂糅混搭的自由感。于是在胡续冬的作品中，我们会发现现代生活的林林总总：

> ……穿着天线宝宝T恤衫的兄弟按原路逃跑。逃啊逃，逃啊逃，风偷偷地把地图调包。暗黑摩托车穿过透明的写字楼、职业经理人、哥特摇滚、奥运精神、坏账率和英特尔双核处理器……
>
> ——《中关村》

有论者指出，胡续冬的语言“把新的旧的、古老的时尚的、电脑词汇外语词汇四川土话、正文镶嵌引文等质地相悖的词汇一锅煮，从中体验词汇组合时那种自由与文化施暴的快乐”①。语言构成的驳杂为人们展示出现代文明背景下个体生存境遇的矛盾性：一方面，潮流与时尚词汇不断冲击着人们固有的语言场和价值尺度，诗人们不断接受着伴随西方后现代主义浪潮滚滚而来的语言体系，但发展中的中国在很大程度上依然被认为处于前工业社会时期，无论从文化还是心理上都显出准备不足，这难免会使他们产生语言向度的水土不服。另一方面，正是由于这种水土不服的存在，使得诗人们得以充分发挥民族个体文化基因，重新解构一系列时髦潮流词汇，并依照自己的方式重新建构其内涵，以此获得解读潮流的权威，并在自由运用这种权利不断重新组合语言、堆砌语言的过程中得到属于文化建构者的创作快感。

总之，回避海子式的崇高神性与抒情高烧的空洞危险，回避口语狂欢和自我暴露的诗意贬值，回避对于隐晦的个体经验的过度深入，努力把握诗歌本体在现代化过程中的精神主轴与“根性”诉求，是胡续冬诗歌创作的一大倾向。这也许为当下诗歌如何表述中国经验，提

① 罗振亚：《近二十年先锋诗歌的历史流程与艺术取向》，载《诗探索》2005年第1期。

供了一个新颖的思路。

三、从“屌丝”通向缪斯

近年来，“屌丝”一词随着贴吧（BBS）亚文化圈的兴起而迅速在坊间蹿红。大体来说，“屌丝”一词的大意应该是物质生活条件平平的普通民众，对于个体相对落后的生存环境的某种自我解嘲。从实质上说，“屌丝”文化矛头指向的是生活物质条件更为丰富的精英群体文化圈，因此，“屌丝”文化更多体现了平民性的诉求。“屌丝”们自我解嘲，却哀而不伤；自我关怀，却处处体现着普通人的冷幽默和生活智慧。统观胡续冬的诗歌作品，这种“替普通的自我”写诗的精神似乎也成为一种姿态。

实际上，早在“第三代”诗人那里，借助日常生活的力量实现对真实生命个体生存状况的洞察，已成为一种风尚。他们以此作为对抗“朦胧诗”所带来的空洞抒情高烧的武器，从而构建诗歌之内的“日常生活审美”趋向。受“第三代”诗人的影响，不少“70后”诗人也在诗歌中践行着“日常主义美学”。不过，“70后”诗群对于诗歌“日常性”的建构方式，也呈现出较为驳杂的态势，大体可分为两脉：其中一股承继了“第三代”诗人开创的“平民诗”路向，坚持口语和本土化诗学，这一脉以沈浩波、江非等为代表；另一股是坚持了“文化诗”经由“知识分子写作”开掘的对生活有距离批判自省的智性写作诗学，以姜涛、胡续冬等为代表的泛学院化创作，具有浓厚的文化气息。

一直以来，胡续冬本人以“中年猥琐文艺屌丝”自居，这让人不禁想到如下问题链：1. 创作主体“屌丝”是否意味着诗歌文本本身缺乏深度？2. 诗歌内容“屌丝”是否意味着作品缺乏深度？3.“无深度”文化倾向与日常主义创作的内在区别与联系是什么？我觉得对这些问题的分析，不妨通过一个文本来进行：

> 安娜·保拉大妈也写诗。/她叼着玉米壳卷的土烟，把厚厚的一本诗集/砸给我，说：“看看老娘我写的诗。”/这是真的，我学生若泽的母亲、/胸前两团巴西、臀后一片南美、满肚子的啤酒/像大西洋一样汹涌的安娜·保拉大妈也写诗。/第一次见面那

天，她像老鹰捉小鸡一样/把我拎起来的时候，我不知道她写诗。/她满口“鸡巴”向我致意、张开棕榈大手/揉我的脸、伸出大麻舌头舔我惊慌的耳朵的时候，/我不知道她写诗。……千真万确，安娜·保拉大妈也写诗。凭什么/打嗝、放屁的安娜·保拉大妈不可以写/不打嗝、不放屁的女诗人的诗？我一页一页地翻着/安娜·保拉大妈的诗集。没错，安娜·保拉大妈/的确写诗。但她不写肥胖的诗、酒精的诗、/大麻的诗、鸡巴的诗和肌肉男的肌肉之诗。/在一首名为《诗歌中的三秒钟的寂静》的诗里，/她写道：“在一首诗中给我三秒钟的寂静，/我就能在其中写出满天的乌云。”

——《安娜·保拉大妈也写诗》

在开头的几行内，可以明显读出一种对于安娜大妈是否保有诗歌创作权限的怀疑态度，与其说这种怀疑源于作者本人对于安娜的了解，毋宁说是诗歌的受众群对诗歌创作主体权威所存在的“感受谬见”——读者往往习惯性地按照自己的个性喜好为诗作者假定出一个社会人身份，认为浪漫的诗句必然出自于浪漫潇洒的诗人笔下，从而遮蔽了诗作者的日常生活与创作生活之间的内在差异。其间或许隐含了米沃什所说的作为一种身份的“诗人的焦虑”：“在这类时刻，他们感到自己的高雅，感到他们那种使自己变得很难懂的‘文化’，因此他们感到自己可能成为普通人嘲笑的对象，后者觉得他们的职业是无男子气概的。”① 因此，在作诗者与安娜·保罗大妈之间，似乎也预设了某种对立的姿态，即“在这一切背后，精英与普通市民之间互相怀着敌意”②。

而反过来从整首诗来看，胡续冬似乎又在为读者揭示着一种发现性的惊喜：在诗中不断地重复着作者对满嘴脏字、行为粗俗的安娜·保罗大妈竟然能够写诗的怀疑，这种情绪通过不断地发酵最终在文本的最后得到纾解，在读者惊讶于安娜大妈浪漫的诗心的同时，也围绕着整个文本建构起在诗艺维度上自我悖谬的逻辑环：诗艺只源于“神启”式的天才——日常生活中的“屌丝”缺乏天才，不能达到“缪斯”般的诗艺——安娜·保罗大妈不能写诗——安娜·保罗大妈竟然

① 切斯瓦夫·米沃什：《诗的见证》，黄灿然译，广西师范大学出版社2011年版，第40页。
② 切斯瓦夫·米沃什：《诗的见证》，黄灿然译，广西师范大学出版社2011年版，第41页。

能写诗——诗艺并非是属于天才的专利——诗艺可能源于日常生活。日常事境的赋义维度使得诗人在对创作主体进行界定时存在某种内在张力："屌丝"的生存姿态与"缪斯"的创作姿态在事实上拓展了思考的纵深，使得一部分诗人的作品呈现出既与现实生活刻意地葆有距离感，又通过文本表现重新还原或重构了日常生活的真实面貌。

90年代以来，诗歌逐渐偏离了社会文化生活的中心，向着"边缘"方向退却。由于社会形势与文化语境的变化，诗歌在80年代所承载的主流文化缔造者的身份逐渐被消解，"反抗异化的悲剧意识"（唐晓渡语）逐步为公众娱乐生活所掩盖，更重要的是，诗歌与社会文化之间所固有的张力对抗结构，伴随着市场化程度的加深而瓦解，这也为九十年代诗歌创作提出了一个十分现实的主题：张力的重塑与转向。从另一个层面来说，90年代诗歌与社会之间张力的解绑事实上也将一个新的问题抛向了诗歌，即在面临"无物"的困境下，如何调整诗歌创作的动力源，协调诗歌在当下时代的审美关系，以获得对诗歌本体的认知和钻研。

毫无疑问，现代生活的快节奏与高压力使得民众对于日常大众娱乐文化的价值要求越来越多地指向了"无深度"的审美标的，民众并不希望作为大众日常忙碌生活中休闲代偿品的文化产品表现出或高高在上的道德感，或遥不可见的距离感，因而"采取一种深奥玄秘的姿态，一种有意与公众疏离的姿态，对他们（先锋诗人）而言，就成了对抗'无深度'的生存现实，坚持诗在现时代的自足地位以及它那不可替代的精神价值的一种策略"①。这种对于诗歌本体的绝对信仰和决绝的创作姿态也体现在胡续冬的诗中：

> 兄弟们，我想念你们。/此刻巴西太阳大如牛，在半空中/顶撞我凶猛的记忆。记忆中的你们/全都年少气盛，手持九九八十一斤重的/诗歌板斧，在二十世纪末最猥琐的那几年里/见佛劈佛、见妞劫妞，见到字词肥厚的美/就一斧子剁下来下二锅头……
>
> ——《写给那些在写诗的道路上消失的朋友》

新世纪以来，中国诗歌经过一波波"先锋"实验之后似乎开始孕

---

① 李振声：《季节转换："第三代"诗叙论》，复旦大学出版社2008年版，第198页。

育着新的张力。胡续冬的诗歌在对周遭的日常生活给予持续关注的同时，依然保留着对严肃主题的关注，并表现出回归诗歌本体的倾向。他为恢复、创造诗歌与文化之间张力所做的努力，则给当下诗歌艺术的深化提供了更多的可能。

四、开放的国际视野与维度

值得注意的是，在胡续冬近年来的诗歌创作中，有一种既补充、又强化上述特点的国际视野和维度。相较于不少诗歌越来越趋于个人化乃至私人化，胡续冬诗歌的这一维度格外值得珍视。

谈及胡续冬诗歌的国际维度，需要对其比较重要的一段海外经历进行梳理：2003 年夏天，胡续冬被派往巴西利亚大学任教，在自学葡萄牙语的同时先后游览了里约热内卢、萨尔瓦多、帕拉奇、夏巴塔等地区，并完成了一系列创作，同时受邀并发表葡文访谈《被想象的当代中国》；2004 年年初，身处异域的胡续冬开始了其博客写作生涯，同时涉及其他文学形式的写作，直至 2005 年，胡续冬从巴西出发，取道法国回国。其巴西任教时期所创作的诗歌作品，主要收录在诗集《旅行/诗》中。

巴西，这个坐拥着 800 多万平方公里面积以及约两亿人口的庞大国度，一直以来就满溢着人们对于拉丁美洲大陆的文化想象。热带气候所带来的壮美风光以及巴西桑巴的热情奔放一直以来都成为拉美艺术表现中所不能回避的重要资源。同样，胡续冬在巴西利亚大学任职的一段时间也创作了一大批饱含巴西经验的诗歌习作。值得注意的是，胡续冬在这一时期的作品呈现出了更具有多元性的诗歌张力，国际视角与异国经验的介入丰富了其本就个性化十足的诗艺空间。

一个热情的大陆，对于一个饱含热情的诗人来说无疑存在着巨大的诱惑，随之而来的是这种异域文化对于创作视野的拓展以及题材的转变。在一组总题目为《地图之南》的作品中，胡续冬便呈现出了与之前的《太太留客》等一批日常化、本土化气息所不同的“国际范”：

大西洋在逼仄的巷道里发酵，/令阁楼更软，山势更糜烂。有轨电车/载我看时间的匀称感，街边走过的人/身体里都盛满了海水和昨日之慢/我欲在此颐养天年，在棕榈树下/一个满墙藤蔓的院子里躺着抽水烟，/我的诗却很不稳重，独自闯进茉莉街角/一间沙哑的酒吧，去把黑夜诱奸。

——《桑塔特雷莎》

桑塔特雷莎是里约热内卢城最古老的街区，同时也是里约热内卢最具波西米亚风情的地标符号。从某种程度上说，巴西时期的胡续冬展现了其诗歌创作中相对沉静的一面，诗歌节奏趋向于“轻”与“慢”的一脉，或者说胡续冬开始对以往“大大咧咧”的创作气质有所警惕，克制对信息与文化的自由施暴所带来的快感，转而沉潜于对诗歌内向性空间的挖掘。如在之前提到的《安娜·保拉大妈也写诗》中，可以发现隐伏在豪放粗俗的安娜·保拉背后的那个可以写出“满天乌云”的、冷静的主体形象，伴随对安娜·保拉大妈粗线条处理而出现的，是对诗人身份与写诗权限的思考以及充分的人道关怀。这一方面源于胡续冬在巴西享受着相对慢节奏的城市生活所带来的思考空间，另一方面则源于胡续冬的“东方”身份所带来的与巴西本土经验的距离感，并且这种距离感也同样作用于胡续冬对于中国大陆的认知与想象当中：

从旷野上走来的良人啊/走进了耳朵眼就可以休息。/夜间没有鸟，但有一只知了/趴在秒针上鸣叫。/你那边几点？在这里、在科里纳，/寥寥几幢公寓楼撑不满/我的睡衣。我不是我的瘦身躯，/巴西也不是巴蜀以西。

——《科里纳》

另一方面，相对于身体在巴西的安逸，胡续冬的思想却“很不稳重”。巴蜀与巴西，身处异乡的他试图在两个地域之间寻找诗歌的位置。无可否认，胡续冬写于巴西的部分诗歌中葆有着强烈的思乡情绪，但更值得注意的或许是他在中巴文化交流之际所表现的姿态。在一定程度上，胡续冬写于巴西的部分诗歌里呈现出两个胡续冬：一个相对巴西文化而出现的来自东方的胡续冬，一个是相对乡土文化而出现的游子胡续冬。关于两种文化各自的想象以及关于两种文化对撞的想象，也使得胡续冬的诗观比以往更为茁壮和饱满，下面这首习作也许可以更好地描述他的文化身份：

……你叫什么？叫我 Hú，汉语里的/第二声，不是英语里的 Who……

——《帕拉诺阿湖》

此外还应该留意一个问题，就是胡续冬在巴西时期的个人生活的变化：首先是他与女友开始了网上热恋，并且其女友曾不远万里来到巴西探班，胡续冬也有如《松鼠》等送给女友（太太）的作品；其次是他在遥远的异国度过了自己的 30 岁生日，而他对于“三十而立”这个时间概念是十分敏感的，从《旅行/诗》的“巴西”一辑中便可捕捉到他对“30 岁”的警觉：

……穿堂风吹开我身体里/那些渺小而鲜活的门窗，/令我快慰于那些遥远的树叶的拂动：/那是我年迈时种下的一棵树，/它的名字可能叫柳树，也可能/叫近似无限透明的 30 岁的巴西梦乡。

——《穿堂风》

……告诉这家伙，把驼背挺直一些，/告诉这家伙，要勤劳、义勇、爱起来不眨眼，/告诉这家伙，回国后多和朋友们见面，/这家伙胆敢缩在南半球的一角活过了第三十年。

——《这家伙》

可以看出，胡续冬对于在巴西度过 30 岁生日是惊喜的，他曾如是说：“……另外一个变化其实也和治愈有关。我是在巴西期间步入而立之年的。……在去巴西之前，我是个性格容易走极端的二逼文艺青年，‘三观’拧巴得不成形状，还经常愤不拉叽地怨天尤人。在巴西遇见的那些乐观豁达的人、喜感乱溅的事，以及弥漫在巴西上空的那股随遇而 high 的气息，都悄悄地渗透到了我的体内，篡改了我的性情编码，我多少有些像费尔南多·佩索阿一样，在自己的灵魂中发明出了另外一个我：一个外挂哈哈大笑内置 inner peace 的普通中年。”①

① 胡续冬：《去他的巴西》，南京大学出版社 2012 年版，第 321 页。

而这种心性上的转变也充分地作用到了胡续冬的诗歌创作中，在不断展开对巴西经验书写的同时，桑巴文化也在不断重塑着胡续冬的诗歌轮廓。在胡续冬眼中：“‘巴西’一词就像我和妻子养的那只名叫阿克黄的胖猫一样，永远不会走出我们的家门，它是漂移在我们房间里的、吉马朗埃斯·罗萨所说的‘河的第三条岸’。”①

通过上文选取的四个视角，我们似乎可以为胡续冬的诗歌梳理出一些相对清晰的脉络。但毫无疑问，胡续冬的诗歌创作依然处在发展期，对其诗歌倾向还不能做出定论，因此其诗歌特点进行盖棺论定式的研究也是困难的。也许，这正是胡续冬诗歌的潜力和给人的期待所在吧。

[作者系首都师范大学文学院研究生]

① 胡续冬：《去他的巴西》，南京大学出版社2012年版，第321页。

CONTENTS

(Contents Translated by Lian Min)

图书在版编目（CIP）数据

诗探索. 第 3 辑. 理论卷 / 吴思敬主编.
—桂林：漓江出版社，2014.11
ISBN 978-7-5407-7369-4
Ⅰ.①诗… Ⅱ.①吴… Ⅲ.①诗歌—世界—丛刊
Ⅳ.①I106.2-55
中国版本图书馆CIP数据核字（2014）第 258344 号

诗探索　2014　第3辑　理论卷

主　　编　吴思敬
责任编辑　庞俭克　李　敏
封面设计　石绍康
责任监印　周　萍

出 版 人　郑纳新
出版发行　漓江出版社有限公司
社　　址　广西桂林市南环路22号
邮　　编　541002
发行电话　0773-2583322　010-85893192
传　　真　0773-2582200　010-85890870
邮购热线　0773-2583322
电子信箱　ljcbs@163.com
　　　　　http://www.lijiangtimes.com.cn
　　　　　http://www.Lijiangbook.com
印　　制　北京大运河印刷有限责任公司
开　　本　787×1092　1/16
印　　张　13.75
字　　数　205千字
版　　次　2014年11月第1版
印　　次　2014年11月第1次印刷
书　　号　ISBN 978-7-5407-7369-4
定　　价　50.00元（全二册）

《诗探索》编辑委员会在今年的工作中依旧坚持：

发现和推出诗歌写作和理论研究的新人。

培养创作和研究兼备的复合型诗歌人才。

坚持高品位和探索性。在办好“诗探索中国新诗会所”的基础上，建立《诗探索》的有效读者群，办好不同层次的几种诗歌活动和诗歌奖项。

本年度依旧向全国 100 所大学图书馆，100 名诗歌研究专家，100 位优秀诗人和 60 家文学期刊的主编赠送《诗探索》。

诗探索

2014 第3辑

作品卷

主编 林莽

《诗探索》启事

《诗探索》自2012年起由漓江出版社出版，每年出版4辑，每辑定价50.00元（含理论卷、作品卷各一册），读者可在当地新华书店购买。

感谢您多年来的支持和厚爱！

目　录

// **驻校诗人杨方特辑**

编者的话

中国诗歌自新世纪以来的十几年间，呈现了一个新诗史上相对繁荣的局面。各种写作方式多元共生，多种媒体不断扩展，诗人作品有了多种的出口，传播方式和传播速度空前。纸媒、网络，近期迅速升温的自媒体，更是为中国诗歌的传播加速。它们推动了诗歌写作与研究的上升与发展。

中国新诗的纸质媒体，由20世纪90年代初的十多家，几乎成倍地增长。从那时的诗人发作品难，到今天的许多诗人的作品多处多次重复发表，以一组诗反复获奖的情况也时有发生。

尽管中国诗歌在当前的社会生活中地位不高，但诗坛自身却异常活跃。各种国际、国内诗会，各种诗歌奖项，各种诗歌朗诵会，讨论会层出不穷。一家诗歌微信平台宣布自己有一亿关注者。查看它的关注度，它的每一次发布，确有几万读者访问。

这是以往中国诗坛从未有过的诗歌现象。欣喜之余，我们想回到诗歌自身，中国的确是一个有着悠久的诗歌传统和深厚的诗歌文化的国家，我们自身的血液中有着不可忽略的诗歌基因。作为诗歌的大国，我们有着众多的伟大的诗人和经典的诗歌作品，我们的百年新诗，同样也取得了辉煌的成绩，也有着堪称经典的众多优秀作品，这些都是不言自明的。

作为严肃的诗歌研究者和学术刊物，我们还是看到了目前诗歌发展的问题所在。我们的诗人们在当前的情况下，缺少应有的反思和节制，我们的诗歌作品写得太快，太多，我们的诗歌媒体门槛变得太低。

我们近年来的诗坛多元而驳杂，优秀的诗人依然是凤毛麟角，优秀的诗歌作品更是稀缺的资源。倒是有很多的浮躁，随意，结构松散，语言浅薄的一般之作；还有猥琐，猎奇，缺少良知，以丑惑众的劣俗之作；或是套用概念，貌似先锋，徒有其表的自欺欺人之作混淆视听，贻害诗坛。

从一片喧嚣中，沉静地面对文本，需要一种定力。我们也看到，我们一批有文化修养的诗人，他们潜心写作，认真地面对自己和自己认知的世界，用认真而严肃的艺术精神，用诗歌记下自己的心路历程。在这些诗人的努力下，我们的诗歌意识已经可以比肩国际诗坛。

问题和成绩是同时并存的，诗人和编者的自律，决定着一个诗人或一家刊物的发展与价值。时间会检验每一个诗人和每一家媒体。古往今来，只有那些虔诚地面对生命感知与体验的诗人才会被人们不断地发现和热爱。

《诗探索》就是在这样的理念下，在不断地为中国新诗的发展而工作着。

本期作品卷有四大栏目，六个子栏目，发表了近二十位诗人的作品和评述。其中较集中的栏目是《诗坛峰会——推荐与展示》和《驻校诗人杨方特辑》。

诗人杨方是2013—2014学年的驻校诗人。特辑中发了她的入校和离校讲话，两篇对她作品的评论文章，选自诗集《骆驼羔一样的眼睛》中的一组诗。近些年，她的诗从简单走向丰富，从稚嫩走向成熟。她诗中源自生命深处的忧伤没有消失，她诗中对少年时代生活的那片土地刻骨铭心的爱没有消失，生命的痛感，以及发自心底的真挚的呼唤，对文化的敬畏和对大自然的爱，对他者的理解与同情，是这些构成了杨方诗歌作品的基本品质和感人至深的力量。

胡杨和伤水的诗，一个质朴真切，一个执着探索，都在诗歌之路上走过了近三十年的时光，获得了一定的成绩。他们在工作上也都取得了很好的成绩，既是诗人，也是工作中的专家。他们代表中国诗歌最坚实的力量。

苏历铭和朱凌波的对谈，让我们再一次回顾了20世纪80年代大学生诗歌那一代人的心灵历程，以及那个时代的人与事，有很好的研究价值。本栏目中邱景华对伊路诗歌的细读值得一读。

《汉诗新作》中《新诗5家》和《短诗一束》的作品各有特色，是当下新诗写作的反映。

这本作品卷与大家见面时，北方满目秋色，色彩斑斓，南方风爽秋高，让我们为又一个秋天的到来，为我们诗坛的一步步走向澄明而努力。

2014年9月

诗坛峰会

探索与发现

汉诗新作

驻校诗人杨方特辑

推荐与展示

诗人胡杨

作者简介：

胡杨：1966 年生于甘肃敦煌。中国作家协会会员、甘肃文学院荣誉作家、大学兼职教授、文化学者。《中国国家地理》《人民日报·海外版》特约作家。曾参加第 23 届青春诗会。

胡杨

胡杨创作年表

1966年3月10日出生于甘肃敦煌莫高镇，与敦煌莫高窟相隔十余公里的戈壁。

1975年，在敦煌莫高窟生活一年。

1985年开始诗歌创作，当年，在《星星》诗刊发表处女作。并在《当代诗歌》《飞天》《飞天诗报》《拉萨河》《甘肃青年》《小白杨》等发表诗歌作品40多首。

1989年荣获《诗神》月刊社举办的昌黎酒神杯新诗大奖赛优秀作品奖。

1990年当选为甘肃省青年诗歌学会副会长，与阳飏、古马、人邻等创办《敦煌诗报》。

1991年出版个人诗集《西部诗选》。

1992—1998年，陆续在《诗刊》《中国作家》《星星》《绿风》等发表诗歌作品。

1998年，出版西部人文地理图文书《西北望》。

2000年，诗歌《故乡（外一首）》选入由中国作家协会主编的《2000年中国诗歌精选》，之后，其作品多次入选中国作家协会、诗刊社主编的中国诗歌年度选本。

2003年，出版散文集《东方走廊》、诗集《敦煌》，发行6000册。

2001—2007年，在中国摄影出版社、新疆人民出版社等出版西部人文地理图书《神秘故城》《名胜古迹》《绚丽风光》《天下雄关》《天下雄关与丝绸古道》《古道西风》《敦煌雅丹地貌》《张掖丹霞地貌》《永远的敦煌》《西部神韵》《走进罗布泊》《中国胡杨》等，总发行量十余万册。为《中国国家地理》《华夏人文地理》《中国旅游（香港）》《户外探险》等杂志特约撰稿人。

2001年，散文《西北望》在中央电视台散文栏目播出，并获得甘肃省敦煌文艺奖。

2002年，散文《嘉峪关下》被选入畅销书《中国西部人文地图》，同时，该文被选入《新课标中学生人文读本》。

2003 年，散文《遥远的城堡》被拍摄为电视专题片，并荣获甘肃省五个一工程奖。散文《天界随想》被拍摄为电视专题片，并荣获第二届甘肃省敦煌文艺奖。

2005 年，组诗《长城地带》荣获《飞天》十年文学奖。同年 10 月穿越罗布泊，成功考察了楼兰等西域古城，其长篇系列散文《走进罗布泊》在多家报纸连载，在《户外探险》《中国旅游（香港）》等登载。

2006 年，被甘肃省文学院授予荣誉作家称号。

2007 年，荣获甘肃省黄河文学奖。其诗歌在《诗潮》“中国当代诗歌扫描”，《星星》“每月推荐”“文本内外”，《绿风》“西部诗人”等重点栏目推出。11 月，承担《中国国家地理》年度重点选题“沿着石窟的走廊，佛走进了中国”，并在当月杂志发表；12 月参加第 23 届青春诗会。

2008 年，加入中国作家协会、中国电视艺术家协会；《作品回放：诗 18 首》《新作展示：诗十四首》等入选《诗刊》第 6 期“诗人档案”栏目；参加《中国国家地理》极地探索活动，深入阿尔金山自然保护区，完成了对世界海拔最高的大沙漠的考察活动，被列为百年地理大发现，其作品《遥远的阿尔金》发表于《中国国家地理》第 12 期；在《人民文学》第 8 期发表组诗《放马敦煌》（28 首）；完成了对昆仑山、可可西里的探险考察活动。

2009 年，被河西学院聘请为兼职教授；荣获甘肃省黄河文学奖一等奖，甘肃省敦煌文艺奖二等奖；组诗《大片大片的阳光》、创作谈《诗的原野》入选《诗刊》7 月上“每月诗星”栏目；《胡杨的诗》发表于《诗选刊》第 3 期下半月；中篇小说《仕殇》、创作谈《绿洲上的生活》发表于《甘肃文苑》第 3 期“特别推荐”和“文学之路”栏目；荣获由中国作家协会主办的“长江颂”游记散文一等奖。

2010 年，出版散文随笔集《中国河西走廊》，入选“农家书屋”；大型报告文学《罗布泊前沿的生态保卫战》列入中国作家协会重点作品扶持项目；小说《沙娃的夏天》（原发《飞天》第 7 期）入选《小说选刊》第 8 期；中篇小说《官戒》发表于《啄木鸟》第 4 期；中篇小说《新闻部》发表于《飞天》2 月上；入选《诗刊》第 5 期“当代诗人群像”栏目；《晨光》（外二首）发表于《诗刊》7 月下；组诗《绿洲的春天》（31 首）、创作谈《我的绿洲生活》入选《中国诗歌》第 8 期“头条诗人”栏目；在《北方作家》第 5 期发表《胡杨小说选》；组诗《塞上》，随笔《从前的敦煌》《绿洲的基座》，创作谈《诗意的原野》入选《绿风》第2期“三弦琴”栏目；在甘肃省电视艺术家协会第三次代表大会上当选为甘肃省电视艺术家协会副主席；在甘肃省作家协会第五次代表大会上当选为甘肃省作家协会理事；荣获“言子文学奖”“我们的世博”征文一等奖。

2011年，出版《罗布泊前沿的生态保卫战》，同时该报告文学被《国家人文地理》刊登，被《文摘周报》选载，《雄关周末》连载；出版《壮丽的嘉峪关——漫议河西长城》；与18位青春诗会同学出版诗集《北京青春23》；3月，被嘉峪关市委市政府命名为领军人才；被甘肃省外宣办特聘为“多彩甘肃”大型外宣项目撰稿人；完成《人民日报·海外版》文化旅游甘肃段的系列选题；组诗《塞上》（六首）发表于《绿风》第3期“实力展示”栏目；组诗《西部，西部》及照片、简介、创作年表发表于《星星》第5期“双子星座”栏目；组诗《诗人胡杨》及照片、简介、创作年表发表于《诗探索》第1期；完成四幕歌舞剧《天下雄关》《饮马长城窟》的创作，发表于《中国作家》影视版；完成四集电视剧《远山》的创作；诗歌《辛亥、辛亥》荣获《人民文学》辛亥百年征文优秀奖；散文《汉帝国的边防哨所——阳关》荣获全国旅游散文一等奖；参与编写《嘉峪关志》，被推选为嘉峪关市政协委员；作品《嘉峪关下——陆上三峡风电扫描》入选中国作家协会定点生活项目；获首届全国12+3微型小说大奖。

2012年，《胡杨的诗》入选《甘肃日报》“陇上文学精品”；由诗选刊杂志社出版个人诗集《绿洲扎撒》；应读者出版集团之邀，写作《河西长城——月似弯刀》一书；散文《烽火台下》《驴子孝》入选《中国散文大系》；被九粮液集团聘请为文化大使；4月，被选举为甘肃省第十二次党代会代表，参加甘肃省第十二次党代会；5月，编写《嘉峪关传说故事》一书；被酒泉市肃州区聘请为文史专员；6月，应《中国国家地理》之邀，考察黑河，写作《黑河文化地理》。被推选为甘肃诗歌八骏。中篇小说《榆树泉》《新闻部》相继在《飞天》《啄木鸟》发表。《嘉峪关城防设施研究》获嘉峪关市科技扶持项目。作品《风中栖息的英灵》荣获湖北作家协会迎接十八大征文二等奖，被鹳雀楼旅游景区聘请为鹳雀楼文化使者。

2013年，荣获甘肃省四个一批人才称号。被西北师范大学聘请为硕士生导师。在《人民文学》《诗刊》《中国诗歌》《人民日报·海外版》等国家级报刊发表作品20多篇首。出版诗集《绿洲扎撒》，历史文化随笔集《丝绸之路敦煌》中英文版等。拍摄纪录片《卯来泉》在嘉峪关国际短片展展演。在《人民日报·海外版》发表《探访黑山岩画》《文明的坚守》等大型专题；《胡杨：敦煌、嘉峪关和文学梦》入选《甘肃日报》“文学陇军”栏目；《甘肃日报》发表徐兆寿的评论《西部胡杨》；在《啄木鸟》发表小说《伊人》；在《星星》“文本内外”栏目发表组诗《绿洲扎撒》；在《飞天》发表散文《甘南纪事》，被《读者》乡村版转载。

2014年，出版《胡杨的诗》诗集，《陇上长城》散文随笔集，《大地上的敦煌》散文集，《敦煌风俗漫记》《嘉峪关古诗词释读》《嘉峪关非物质文化遗产大观》《大漠英雄树——胡杨》《行走山川》旅游随笔集。在《啄木鸟》发表小说《胜利墩》，在《诗刊》《中国诗歌》《诗选刊》《星星》等发表作品百余篇（首）。被聘为嘉峪关边关第一镇文化研究所所长、紫轩酒业文化研究所所长。

胡杨诗歌 26 首

炊烟升起

远远地，能闻见它们的味道
柴米油盐，在村庄的上空
盘结着心思

远远地，在白杨树梢
一绺炊烟
缠绕着叶片
哗啦啦散开

多数鸟儿
拉起夕阳的幕布
村庄的房廊
燕子的羽翼
也似飞翔的彩虹

坐在自家门口
坐在村口老榆树下
一碗干饭或者面条
剩下一点
放在一块干净的木头上

那一群回归的鸟儿
也是自家的一口啊

山　口

进山，一股风

把人吹个趔趄

进山，狗对着风咬
咬几声
就转回头跑脱了

瘦羊和瘦马
禁不住
这钢鞭一样的风

过了山口
会取了马的一圈膘

春天了
人们双眼盯着山口
看有几只鹰飞过去
看有多少鸟飞过来

再暖和几天
就赶上马和羊
进山里的夏牧场

白毛风

开始时雪
后来那些雪
拧成一条鞭子

开始是一条鞭子
后来一条鞭子和所有的鞭子
合在一块
把大地抽动得颤动

迷路的马
倒下之后就再也没有起来
风头上攥着的刀子
割断了草绳和草根

温暖的炉火
忽明忽暗
像是在交代最后的遗嘱

谁在牧归的途中
找见了自己的帐篷

谁在那不紧不慢的拍打中
丢掉了脚指头、手指头和半个耳朵

这场风停了
就像一场噩梦洗劫了睡眠

那厚厚的一层雪
埋掉了多少哭声

溪　流

小马驹常去的地方
一簇花招惹了蜜蜂和蝴蝶

像是一座秘密的花园
相爱的两只兔子
也深藏其间

只要一声呼哨
饮水的羊
就奔向归牧的方向

溪流哗啦啦推开更多的草
春天、夏天和秋天
像三套衣裳
披在草原
被溪流的纽扣系上

峡　谷

肃北峡谷，宽幅面的石滩
窄的水，一只山羊能过去的地方
狼躲避着

羊道，散落陈年的粪便
风打扫，吹往一处
已积累厚厚的一层

不时有鹰穿越
尖厉的叫声
在峭壁上打滑

悠闲的毛驴车
像是走到哪里算哪里
一缕炊烟扎进夜晚
睡眠就踏实了

有足够的草撑过冬天
把一块又一块的冰
熬成奶茶

这日子越来越暖和
就像刚刚出锅的羊肉一样

高　处

站在高处
胡杨树的尖顶已经褪色
大面积枯萎的树林中
就这一棵
有崭新的绿叶

土塔，像一个人
在沉思

水流极细
装在河谷里
似一条线
亮晶晶的
闪着阳光

站在高处
人的影子拉长
垂下河谷

只有鸟儿飞来
更高的叫声落下来
一切才显得平缓

初　冬

一场风
把羊赶进冬窝子
把水固定在河道的一侧

一场风，马肚子上掉着冰凌

像晶莹的铃铛

一场风，把秋天捆绑结实
埋进雪里

一场风，关紧帐篷的门板和毡帘
一铁锅羊肉冒着热气
香味四散

披紧羊皮大衣
怀里揣着热乎乎的马奶酒
走了很远
回头看见
一柱炊烟
像是草原的马尾辫

野麻湾

只是一股清香的风
就暴露了西瓜地的准确位置

长城的一侧
已有沙子在攀越

前面的为后面的搭建梯子
微型的沙粒
竟然制造了一个缓坡
唤来了风神的登临

而我们，牧人的后裔
挥鞭制止荒芜的侵袭
羊儿的咩叫声
从深草里传来

我们靠在城墙上的肩膀
早已睡着了

一地的西瓜
在这西部沙地
有凝练的糖分
说出只有品尝才能说出的甜蜜

又一群羊走出草地
黄昏的阳光
把一切都染红了
像是自然馈赠的红璎珞

夕　阳

看见红鬃马奔腾而来
是无数匹马，是看不清马脸的
一群马，身子赤红
像燃烧的炭火

长城也不能阻挡它们
越过矮墙，高墙
穿越城门
从垛口爬下
从矩形的城台漫上
绿洲的白杨树梢
那只漆黑的乌鸦
也披了红色的锦缎

戈壁上的华丽
似无可比拟的丝绦铺就
以此安慰那些没入深渊的马

两只羊

两只羊，一大一小
一前一后
从青草到栅栏
被夕阳填补
它们比青草更茂盛

乡村的八月
绸子一样的静谧
被有节奏的羊蹄
轻轻敲击
无意中充当了前行的鼓点
一切因而有情、有意、有力

一片雾气散开而又聚拢
乡村的景致只要认真看一看
就会发现不一样的美
就像这两只羊
悠闲地散步
像是尝试了蜜月的时光

在果园

轻轻的一抹霜
就涂上了果园的腮红

轻轻地拨开杂草
就一脚踩进了深秋

只是仅存的一枚果子
在风中摇摆

眼看就要坠落

只是飘飞的叶子
覆盖了大地的荒芜
薄薄的霜
合上了夏天
张望的眼睛

沉静的果园
收获后的空虚
像光秃秃的枝桠
斜挂在树上

风雪夜

可能是幡被撕扯掉了
原来啪啦啪啦的声音
猛然卷走了

两个人坐在毡垫上
炉子里的火苗也呼呼呼地叫着
像丢了一个同伴

两个人不说话
心里的话却挤成一团
真想到外面的风中
让风把那一团话
像羊毛和草席一样吹走

风雪夜
奶茶越熬越酽
能够轻松喝一口的时候
是风雪停止的时候

烽　燧

在敦煌古道上，到处都有颓废的烽燧
荒野的寂寞
凝结了
它们的实体

风吹它，雨淋它，太阳烤它
一个人的苍老
能够融化在死亡中
而一座烽火台的苍老
却只能在日月风情的煎熬中
日渐散去骄傲的面容

戍守者的孤独
漶漫于广阔的戈壁
如同形单影只的骆驼草

在今天，斗转星移的魔幻中
奔驰的钢铁甚至在太空遨游
速度与距离
演绎了以往的神话与秘密
对于一座颓废的烽火台

一切，都显得如此年轻
一切，都显得如此古老

两个哈萨克少年

广阔的戈壁上
男孩阿尔丁骑了一根
光溜溜的梭梭柴

阿尔丁说，那是他的骏马

女孩艾曼拿了最粗的红柳枝条
上面缀满了细叶
她轻轻地一甩
叶片飞出去
像无数的绿羽

艾曼说，这是她的蝴蝶和花园

说着，他们出神地望着远方

随着太阳的上升
戈壁的石头上浮出刺眼的光泽
越往前走
梭梭和红柳越稀少

阿尔丁和艾曼的眼神
被一阵风吹跑

一地黄叶

一阵风刮过石头
刮到绿洲上
风头软了

沙子的黄
在风中飘
在树叶上飘
在草上飘

寒冷，像是抖落的沙尘

灰蒙蒙一片
植物们的睡眠刚刚开始
一个喷嚏
又醒了

短暂的醒悟
凋零的枯枝败叶
被野火烧了起来
还是隔开了
秋天的温暖

枯 井

一个人无神的目光，类似于
一眼洞穿的心思

一座村庄的寂静
在早晨将被打破
或者一只骄傲的公鸡
或者一头自信的狗
如果它们保持难得的沉默
一座村庄就真正衰老了

自来水从塑料、橡皮或钢铁的通道
理所当然地呈现
一眼井中的清凉就值得怀念
它湿润的气息
比呼吸更顺畅

而枯井，一如停止的脉搏
月光沉入
不能自拔

那一年

那一年，从祁连山的一个豁口走进去
逆着越来越稀疏的水
看见一顶帐篷

那一年，踏破了山谷的雪
只要身上缠绕一绺炊烟
想走多远就走多远

那一年，意外地遇见卓尼
她莞尔一笑，掖紧飘飞的裙子
从那时起，我就背负了
一顶帐篷
想成为祁连山的牧人

那一年，在祁连山
在陡峭的山地草原
我丢掉了梦一样的夏天

弯　道

在冰凌的锋刃
在阳光跌落深谷的一瞬
一只鸟儿的起飞
把我们的目光提升到了
一棵孤单的松树上

这是祁连山的初春
松树的墨绿色
在裸露的崖壁上下滑
一半滚落在

旧有的荒草中
一簇嫩芽悄悄生发
另一半挂在凛冽的风头
吹破积雪
吹到哪儿，绿到哪儿

一个转弯，又一个转弯
山下的桃花
像一片彩色的幕布

暮色焉支山

脑子里一直有许多马在奔跑
到了焉支山下
这些马就更加放肆了

它们撩起的尘土
盖住了夕阳中辽阔的景色

我正在沉迷于草原上的旧事
这些旧事与苍茫的山势
以及初冬的草色相容
是那样相得益彰

就在这时候
那些马黑色的身子
如同一片幕布
收起了人们的眼睛

黑暗中，焉支山
像是有人递过来的一杯酒
辛辣而又芬芳

天高月小

似乎能够碰撞，似乎不值一击
似乎全部粉末如汁

是流动的牛奶也说不上
但溪水的哗哗声清晰可闻

往前走，是青草的丝毯
露水打湿脚踝
可以躺下身子
让露水集结

草原的身子也是这样
牛羊在集结
星光、月光和阳光在集结
集团军和大部队阵营分明
夏天的艳丽、秋天的黄和春天的绿
以及冬天的白雪

一路上，鸟儿的召唤最独特
只丢下湿漉漉的叫声
前方的帐房
就越来越多了

卯　时

只有一线亮光抹在窗户上
草原的轮廓清晰了

只有一只羊叫了一声
所有的羊就都叫了

马也打了个响鼻

夏牧场的定居点就这样
醒来了
先是牛粪火烧起来
呛人的烟弥漫开来
有人咳嗽
有人在门口泼了一盆水

远处的泉眼正在出水
这一刻的阳光
与水溶在一起
亮晶晶的

这亮晶晶的水啊
为草原洗脸
刹那，草原就绿了

早霞中的一切
俏皮而又活泼
像这涌出的水
像撒泼的孩子

唱民歌的老人

他的气息
把身上的土
抖落了
这个过程，只有我
很认真地看着

他似乎在很深的包谷地里
亲吻了自己喜欢的女人

他似乎在一个醉心的梦里
不肯醒来

歌声里的世界，只有我
进去了，只有我
在他的世界陪他
但他仍是一副孤独的神情

在黑山

冬天，藏于黑山
藏而不露

冬天，伺机从泉水中崩裂
一摊光滑的冰
又搜集了
两山夹合中的一线阳光

在黑山，石头的棱角
显示陡峭刚烈的一面
而冬天，对所有的草和动物
发力，枯黄的草
留给最虚弱的兔子
枯黄的草，还留给火

当我们在夜空下
撕开一个口子
火苗一遍遍舔舐冬天的伤口
一堆土豆
就烤焦了

当我们，紧裹稍纵即逝的火焰
温暖也一点点流逝

靠在石头上
我们的形状渐渐被拍拓

吆，多么精致的面孔
竟然在石头上生活着
几千年都没有说什么

不死泉

爷爷说，记住这泉水
父亲说，记住这泉水

现在，泉水都被沙子掩盖了
爷爷的话
父亲的话
卷在一股风中
沙尘暴扑向村庄的时候
有一阵狂吼
才像是爷爷和父亲的性格

多少年了
骆驼只用来宰杀
那只能认路的骆驼最后扑倒的
一瞬间，眼里储满了泪水

我们像面对自己的祖宗
低下头，跪倒了身子

为一匹骆驼立了一块碑
叫不死泉

塞上

——献给敦煌

1. 苍茫

黄土路上有青草的眼光
沙石是褐色的，黑色的
而沙子是金色的

草根在地下掘进
粗壮的、纤细的
不知谁大喊了一声：有水啦，有水啦
每年都经历一次

大荒无荒，大绿无绿，大水无水

一头牦牛继续往高处走，在有雪的地方
续它一身纯白的毛发
雪豹和狼啃过的骨头
也是一样的颜色

无须尊卑。啃掉青草
青草在牦牛身上
啃掉牦牛
牦牛在雪豹和狼的身上

骆驼在咸泉喝过水
它已是满腹盐泽
可以用来对付沙漠和戈壁

一场风从山上吹过，雪知道了

之后是沙子知道了，盐知道了
草知道了
它歇下麻袋一样的身子
装满了四处的雪
沙子、盐和草
怀孕的胎盘
只需要时间和想象
过不了多久
就有四个孩子
春天夏天秋天和冬天
它们不会长大、不会衰老
也不会死亡

2. 混血儿

一颗星星掉下来点燃了杂草
新鲜的灰烬里
如果一只兔子仰望天空
它很可能就是一片月光

河流是一片月光
花儿的开放在夜晚是一片月光
而白天是阳光

那么，一匹马的奔跑呢
那么一匹马踩碎了丝绸般宁静的夜晚
它还是不是
一片月光

刚刚出生的小白羊
在草原上蹦蹦跳跳的白羊
做了母亲和父亲的白羊

戈壁上静卧着的蜥蜴
一棵灰蓬草下的蚂蚁

睡眠是月光
睁着眼睛看见的是月光

睡眠就睡在琴弦上
醒来了就是阳光

酒是阳光
奶是月光
从月光到阳光
放羊放马的人聚集一团
烧毁石头，取出铁
烧化铁，取出月亮一样的弯刀
弯刀弯刀
你要割草
你不要割马的脖子人的脖子
走过帐篷小心些
不要割破别人的帐篷

3. 大城

城是喝酒的地方
城是女人的乳
没有汁液只有欲望

刀上的欲望
滴着血

老榆树下
坐着众神
城隍、土地、佛、菩萨、金刚

三黄五帝以及孔子

田野里的蔬菜、粮食，在许多人的
手中，传递
风带走了种子
很远的地方，也有种子的消息
种子在二十四节气穿不同的衣服
而在草原上
它们一年四季穿裙子
草原上只有花和雪
雪是花，花也是雪

墙内的红杏谢了
月色的情趣又酸又甜
墙外，大山是墙
河流是墙
照亮一个人的脸
照亮一棵酥油草的脸
一只红狐狸
窜入金黄的麦地

酒肆里夜光杯酩酊
铜枝上的灯
跳跃如鸟
剑与丝绸的光骤然陡起
春江花月夜之韵
直指遥远的牧羊曲

两股律音的结合
两块烧红的铁的熔合
要用血来淬火

4. 筑塞

饮马长城窟，水寒伤马骨
一切是马，是马的速度
马蹄交替之下
低处的土、沙尘
漫向高处

肌肉甩出去
骨头落下来
呻吟和呐喊
埋掉一部分
漏掉一部分

升高，升高
一抔黄土
看见了
更远的地方

升高，升高
一缕烽火
击穿奔马
烧尽最后一滴血

我从河流上来
你从柳树的缝隙里来
我刚刚跳下敞篷船
还没有来得及喝一口新鲜的鱼汤
你匆匆走出热闹的街肆
丢下最后一壶温热的酒

回忆绑在马蹄上

擦出石头上的火
点燃早霞和夕阳

越走越远的路
越望越高的山

羌笛是聚满了幽怨的笛
幽怨如沙

怀揣幽怨的人
只在新砌的土墙下坐了一会儿
就抓住了来自故乡的风
细细搓揉
温暖如水
却是扑簌簌的泪

一个人带领很多人
后面的人踮脚看见前面
已是石头、红柳、芦苇
一层石头
一层红柳
一层芦苇
人的头发像一簇荒草
分不清
哪是石头，哪是荒草

天空的湛蓝映入眼帘
只是刹那间的一瞥
黄土盖身
别了，身体苗条的槐花
别了，围起山峦与河流的院墙
别了，库穆塔格
那是一大片沙漠

吃人骨头的地方

5. 戍守

留下来的草
是去年的草
多年以前的草

风吹草低
风吹草枯
风是誓言
水竭石烂

左手，柴米油盐
右手，风花雪月
沉甸甸的，埋在沙丘
轻飘飘的，浮在水面

从一座烽火台看另一座烽火台
刀尖上滴着血
从一滴血到另一滴血
一把火烧掉
一条溪流救火
拈一朵花，放进漂流的溪水
风，就会卷走一片云彩
每一片云彩下面
暗矢如雨
而真正的雨
隐藏着

草丛里的口哨
比虫鸣锋利一万倍
沙丘下的埋伏

是比戈壁还深的陷阱

一队马的阵列
冲过去，飞掉皮毛
骨骼喷涌着不息的呐喊
一行愤怒的脸
疾速的行进中
瞬间就成为翻滚的云团
如一朵悲凉的花

垛口，数不清的垛口
空旷原野上的一把巨齿
梳理大地和天空
腐朽的更加腐朽
荒凉的更加荒凉

没有过不去的桥，这里有
没有走不完的路，这里
刚刚开始
没有不散的宴席，这里
蚕食的是
人的痛

绿洲越来越远
埋人的黄土
攥在手里
一把辛酸
摊开时
长风劫掠了这
小小的人间温情

沧海桑田之后，英灵
需要纪念
曾经指认的那些河流和草，是他们

嘉峪关（长诗）

序　言

春风驻扎在低洼处
而一匹骆驼必须站高

三十年来，一匹骆驼
已是老祖母，眼神渐渐昏花
看不清石头和沙粒下面
哪儿有暗河的碧波

子孙们，另立门户
走出这片沙滩已经很远

在冬天转场的路上
互相遇见了
闻见那熟悉的气味
叫几声，算是打了招呼

它们年轻的庞大的身影
被稀疏的草和辽阔的天空吃掉

这戈壁是一座胃啊
酒泉城修了好几回
四堵砖包大墙
摔碎了勇猛而细密的风
却还要掉下一层层泥皮
像一个走向衰老的人

一匹衰老的骆驼啊

在哪儿躺下
在哪儿找见
自己的出生地

夯筑时代

那匹骆驼走了之后
天空就轰然倒下

像谷子和麦穗一样的箭镞
撕开了整片的夕阳
而晨光早已退却

临水的一户人家正要起耧播种
就被一股强劲的晨雾覆盖
就这样，整个春天就荒芜了

浇灌麦田的水，在即将受孕的一刻
被一路喊渴的声音截流

那匹骆驼淹没了
所有的泉眼和微笑
植物的微笑，动物的微笑

一辆独轮车，一辆驴车、一辆马车相继出村
轮辐的碾轧和轮轴的摩擦声
像惊飞的鸟儿，扑棱棱飞越村庄
遮蔽了刺眼的阳光
似乎比一场梦更虚幻
一群人睡眼惺忪就上路了
庞大的灰尘拉上了田园的帷幕

这儿的土，那儿的土

这儿的石头，那儿的石头
不分彼此

它们像逃荒的队伍
顾不上亲人与财产
向水和粮食集结

张三就要回到酒泉了
他的三十匹骆驼，背负了
他一路上的脚印，血腥的羊皮
捆绑了一堆鲜活的叫声
私下里偷偷藏好的那一袋马奶酒
走着走着，忍不住摸一下

酒泉的麦子齐刷刷长高
酒泉的麦子黄了
风里，盛着浓浓的麦香

人的队伍，马的队伍，马车和牛车组成的队伍
把半个酒泉撕扯了下来
大片的灰尘在半空飘着

灰尘中劳动的人们
是自己的父亲母亲弟弟和妹妹
张三的眼泪
像一场酣畅的雨水

吃麦子的路
被嘉峪关挡住了

石　匠

阴差阳错，张三成为一个石匠

从小，人们说他命硬
要把坚硬的石头凿成一座城池
一个人的命就太软弱了

一个人的命喝着包谷面糊糊
在叮叮当当的粉尘中
自己一点点把攒足的力气扔掉
在漫天星星的夜晚
抽掉骨头
像一摊烂泥巴

张三看见城墙越来越高
自己的身子越来越弱小
就知道，一列长长的墙
是需要人的筋骨做支撑的

马嘶鸣的声音，像一条鞭子
羊散漫地走过来，像一个老人在散步
墙的两侧，咫尺天涯

昔日走过的那座帐篷
央金的奶茶，凉了又热
照见那张熟悉的脸
重复过无数遍

春　风

四十年的春风只育下了这一片树林
每一缕春风都是一片叶子

走多远，总要回头看看
好像那些葱翠的叶子跟着自己
四十了，头发雪白

真像是一片雪
这雪啊，盖住冬天的土地
人也就安宁了
这雪啊，从头顶上落下来
耗尽了一辈子的睡眠

像种子，在无尽的尘土中
挣扎，要不
土快要埋到脖子上了

只是在春天
还要像芽苞一样，钻出地面
长一茬庄稼
攒一圈白杨树的年轮

只是在春天
所有的麦子和所有的草
被一条河流分开又合拢
被长长的围墙分开又留下
一片缓冲地带

只是，高高的墙上站着的那个人
既像父亲，又像母亲
既像儿子，又像女儿
当一阵冲杀声响起
他们的面容
模糊了

回　归

几辈子的人都集合在这瓦罐里了
一个叫戍卒，一个叫守拙
坐在南墙根晒太阳的那个

光着身子跳进湖里的那个
他们的马，进了南山
他们的刀剑，进了库房

野兔子来了，狐狸来了
只好用套索

坐在这苍凉的黄昏
有一壶酒就好了
有一壶酒，就可以藐视天下
忽视具体的生活
有一壶酒，此刻的欢乐
就会无限蔓延，淹没那些石条和砖
淹没一睁眼就看见的血

远远有人来了
远远有人走了
骆驼、马，架子车、大轱辘车
一声声，踩在心弦上
压出一道道血印

有个人陪着说话
有个人一起喝一杯河水
哪怕在水里泡一两片芦苇叶子
故乡的滋味也在其中

一天，说是有谁谁谁的消息
说是就在肃州的河沿地上
几个人种出了一百亩高粱

听着听着，就抱住了来人
这人的声音
是从故乡来的啊

五十年没有听到过了

水　磨

水的坡度一直延伸到麦子的表面
哗啦啦流淌的节奏
渐渐溢出清香

这一树桃花，这叶片下的杏子
这一地的苦苦菜
或者叫羊蹄甲的野草

几户人家的炊烟交织在一起
几户人家坐在老柳树下
东家的面片，西家的馍馍
风俗在靠近，互相说话的语气
听不出谁是谁

守着这盘水磨
一圈又一圈
日子，像这砖墙
越垒越高
日子像这门洞，越走越深

高高的嘉峪关，像一座山
隆起于高岗

像坐着的一堆人
说着往事，说着走远的一批人
说着一说就流泪的事

诗人伤水

作者简介：

伤水，原名苏明泉。1965 年 8 月生于浙江玉环岛，1983 年开始现代诗写作，出版有诗集《将水击伤》《洄》，更多的作品见诸民刊和网络。务过农，读过书，教过书，写过书，办过厂，办过校，办过报，当过官，经过商，失过业。现在杭州创业，居厦门。

伤水

伤水创作年表

20 世纪 80 年代开始创作。

20 世纪 90 年代后期重新写作诗歌、文学评论和随笔。

2001 年 4 月，由中国文联出版社出版诗集《将水击伤》，收录诗歌 130 余首。

2004 年 9 月，由作家出版社出版诗集《洄》，收录诗歌近 60 首。

2000 年后，在诗歌网站、网络诗歌论坛显现，系《北回归线》等网站的版主。

在《诗刊》《星星》《诗歌报》《诗选刊》等 40 多种文学期刊发表 200 来首诗歌。入选《中国先锋诗歌档案》《中国新诗选》等 50 多种诗选、年鉴等。

更多作品见诸《北回归线》《陆》等众多民刊。

伤水诗歌26首

冰

我听到了雪的声音，它是被水捂住的呐喊
把一块块晶莹焊在河床
假如坝岸，威逼我放弃自由和血性
那就顽固成石。水的僵硬
比灰还灰心
柔为矛，软为盾
坚强的途径来自外力
本质不移
瘫痪的站起，动荡的固定，我们能否如此
如此地以另一种形态生息

是的，我是伤水。我说，谁能将水击伤
我以水为刀
只能以光为鞘
而风过处，湮开橘红之血
虽然我活得无耻，但一定要死得透明

2012. 1. 9

你说的王红公，原来就是肯尼斯·雷克斯洛斯

你第三次赞赏这个书房
我知道它的缺几张诱惑的交椅
比如田纳西的坛子　比如望海之礁
或者马鞍　风雪的膝盖
我们能搬迁波涛吗　漂流木　网和锚
七大洲的爱　都可以跟我们一起攀登

马蹄过处　蚂蚁抵角　蜜蜂含香
“你可以和它们交谈终日”
谈及蛙皮的湿润　神性人性和兽性
出处像户外的群山一样纠结
无需从纵横中抽出指南　心灵在地图上旅行
没必要为认错“桑莲法界”而大喊罪过
好像举报了整个世界
你轻微的下手　就足见力度
随手关闭车门　远在唐朝的李杜　怦然心跳
我说出你的“在”　超越了体验
爱情和死亡　正如“山脉宁静地流进大海”
你历数罗斯克　奥尔森　施耐德　赖特　默温
当我揪出罗伯特·勃莱
你已经在六百公里之外

2012. 2. 11 追录

注：“你可以和它们交谈终日”“山脉宁静地流进大海”系王红公诗句。
“七大洲的爱　都可以跟我们一起攀登”化聂鲁达诗句而来。
“桑莲法界”系泉州开元寺内匾额题字。

元宵夜，鲤城，与自亮兄、依民兄观看梨园戏《朱文太平钱》

我是相信还魂术的
当一粒金在舞台深处久久伫立
当一粒金浮出神龛，从人世尽头，款款而来
不动而浑身是戏，动则全貌是虚
幻就是真了，她的魂就是你的魂了
我因而相信鬼魂可附身
相信替身与真身的合一，相信你流的是别人的泪水
“走鬼”时你迈的是我的腿
我看到内心，用的是你的眼睛

我抬起数码相机对准戏台的一粒金，却摄无其影
我明明摁下了快门，却遍寻无迹
真实的鬼魂应该有着它真实的影子
南音，伴随洞箫、琵琶、唢呐和流逝的身段
竟有些弯曲。俚谚和科诨，只能随用现在的闽南口语
影子有一张无形的脸
有形着失去的人生
在梨园戏里，我们都是故人，都是异乡的故人
记起看戏前踩街，无数假面少年
清醒中从事着梦游
我相信借尸能还魂，影子唤醒背后的肉身
想想我生活的人世，我真乐意替身朱文
秉烛书斋，岚清拂面，一脸仙气。木门兀自响起
轻叩声

2012. 2. 15 于淮北追记

注：“一粒金”乃梨园戏《朱文太平钱》内女主角。

在，或逝

……而你神圣的念头
是亲切的死亡
看，我活着。靠什么？童年和未来
俱无减损……额外的生存
源于我心中

——里尔克《杜英诺哀歌》

之一

我要把你割下来
你的脑袋敲打着你的脑袋
喊！张嘴没有语言

而我麻木的舌头，早挂下阳台，如一个炎热的午后

现在
我可耻的躯体枯瘦，暴晒的鱼干
残存的腥味是唯一的优雅
一个面孔消失
无首有颈的人，从床踱向
碗

我根本不想刮下你的忧伤
你是如此小。缩成一点。在我旧鞋里等着硌我。
你要我明白：我活着
为什么活着
刀锋已卷，锯齿已平，却要宰割你
我的迟钝，证明我开始死亡，马上死亡

之二

我是水
水退了，我赤身裸体
透明而无形。鱼使水无处逃避

这使我想起外祖父
他说：今天日子不好，后天我就走，你们都来
后天他就走了

我亲临

一定有什么降临在泥巴上

我搓着自己的骨灰
装进一个瓷质盒子。我留意那盒子的花纹
还不够美观

之三

悬空扬起一柄斧
却不见手臂

直插的龟头，没有后事。万物生长靠太阳

我不会说：我累了，让我休息一下
所谓的诗意让我恶心
我不说：我经历了，现在熄灯
如此的狗屁会把我熏晕

现实是
我越吃越饿！越睡越困！
赌，得失，输赢，顿然丧失意义

盲人碰倒了墙
我撞不到疼痛

自己不是自己的退路。斧子
砍进空气

之四

最后的空房是我的家

你弹奏什么？指头不是目的
指头比音乐更短，够不着我独自的病
我暗藏的毒

我躲在暗角。我是自己的贼
这个时代的贼

我瞟见灯光，被缩进黑暗的抽屉
鼠辈爬过我的鼠背
用我的豆眼逗引我
——但这都不是我所关心的。我在努力思考：

我要来偷盗什么？什么才是我做盗贼的本意？

展开我兰花五指，我知道
指头不是目的，虽然它可以用作扒手

我也不能弹奏
我是贼，我不能发出声音

之五

“为什么必须为贫穷与自由忧虑”
这是生的忧虑

死，如果连死都死了
活着还有什么倚赖

自己无法回答自己
寓言说：抓住自己头发离不开地面

终于不知道自己还活着
曾经呼吸的样子多么可笑

谁是世上最后一支烟
我挑选无数火种中的一项
随意、盲目
认定要做的是：自己燃尽自己

之六

我被什么盛装？衣衫是布，最后的空房
也是水泥和砖

我目睹一部分山水开始在我体内腐烂
而身体里的另一部分——
那些感慨、修辞、异端，也风一样从我身上吹走

我空了
活着就是失去。活着的价值大小就是
失去程度的多少。雨滴全部坠光

天穹高远
我多么轻盈，我已经没有什么可以失去

之七

了无牵挂。离开一地必将到达另一地
不！逃亡没有路径，也没有目标
那些过往的和即将面临的
一概模糊

慌不择路，你看我
爬上一株松木梯子
一端杵在即将坍塌的楼顶，另一端搭在虚无

没人告诉我为什么被通缉，即使原地转身
也没有一次能够看到背部

生来就是为了逃亡？日头一直对我吠着
我甚至来不及找到自己的影子

我看你遗照里的眼神也瘦得
捡不起来

之八

等不到第二行。我可以在第一行里
烟消云散

凌虚而来，凭空而去
你没有词义。横撇竖捺，你压根儿不是一个
字，能在辞海里被多方解释
也不是一个标点，逗号或句号的停顿

甚至不是空白，空白是为了
映衬实在
你在所有解读外面。在死亡外面。在尸体外面

不可修复

之九

我忘记了自己已经逝去

拯救舌头的发音，感受冷暖的喷嚏，全是虚无
这分行文字是假的，语言是假的，屏幕是假的

真实是保留着名字的死魂灵

2001.7.8 稿，2010.8 改

一尾鱼在我体内运走大海

我用雕刀在自己手掌上刻下风暴
疼痛的不是自己，是风暴
看它血肉模糊
快意恩仇啊

梳理波浪是我以前的工作
退休时我只带走一支桨
我不信任机械和电子
有肉才可能出现血

也可能腐烂，周遭永远馊味
当砖退回泥土和火
楼梯在脚底出走
我连步伐也找不到啦

印一次指纹就是一只水母
蔚蓝在船底游来游去
一尾没有姓氏的鱼
终于在我体内运走大海

2010. 7

带我到冰块里沉睡百年

总有大雪及时盖住我的尸体，我这河流的残骸，盐和米的骷髅
挽歌在我身上洗了一遍
摸出一根根骨头
“我们生来就是为了回家”。没有家。没有一扇门在等你叩响
穿过那些喧哗，那些楼市、股票、震灾，还有梅毒、诱奸、摇头丸……

你仔细剔净我的骨头，然后按序排列，好像事物的本质
——带我到冰块里沉睡百年

谢谢你啦！你这人间的茶点，阴间的瓷罐，通向未来的收尸工
汇拢每夜四处散落的灯光，装订成册，累叠成捆
那是你上路的行李和干粮。谢谢你啦——
我张开上颚，却又打开了尘世
火焰滞重，浓烟沉闷

2010. 2

注："我们生来就是为了回家"是刚谢世的梁健兄的诗句。

现在请你闭上双眼

雪人在过河，雪人在过河
阴谋在背后瞪目獠牙
现在请你闭上双眼，深呼吸，慢慢地吐气
你可以在河上滑走，冰抽干了水
背后沉寂，就如一场晦暗的爱情
你们是彼此的桥，完成着自我的目的
你们是彼此的影子，只照见自己
我听到一次月蚀，周边坍塌了，或前或后都是虚空
渡过或返回，喘息一样急迫，却徒劳无功
我请你贴近冰面
用心脏聆听一遍封存起来的泉水
我是夜夜失眠的人，谈到你背后的一只鱼眼
就会像谈到一片大海

2010. 2

鳗　鲡

游离在咸淡之间　就如在利润和
市场份额之间徘徊
现金流是最后的固守之河
决定论总归失败　我们无法穷尽所有条件
鳗鲡流动　效率一身滑腻
溜光穿行过水藻和泡沫　机器和库存
水质干净　真正的市场是充分竞争的市场
鳗鲡　在海水出生　在河流长大
咸淡自知　通缩然后通胀
在欲望里生产　在货币上销售
利率和储备金　交叉成洄游的拐角
四处钻营的　是掐不死的资本
假如天地为网　网为养鳗场　或为烤鳗厂
尾部　你唯一的鳍　这金融的衍生物
如何能扩张成翅膀　如何脱离政府
从而不受调控或裁制
鳗鲡　无鳞是种美德　没有盔甲是种仁义
没有抵押的信用却是最大的风险
负资产就不是资产
假如把你的肉亏光　没有鳞的你　就无处存放
尽管
人有人路　鳗有鳗道

2010. 1. 31

或者，雾

日记：2010. 2. 24 夜，散步环岛路，大雾

或者是白，肥着，黑瘦去
大雾在我四周捂住喧哗
我回首，那么多丧失，浑然不知
或者是实体，涣散着，经济落入虚拟
被涂擦的光斑，有着利润的馊味

狗吠。我听公交凫水，无人驾驶
路旁情侣，一对对被出租，沉下的是影像
捞起的是树们，是兄弟，逐步拉远，最终相忘
凑到眼前，难以辨认，才知未曾结识
或者遗弃。那么，首先是羞耻，然后是怨怼
如果，爱。我想，欲望雾出漫天谎言
失实的灯晕，絮絮抽出失意
或者，恨。在此时发动革命，不必亡命天涯
潜伏。伪装。假象。掩饰。若有若无
廉价的雾，失重的责任，出生入死

或者雾，或者大火，没有谁能绝缘
哪怕千雄霸主，库存万吨功绩
不及遗言。不留灰烬
或者雾，或者自由，决绝的精神一旦弥漫
我宁可不要阳光

或者雾失大海，——我转身面向。曾经的水
水内蕴含的鱼族、藻类，一并删除
我面对的是虚无？那深不见底的空茫
剔尽物质。没有溃败，也没有

辉煌。我想，这不是缥缈，是肃穆

是凝重，是庄严。想想破碎的以往
都堆在浓厚中，我常把自己肢解并重新组装
每次都会忘掉工序和流程
效率低下，但自有质量标准
那灵魂的向度

即使在不确定的大雾中我仍能确定
哪些是有血性的良知，哪些是不流血的伤亡
记忆中残存的，正如大雾所不能抹杀的
领略为次，参与才是天命
当我被迫退出——

我永不转身，我愿意面对这虚无的肃穆
泪流满面

2010. 2. 25

想去趟湘西

打双草鞋，或编只小背篓
重要的是虚构一架竹排，最好是
有橹的木船
摇过古城墙，红砂岩砌的
石碾坊蹲在寨子外，狗吠起
把合拢的水慢慢分开
深入山坳内开矿：汞，锌，或者锰
一片土匪的心情
实际上我是以贪财的名义好色的人
没去过湘西就熟悉那些风尘
比如翠翠、萧萧、三三，还有天妹、媚金、老七
我总会碰到她们的

我有船
她们却一直住在乱世的水边

2010. 3

句　芒

我总是一错再
错
收回撩动我的羽毛
句芒，我原来以为你是个可以终身相许的女郎
以为我年年等候的地方就是新房
以为
你的翅膀，你的扶桑
我经年的柴火，瞬间的信念，还堆在东方的草甸

我才是那骑牛的芒童，正走过融雪的河沿
头梳双髻，手执柳鞭
牧谣煽动了所有嫩芽，会一直把绿追到天边

我才是你一再错过的家乡

2010. 2. 4 立春

黑

你在浓重里面，你不由自主陷入
黑。看不见的地方太多
一生被掩埋的时间不止一半

与黑为敌，是同来生纠缠
和黑对峙的人，只有来历，没有身份
你开灯，光也是黑的

火的尽头是烬
冰的终点是水。黑
早已脱离了颜色，黑是密集的噪音
黑散发着危机的暧昧
你把手伸出水面
也没有人看到白，没有人清楚
那是放弃还是坚持

黑的内部仍旧是黑，表里同一，因此强大
你用有形对抗无形，因此疲惫
你精心策划一场反水
比如引发某种暴动
比如引爆自身
由内及外，把黑轰碎，不死也残废

可是，当然，你清楚：黑粉碎后
还是黑

2009. 2. 4

解　散

这岁月不适于期待
有梦想的人，比如我，破灭比建立还快

以往是条船，这老掉牙的比喻
只因为上上下下地不安分
某天感觉自己是水，水性杨花
能够随物赋形
却不能行云般地流水
不流动就没有水的含义
没航行也无所谓帆

——唯一真实的，是虚无

好像结局或开始
我的期待，便如身影等待身体
冰没有了水，灰烬在寻找火
唯一真实的，是虚无
无形的我在风化

就比如一座人形沙雕
潮水挥手而来
先是左边垮了，左侧身躯散了下去
然后右侧紧跟着软了——

我安静地看着自己安静地解散

2009. 2. 4

不观察杨梅的十三种方式

我翻墙进入自己内心
脚跟幸福地骨折
——题记

在你的十根指尖上刺出血蕾
我和杨梅树，同时感到了疼痛

暴动，从根部涌上
红色武装出没在穷乡僻壤

打土豪，分田地

我生养不出那么多女儿
但愿你妻妾成群，那娇媚丰满的，迎风亭立的
全被阳光一筐筐娶走
而我青涩、弱小的儿子，夭折在草地，相忘于江湖

谁在横空出世

唢呐声响。青山绿水一程又一程地相送

我所有的财富就是你们
花轿一进门，我便倾家荡产

女儿，我是你最后的嫁妆

被活生生地剥皮
倒吊枝头，一身鲜血

我用手把杨梅树捂住，又从指缝淋漓地流出

叶脉流承，薪火相传
一年一度梅雨，一年一度杨梅红

可我一生一次

想叫你一声梅，却误解为梅花
姓比名重要。叫你杨，又误认为杨树

有一次梦中的雷击，所有青绿色的杨梅
霎时炸红

——谁的末日之路被一群灯笼
照亮？

望梅更渴。欲望使你暴毙于途

假如有三棵杨梅。一颗青涩的给他，一颗半红的
送你，一颗红紫的留给她
我要的是第四颗

而塞尚会如何画出四颗客观的杨梅
对高更是容易的，那些饱满的乳房旁的花朵
可梵高会把杨梅涂抹成黄色吗

如果交出一树杨梅，谁会拿出一支交响曲交换
别说莫扎特、勃拉姆斯
海顿的众果之树也没结出一颗

劳伦斯说：我们生来就是尸体。我怀疑我们是否有人
真的了解了一只苹果，一只完整的苹果
我开始怀疑我什么时候了解过一颗杨梅。一颗完整的
杨梅

谁带我上路？他总在
杨梅未结出之前就随手摘去
总在我们忘却之后端出一树酒香，总在
灭亡前叛变，总在被俘后起义。我只能

水底捞月，替杨梅保存果核，替
阵亡者睁开眼睛

所有的河流都是伤水

出来混，是要还的
梅雨过去，秋后算账了

和我一起回家。家在东魁

一路上，杨梅这个词我写了十二次
那么我写第十三次，又到底和杨梅有多少联系？

2009.7

灰　白

揭开灰白的水面，里面仍旧灰白
水没有骨头，能承载船只，却不能承担铁锚
灰白是散沙，是暧昧，我呆滞的睡眠

铝。梵音。惊愕的嘴。阴沉的伤痛

灰白没边没形
那种软柔的箭镞，飞行着，却是青铜的灰烬

无所顾忌地钻透了我，穿胸而过

刮走我更是容易！灰白，万念的尽头
灭亡的开端，归宿的色泽
我总处在堤坝边。边缘的水，朝退暮涨
那个呆看灰云漂游的少年早已不在
那轮旧月，谁来分享
忍不住地嘶喊，灰一样飘走

我知道无法改变，曾经掏空自己，洗净自己
留下的，不是灰白的灰，就是灰白的白

不如隐遁，不如燃烧，发红后变黑，一截木炭
不如投海，水归于水，年年在老地方
把自己丢弃

2007. 9. 22 稿，2008. 8. 8 改，2010. 4. 26 再改

明泉书院

开院的前个晚上

典籍全部喝醉了，逶迤一地
书桌上的纹路，像涟漪扩散得越来越远
（斯文可以远去）
我推开木窗
山峰水墨一样浅薄起来（什么是厚重的？）
松涛如我的咳嗽一阵阵发紧
（松弛的会是什么？）
我脱下长衫，在枕上冥想
（我只能冥想）
我想得比明月之下的山山水水
还要空旷
想得比山山水水之上的朗月还要悠远
（我肯定想到了现在，并一直想到无法再想）
不知不觉间，天空褪色了，无法涂亮
（实在的，才是可以依赖的）
我在以后会明白
理想就是永远地想，愿望就是永远地望

2008.8.6

盗冰者

我要去天山盗取一块冰
阳光包围着的一块冰，整片蓝天笼罩般呵护着的
一块冰
透明、晶亮
它当然不是火做的，也不会是玉。
我用心去取一块冰
手指夹取的地方，会很快变薄
沁凉的纹印
会成为我的罪证
我必须避开时光的警察。可是
最终

我知道
冰还没有回来
我就融化在路上

2008. 8. 23

古筝苏耶

——宁可食无肉，不可居无竹（苏轼）

总有一片竹林
飘过仙人
总有朗风，整坛的酒香，开启了封口的鸟声
来保留几颗
露珠
就像最穷的瓷碗
盛最后几粒
米
真的，不是你的手指
是你的神态：披着
一蓑响亮的古筝
努力分辨雨和雨打竹叶的声音
穿着的芒鞋，在偷偷地变回青草

2008. 12. 12

谁见过没有水的海

我见过
海把海水突然收回

一定要相信有无水之海
海枯石烂
这是几百年前就有的经验

吃过多少
没有咸味的盐
那不能温暖的阳光和
无法流通的钱币
是的，还有多少酒
能用来救火

还有多少笑容
能够快乐。永远还有多少
远

我见过没有水的海
就像你猛地收回了财富
让我裸体一生

我把吐出的话语缩回嘴里。
我抱紧女儿
放进内心

注：“还有多少酒/能用来救火”是方石英诗句。

2007. 1. 11

苏　眉

苏眉不是我妹妹，苏眉是一种姓苏的鱼
五百年前同宗
如何其为鱼　而我为人
美丽的苏眉们，流水中集体翔舞
那千里飘零的样子
清风一样悠扬和自由
苏眉生活在我们向往的制度

在水里生，在水里死

美丽却有毒，这是很老的典故
我热爱苏眉的毒，就像热爱她美丽的裸露
那天生的毒，收敛、蕴含，很有
一种涵养和风度
不攻击，也不戕害
就像人世间原本没有敌对
美丽的毒，不威胁，也不捍卫
请相信苏眉，相信天然的物类

只可欣赏，不可把玩
苏眉自有传统的傲骨
美属于全人类，岂能窃为己有
死去的苏眉，以毒为惩
无意的伤害也是伤害
苏眉从不冤屈谁
仿佛一种理想的法规

鱼固有一死
刻骨铭心的苏眉
自在、纯粹、刚正
不选择，不逃逸
让我觉得许多存在都不再是人生

2005.7

鮟鱇

无论如何鮟鱇都是一种鱼
暗居深水，不知有电，无论网络
无法逃脱的是暗涌的渔网
集体被捕获，在渔港摊开一堆紫褐的难堪

鮟鱇是怎样一种鱼呢
皮皱口阔，獠牙狰狞，俗称海蛤蟆
我在昨天的码头，重温鮟鱇
十三年前的交易就像我曾经的断简残章
半浮半沉在经历的中央
那时大阪是块冻的，离岸价是可以谈判的
成本取决于海路情况，所以始终是波动的
难以预测才使我派上用场
囤积的把戏是我爱玩的花样
我喜欢日本商人短矬的个子，醉酒后的暴跳
我一直没有瞧见他们胯间的战刀
从没听见他们对鮟鱇喊：ge—gi—
竹椅上剖鱼女工面目模糊
鮟鱇被残忍地三去着：去内脏、去头去尾
十三年了，海风吹拂不出她们的生动
贸易飘逸着单一的咸腥
鮟鱇的真实被剔除了，商品需要虚假的鲜嫩
丑陋，是活着的特别形态
没人会说：爱上鮟鱇
鮟鱇们却自有爱情的浪漫
黑暗的水域，雌鮟鱇背鳍在熠熠发光
变换出炫目的红白蓝，召唤雄性伙伴
歌德说：永恒的女性，引领我们前行
跟随雌鮟鱇潜游吧，同样丑陋的人类们
鮟鱇才是真正的情种
黑暗，黑暗中的灯，——这暗示永远新鲜
鮟鱇啊，人类一次次地残忍
腹内未曾消化鱼虾和波浪
曾经的暴君，正在海边旁观
没有一位靓女在织网，没有一声螺号
把渔村吹向古远
海湾莫大的落日，天天被晒成鱼鲞
背鳍发光的鮟鱇

纷纷黯淡在无聊的海岸。我昨天
有个愿望是归还
一种放生式的自我补偿

2004. 11

望 气

金子在生长，雨在下
雨渗入我的皮肤，我的期货交易
金属市场起火般恐慌

那是虚幻的部分，看到的只是损益报表，只是遗留
好像鱼一游动，水就活生生起来
但水和鱼都没有主人，你豢养的未必认同你
实际上，未曾失去，都是未曾拥有
这话无奈得老气横秋

只有金子，在内心偷偷生长
长枝生根的声音从喉咙呱呱传出
你却挠不到发痒的部位
空攥一把资金，无处安放
所有的银行一律打烊，投资项目不再审批
火啊火，没有烧完的成为炭

金子在生长，金子一直在生长：
失业的双手，过期的药，碗边的筷子，杯内的茶
当然，看到的不一定存在
人们遍戴口罩，鸡鸭纷纷被扑杀

2003 年年末

皈

那是你种下的月亮，种下的成堆鱼鳞
我足踩一海玻璃碎片（遥远且缥缈）
从水中升起，蝴蝶的翅膀欢呼后
熄灭

装订成册的黄昏，在一只铜号里集体哗变
你，音乐，古董，和曾经的南京一起沦陷
曾经接触过的水，乳房，成功的贸易
都来不及撤离。传我的命令：
按第二套方案执行

伦敦上空的鹰。桥。北非。我就是瓦尔特
就是这座城市。亲爱的，你可以大胆地探出身子
我正鼓动所有的潮水涌上诺曼底
我签下支付赔偿的款项，一张不动声色的
阵亡者名单

我不是挥动旗帜的那个人
但就在他的背后
打扫战场后，韶华流水
你开始焚琴煮鹤，投笔从商或解甲归田
含在嘴腔里的血
一口吐出

2003 年年末

和活着有关

我必须学习猫。那懒惰非常柔软，着地无声
那皮毛拖而不决

仿佛独具的管理才华，那种假象
仿佛抓住了机遇

优质标签，一贴身就过期
内心的仓库开始走私。我是一个未注册的商标
一个饥饿的钟点工，虚无的搬运员
大拇指被突发事故压碎
不再表示敬佩和赞赏
不断换挡变速拐弯，却从不刹车
上厕之前不忘带上手纸
闭目之前电动地剃掉胡须
是的，和活着有关
一些被吸纳，另一些就是被剔除

比如妻子的忧惧，因非法出境
而更可感。就像双耳的转移，最多漂到头部两侧。
听取双方意见，最后莫衷一是
比如我的房门，仅因锁的突然失灵
海关就拒绝了货物的进出
是的，和活着有关，和活着的偶然有关
不能退守又无法进攻
我把嘴巴倒转过来，对自己大喊
结果可想而知。那么，活着当然可以
比如睡去。比如病中。比如大醉

2002.8

煤

我是说煤。去年某夜在济青高速公路
我看到了煤
前面卡车拖斗上的煤，在轿车的灯光下
发亮。我有些睁不开眼睛

我已经许久没看到煤了

（我拉各斯发亮的黑人兄弟
“那种黑，是光芒本身”*
我的 23 岁，凭年轻贩卖大同煤
含碳量。大卡。烟煤和无烟煤。车皮。掺水
整船整船的黑奴被运到大麦屿港
那是 1988 年夏天，我亏了三万元
那么多，现在听起来才那么点
好久没碰到煤了。没碰到亮了。我
梦想着她们。）

几串亮光从卡车上滑落
在高速路面上破碎地溅起　多么让人心动
司机要超车，我阻止了他
我说：让我再看看煤

（我说得太啰唆。删掉这首诗的
第 2 节和这第 4 节。请再读一遍：）

我是说煤。去年某夜在济青高速公路
我看到了煤
前面卡车拖斗上的煤，在轿车的灯光下
发亮。我有些睁不开眼睛
我已经许久没看到煤了

几串亮光从卡车上滑落
在高速路面上破碎地溅起　多么让人心动
司机要超车，我阻止了他
我说：让我再看看煤

2003. 10

注：“那种黑，是光芒本身”系王自亮诗句。

囚

为什么还不睡去？奴隶们都翻身了
熹光扑在墙壁，一片倒霉
电，擦不掉的痕迹
病也是，随影附身——
电在这里是个象征，病就是隐喻
你想提着水壶在岗亭上望风
奋不顾身的还有
通宵工作的风尘女
你抬头就发现车祸、逃匿、缉捕
你企图关闭自己，用牙齿看管舌头
以往的承诺，每刷新一次
就增加一笔呆账
要不就申请破产，涣散着，等待
债权人的清算
把肉体交给别人，是一种幸福
监守在邮政大楼顶部的那半爿月亮
信用一样模糊
无法付出佣金，也不能朗照自身

2002. 11

诗坛峰会

探索与发现

汉诗新作

驻校诗人杨方特辑

作品与诗话

最后一个年代

——朱凌波、苏历铭关于诗与生命的对谈

时间：2014年3月26日下午

地点：北京香山伴山咖啡店

苏：在来伴山咖啡的路上，我认真地想了想，我们已经有三十年没有认真谈过诗歌了，今天又是海子的忌日，内心真是感慨万千。

朱：约你来时并没意识到今天是海子的忌日，今天谈诗就有了特别的意义。说到海子就有两个关键词，一个是死亡，一个是诗歌。海子的死对我们这代写诗的人来说，无论是对生命，对精神，还是对灵魂确实有非常大的触动。是的，从1985年春节前我跑到佳木斯和你策划《北方没有上帝》诗集到今天，我们真的再没有专门谈过诗。

苏：每个人都有进入诗歌的时间，记得小学三年级的时候，那时只上半天课，我就在放学后到当时佳木斯的《合江日报》社去玩，在一间废弃的办公室里，无意发现角落里散落的诗歌稿件，虽然那些诗并不是真正的诗，但分行文字带来的视觉冲击是巨大的，它不同于课本上段落的文字，我才知道还有另外文体的存在，这让我非常好奇。我想知道，你的诗歌启蒙或者说诗的发现是什么时间开始的。

朱：我是四岁被父母从牡丹江送到我爷爷奶奶家的，爷爷家在离牡丹江不到二百公里的密山县连珠山公社永新大队。印象最深的就是在五六岁的时候，两次与死亡关联事情的发生，这是说不清楚的潜意识里最初促使我写诗的很重要的动机，一件是邻居家有一个老爷爷，八十多岁死了，当时那个年龄对死亡没有概念，人怎么会死，怎么会消亡，这让我觉得是特别残酷的事情，怎么想都想不通。另一件是有一天下午三点多钟，爷爷奶奶都下地干活去了，我自己在屋里待着，突然下大暴雨，那时候农村每家墙上悬挂一个广播喇叭，一个闷雷击中了它，立刻冒出一个大火球，恐惧又跟死亡关联起来了。我写诗就是因为诗是工具性的简单，是最经济的最直接的表达，甚至到今天，

我认为每时每刻都在面临着死亡的阴影对我们的笼罩，我的诗的表达就是为了对抗死亡。

苏：我相信我们中间每一个人的写作能够追溯到大学以前，也就是说，你的诗歌感觉更早一些，是从幼年时代对死亡的恐惧就开始的，你那么小，离开父母的孤独感是不是也是一个很重要的原因？

朱：我当时还很小，很懵懂，跟我爷爷奶奶是天然亲。我爷爷领我到了火车站，坐上火车就去了乡下，奶奶对我特别好，那个年龄完全是在享受乡村大自然，根本不能体会贫困和辛劳，家里又这么宠你，当时觉得农村很好啊，每天都在玩耍，跟大自然亲近，去河里抓鱼、掏鸟蛋、打狗，感觉一直都很快乐。

苏：我有一个疑问，你在乡村生活应该有七八年的时间，可你的诗从来没有涉及乡村任何的细节。

朱：我十二岁时，我奶奶去世，爷爷没有独立生活的能力，父母把我们一起接回到牡丹江城里。城乡生活的反差，我不想触碰它，一直把乡村作为我最美好的记忆。那时候对现代诗，甚至古体诗是没有认识的，但我非常想表达，总有东西憋在心里。回到城里后，我们家邻居回忆我当时的样子，每天就站在街上看车来车往，看了一个月，就是迷茫，包括到学校上课，哇，这么多人，那时候农村的小学就十来个人，当时对离开乡村特别惆怅。

苏：这一点我非常理解，虽然没有像你那么久的时间待在乡下，每年寒暑假我也会去农村的，除了美好就是美好。在乡下，死亡对你有很深的触动，一直想寻找表达的方式，那你什么时候把诗歌作为自己的表达方式呢？

朱：我父亲也喜欢写点东西，除了他的影响之外，就是阅读唐诗宋词，印象特别深的就是高考拿到通知书，写了第一首所谓的诗，按照五言绝句的格式，“天边火烧云，喜讯落朱门”，下一段的意思好像是说前程远大之类。上大学后，因为对金融专业本身一点兴趣都没有，加上一看大学校园跟中学的差不多，就想退学。当时我父亲是牡丹江市商业大厦的党委书记，他对社会很了解，说这个金融专业培养的人才是社会的紧缺人才，未来的社会从业前景，发展空间很大，同时还动用亲戚朋友来劝我，最后没办法，在妥协中上了大学。由于对所学专业没有兴趣，我就开始阅读大量的专业外的书籍。因为每次借阅图书的册数限制，全班男同学的图书证基本上都在我手上，我住在上铺，弄了个长木板横在床上，上面摆满了书。我主要阅读西方 19 世纪文学，拜伦、惠特曼、海涅、普希金、雪莱……同时还看了大量的哲学和传记，这个时候开始觉得可以写了，可以表达了，但写的那个语言完全都不是自己的语言，就像我们现在有时候批判知识分子写作，他们都是移植来的，写的并不是自己的感受，根本不是自己的语言。我所在的吉林财贸学院，是一个专业院校，和你们吉林大学不一样，当时全国大学生诗潮已经风起云涌，但在我们学校连诗社都没有，很封闭，所以只能在自己的 19 世纪文学的语言和情结里，开始与潮流无关的个人写作。认识你们之后才让我真正感受到大学生诗歌的气息，再加上在长春了解到上一波的诗人，包括徐敬亚、曲有源等人，感觉到所谓的现代诗气息，但是我自己觉得离得很远，没有掌握这种语言形式，也没有进入这种所谓的现代情绪，所以那个时候写的诗基本上还是传统意义上的诗。现在回顾起来，虽然我们同为那个时代起步的诗人，但从大学生诗派的角度来讲，无论是从语言形式，还是情绪上、感受上，我都没有真正进入大学生诗派。

苏：虽然你自认为没有进入所谓的大学生诗派，实际上现在有些文章把你归到那个诗派当中的一员，你是不是觉得大学生诗潮更多的是青春期的情绪表现，主动不想把自己划归其中呢？其实我个人觉得，大学生诗歌在当年对中国诗歌的贡献是巨大的，即便是诗歌多元化以后，很多优秀诗人追其根源大都和当年的大学生诗潮是有关联的。

朱：我觉得有两个原因让我置身其外，第一个原因是从语言上没有找到那种清新的风格，在你们当时出的油印杂志上，我看到张小波的诗让我非常的惊喜，觉得语言可以那样表达，确实被震了一下。第二个原因，无论是从小在农村的这个记忆，还是后来封闭的状态，我都本能地对于任何群体性的结盟有一种或多或少的抵触。和你、和临轩的接触，通过你们连接到大学生诗派、连接到现代诗，更多的是从友情而非诗歌本身。在大学的四年里，其实我一直沉湎于个体的诗歌状态，唯一写了一首比较像大学生诗歌的作品就是毕业前一个月，特别像伊甸和于坚那种大长句子的《男子汉宣言》，也就是说我要毕业了，才跟大学生诗歌的语言风格上沾上一点儿边。现在来回忆当时的情形，我真的不觉得自己是大学生诗歌中的一员。

苏：大学生诗潮并没有严格的流派划分，而是当时大学在学的诗人的统称，从这个意义上说，你是大学生诗潮中的重要一员。但实际上，你又和所谓的大学生诗歌确实是有距离的。我印象你当时的诗歌意象是大胆的，如“颀长的大腿”“白皙的乳房”等暴露性语言，包临轩说，朱凌波就是流氓，没法接受，但我觉得是可以接受的。

朱：上大学的时候，其实身体上性的意识已经开始萌动了。当时我觉得，就是说大学生诗歌的语言要尽可能回避，你们太唯美了、太阳光了、太清新了，我认为我这种东西用你们的语言是表达不了。同时呢，我看了大量西方 19 世纪文学的作品。其中卢梭对我影响蛮深，后来接触到波特莱尔以丑学为代表的诗，包括我喜欢的印象派，尤其喜欢毕加索、达利的绘画，我觉得大学生诗派的语言个人生命本体的东西是有局限的，甚至很苍白，表达不了这种东西，或者是很多人不想表达这种东西，或者是不会表达，对，我觉得我想表达的这种东西，我只能借助于这种 19 世纪文学的表达形式。我想表达生命觉醒的意识，很多词都是赤裸裸的，包括后来写了号称第一首性诗的《热带雨林》，实际上那时候根本没有性经验，但是写了一首完完整整的性的全过程的诗。《热带雨林》后来发表在《现代诗报》上，浙江詹小林编的，然后徐敬亚还评论过这首诗，说它是性意识的解放。

苏：其实我们大学毕业前，就开始商量长春的几位大学生诗人共同出一本诗集的事。我记得 1985 年春节前，你从牡丹江乘坐八个小时的慢行绿皮火车来佳木斯，一起非常严肃地商议这本诗集应该怎么去编，一晃快三十年了，对吧，在这三十年当中，我俩再没有像那次那样认真、专注地讨论过诗歌。当时我们为这本诗集商量出好几个名字，可是最后你操刀时为什么舍弃备选的书名，自作主张地把这本诗集命名为《北方没有上帝》呢？后来《北方没有上帝》出事了，被审查的时候，一位老太太专门质问我说，北方没有上帝，难道南方就有上帝吗！当然她完全是从非文学的角度来谈这个问题的，但你突兀地用这个名字实际上跟我们那些诗是不匹配的。

朱：作为一个刚刚大学毕业的人来说，我也是满怀一腔热情，觉得投身于改革开放的宏伟大业之中，可以做很多事情，但是骨子里深受西方文学的影响，比如自由主义、个人主义、无政府主义，当然也包括理想主义，这种冲突的本身成为我叛逆的理由。大学毕业后分配到工商银行，整个组织体系等级森严，感觉与预想的反差特别大，特别失望，叛逆感就更强了。正好要出这本诗歌合集，我就把这种反叛和愤怒的情绪移植到这本诗集的名字上了。就像你刚刚说的，后来很多人，包括审查的人也在问，你北方没有上帝什么意思啊，不要党的领导吗？没有组织吗？完全是无政府你个人主义的东西，实际上就是说，这本诗集的这个名字呢，和整本诗集的内容是脱节的。

苏：实际上你是用这个书名来表达你个人内心的反叛意识，我在想，这本诗集在当时整个中国大学生诗人群体中是比较早的一本合集，很多同一时期写诗的诗人都记得这个诗集，实际上其中的诗歌作品是很不成熟的，然而我想说的是，这本诗集使你遭受到超出想象的打击和挫折，你记得吗，当年你给我的信中教我如何统一口径，还表示把责任全揽到你一个人的身上，当时的真实情况究竟是怎样的呢？

朱：当时我印象特别深的有两点，第一个就是没想到一本诗集能引起这么大的关注，尤其是几个部门都给我所在的单位发函。我当时感觉就是蒙了，没想到一本诗集能惹这么大的祸，同时也产生了彻底的反叛情绪，觉得社会跟自己已经完全格格不入了。

苏：在那个年代，实际上因为诗歌写作和诗集出版遭受这种待遇的诗人并不少，我们只是其中的一分子，而你又是我们几个人当中承担更多责任的人，这件事应该是影响了你的前半生，否则坐在我对面的你可能就是一个金融精英或者是一个贪腐分子。这件事的最后结果是你回到了原籍牡丹江，那个时候想没想过从此不再写诗？

朱：没有，那时候最直接的反应就是不干了！因为有个深圳特区，觉得那里是一个改革开放实验区，去深圳，而且确实去了深圳，并且工作单位都联系好了，结果因为当时国家有政策，不能接收像黑龙江省这样边疆省份的所谓人才。我父亲也劝我，牡丹江整个金融系统只有你这么一个金融本科大学毕业生，好好工作吧，以后会有很好的发展。当时牡丹江工商银行的领导，是我爸很好的朋友，有点像咱们这样的关系。既然深圳去不成了，洗心革面，好好工作，结果在银行很卖力地工作了两年。

苏：那能不能这样说，我们这一代理想主义青年，内心都有对这个国家对这个社会想做出巨大贡献的愿望，只是现实让我们对美好的初衷有了更深的认识。从你自觉不自觉的离经叛道，到自我觉醒，这种经历对你后来全盘接受现代主义诗歌的理念，投身到现代主义诗歌活动，是不是有着直接的推力？

朱：这个事件是我人生的一个很重要的转折点。记得当时深圳没去成，但我对深圳一直没有死心，所以后来我又去了深圳，当时徐敬亚、吕贵品、曹长青都在《深圳青年报》，在大学的时候通过你知道吉大有赤子心诗社，对他们其实是非常仰慕的，只是没有机缘结识他们，所以去深圳拜访老徐时是一种朝拜的心情。当时去他在红岭的一个小屋子，天气很热，他是穿着背心还是光着膀子，记不清了。我喜欢深圳，一是它的改革开放，二是与东北迥异的气候。我印象特别深的是在深圳第一次喝上可口可乐，感觉就像中药汤立马就吐出去了。记得当时写过一首诗，说深圳下的雨都是温暖的。通过徐敬亚，我感觉深圳是现代诗崛起的希望所在，从那以后我决定彻底投身到现代诗歌运动，把诗歌当作自己生命当中唯一可以坚持的东西，甚至跟生命一体化，把职业和其他东西都视为生存的外在形式。1986 年是相当重要的转折点，老徐准备在《深圳青年报》搞一个现代主义诗歌大展，当时我是作为老徐发起的这个活动的一个主要二传手，他还找了孟浪、海波、尚仲敏等人。老徐用他标志性的左撇子手书了一封邀请函，他的字凤舞飞扬的，然后我们就负责跟全国各地的诗人联系。

苏：我知道你是 1986 年中国现代主义诗歌群体大展活动的主要贡献者之一。

朱：老徐回顾那次大展主要参与者第一个就说了我。那个时候感觉现代诗成了生命唯一的表达方式，对现代诗活动达到非常狂热的程度。由于之前《北方没有上帝》等一系列的打击，我加剧了对社会的叛逆，事实上对现代诗过分的狂热，反而对诗歌写作带来一种伤害，就是无法沉下心来很纯粹地写诗。说实话，不仅是我，我认为很多人的诗歌，在那样一种情况下，诗歌的纯粹性是远远不够的。

苏：我个人认为，即便没有现代主义诗歌大展，当时也会有其他影响中国诗歌走向的大事件发生，毫无疑问，大展直接导致了诗歌多元化格局的出现。在当时一大批优秀的民间诗人一直沉在社会之中，像是一团团的火，他们很难被认可，你来协助老徐做这件事情的时候，首先你是不是对这件事情非常认同，你是否意识到大展将对中国诗歌产生巨大的影响？

朱：我是完全认同大展的意义。因为当时呢，就是说我们用了一个词叫地下诗人，自己宁愿选择去刻蜡版油印，那么老徐提供这样一个窗口或者是一个平台，让大家非常兴奋。而且我认为它的意义，不仅是给这些地下诗人找了一个发表的出口，更是为人们追求个性，追求自由，追求理想主义，找到一个恰当的平台，它的意义绝不仅仅是现代诗，而是一代人的精神出口，所以我是完全认可，并且全力投身推进这个事情的。

苏：在大展前后，我记得你经常是从牡丹江跑到深圳，在北京我的单身宿舍多次做过你的中转站。在你的内心深处，能自由呼吸的地方越来越多了，有没有这种感觉？

朱：其实咱们上大学的时候已经出现思想解放运动，当时整个社会已经在营造开放的氛围，尽管《北方没有上帝》被收拾一下，管制一下，但是并没有感觉到我们父辈在反右时期和类似“文化大革命”遭遇的风险，那是彻底没有出路，现在则不同，叫孤注一掷也好，叫极端主义也好，叫疯狂也好，完全被现代诗运动点燃了激情，我可以不管不顾，处在一种非理性的状态，完全就不考虑个人代价的问题。

苏：1986 年的现代主义诗歌群体大展，好像一共有七十多个流派，我就是被你忽悠进去的，临时拼凑了“男性独白”诗派。我想说的是，你在联系参加大展的诗人时，是不是事先有了倾向性的名单，是依据什么样的原则来选择诗人的。

朱：当时的原则是很模糊的，唯一的原则是选择地下诗人。我记得那个阶段不断收到全国各地诗人寄来的民间诗刊，实际上这个网络自然而然就建立起来了，每天上班就能收一兜子邮件，不仅有四川、北京、上海的民刊，很多小地方也寄来油印的民间诗刊，这是我重要的一个网络，觉得他们好像跟我一样，没有发表的园地，又充满对现代诗的激情，就是这样的一种心态来跟他们联系互动的。

苏：那实际上就是说，你在把这个问题上升到一个高度的话，就是不只是诗歌本身的问题。其实，我想说的是在 1986 年大展的整个过程中你和孟浪等人也起到了推波助澜的作用，算是为现代诗呕心沥血了，但中国诗界是健忘的。你在深圳摔碎了牙齿和下巴是在大展之前还是大展之后呢？

朱：在大展之前。当时趁我老爸出差的便利，我也跟着去了，当时老徐搞了个深圳现代青年诗人协会，我就是赶去参加成立大会的那个仪式。当时孟浪在深圳大学，深大还有几个大学生诗人，其中就有后来比较有名的蓝蓝，他们几个人邀请我去深大做一次演讲。当天白天先去蛇口看一个朋友，他说你就骑自行车去演讲，晚上回来到我这住，可以好好聊聊。当时深南大道还没有完全修好，我骑车骑得非常猛，没有指示灯，结果一下子掉到工程挖的地沟里，整个下巴前冲式地撞到车把上了，哎哟，十几分钟是蒙的，什么都不知道了，完全没有知觉了。那个沟大概有三四米深，自行车掉进去了，幸运的是我没有掉进去。逐渐清醒后，我从身上摸出打火机，先找到眼镜，突然感觉满口都是牙，牙齿全都松掉下来。好在随身带了一本香港出版的现代西方绘画史，花了我五十多块钱，尽管很是心疼书，但没有办法，只好把那本书撕了，一边擦血，一边把自行车拎上来。骑车回去找我那朋友，找了两个多小时才找到我的朋友家。

苏：你为什么不直接去医院？

朱：初来乍到的，根本不知道医院在哪里，首先的想法就是找到朋友。朋友推门一看，以为我被抢劫了，我又说不出话，就报警了。到了医院，需要立即手术，蛇口医院的大夫说，要是手术的话就破相了，因为要从两个耳朵把下巴掀开，我那哥们说这可不行，他是著名诗人怎么能够破相！蛇口医院说，那就送深圳市区吧，到达深圳人民医院已经是凌晨三点多了，开始做手术，整个手术没有使用麻药，我的整个身体痉挛地进入幻觉状态，真的是疼昏过去了。我当时兜里没带钱，医院给老徐打电话，老徐、王小妮、吕贵品来看我，他们第一个反应以为我喝酒喝多了，来的时候竟然还带了几罐啤酒。我住了一个月的院，整个牙齿被铁丝裹住，不能吃东西只能进些流食。

苏：这个我印象非常深刻，你回牡丹江在北京中转时，不是在我的宿舍煮了鸡汤嘛，杨榴红见到你不是说你怎么戴了个马嚼子呢。其实诗歌给我们这代人带来的影响是巨大的，不仅是在灵魂上，在肉身上也一样留有痕迹。诗歌没有给我们这些人带来所谓的名利，相反为之付出太多的代价，因诗而发生的事件一件接着一件，包括你满地找牙的身体损伤。我们现在再谈谈牡丹江，除了你在深圳、北京等地的诗歌活动，更多的时间你是在牡丹江，可以想象在完全封闭的偏僻一隅，当年你的真实状态是怎样的呢？

朱：我在牡丹江一直保持与全国各地的地下诗人书信的联系，然后源源不断地收到自媒体的油印诗刊，后来是铅字诗刊，按当时的说法都是非法出版物。牡丹江很偏僻，也没有现代诗的氛围，但我通过杨川庆结识了时任《牡丹江日报》副刊编辑的宋词，后来我和他一起以“体验诗”参加’86 大展，并成为一生的朋友。应该说，宋词以前是写抒情诗的，跟我结识后转向现代诗。我们共同在牡丹江来推进周边的艺术活动，把当地的几位画家、摄影家凑到一起成立了局外人俱乐部，抱团取暖。

苏：我曾在韩博的一篇短文中了解到你和宋词在牡丹江的艺术活动。

朱：我认为在现代主义诗歌活动中我终于找到了现代诗语言的表达方式，以及跟自己生命本体意识契合的诗歌形式，你不是总说我凭借一首诗闯荡诗歌江湖吗，就是当年写的《空位》这首诗，我也认为这是我第一首可以称得上是现代诗的诗。它标志着生命跟语言找到一体化的表达方式，完全超越了先前古体诗或者是西方翻译文学对我的影响。

苏：能不能这么说，一个诗人成熟之前会有很多练习之作，你在《空位》之前所有的作品都是你的练习本？

朱：可以这么讲，《男子汉宣言》、《太阳岛上》等诗是搭上校园诗歌的最末一班车，但是我始终认为，我和校园诗歌是不同的，大多数校园诗的表达方式倾向于情绪化的唯美，并没有找到自己真正的内心深处对生命的体验感觉。

苏：那么可不可以说，《空位》是你真正进入现代主义诗歌写作的标志？大展之后，你的作品好像比较集中地发在《作家》、《关东文学》等杂志上。

朱：我那时在官方的杂志上基本没有发表作品。印象最深的就是《丑小鸭》能发表一点现代诗，所以我给《丑小鸭》投过稿，发过两首还是一首，想不起来了，这可能是我第一次公开发表诗。

苏：应该不是，长春的《青年诗人》在我们读大学时曾以“大学生诗歌”专栏的形式发过你的诗。

朱：我想起来了，那个《青年诗人》杂志的主编是何鹰，当时我还拜访过他，他从我们的《北方没有上帝》中每个人摘取几首诗做了一个专栏。1986年以后，有了老徐的这个现代诗大展，自己的诗歌也进入了现代诗的写作阶段，所以这个时候就比较关注各种杂志。有一天偶然收到《关东文学》，发现这个杂志居然在做现代诗，而且是公开发行的刊物，当时还觉得蛮惊喜的，所以就给它投稿。因为当时它的主编是宗仁发嘛，后来是《作家》的主编，是一脉相承的。我和这两本杂志联系密切，曲有源当时是《作家》的诗歌编辑，宗仁发是主编，他俩和徐敬亚、孟浪，还有我，曾想编一本《现代诗年鉴》。

苏：好像我听你说过，后来不了了之了。

朱：我们当时写了征稿信，每个人写了一段话，给全国发出去了，后来我也不知道怎么不了了之了，没出来。

苏：印象中你在黑龙江也参加过一些诗歌活动。

朱：我属于墙外开花墙内红。现代主义诗歌大展之后，陆续发表了一些作品，在《诗歌报》发评论，获得一点名声。

苏：那个年代诗坛上既写诗又写评论的人不多，你是其中的一个。我记得你和包临轩联袂写过一篇文章《疲惫的追踪》，是批评谢冕先生的，是基于什么样的原因你会写这样一篇文章，那个年代谢冕是新诗潮的引路人，是中国现代诗的理论家，为什么要朝他开刀？

朱：这是很偶然的事件，去北京出差除了看你之外，当时北大一个五四文学社，张华锋是当时的社长。之前我见到西川，我印象很深的是，他请我吃了一份西式的西红柿拌饭，后来去了瑞典的诗人李笠那里。那天李笠也在北大，当时我希望张华锋和李笠引见我去拜访谢冕，其实见谢冕，某种程度上比当年见老徐更有一种高山仰止的感觉，正像你说的他是朦胧诗的推手，对现代诗不遗余力地支持。但是去他家里拜访的时候，跟他交流发现其实他对朦胧诗有一定的了解，但对我们后来的这些年轻诗人，即所谓第三代诗人的生活方式、诗歌的语言特点等等并不是有很深入的了解。说句不客气的话，好像他想维持自己教父的地位，不得不收集这群人的信息、作品、想法，再去写相关的评论。我觉得其实他已经过气了，已经抓不住现代诗的真实脉络，并不真正了解第三代诗人，尽管他的愿望是良好的，他想保护、鼓励甚至宣传这群人，但我认为他已经远离了我们，所以当时就产生批评他的这种想法。我找到包临轩，我们俩共同完成那篇文章。文章发表后，据说反响很大，很多人包括你也觉得谢冕对我们这代诗人是真心的好，这么鼓励我们，现在就开始批评他，有些过分了，听说他的一些研究生很愤怒，想找到我，揍我一顿。

苏：与谢冕先生我比你接触得更多，更了解一些，你和他只匆匆见上一面，时间那么仓促，交流不会特别充分，其中必有误解。

朱：我们是初生牛犊不怕虎，谁都敢抡，对不对，自己要做眼睛容不得沙子的人，自己想说就说了，包括后来说 PASS 北岛。

苏：你那个时期写过不少评论文章，也写过几篇我的诗论，在《深圳青年报》，以及你所在的《牡丹江日报》都发过。在你的这些理论文章中，我印象最深的就是《第三代诗论》，这是一篇比较早的关于第三代诗人的理论文章。

朱：关于第三代诗人，我写过两篇文章，第一篇应该是1985年的《第三代诗论》，在《深圳青年报》发的，后来在《诗歌报》上发的，是1986年写的，叫《第三代概观》，后来一些海外华人报刊也相继转发，实际上是两篇文章。第三代诗是四川那帮人提出来的，我应该是在万夏他们的现代诗交流资料还是整体主义上看到的，记不太清楚了，反正是民间诗刊提出了这个第三代诗。我当时是两个想法，第一个是，我认为他们提这个界限分界是有问题的，他们是从新中国成立后开始划分的，所以我认为这个界定是有问题的。如果要划分三代诗歌，第一代现代诗应该是五四前后那一代诗人，如李金发、戴望舒、徐志摩包括胡适这一批人，他们才是真正现代诗萌芽的这批人，那么第二批人我认为是朦胧诗，然后才是第三代诗。八十年代的中国是诗人数量最多的时期，全国各地已经出现了不同类型的诗人群体，我想把全国的这个格局尽我的可能和了解把它呈现出来，所以写了这么一个《第三代诗概观》，当时在诗坛还是蛮有影响的。

苏：第三代诗的整个过程需要理论的支持，你的文章恰恰切合了当时的需要，应该说是恰逢其实，对第三代诗人迅速发展壮大有着推波助澜的作用。实际上呢，凌波，我个人觉得大展的准备还是有些仓促的，人员选择上也存在一定的任意性，是吧，实际上遗漏了不少优秀的诗人，但是不管怎么说，大展对后来甚至一直到今天，对中国诗坛的影响是巨大的。我想进一步了解的是，大展之后你是什么样的状态，你必须回到日常生活的状态。

朱：大展确实让我们兴奋了很长一段时间，其实这个大展过后，我们也在反思，包括老徐他发起这个大展，后来他和孟浪、曹长青、吕贵品编了一本书叫《中国现代主义诗群大观》，实际上就是大展诗歌的结集嘛，也做了一些相应的补充。沉积以后我开始想自己的写作之路到底怎么走，所以大展之后一直到1989年的这段时间，确实还真的沉下心来写了一些现代诗。如果从个人创作来说，这段时间对我是很重要的，真正扎扎实实沉下来，而不是作为一个诗歌活动家活跃于社会性的活动和群体性的活动。应该说，我找到了表达自身生命的痛苦虚无的真正的现代语言。

苏：也就是说大展之后你的诗歌写作完全回到你自己的内心，我觉得你的《空位》是一个标志，或者说是你个人写作的一个高度或标本，似乎找到了自己的写作方式。

朱：1986年以后，我的两组诗是这段时间比较有代表性的，一组是1988年的《冬天的火焰》，发在《北方文学》上，还有一组是写于1989年的《最后一个年代》。这两组诗是我个人属于现代诗的比较重要的作品。

苏：说实话，我对你当年频繁的活动和近乎于串联性的诗歌交往是保持警惕的，它除了对壮大名声有好处，我不觉得会对诗歌写作有益处。你还记得吗，你每次途经北京住在我的宿舍总是很晚回来，为中国诗歌的繁荣可谓是殚精竭虑了。那个时期我是比较安静的，而且我是主动的疏离、疏远，坚持安静写作的状态，实际上我们的观点是不一致的，你简直就是处于疯癫状态，北京还有你没见过的诗人吗？除了北京、深圳，你好像到处参加诗歌活动，包括上海你也去过，见了舒婷，舒婷还专门写过一篇短文《不要玩熟手中的鸟》。我的印象里到处都有你在，你是完全作为一个诗歌活动家。问个其他的问题，那时有没有官方找过你，比如希望你加入协会啊。

朱：其实真正去的现场并不是很多。当时我在银行工作有出差的便利条件，有时候老爹出差我也跟着蹭，主要就是深圳、北京、上海这么几个地方吧，别的地方基本没有去过。在上海见到舒婷，还有北岛、宋琳、马原等人，但跟全国现代诗人的书信往来是频繁的。那时在南方有几大诗歌阵营，一个是四川，一个是上海，孟浪他们这几个人属于在野派，不像复旦大学、华东师大这帮诗人已经被主流接受，经常发表作品，而孟浪、默默这帮人远离主流诗坛，而且他们的生活方式很江湖化。实际上我也是这种状态，跟孟浪这帮人，四川这帮人，包括郭力家这帮人，找到了一种天然的共鸣，或者是臭味相投。大家都在社会底层，远离主流社会，甚至都不在国有单位，这样的一种生存状态都处在边缘化，所以当时跟这些人交往是最多的。说白了，现代主义诗歌大展主要是这些人的展，就是大家没有找到主流的平台，生存方式也都处于边缘化，加剧了强烈表达自己诗歌主张的意愿。至于官方的邀请，唯一的一次是在1987年，黑龙江省作协找我去参加一个青年诗歌研讨会。省作协发给我一个申请之类的表，我居然做了一个特别极端的行动，当着人家的面把那个表直接扔到垃圾桶里面了，现在想来确实有点过分了。

苏：这也说明一种态度，就是你坚持的原则和坚守的立场是一脉相承，从来没有偏离过。你始终在讲，你写诗是为了对抗死亡和表达内心，但作品是另一回事，难道你不希望有更多的人读到它，甚至获得赞誉吗？其实我想说的是，诗歌江湖也是个名利场，你到底有没有功利性的想法？

朱：我的写作目的只有两个，一个是表达自己，一个是对抗死亡。前面已经说过，我在很小的时候，就觉得死亡一直是笼罩我头上的阴影，我们的终极就是走向死亡，这是生命中罩在头上的最大一块乌云。我觉得诗歌是我对抗死亡最直接的最有力的表达方式，那么从写作过程本身，在写作的时候是没有任何功利性，但是写完了以后，确实也想过发表，包括自己印制交流文稿等等。骨子里却有另外一种功利的渴望，就是想获得传世的名誉和荣耀。像唐宋时代和 19 世纪的那些著名的诗人啊，确实有这种青史留名的想法，这是不容置疑的，但在现实中我对诗坛上那些功利性的奖项是抵触的。

苏：这是我们这一代人共同的精神特质，我们写诗完全是忠实于自己的热爱，是生命潜能的冲动，说到底，不仅与奖项无关，和所谓的诗坛也是没有关系的。我们接着谈另外一个问题，如果让你来划分自己的写作时期你会怎么划分呢？

朱：在大学时代，通过阅读 19 世纪文学作品，开始对新诗有了感觉，通过你们对校园诗歌有了一个接通并尝试新诗写作，但主要的表达方式包括语言技巧还是局限于 19 世纪文学的文学手法，还没有找到与自己生命相对应的诗意语言。一直到了 1986 年的大展前，由于自己的生活经历，使我跟社会产生了真实的对抗，我开始沉浸在个人极端的愤怒和反叛，以及空虚和对死亡的未知的恐惧中，我感觉自己才找到身心合一的语言方式，这时候写的诗才是真正意义上的现代诗。实际上，上世纪 80 年代末，海子之死是一些节点，不仅是对我个人的诗歌写作，而且对我个人的生活方式，甚至在社会存在的方式都发生了根本的逆转。

苏：那些年是我们这一代人精神的分水岭，我们不得不在惶惑的状态里各自寻找精神的出路，很大程度上它决定了我们每一个人一生的选择。

朱：其实我当时在牡丹江这个偏僻的小城市，我也组织了媒体的中青年的记者、编辑的活动，牡丹江市的主管领导下指示，说要对我这个人实行“以干代工”的政策，过去我们知道毛泽东时代的“以工代干”，干好了可以转为干部，现在竟然反过来了，要我以干代工，不能写稿，到排版车间当工人。听到这个消息，我的第一反应就是不干了，可我不能离开牡丹江，我只好撒谎，说去大庆看我姑姑，实际上我是跑到了大连。我的一个小诗妹，也是我的崇拜者，在大连《海南经济报》记者站工作，她认识了一家民营企业，说需要金融管理人才。这个时候我才觉得我学的专业可以派上用场了。

苏：看来在中国一个人应该多学几门生存的手艺。

朱：去大连我的印象特别深，当时我还是长发披肩，摇滚青年那样的打扮，直接去了人家的办公室。公司的办公室在四星级的大酒店，所有的办公室人员，一律西装革履，我进去后反差特别大，估计他们觉得来了个艺术家。公司老总说，朱先生，对不起，勉为其难，我们这是企业，我们不是文化馆，麻烦你去把头剃了。当时我很痛苦，头发不仅仅是一个头发的问题，它已经成了尊严的象征。被逼无奈，我当时找到大连最好的国营红星理发店，剃去伴随我多年的长发，第一次喷了个摩丝，觉得特别不适应，又去另一个理发店找了把木梳把摩丝全部梳掉。坐在金碧辉煌的办公室里，俯看大连繁华的大街，看到现代生活，看到商业的繁荣，我有一个特别强烈的感觉，那就是我的生活将从此发生巨变，要跟过去的生活跟我用命抗争的诗歌一刀斩断。

苏：从你大学开始，一直到你和诗歌所谓的一刀斩断的时间里，哪些人在你的诗歌生涯里，给你留下深刻的印象，或者对你有至深的影响？

朱：应该说从语言上，从诗歌的表现方式上，有几个节点对我来说是重要的。一个是在大学即将毕业的时候，我看到张小波、于坚、伊甸等人的诗，他们的诗对我有比较大的刺激，觉得诗歌可以这样表达，包括自己后来写的《男子汉宣言》，和他们的风格很是相近。第二个毋庸置疑的就是大学毕业以后，我才广泛阅读朦胧诗那茬诗人的作品，北岛、顾城、舒婷等朦胧诗人是我的现代诗启蒙，使我彻底跳出 19 世纪文学的影响和局限。强烈感受到现代诗的氛围，是接触到徐敬亚，因为他不仅代表他一个人，尤其现代诗大展，他代表一代人，他本身是横跨朦胧诗和第三代诗的一个桥梁式人物，所以这个是很重要的契机。后来，跟全国众多现代诗人通过书信往来，交换油印刊物，良性互动，互相感染，互相影响。对待诗人，我有三种划分方式，一种是因为诗成了一生的朋友，对人和对诗歌都认同；一种是对诗认同，对人不认同；还有一种就是诗歌和人都不认同。

苏：如果按照你的说法来划分，还有第四种，就是对人认同，对诗不认同。

朱：同意。因为诗结识了一生的朋友，包括你、徐敬亚、孟浪、包临轩、宋词等等，这些人成了一生的兄弟。我认为这些人对我的精神影响，诗歌已经远远小于友情的价值，友情比诗歌的意义更大。还有一大批的人活跃在现代诗坛，从诗歌的角度，也算是很好的朋友，但是他们并没进入我的私人生活，没有和我的精神、灵魂、情感发生更多的联系，只是从诗的角度，大家有交流，互相有影响，互相有认同。兄弟当中当然包括杨锦啊，杨锦是一个很特殊的人物，从诗歌角度，他不是现代诗人，他最重要的成就是散文诗。因诗结缘并超越诗歌本身的友情还有很多，像杨川庆啊，也是自己一个很重要的兄弟。其实很多人当时都有书信往来，只是没有现场的交往，完全是空中纽带，虚拟的纽带，当年写诗最狂热时没有认识，过了这个特定的时期反而很难再找到特别亲密的感觉。就像我后来最认可的朦胧诗人王小妮的一句话，三十岁后不认识的人就不想再认识了。

苏：我倒觉得你的感觉并不错啊，在那个年代，写诗是一方面，关键是超越诗歌结识一些兄弟是更重要的事情。1989 年，你从牡丹江来到大连投身商界，这是一个非常重要的诗歌和人生的转折点，我能理解你主观上跟过去跟诗歌一刀斩断的绝念。之后你在大连娶妻生子，开始过上正常人的健康生活，反而是一件好事。依我看来，1989 年之前，你写的诗基本上是消极的、愤怒的、叛逆的，甚至语言都是丑的。那么 1989 年以后，你诗中很少出现顽石般块状的东西，出现了流水，出现了美，出现了光辉和温暖。

朱：是的，这一个时段就出现了很重要的转折。其实我之后的诗从来没有拿出来发表，甚至像你这样最亲密的朋友看到过的也都不多，像你说的那样，我在抽屉里完成了自身诗歌的转变。我觉得这一阶段的诗歌，是我诗歌写作的最高峰，像《预言的山坡》就是有了女儿之后写的，我开始真正体会到生命中喜悦的幸福和爱的光辉。

苏：你当然是一种比较典型的状态，其实 90 年代末不止是你一个人，是一大批人都离开了所谓的诗坛。有些人从此彻底不写了，有些人写了也不再拿出来发表了。我选择了留学。你离开牡丹江后，在大连居住应该有七八年的时间，与诗歌相关的活动真的是戛然停止了吗?

朱：在大连谈好了接受的公司，我就回了牡丹江，第一时间找到报社领导，他们很开心，祝贺我终于找到更好的出路，希望有更大的发展空间等等。过完元旦，我就去大连报到，去上班的印象特别深，早上要打卡，这在1990年算是很早的现代管理制度，过去我因为读书写诗习惯于夜生活，一般都是每天下午才起床，所以坐在办公桌前不断地打瞌睡，脑袋咣咣地往桌子上磕，最后部门领导实在看不下去了，说你这样吧，你先到洗手间去眯一会儿吧，大概经过三个月才慢慢地调整过来。

苏：可以说到大连后，是你生活方式的一个重要转折点，正像前面说的你的生活要发生根本性的变化，要和过去一刀斩断，主要是和诗歌一刀斩断，事实上真的是这样吗?

朱：我到大连后，基本上跟诗坛的活动和诗人一刀斩断，除了像你这样因为诗成了兄弟的人继续保持联系外，我和诗歌圈的人真的没有联系，直到后来几年才偶尔写诗，写完以后也不会拿出来发表。

苏：一个诗人可以和所谓诗坛不发生任何联系，但我不太相信他会决绝放弃写作。

朱：偶尔写诗是为了我自身的一个循环，当然还有一些理由让我用写作来完成，比如在大连进入到商界，体会到物质和精神、财富和贫穷的巨大反差，这也刺激我另外一种写作的想法。再一个很重要的原因，在大连我结婚生子，真正体会到普通人的生活，体会到爱，体会到亲情，所以跟以前的状态有着明显的区别，那时候是叛逆的个人主义的极端的灰色的，这个时候开始有了温暖，开始有了平静。

苏：在90年代，我们离开诗歌圈的时间差不多，我是1997年底回国的，这七八年我也没有发表过任何东西，但一直坚持在写，我的想法非常简单，就是我没有找到其他表达内心的方式。据我所知，孟浪曾到大连去过，能不能说你实际上还是和诗人有着若隐若现的联系呢?

朱：孟浪是1992年过来的。他因为个人原因被关了一段，出来后一直处于被关注的状态，其实我到大连前半场也是处于相同的状态。因为诗歌和你，和临轩，和老徐，和孟浪成为一生的朋友和兄弟，所以跟他的联系更多的是从情感的角度，跟诗歌没有太大的关系。当时我就职的那家公司后来被定为建国以来最大的金融诈骗案，我就自己出来开了个广告公司，而且用的名字就叫一行广告。其实你说的是对的，还是跟现代诗有情结，严力在美国办了《一行》诗刊，我做过东北区的总代理，后来成立公司就干脆叫了一行。当时孟浪生存没有着落，一个是孟浪本身的文采，第二个想让他有个着落，所以孟浪就出任我们公司的文字总监和创意总监。

苏：你和孟浪凑到一起，我就更不太相信你会和诗歌清算得那么干净了。

朱：那个阶段其实我们做了些所谓的行为艺术活动，在全国影响还是比较大的，后来也出事了。我的这一生好像不断在出事，写诗出事，出诗集出事，就职的那家公司也涉嫌全国最大的金融诈骗案。当时搞了两个行为活动，第一个是和顾城有关的“诗人之死”。我们买了很大的一块黑布，然后在上面绣了四个红色大字，诗人之死，把它铺在大连市政府前面的中山广场，不是中山广场，是斯大林广场，把所有和顾城相关的报纸和诗都缝在黑布上。

苏：很大的黑布究竟有多大呢?

朱：按平方米算大概有四五百吧。我们把这块黑布挂在当时在大连很有名的宾馆，叫大连宾馆，我们在楼顶上面买了个广告位，凌晨两三点钟，带着一帮民工上去，把这个黑布挂在上面。第二天全城的人都在看，媒体包括海外的媒体都在跟着采访，引起了相当大的轰动。第二个事儿影响更大，孟浪和我的一个创意，就是在毛泽东诞辰一百周年时做一个“包装中山广场”，后来被称为建国以来最大的公共艺术活动。我们用了101个氢气球，据说除了1949年开国大典之外，这是第二次用这么多的氢气球。这种氢气球要在气象局去预定，气象局的局长有情结，特别热情，积极参与，他帮我们全省范围内收集氢气球。我们当时策划就是用一百个氢气球，每一个气球下面有一个条幅，每一个条幅上书毛主席语录或诗词，另外一个大的氢气球放在中间，当大红太阳，那一百个氢气球用红线跟这个大氢气球连起来。我们请了十个画家现场画毛主席像，请了一百个少年儿童现场画红太阳，北京圆明园的画家也参与了活动，同时还请了摇滚乐队去演唱革命歌曲。当时大连一家很大的房地产公司的老板赞助，这个人是当年的红卫兵，对毛主席有很深的感情。整个活动策划都非常好，但因我和孟浪，有指令说这是利用新的经济公司方式制造事端，所以活动的前一天晚上被封了。我们当时并不十分清楚，第二天早晨只有十位画家到场，其他预定的人员、乐队、少年儿童，包括预订的材料，全部都没到场，都被有关部门限制住了，活动无法进行下去。后来就把十位画家画的十幅毛主席画像拉到我们经常去的一个小饭店，因为老板跟我很熟，大家就一起痛饮大酒。这个现场活动没搞成，却收到特别意外的效果，事先写了新闻通稿给全国媒体发出去，《中国青年报》在头版重点报道了，大概有三十多家包括香港的报纸，全部登出来了，把它称作是中国公共艺术史上的一个创举。

苏：我觉得这是现代主义诗歌的变相形式，是用其他艺术形式彰显你们内心的诗歌情怀。还有一点不明白，任何公司都是以盈利为目的的，听下来我觉得你并没有进入公司经营的层面。

朱：这个我可以说，当时只是想利用这次艺术行为，目的只是想赚些钱。实际上也不是搞这个活动来呈现现代艺术活动，是把它当作广告的商业活动，是想通过赞助的方式获得经营的收益。

苏：你过去是个体的，现在是家庭的和社会的，原来是诗歌的、诗意的、诗性的，现在是生活的，你在不断贴近中国经济高度成长的时代，并想从中获取一份红利。

朱：这是毋庸置疑的。1990 年进入商界以后，自己原来学的金融学这种所谓的经济性，包括个人的物质需求，包括对乌托邦的幻灭，已经没有从主观上呈现艺术的想法，就是把它当作一个商业形式。

苏：你觉得你自己是背叛了最初的理想还是向生活妥协了？

朱：我认为这两个词都不准确。我当时有着一种特别决绝的态度，就是想跟过去包括诗歌一刀斩断，我想做一个普通的人和正常的人，甚至想把曾经有过对政治的热情，想改变社会的念头一并根除掉。

苏：对政治有热情是我们这一代人的共同特点，我的选择是从边缘人，到旁观者，到局外人，现在我希望自己变成空气人，尽一切可能不和社会发生关系。恕我直言，你是一个有政治抱负，或者说有政治野心的人，虽然有些莫名其妙，但我还是想，你可能做诗歌的叛徒，对政治那种独特的兴趣，你能扼杀得了吗？

朱：实际上我是一种矫枉过正的表现，原来更多的是希望通过理想主义改造社会，现在不会再通过这种理想，而是想通过更实际的商业活动，改变自己的生存命运，让自己在这个社会更有话语权，从实质上推动社会的进步。我没有改变整个社会的企图，是想在自己力所能及的范围内，创造出更有利于自己的或者是更有利于挚爱亲朋和同代人的环境，哪怕是一个小的氛围，包括今天我也一直在践行着这样的想法。

苏：实际上你在大连的后期曾到过深圳短暂地生活，最后为什么又去珠海闲居了一年？那这一年中你重新写作，写出一些专栏文章，却没有爆发式地写出一批现代诗，没有重新做一个诗人呢？

朱：我觉得去深圳，尤其去珠海是我人生的另一个重要转折点。刚才提到几个转折点，实际上到了商界，也想改变自己的生活，也想努力生活，按理来说在我们这代人中我算是投身商界最早的，到今天为止，我认为我不是一个成功的商人，甚至说是一个失败的商人。在商界的这些年里，那段时间我突然产生强烈的厌倦感，当年正值香港回归，中国股市基本上就是变态的疯狂，不论是个人还是机构，我也参与到这种疯狂的炒作之中，但结果是，由于自己缺乏判断特别是控制，我个人和代表的机构的损失是惨重的。

苏：我虽然一直从事投资银行工作，但从不参与二级市场炒作，一直认为尚未健全的市场很可能就是一个屠宰场，所以我佩服你的勇气。我觉得某种程度上，你是一个极端的人，当年进入诗歌状态如此，从事商业活动也如此，虽然身份变了，其实你还是在艺术家状态的层面里实施你的经营策略。

朱：我到珠海有两个原因，一个是十几年的商界生活让我感到厌倦了，一个是股票投资失败的重大打击和损失，也让我产生了一种疲惫感。我最亲密的兄弟宋词在珠海，我在深圳期间经常去看他，珠海这个海边城市，生活节奏比较慢，特别适合安居乐业的生活。我表现出这种情绪以后，宋词就说干脆你到珠海来休息一段，当时这个哥们儿把房子都给我租好了，所以我就收拾收拾家当，带着老婆孩子去了珠海。我的想法很简单，去珠海就是休息，什么都不想，但是休息一段又闲不住，当时兴起自由撰稿人的风气，我一想闲着也没事正好把这些年的个人感触和商界体会写一写，所以我跟我太太，实际上我太太也是文学人，也写过小说，我说这样，咱俩也写一写，看看能不能维持最基本的生活。那一年我们是很认真很投入地写，把想好的标题都贴到墙上，我每天白天睡觉，晚上吃个饭，冲个凉，还不会电脑打字，预备清凉油，蜡烛……

苏：你要蜡烛干什么用呢？

朱：预防停电啊。当时为了保留底稿，就买了复写纸，每一篇稿子都是一式三四份的样子。

苏：你都给哪些报刊投稿呢？

朱：我最早给的就是最认可的几家报刊，《南方周末》、《南方都市报》，再加上《书城》杂志，后来还有深圳、珠海当地的报纸，印象特别深的是第一篇稿子的标题《洪水已过，尖刀安在》，是写崔健的，《南方周末》那个周刊版编辑是诗人马莉，虽然没见过面，但跟她老公评论家朱子庆原来经常有书信往来。我记得他们还来过电话，说怎么你又出山了？马莉把我原来的题目改了叫《崔健：激情不在》，那篇文章影响比较大，被全国不少报刊包括《读者文摘》都转载过，尤其我在这篇文章里引用的美国作家《麦田里的守望者》的作者塞林格的那句名言“一个不成熟的男人是为了某种高尚的事业而英勇地献身，一个成熟的男人是为了某种高尚的事业而卑贱地活着”，更是被传诵一时。那一年里，我和我太太协同作战，我写作，她带孩子，有时她也写，每个月的稿费大概在三千到四千元，在珠海生活是没问题的。当时每天晚上，我和我太太做一桌的酒菜，把宋词，还有其他的邻居喊过来喝酒，一直喝到半夜，天天就过着这种流水席般的生活，然后就熬夜写作，到目前为止我认为对我来讲最开心最平静的生活就是在珠海这段时光。

苏：你从 80 年代中后期狂热的诗歌写作，到了 90 年代后期的专栏写作，你觉得它们之间有着某种必然的联系吗？

朱：严格意义上讲，是没有什么联系的。在珠海的写作就是两个原因，第一个就是闲待也是没事，另外一个毕竟写作是我天然的能力，还是想写点东西，也算是给生活的补贴。这样既可以把我这么多年沉淀的东西写出来，还想通过写作这种方式赚点生活费，养家糊口。

苏：现在看来，你在珠海这一年的生活是你生命中非常愉悦的时间，那为什么不像宋词那样选择在珠海生活呢？

朱：在珠海待了一年后，一个是不能坐吃山空，一个是还想干点事，当时并没有什么目标，就是想再找个地方。决定之后我就又找了个理发店理发，第一份工作是当时很大的一个公司科龙电器，当时是公关部需要一个头儿，我就去了，结果三天就跑了，我深刻地认识到我已经不适合机械化的大组织生活。然后我就跑到北京，你的朋友帮我介绍了山东一家上市公司，他们想做重组，当时给我一个财务总监职务，跟他们忽悠了小半年。

苏：那时我刚回国不久，2000 年吧。也就是说你的诗歌实际上留在了上一个世纪，那我们现在单纯地谈谈你的职业和生活的选择，有时职业的选择也是鬼使神差，你肯定没有事先预想到，你会进入房地产这个行业。

朱：实际上这又跟诗人有关系了，到北京以后，不得不提到无论对中国诗坛还是对我个人都很重要的一个人徐敬亚，应该说我是真正把他当作亦师亦友的人。在诗歌上我也感谢他，当年通过他的《深圳青年报》平台，投身到现代主义诗歌运动。而我真正进入房地产领域，也是徐敬亚把我带进去的。当时老徐也像我一样，无论是生活所迫还是为了干事，已经成为房地产策划大师了，他当时在河南郑州一家公司做总策划，后来是总经理、首席顾问等职位。当时河南这家公司要改制，要找金融专业人才，老徐就把我介绍去了，去做董事长助理。在郑州待了有大半年，当时和敬亚、小妮两口子住在一栋别墅，朝夕相处，无论是工作还是生活甚至对诗歌，甚至对写作，也是我非常开心的一段时间。我特别感谢老徐，其实我跟老徐一样，去郑州肯定是一个临时之举，过渡，所以待了半年，再加上跟那家公司的老板有很多东西契合不上，我就又跑回北京，这是2001年，这一年算是我正式进入房地产行业，一晃过去十三年了。

苏：这十三年里，房地产正好成为中国国民经济发展最重要的一个支柱产业，实际上有些滑稽，我觉得这个选择可能更多的源于你的专业的判断，这和有过专业训练是不可分的，你最后成立亚太商业不动产学院，在全国范围内从事培训和行业顾问等工作，是有远见的，它能让你有一个广阔施展你的想法的空间。现在我们再回过头来谈诗，你和老徐、小妮在一起生活了有大半年吧？和他们近距离地生活是不是又产生了写诗的愿望呢？

朱：没有，一点都没有。你不是也劝我把过去的作品整理出来出一本诗集吗？不是我装作无所谓，确实没有发表或者出诗集的愿望，在这一点上，还说一个对我个人很重要的事情，就是死亡、孤独的情绪一直在笼罩着我，我总觉得我这一生，这种虚无的东西像空气一样，经常让我瞬间感到窒息。

苏：你不是说过写诗是对抗虚无的方式吗？你既然还活着就是没有找到死去的理由，而这种虚无的情绪又在每时每刻地困扰着灵魂，为什么不用更强大的方式，比如写作去对抗这种虚无呢？况且从我们的青春开始，诗歌作为一个很重要的载体，无论最后它是不是完整地或者完全地表现了你的内心，作为一个很重要的思想出口，诗是独特的表现方式，包括现在你想重新成为一个诗人的愿望吗？

朱：没有要重新成为诗人的愿望。我只是觉得到了四十五岁以后，尤其后来从商业的第一线退出，到清华大学包括现在自己做的这种专业培训，其实这个转机也是我另外一个转折点。一个是商界多年的拼杀和危机、风险相伴的生活让我厌倦了，一个是成为成功商人的失败也让我厌倦了，还有一个是骨子里的人文情怀也好，或者是虚无主义也好，我只能接受选择的结果。我选择去清华大学做培训，是想做一个从容却不一定很赚钱的事情，这份工作最起码是我喜欢的，可以自主支配，能够按照自己的想法去运作。当然在这样一个恢复的过程中，诗歌也慢慢开始复苏，有时像潮水一样从我的后背开始蔓延淹没，但我没有想在所谓的诗坛上获得诗人的位置，我始终认为我就是一个诗人，不需要任何人来验证。人有两条腿，我认为诗歌是我精神人生的第三条腿，它最终能使我的灵魂找到真正的平衡。

苏：实际上你在 80 年代中后期介入诗坛有些用力过猛，当时我就劝过你，其实是没有必要的，我一直认为写诗是个人的事情，不能把它搞成热火朝天的社会活动。如果不是前几年做了《诗探索》杂志的义工，我可能就不会参加社会性的诗歌活动，说实话，我还是习惯和商界的人打交道，他们比较真实，能合作就携手，不能合作就各忙自己的事，而诗歌圈则不同，有太多的搅拌和立场。即便一直坚持写诗，也是和所谓诗坛没有关系的，一是厌倦它的存在，一是视它并不存在。

朱：没错。我认为诗歌有三个层面的意义或者情绪可以表达，一个是给自己写的，第二个是给诗人写的，第三个是给普通读者写的。对我来讲，骨子里我就认为诗就是给自己写的。90 年代以前之所以更多的是把它变成诗歌运动，更多的是想得到现代诗人群体的认可，这是不是你说的功利性的一种呢？但我从来没有想过为读者的感受和阅读而写诗，我认为写作完全是自己主观的真实的想法，写出来了就行，我也不会主动寻求发表的地方。作品一旦完成就跟我没有任何关系，而且我认为写作与发表与传播是两码事，我写的时候一定给自己写的，最纯粹的，没有任何杂质的，能不能获得认可是另外的事情。我崇尚自然主义。无所谓，尤其到了今天，读者或者诗坛对我没有任何意义。

苏：如果让你自己划分，你怎么来描述最影响你诗歌写作的主要节点呢？

朱：从诗歌的角度讲，刚才我们其实已经说到几个节点了，第一个说不是诗歌对我的影响，是死亡，童年时代的死亡触发了我想表达怎么对抗死亡，或者是表达生命存在的方式，因此诗歌无论从客观还是主观上成为最适合我的表达方式。应该说最初古典诗歌对我最有影响，上了大学就是西方19世纪文学，大学的最后阶段才开始了解你们当时很活跃的校园诗歌，然后才是朦胧诗。我重视自己生命的体验，包括我们出诗集所受的打击，对失败的体会，开始真正找到了生命和诗歌一体化的写作方式。1986年到1989年期间，完全是现代主义诗歌运动，我觉得有些偏离了个人的写作轨道。进入商界以后，反而觉得写的诗是最纯粹的，最没有功利色彩的，也是我自己最好的诗，但是这些作品基本都没有发表过。

苏：说实话，以前你的诗很多是撕裂的破碎的，甚至有些是语无伦次的，必须要有足够的耐心和爱心才能阅读。

朱：以前，我的诗基本上都是丑学的产物，里面没有美，没有光明，没有积极的东西，完全是对人性对社会，甚至对人类都是批判的、叛逆的、歇斯底里的，这种写作风格在我进入商界以后，尤其自己置身于社会化的生活和家庭生活当中，才是一个正常人的状态，开始有了美，有了希望，有了温暖，有了平静，有了韵律，这一时期的诗歌语言就流畅起来，语言呈现出光辉。

苏：写作的本质并不在于技巧上的优劣，但写作是需要技巧的，你觉得你有变化吗?

朱：也是在两个阶段的变化。1989年以前，我写的诗基本上都是短句的、节点的，因为想批判，想愤怒，有太多的矫枉过正，所以这种表达就严重地破坏了诗歌的整体性，包括诗歌的魅力。之后我进入了正常生活，进入现实，进入家庭，进入爱，进入亲情，语言开始变化，不再是一块一块的石块，而是变成了流水，溪水，呈现了流动性，呈现出一种音乐感，而且带有一种光明的、明亮的、意境的特点。如果说之前的那些都是哲理警句式的，后来的诗都带有一种韵律，所表达的都是预言的东西，是诗歌。

苏：每个人的作品都有自己的独特性，和任何人都不具有可比性，我个人认为你自我遮蔽了自己的作品，使很多人并没有完整地了解到你的作品。我们处在一个嬗变的时代，除非同时代的写作者，现在很多写诗的人已经不知道朱凌波是谁了，也不会记得你当年对现代主义诗歌的贡献。

朱：前几天看到一篇文章，说诗人们纷纷获奖，而当年大家只是寄希望自己的东西能传递出去，应该说功利性很弱。现在整个社会的各个领域都在功利化，当然能够获奖，因获奖带来的各种好处，并以此来改变自己的处境，似乎也没什么错。但在我们这些人的内心里已经没有诗坛，只有诗，哪怕我的诗只有你苏历铭看，只有宋词看，或者谁都不看，就我自己看，诗也有了它存在的意义。诗对于我们来说，说大一点是生命存在的方式，说小一点是运用智慧的一种方式，这就很重要。我们摒弃社会上很多看不上的东西，对诗歌也是一样的态度，一是诗歌本身的理想，它是美的、纯粹的个人主义，不应该具有功利。诗歌的意义跟哲学一样，是人类智慧最高山峰的两面，这边是诗歌，那边是哲学。第二个，我认为很多诗人是没有诗歌以外的能力去创造他想获得的现实生存条件，所谓诗人无饭，至少第三代诗人那批人都有诗歌之外创造财富的能力，不用依靠诗歌来完成这样功利的东西。

苏：就是说诗人应该通过其他技能来获得生存的必要条件和财富，不能指望诗歌给他带来诗歌以外的任何东西，让诗歌纯粹到艺术本身。

朱：试想一下远古时代的诗人，他们生活在自然主义的状态下，只要随便撒几颗种子就可以长出粮食，随便摘几个野果就可以饱腹，他是没有任何功利性的，他只作为诗人表达最纯粹的情绪。19 世纪西方的诗人，大都通过家族的力量实现物质的自由化成为贵族，完全不用为任何生活去困扰，所以他们写的是浪漫主义的诗，而中国当代的一些诗人们，幸或者不幸都要我们自己完成既要作为诗人表达自己精神的东西，还有作为一个生存体去完成物质的东西，这直接导致我们这一代诗人缺乏作为诗人的纯粹性。

苏：80 年代可供选择的机会太少了，我们似乎只能选择诗歌当作精神的出口，其实一直走到今天，中间也受到了很多的干扰，可最后我们还是坐在这里认真地谈论诗歌，不能不说诗歌已经成为我们生命中无法剥离的东西。

朱：实际上它已经成为生命的一部分，叫血液也好，或生命灵魂的烛光也好，它是照亮人生的黑暗，照亮对死亡的未知，照亮我们冗长的功利的琐碎的生活唯一的神器，所以诗歌对我们的意义是非常重大的。

苏：对，包括我们今天谈论你的诗歌经历和你的个人诗歌史。

朱：除了个体生命以外，我们在给诗歌赋予其他意义，它也应该有这样的功能，就是当下的社会里鱼龙混杂、急功近利、贪污腐败、拜金主义，表现出来的是粗鄙的、混乱的、低下的状态，那诗歌就是可以照亮生命和人类的光明，是每个人都能享受到理想主义的美的善的纯洁的向上的一种光芒。我觉得诗歌若从这角度去理解，它从诞生到今天的价值或者说意义就更加重要了。诗歌的所谓功利性应该体现在这个方面，再往高了说这也代表了一个国家一个民族的文明发展水平，换另外一个角度，我认为诗能让我们每个人发出一种微光，照亮黑暗，这是诗歌功利性最应该体现的地方。

苏：第三代诗人当中，像你这样表面上基本不再写诗的似乎还有丁当、万夏等人，但也有一些人后来成为了著名诗人，有的人被誉为大师级的诗人，诗歌给每一个人带来的结局是不一样的。海子是我们这一代诗人中的杰出代表，今天一定会有很多人以各种方式纪念他，我真的不想看到他被过度神话，或者庸俗化，他值得我们始终敬重。

朱：刚才浏览微博，看到有人对海子选择自杀进行抨击，认为海子是个傻子，说他选择死亡是一种懦弱的表现，这真是对生命，对人的价值根本没有理解。要我看，从诗的艺术角度讲，很多当年跟海子同时期的诗人，活不活着其实没有太大的意义，但从个人角度，他取得另外一种社会意义的成功，现在生活得很好，也没有非议的必要。诗人写诗除了表达自己之外，还有对诗歌在人类史上流传性的向往，像现在的人谈起李白、杜甫那样。海子认为他已经找不到活下去的理由，而我们为什么可以活下去，可以说是妥协，可以说是背叛，也可以说是苟且，但是我们还是有活下去的理由，这个理由可以是个人的，也可以是个人以外的，可能是为了父母，为了孩子，甚至为了一个梦想，为了祖国，为了人类，作为诗人，我们一定要认识到他的选择是理性和尊严的。

苏：今天我们就谈到这儿吧，它使我对老友的诗歌轨迹和思想脉络有了较为清晰的了解，咱俩都不要为今天的杂谈做结束语，因为未来还有半生的时间可以挥霍，三十年后我们再做一次对谈，到那时做一次无法翻案的总结。我会努力活在你的后面死，承诺帮你出一本精装本的诗集。

文本细读

穿越在风暴之上

——伊路《鹰的黑影涂暗了风暴》细读

邱景华

几百年以前
有一只暴烈的鹰
血淋淋地啄掉了
自己的脚爪
为的是解脱拴它的锁链

失去脚爪的鹰
自由地翱翔在天空

——牛汉《鹰如何变成星的童话》（节录）

在当代诗人中，写鹰，写得最好、影响最大的是牛汉先生。因为他是蒙古族人，游牧民族对于鹰的崇拜和喜爱，作为文化基因，早已积淀在他的无意识之中。他所写的《鹰的诞生》《鹰如何变成星的童话》《鹰的归宿》等诗，形成一种独特的想象模式，就是以雄鹰为意象，象征在苦难中英勇不屈的人格和精神。换言之，这位“诗坛硬汉”，是借“雄鹰”写他自己，他就是诗界的“雄鹰”。

在牛汉先生的诗中，鹰只是象征物，写鹰，实为写人。鹰，作为诗人们喜爱的意象，应该有各种各样的写法。伊路的近作《鹰的黑影涂暗了风暴》，不以鹰为象征物，而是以鹰为写实意象，写客观世界的鹰：既独立于人类文明之外，又对人类社会有着重大启示。同样写鹰，有她自己的人生经验和独特想象。

那时　我的眼睛
在祠堂的窗洞里
鹰来了　在那么高的地方
把威慑的力量传下来

母鸡的翅膀木板门般打开
小鸡们从各处滚了进去
一只跑得最远的
被鹰的爪子拎了起来

后来　我在一座小庙里读书
庙外的旷野就是课间活动的场所
鹰也常来　在天顶一圈一圈地盘旋
俯视着仰望的孩子

如今　我居住的地方
已经没有鹰了
但有人在好几重山后看见它

鹰要去的地方
总是有恐惧的心灵和蛮荒的事物
所有的现代文明都无法灌输到鹰的意识里
所有的科技革命都不能改变鹰

在世界不宁的背景里
鹰的黑影涂暗了风暴

这首诗的叙述者，是现在的“我”，前四节对与鹰有关往事的回忆，用“那时”“后来”“如今”，表达“我”在人生经历的三个阶段，对鹰的认识，不断发生变化。

开篇写“我”第一次看到鹰的情景：躲在祠堂的窗洞里，突出的是儿童惊恐的大眼睛，“鹰来了在那么高的地方/把威慑的力量传下来”。在仰望中，她幼小的心灵，首先感受到鹰来自天上的威慑力量。

紧接着，天上的鹰，俯冲下来抓小鸡。最先感到危险的是母鸡，她立即呼唤儿女们躲到她的翅膀下。“母鸡的翅膀木板门般打开/小鸡们从各处滚了进去”。从来没有诗人，把此时母鸡翅膀的张开，比喻成木板门般打开。但木板门是坚固的，可以抵挡鹰爪的袭击；同时木板门也意味着母鸡的家门，打开家门，让小鸡们躲在里面，自然是安全的。坚固的“木板门”，暗示出母鸡坚强的母爱。这是一个奇异的想象，只有富有母爱的女诗人，才会作如此精微的想象。有母鸡翅膀的保护，小鸡们从各处“滚了进去”，“滚”字生动，写出了小鸡们遇到危险时，连滚带爬的形态。

但是，不幸还是发生了：“一只跑得最远的/被鹰的爪子拎了起来”。“拎”字，写出了巨鹰抓小鸡的凶猛和可怕。从此，鹰在“我”童年幼小的心灵，烙下了难以磨灭的“鹰的黑影”。

第三节，“我”长大了，在一座乡村的小庙上学。在庙外的旷野上，又看见鹰：“鹰也常来？在天顶一圈一圈地盘旋/俯视着仰望的孩子”。这时，长大的“我”，已经从童年对鹰的黑影的恐惧中走出来了，鹰不再对“我”产生威胁。所以，“我”对在天上自由飞翔、展开巨大的翅膀的鹰，在仰望中，有一种模糊的仰慕和向往。终生匍匐在地上的人类，对天上自由翱翔的飞禽，总是有一种本能的仰慕，也想像它们那样，在天上自由自在地飞翔。

后来，“我”进城了，在高楼林立的都市里，是看不到鹰了。“但有人在好几重山后看见它”，这一句看似平常，却又如此意味深长，有多种的暗示：首先是“我”看不到鹰，但一直在心里惦记着鹰，希望能再次看见它展翅飞翔的雄姿；其次，虽然“我”在城里，看不到鹰，但鹰仍然在遥远的群山之巅飞翔。没看到鹰，并不等于鹰不存在。这种新出现的客观态度，是一个重要的变化。因为前面几节，是“我”所看到、所听到的鹰事，是一种个人的主观经验。第四节悄然出现的“客观态度”，暗示着从开篇以来的主观经历，将过渡到客观的思考。它为结构的转变，埋下伏笔。

于是，第五节在结构上出现一个大转折，从原先一己的主观经历，变成一种站在哲理高度的客观思考，思考鹰与人类的关系：“鹰要去的地方/总是有恐惧的心灵和蛮荒的事物”。鹰，总是自觉地远离人类的城市文明，总是生存在没有人烟、蛮荒的群山之巅。正因为独立于人类之外，“所有的现代文明都无法灌输到鹰的意识里/所有的科技革命都不能改变鹰”。这四句貌似理性的议论，其实是一种知性的想象。只有摆脱了“我看鹰”的主观视角，换为以物观物的客观视角，才能得出这样意想不到的结论。人是人，鹰是鹰。鹰，虽然与人类文明和科技革命不相关，但它在自己的进化过程中，却始终保持着强大的原始生命力。

这四句充满哲理的深邃思考和艺术概括，大大逸出了读者的审美期待。一下子，就把我们带到鹰那高远而神奇的客观世界，让我们真切地醒悟到自己主观思维的局限。

这首诗，如果到此结束，已经相当不错了。可没想到，最后一节，虽然只有两行，却又是一个出乎意料的转折和令人惊讶的升华。前一节，是把鹰的世界，与人类文明分开。这一节，却又把鹰与人类生活相联系，但不是第五节的哲理思辨，而是一种神奇的想象，包含着审美直觉的敏锐洞察：

“在世界不宁的背景里/鹰的黑影涂暗了风暴”。

这两句是神来之笔，诗的空间，一下子扩展到整个世界。“在世界不宁的背景里”，是说当今世界动荡不安的生存现实：自然灾难、战争、恐怖活动、内乱……人类面对着这些的灾难，该怎么办？作者予以诗性的回答：“鹰的黑影涂暗了风暴”，展示了一幅巨大的画面：地上的风暴，所到之处，飞沙移石、横扫一切，不可阻挡；可天上的鹰，并不惧怕地上的风暴，因为再大再高的风暴，也达不到它飞翔的高度。所以，它安详地展开巨大的翅膀，不时追逐、穿越在尘土滚滚的风暴之上；在飞翔中，鹰的巨大翅膀投下的一大片黑影，在移动中，不时落在灰黑色的风暴上，像是把风暴的底色，涂得更暗些……整个画面，具有极大的气势，鹰强悍的原始生命力，得到了充分的展示。这两句的含义是说，不管面对自然界，还是人类社会的各种各样的“风暴”，都需要有像鹰那样强悍的原始力量和自由穿越的精神。

女诗人很少能写出如此惊心动魄的诗篇，令人诧异。这是伊路对自己艺术风格的重大突破。中年的伊路，视野开阔，精神内守，胸襟不断扩大，笔下始有雄健的笔力。

郑敏先生是当代一流的诗人兼一流的理论家，她写的诗歌创作论，因为自己有丰富的创作经验，能概括出具有普遍性的审美规律，胜过学者们的空泛之论。她在《郑敏文集》（理论卷）中，多次指出：诗中不但要有感性和知性，还要有悟性。“最好的诗应当达到悟性的高峰，就好像登上塔尖，心灵有所震撼。”但要真正达到悟性的高度，是很难的。

伊路这首诗的展开式结构，正好展示了从感性，到知性，最后到悟性的完整过程。前四节是感性，写“我”所看到听到的鹰；第五节是知性，思考鹰与人类的关系；第六节是悟性，在对鹰自由穿越于风暴之上的想象中，悟到面对世界不宁的生存环境，人要有鹰那样的强悍的原始生命力量。这是作者的爱心，对人类苦难命运的持续关注和忧思，带领她的想象力，上升到悟性的高度。

作者对鹰的认识和感悟，历经感性、知性和悟性而最终完成。整个过程的想象力，充满着创造的智慧。假如没有前四节的写实，第五节的知性思考，会成为一种无源之水的空洞议论；假如只有前四节的写实，而没有第五节的知性思考，这首诗写的也只是个人的一段经历，缺少更深刻的内涵；假如没有第六节的悟性，则少了诗的境界，那种鹰穿越在世界不宁的风暴之上的大境界。所以说，这是一首综合的诗，把感性、知性和悟性，融为一体。这正是现代诗所追求的具有最大容量的诗。

写这首诗的伊路，一方面保持着女诗人博大的爱心；另一方面，又展示了希姆博尔斯卡式的澄明智慧。能把这两者融合为一体的女诗人，实属罕见。于是，她中年时期开阔而厚重的诗歌创作，又上升到一个新的艺术高度。

《鹰的黑影涂暗了风暴》发表之后，一直在诗友之间热烈传阅，并得到读者们的激赏，但少有评介。我虽然也曾关注过，却一直未能激起强烈的共鸣。如今反思，可能是我当年的审美敏感点和兴奋点，还停留在牛汉先生雄鹰诗的英雄气中。所以，与伊路这只自由穿越在风暴之上的黑鹰，产生错位和盲点，使我一时还难以仰望欣赏……

直到今年夏天的一次诗歌朗诵会上，伊路选择《鹰的黑影涂暗了风暴》，作为朗诵的篇目。当时我还觉得，这首诗不太适合朗诵，为什么不选其他更适合朗诵的佳作？同时，也隐约感到，这首诗在她心中有很重的分量。

没想到的是，在诗歌朗诵会上，我凝神静听这首诗的吟咏，先是若有所悟，然后豁然开朗，不知不觉被带进诗中那高远而神奇的鹰的境界，仿佛看见这只“鹰”，安详地展开巨大的双翅，自由地穿越在风暴之上……可是，当横扫一切的风暴来临时，地上的人类，早已躲进坚固的建筑物中。也许，人类文明的进化，使我们丧失了原始的力量。这只鹰，仿佛一直在高空俯视着终生匍匐在地上的我们。这只鹰和它的黑影，仿佛与我们生活无关，又仿佛与我们生活息息相关……

与一首好诗的相逢，让它走进心灵，实属不易。因为读者需要具备与这首诗相似，或相近的审美经验和审美机缘，才能引起共鸣。但这样的审美经验，特别是审美机缘，却是可遇而不可求的。

在写这篇细读期间，我经常把牛汉先生的雄鹰诗，与伊路的黑鹰诗，作比较研读，得到不少启示。我觉得：个人的审美经验，总是有限的，无法穷尽世上的优秀诗篇，但通过细读，特别是比较细读，能不断开拓我们的审美视野，欣赏更多的佳作。

诗坛峰会

探索与发现

汉诗新作

驻校诗人杨方特辑

新诗 5 家

邵春生诗 11 首

经　历

一个有些经历的人
试图在经历过之后尝试新的经历
他放下名分、财富和世故
尽力减轻重量，让自己像纸一样轻
皮肤像洗过的玻璃
干净得能够看清血液的流动
眨眼工夫他变成一个孩子
回到久远的童话年代
他突然觉得，往来路上
有那么多走失的美闪耀眼前
那么多不曾上眼的事物值得去爱
路边的光景，一再吸引他驻足
回头。在时间之外
泪雨浇开一朵雪白的百合
他把自己埋进芬芳里，合上倦困的眼
风刮过一遍，又刮过一遍
一个失忆的人躲进柔软的梦里
被蜜包裹，不肯醒来

简　单

这些年，该说的话都说过了
沉默慢慢变成习惯

好天气的背景上
白云静卧天边，像老绵羊
嚼不动沾满露水的青草
岁月容颜安详，从前的日子
在昏花的眼里愈发清晰
那时候年少轻狂，不知时光坚硬
一块粗粝的石头
直至被打磨成一粒沙子
秋天临近家门，黄叶飘落
我掖了掖身上的单衣
把剩下的这段简单生活
捂得再严实一些

状　态

玉米回家后，秸秆留在田里
褪色的叶子，擦出节气冷冽的
叫声，像一群赶集的人被掏空腰包
像一队草本兵马俑
列阵于尚未清理的战场
它们说，它们扛得住秋天的肃杀
却受不了无人赏阅的孤独
在心里，我说，感激你们曾经的付出
也怜悯眼前的生存状态
我想以火的硬度，加重它们的
生命质感，为越冬小麦提升地温
但我最终选择了离去
从它们的表情中
我未曾看到痛苦之下
埋藏的绝望

判　断

烟消云散。消散的不只是苦难
不只是苦难引发的痛
假如痛里深藏的痒
让你始终无法安静下来
那必定有一只手穿透黑夜
穿透暗紫色肌肤
在最柔弱处留住旧痕
痒甚于痛，比痒还痛的
是触摸不到的空
悬吊在天上的云彩
洒下最后的欲望
转眼坠入山阴
我迟疑着说出内心的判断——
怎么看都像自己的命运

落　叶

纷乱的叶子，堆积在街道旁
随风向北缓慢移动
像细碎的金子喊出金属叫声
风把叶子摇落，又将它们带走
我无法猜中风的意图
我还看见，穿过干黑的枝桠
阳光在地上洒下斑驳阴影
这些树木，在寒冬门前
交出了自己全部金黄积蓄
我是说，一个再次脱胎换骨的欲念
让银杏树卸去华美的衣衫
只剩下坚硬的心

活　着

躲在云朵后的雨
像我哭不出来的泪水
眼袋下垂，超过了年龄的底线
这个夜晚，我看见月光
看见月光下的道路、农舍和梧桐树
如我此时的心情一样苍白
这把岁数，看什么都失去了血色
一样曾经的月光
一样如那个夜晚俯身无法拣拾
五十多年徒劳而过
它前头弄湿少时的孤单
而今又抚慰我半世的虚无
但活着，我必须善待生活
像天下万物，活着
并感恩一缕阳光的抚摸

春　雨

阴沉的天空，终于落下雨点
最初几滴敲响关闭的窗户
使一个喜欢干净的人，有机会
清楚地看见今年的头一场雨
在向阳的玻璃上留下水痕

这些体态圆润的精灵
在窗前，把自己像脆梨一样摔碎
液汁四下漫洇流淌
随手带走时光表层的浮尘

有时候也有三两滴挂在窗边

迟疑着不敢跳下，叫人担忧它们的命运
穿过透明的体内望过去
天色转晴，楼角上端
一片灰云背后泛出苍白的虚光

晚春的一场雨，洗亮了
那些暗淡一冬的树木和屋顶
雨走了，留下一地潮湿
我探身追踪这些即将消遁的身影
举头仰视它们的来处

黄昏的窗口

喜欢站在玻璃窗前看外面的黄昏
天色按预测的时间暗下来
松树高大的枝干只剩下一团暗影
蝙蝠不声不响地出没
像一把笤帚，扫去最后的光亮

猜不准夜会深到哪里去
接下来可能伸手不见五指
但我依旧清楚地看到手指的存在
它紧贴在窗玻璃上
并在上面留下清晰的手印

在这扇窗户前我已度过三年时光
外边的许多事物发生了变化
有些长久住下，有些不服水土
像候鸟一样飞走
唯独黄昏如期来临，一天不缺

一阵风吹来，贴在窗上的手
触摸到突然下降的凉意

大地进入沉睡，蝙蝠消失的方向
几颗黯淡的星星
让我体味到夜色的苍茫

梧桐花

你牵走我的目光。梧桐花
你喇叭一样舒展腰身
丁香一样丝滑

在节气的前庭
这些粗皮大叶的树木
从过冬的伤口里掏出珍藏的礼品

我的目光长在你的身上
蜘蛛般穿梭在你身上织成透明的网

你的邻居，槐树、柳树、白杨树
这些通称杂木的贫贱一族
它们向春天交不出花朵

乍暖还寒时候，你牵动了我的目光
但牵不动记忆里的孤单

乍暖还寒。泛青的柔弱的
柳枝，挥动一毫米大的嫩芽
抽打我的眼眶

习　惯

我通篇不提痛苦和忧伤
喜悦，佛经里涌来的潮水
冲垮虚拟的堤岸

起始抑或终止，欢乐
食与酒，诗与歌，爱，或者色
给年轻的眼角涂抹上皱纹

时间流逝。想起山冈上曾经的青头少年
秋风中生啃玉米

忽然间长大
一夜间衰老

我已经厌倦所有极端的宣泄
滔滔江水的咆哮
常春藤冗长的缠绕

斗转星移，我越来越习惯了
面朝淡远的月亮，一小口
一小口，呷入红色液汁
浇灭体内不为人知的火焰

水　分

我身体里的水分，每天都在
流失，像年久失修的拦河坝
四处漏水

面对陌生的无端责难，我申诉
一条呆头呆脑的鱼
吐出一串一串灰白色气泡

奔走于外省的大厦与大厦之间
几乎所有汗腺都张开了毛孔
渗出家乡盐碱地的味道

咽下大量比海水还要咸涩的忧伤
酿出金黄色液体
一天数次体验排空的恐慌

我知道，这是无法抗拒的事情
这一切与生理和生存有关

最终，瘦，干瘪，沦为易燃的木头
现在，我尚可仰起头
一次次把盈满眼眶的泪水
憋回去，禁止泛滥

作者简介：

邵春生，另用名纯生，男，1964 年 3 月 12 日生于高密，1979 年参加工作，先后当过工人，公司职员，乡镇干部，现在宣传部门任职。80 年代前后开始学习文学写作，30 多年来，主要有诗歌见于《诗刊》《人民文学》《星星》《诗探索》《诗歌月刊》《诗选刊》《中国艺术报》《山东文学》等刊物，数次在全国诗歌大赛中获奖，作品多次入选年度优秀诗歌选本，2005 年出版《纯生诗选》。中国作家协会会员。

王祥康诗6首

我的身体怎么常常弥漫着青草味

没有风时我的身体会发出阵阵青草味
与泥土的味道接近越洗越重
这个烦恼跟随我多年
常常有风辽阔的喧哗烟气一阵又一阵
白天总是这样热闹陶醉
夜晚关上门躺在床上就像躺在草丛中
身体被薄薄的泥土盖住
涩涩的青草味淹没我
好像我乳臭未干刚刚抽芽
人到中年怎么还这样不成熟不自省
不害羞不管不顾
明天还有多少的路需要奔波
需要流多少的汗水才能度我此生
不要让人闲话笑话
甚至躺在身边的老婆也不能让她嗅到
我忍着呼吸怕她说出担忧

银杏树下的少年

深秋的颜色相当于黄金的重量
划过头顶的鸟鸣
可以带着它们轻盈地飞

一位少年在银杏树下
挪不开脚步为一片落叶垂泪

是想起远方的母亲
还是被银杏叶砸痛初恋

时光总在眼里飞着
从嫩绿到金黄到枯萎地凋零
少年的情绪跨越时空
现在他在等待一声鸟鸣回转身
带他去往母亲的冬天

不想被爱情和年轮圈住
银杏叶的一声叹息
让少年心怀亏欠在异乡
他常常看见母亲浑浊的眼睛
沉淀着比夕阳更重的担心

叹息者

“一日三次叹黄金变火炭”
母亲又在强调这句话她要我乐观
要我把时光当成贴心的亲人
可是不幸的以往和迷茫的未来
总让我低头走路脚下
枯萎的落叶也在叹息
我还未枯萎但我的心里满是落叶
在尘世混了几十年
越来越浑越来越深的水
让我找不到岸也看不到航标灯
许多人戴着微笑的面具戏水
我却把脸皮越洗越薄火辣辣的感觉
沉到心底发酵着一声声的叹息
“多么无望多么不谙世事”
母亲现在我就在一棵树下张望
又一片落叶砸在头顶

它有着黄金般的颜色和质感
我估计它听懂我疑点重重的疼痛

说谎者

谎言会发芽
他的心底有不一样的土壤
婴孩时他用假哭获得了第一口奶
童年的他用心不在焉的大声朗读
摘走奖牌和志向
青年时他故伎重演
用泪汪汪的言语抱得美人归
谎言有时是美丽的
说谎者往往不知道自己在说谎
口水送卫星上天
胆子也可以填饱肚子
现在他站在主席台上振臂一呼
台下是一浪高过一浪的掌声
胡言乱语乱成豪言壮语
这世界需要这样的精英
官场商场情场都是一样的赌场
薄薄的纸已修炼成厚厚的牛皮
这个世界多有韧性啊
他拉住自以为是的上一头
我正用力扯住无法摆脱的这一头

拾荒者

果皮有香味可乐瓶有回音
黑黑的塑料袋装着过期的风
她把一个又一个垃圾桶
倒来倒去翻翻捡捡
没有寻到昨夜做的梦

有些累了她坐下来
就坐在垃圾之上打盹
一只满身皱纹的蝴蝶
周旋在新梦的边沿
梦的上面有嗡嗡作响的苍蝇

谁是生活的真正主人
一些人无法深睡
另一些人正在傲慢地飞翔
拾荒者终于睁开眼睛
她终于站起身来四处张望
像在寻找叫醒自己的人

趔趔趄趄的羊羔想去往哪里

一只小羊羔在趔趔趄趄
好像喝了马奶酒
她的背后紧跟着牧羊女
牧羊女背后紧跟着青海湖的暮色

草正嫩着
风吹过的声音也是陌生的
它们为一只羊羔慢下了脚步

天空的白云被收入湖心后
已经不那么白了
羊羔的第一声呼唤
细若游丝又模棱两可

趔趔趄趄的小羊羔想去往哪里?
她的母亲还在晕眩之中

雪峰映入湖水
倾斜的大地映入花的清香
和牧羊女的着急与痛
羊羔似乎懂得这些
脚步越走越沉越来越深入土地

作者简介：

王祥康，男，1964 年 6 月出生于福建太姥山下，曾创办《绿雪芽》《太姥诗报》等民间报刊。1984 年开始诗歌创作，作品散见《诗刊》《星星》《诗歌月刊》《诗潮》《中国诗歌》《诗探索》以及美国《新大陆》诗刊、台湾《创世纪》诗刊等，收入多种年度选本，出版诗集《夜风铃》《纸上家园》，与他人合编出版《中国后现代主义诗选》。中国诗歌学会会员、福建省作家协会会员，现供职于政府机关。

残片（组诗节选）

马培松

1

我们是一群幽灵
在向人的道路上
艰难跋涉

2

有没有
一种密不透风的壳
可以让我酣然入睡

3

像黑色的闪电
一只苍鹰
独自盘旋

4

通往天堂的悬崖上
一段雄性马的
遗骨，闪着磷光

5

一群人
在布的另一面
伤透脑筋

6

没有人是你的对手
在你的山魂水魄
但见墓碑、荒冢和动物的遗骨

7

我
是被我自己穿着的
一双鞋

8

语言死了
目的
无土生长

9

未来
步履蹒跚
风让她打了一个趔趄

10

未来是什么
我看见一个怀孕的母亲
我看见她脸上的红晕

11

太阳啊，请吝惜你的光芒
海底的礁石
要借你的温度把它们点燃

12

一张过期的纸币
在面值里
作无醒的沉睡

13

西西弗斯
我来帮你把石头推上山
请你替我写上以后的诗句

14

阳光倾盆而下
头发水草一样疯长
鱼在湿润的天空逆流而上

15

手
在适度的条件下分叉
事物在手中分叉

16

蝴蝶在飞
在梦的原野上奔跑
我的腿江水一样力量无比

17

梦是一面深深的镜子
失语的鱼
在水面逡巡

18

现在。渐渐成为过去
我试图抓住它的尾巴
却在接近“现在”的地方落空

19

死亡挣脱生命
新的回合
即将开始

20

听见了吗
上帝的马车
正由远而近

21

风
在街上乱跑
头上罩着塑料袋

22

太阳就要下山了
你
在干什么

23

其实，人多长一条尾巴
也没有什么不可以
在你专心做事时
它便替你赶开嘤嘤嗡嗡的蚊子

24

对海的理解各有不同
呛水时
海就在我的喉咙里

25

夜来香的馥郁
让我晕旋
隐约可以听见花在绽放

26

夕阳是黄昏点燃的第一盏灯
刻度标
渐渐下沉

27

天空不是云
天空不是空气和阳光
天空是天和空

28

鸟在歌唱
树，集合在林子里
神情专注

29

黑衣人
请把你的脸转过来
我要看看你是谁

30

一出戏正在上演

一些人和物石头一样浮出水面

逐渐清晰，成为人物

作者简介：

马培松，男，20 世纪 60 年代出生于四川三台，现居绵阳。有诗歌作品发表于《诗刊》《人民文学》《星星》《诗选刊》《诗歌月刊》《芳草》《汉诗》《诗林》《诗潮》《诗生活》《中国艺术报》《新大陆》等，并收入《中国 2012 诗歌精选》《新世纪诗典》《2004 新诗代年度诗选》《中国星星诗刊五十年诗选》等多种选本。2004 年获人民文学“青春中国”诗歌奖，出版诗集《马培松诗选》《2011：发给自己的诗歌邮件》等。坚持认为“诗是诗人对世界的一种态度”，主张“诗人要像自己一样写作”。

赵青诗5首

蓝色的鱼

今春多雨
湖蓝色窗纱不时被风吹起
窗帘的一角
在竹枝笔筒和澄泥砚之间穿梭
好似蓝色的鱼
游来游去

很多年前
我也曾被母亲唤作蓝色小鱼
那时日子清苦
我们的衣服经常是大人的工服改制的
一样的洗得发白的蓝
偶尔会让母亲把竹林里嬉戏奔跑的你
认作是我

后来
你在江边小屋习字
我在露台上遥望山色
在鹅群的鸣叫声里
回味你讲的羲之爱鹅的故事
晨曦每天都在江面
涂抹斑斓的色彩
白鹅浮绿水的情景印在窗上
与你挥毫的身影相映成趣

只要向前一步
我的影子也能映到玻璃窗上
你和我
两只蓝色的鱼
是不是就可以在一江春水中
自在逍遥

秋江待渡

高楼里的日子
每分每秒都像在素描纸上布线
当密密麻麻的铅灰色交织成阴冷的黑
我总会轻轻抚摸
那枚寿山石上的“秋江待渡”

午后的斜阳
缓缓靠近大江对岸的山峦
离码头不远的石板路上
金色的桂花落了一地
还有几分钟
渡轮就要拉响汽笛
你骑着车
从江滩上的桂圆林飞奔而来
敞开的海蓝色上衣
在风中如舒展的双翼

多年前
那日秋江送别
你手中不断挥动的碧色印盒
至今仍是我生命中唯一的
暖色

暖

冬至　周五下班后
我从北往南前往父母的居所
车一公里一公里地向前
有种温暖越来越近

即使是漫天飞雪的日子
父亲做的清蒸鳜鱼
依然能让人想到
西塞山前　桃花流水
记得小时候
我们住在长江边上
每逢星期天
一家人也像现在这样围坐在桌前
傍晚的风
吹皱了碧水寒江
江岸上广袤的甘蔗林飒飒作响
轻轻推开窗户
鱼汤的醇香里
顿时会多了一丝暖暖的甘甜

桂花叶书签

沿桂花叶书签打开日记
仿佛翻开了那个秋日

从太阳还未落山
就一直在引吭高歌的大喇叭
忽然安静下来
我们穿过竹林
绕过开着淡紫色花的红苕地

来到江边的桂花树下
四野无人
树叶沙沙作响
月光透过幽香四溢的一树繁花
照亮你的脸
有片桂花树叶的影子
一直在你的唇边微微晃动

你说起吴刚与嫦娥的故事
谈到总能发出新枝的月桂
整个晚上
我却反复在想一件事
如何才能摘去
挡在我们唇际间的那片叶影

金色走廊

穿过叶卡捷琳娜宫的金色走廊
进入富丽堂皇的琥珀厅
透明的化石里振翅欲飞的蜜蜂
让人想起一望无际的油菜花
还有多年前的蜂鸣

一人多高的油菜花地
曾经是你和我的金色走廊
每到花开时节
我们总喜欢穿越茂密的花枝
上学放学
也时常坐在潮湿的田埂上
伴着淡淡的花香
听你讲契诃夫的小说
读普希金的诗
有一回捉迷藏

在你走近的时候
我用一大串油菜花作掩护
一只蜜蜂落到我的脸上

那次之后
我很久都不敢再走进油菜花地
而今　当蜜蜡般的往昔
在异国的寒风中轻轻晃动
我似乎又回到了当年
那天　我用诗集遮住脸
在蜂群的追逐下慌不择路
你拉起我的手
一路小跑穿行在阳光下的金色走廊
普希金描写爱的诗句
第一次
离我这么近

作者简介：

赵青，生于1968年7月，在四川泸州上小学和中学，1985年考入国防科技大学，因病退学后开始阅读文学名著，90年代末尝试诗歌写作，2001年首次发表诗歌作品，作品散见于《诗刊》《中国诗人》《诗探索·作品卷》，有作品入选漓江版《中国年度诗歌》。河北省作家协会会员。现供职于安全环保研究院检测中心。

曹国英诗9首

看望山居

青山无恙邻里无恙
大姊的问候节日一样
藏书无恙
旧时折页上，自己在那句下面画了条铅线
“如果我所需甚少，
如果我永远住在山里”
崖壁上竹兰延年益寿
房屋顺峰峦而建地不平天平

我喜欢诗经里的植物

山脉里荒烟蔓草
每位路过此处的人
都会为这株桑树停下脚步吗
我喜欢诗经里的植物
从形到味到名字
或许，在数千载前，我们就是知音了
或许几亿万年后相互之间还有暗语

荒芜记

我总在琢磨那些黄色、橙色、褐色的衰败
好像整个山都病了
万物满有困乏
日渐潦草的画家和年老的动物们

于无边旷野随渐凉的秋风落寞

冷月，虑千山

梦偏冷，辗转一生
上酒。先祭诗神
他们说在等我
其实等的已经不是我了

仲伯弹琴
站于树下的狐仙突然流下了
一颗豆大的泪
“日月百代之过客行年亦为旅人”

地球那么美

谁将太空铺满蓝色布匹
地球那么美
却像一颗泫然欲泣的泪
公转。自转。一起转
那些日升月沉无家可归的忧伤
许多事情我们不能简单地用科学去诠释
真正的圣者
是以祖先的阅历来观察宇宙

天鹅到南方去了

天鹅已到南方了
“念去去，千里烟波，暮霭沉沉楚天阔”
谁的诗歌
友情深意重，片纸难酬
硬笔一则给良辰
艺术是无对象的慈悲

路远不相送，路远曾与共

卦山爻峰

谁说众生能于攀援中得以沟通
卦山爻峰
我们抛下绳索捞起的却是洪荒
世上最吃力的事莫过于占卜
蓍草虽在也难寻
旷野里前行
问中医几度秋凉
牧师说：如果你希望健康长寿
必须学会和自己相处，安坐即为“艮”

那些芸芸草草

远远近近的仙气
高高低低的雾都
那些芸芸草草想分享却无从谈起
不知以后，自己还有没有机缘遇到狐姐
我希望能再一次地与它坐下娓娓道来
这么多年是怎么过的
花若隔世，蝶如前生

一位佛家弟子的日记

“往事在茶的冲泡里云淡风轻
说到最伤的那段都笑了
马上避开话题
告别后，扭转头
一股热泪涌上心头，流不出来
因为心门已闭”
这是一位佛家弟子的日记

爱，不动声色地慈悲
唯有另一个相似的灵魂才可与其承当

作者简介：

曹国英，自幼习诗，中国作家协会会员，首届齐鲁文化之星，沂蒙新红嫂，如今在政府史志办修史编志。

短诗一束

与孟浩然一起听鸟鸣（外一首）

李子良

与孟浩然一起听鸟鸣，真美！
落花被昨夜的一场春雨带走
阳光在树枝间跳来跳去

我睡不着，是因为我心底的鸟鸣积得太深
我睡不着，是这个早晨先开口叫了
早晨开在一只梅花鹿的鹿角上，真美！

好像我从山洞里走出
好像那是大唐的曲径通幽处
晨光只是轻轻地碰了我一下
我的心底就沸腾了

一粒草籽的磅礴和富饶

读惠特曼的《草叶集》，我感到灵魂最好的质地
是朴素而不拘束
怀有感激而不驯服

一叶草并不渺小
生命站立，叶片高耸，都是品质上的大

你看，能把灵魂种进石头的，是一粒草籽
能把石头炸开的，是一粒草籽

能在石头上发出快乐的叶子的，还是
一粒草籽
一粒草籽有它的磅礴和富饶
是我们一生的敬畏

不一样的傍晚

苏雨景

那些月光真的幸福
有矮矮的篱笆可供停歇
街巷深埋其中鸡犬各归其位
父亲的旱烟在檐下忽明忽暗
诸般滋味都付于一吞一吐之间

这与一个少年的心思相去甚远
一颗流星来了拖着梦的长尾
在漆色的天边美得使人惆怅
流星引发的心跳填充着日子的平淡
万物慈祥枣林在风里放出几只飞鸟

多年了，少年始终拥有这样的傍晚
这独一无二的傍晚流星要走多远的路
才肯坠落坠落为白骨一样的磷火
那些磷火静默无声映着某张熟悉的脸
逼近又散去在少年的眼前不停闪烁

冥想（外二首）

林隐君

我轻轻对自己念着“飞”
此刻，我的内心是飘逸的
浑身蓄势待发的力
像一团温柔的棉花
突然膨胀开来

生命，从来就是充满了张力
不需要意念，而需要信念
不需要骨头变轻
而需要能承受天地的重
不需要用眼睛控制方向
而需要用灵犀，点亮一颗明亮的灯

此刻，我像苍耳
粘附在任何可以飞奔的物体之中
仿佛乘着时光的小舟
天地悠悠，云水激荡
为我风生水起

人生，有时候
就需要这样一次冥想

山　中

听说，在山中
遇到菊花或者兰花开放

是一件幸福的事情

正是黄昏，是九月或十月的光景
秋收接近尾声，日头赶着下山
到处是黄金的气息
混合着喜悦和疲倦的苍茫

暮色中，一个女子向我走来
她的身后，举着无数的火把
跳跃的火苗，从树林间的罅隙里
透出来，落在她的脖颈上
像佩戴着的一块无瑕的玉璧

她的头上插满了五颜六色的花朵
像季节跑错了山头
白，是梨花的白；红，是桃花的红
黄，是菜花的黄；紫，是麦冬的紫……

我睁大了眼睛，向她走去
我想咨询她哪里可以采到菊花和兰花
但接近的时候，我发现，她的身上
散发着幽兰的气息，她身后无数的火把
是那小小的山菊，用心点亮的灯盏……

虚　无

我觉得虚无是一件可怕的事情
它像一个黑洞，吞噬一切
又反馈回一切
又像一场大雾，撕裂更大的空间
制造更大的虚无

我觉得内心的虚无更是一件可怕的事情

它是一件世间最不可预知的易碎品
它的引线，是来自你内心深处
那根脆弱的神经，即便不经意地撩拨
也会使它断裂，破碎，它发出的声响
你听得到，感受得到，却知根不知底，知面不知心
就像一种无边无际的空洞，带着你
无序地周旋，无序地在无际的无边中回响

在人群里（外一首）

幽　燕

我走在人群里又像没有走在人群里
我一个人和很多人在一起

人群有时让我着迷有时让我渴望逃离
我有时叽叽喳喳有时又沉默不语

人群泛着丰满的泡沫
像海面此消彼长，一浪高过一浪

我的爱恨在人群中澎湃
我的秘密在人群中沉没

我在人群里拥抱痛苦就像拥抱快乐那样
我在人群中寻找自己就像寻找亲人那样

想象我飞离人群在天空俯瞰
那个裹挟在人群里的我
有多孤单，又有多幸福

春天在奔跑

该回来的，都回来了
比如：叶子花朵；比如：希望失望
不能回来的，去了远方
比如：容颜亲人；比如：时光和我和你之间的一切

春天来得妩媚烂漫，不容置疑
像一场无法拒绝的喜悦
它夺目的抒情卸下我悲怆的重负

鸟儿们在窗外热闹地说着闲言碎语
一会儿又突然停住，只留一两只重点发言
仿佛他们洞知春天的全部秘密

众鸟歌唱，万物生长，春天在奔跑
那么多新鲜的面孔被挽留
那么多流水的唱词被吟诵

我想我也应该学着一棵树的样子
重新涂满绿色的汁液，面对阳光
向上，向上

苹果树（外一首）

周广学

苹果树上有青青的果，是夏季了
但那时是去年，苹果树刚刚开花，像一种
令人怀疑的微笑，一朵又一朵，闪闪

烁烁。春暖花开了为什么
还有冷雨？阳关道上为什么
塌下很深的窟窿？天旋地转
甚至于，让去年的果实
结到了今年的枝头？

突然的中断。种树的人松土的人
去了。即使秋季
这果实不是让我们吃的

你宽阔的额头亮在高处

你宽阔的额头亮在高处
可是没有人洞悉我们婚姻的秘密
你思想的美髯一茬茬地生长
也不会被他人特别留意

唯有我享受着其中醇厚的甘甜
当然爱是一颗内核
可是它被风吹透雨淋湿怎么办
它长出可怕的牙齿怎么办
二十年的时间
我们不断地打磨它修葺它
我不能不称赞你是理性的典范

你以金属的刚韧纠正我的任性
又让自己的过失毅然回过头来
消融在敦厚的天性中

我们的房间
拖布清洁着地板
每当矛盾沉入寂静
我们总能从这日常的劳作中

听出朴素的音乐

这样的情形越叠越厚了：
我擦干眼泪回到你的怀抱中
以至于幸福能够将细密的根须
牢牢地扎在里面

玉米地（外一首）

孙　琳

玉米地仰面躺着
玉米瘦弱，低矮
有的地方断了垄，空空的
抓地秧、马屎菜、梭梭草
肥硕、鲜嫩、蛮横，在田垄里走来走去
一只青虫和另一只手拉着手
一只玉米螟和另一只玉米螟说着悄悄话
十六只不同姿势的蚜虫翩翩起舞
这个秋天遍地的玉米一起喊疼
雨水远遁，大地高烧
一阵小南风轻轻地吹过来
泛黄的玉米叶轻轻地战栗

月　夜

轰鸣的机器一下子停歇了
巨大的运麦车停在场院里
我们几个人坐在场院当中
身边是刚刚劳动过的桑杈、略耙、扫帚
和隆起的麦堆

忽然传来一声麦鸟的鸣叫
我们几个同时抬起头来向天空张望
一轮明月在蓝色的天空中缓缓地行走
月光照在我们赤裸的脊背上
照在我们脸上
照在干净的场院里
仿佛是水，潺潺流动的水
流出场院，流过小路
流进朦朦胧胧的庄稼地里

生命如莲

许小良

月色如水
莲花一次的静静绽放
是我生命的一次净化

雾霾向心窗浮来
禅院莲的心池
发出梵音

露珠在莲心悸动
是嫦娥滑落的情泪吗
不
那是佛与我的
一滴红尘清泪

学会莲瓣的坚挺
它释放的清香
增加生命的硬度

扫　墓

青　苔

一堆黄土
垒在涧边的路口
这是 7 岁的父亲和 10 岁的伯父
刨出来的坟头
没有像样坟堂和坟脊
小小的黄土堆
只能容下一个弯腰的人

父亲用镰刀和锄头劈开荆棘
每一个动作很细很慢
这时，我们都不敢说话
山谷里的草木虫鸟
也不敢说话
黄黄的纸钱挂满坟茔时
黄黄的土堆就新鲜了

父亲点燃两支烟
一支插在自己的唇间
一支插在碑前的香碗上
青烟缓缓升起
绕过我们共同的姓氏
父亲把吸完的烟蒂掐灭
又用袖口擦了擦爷爷的名字
“走吧”，他边说边扛起锄头
却没有回头

冬天笔记：狼

农　子

多年以前的冬天。大雪
覆盖了飘忽的阳光，覆盖了
枯草、山岗，以及结冰的小河
只剩下村庄，孤单地
倚着温暖炊烟打盹的模样

晴朗的日子里，太阳
在屋檐的冰凌上，滴落着它的寂寞
一只狼，从旷野缓缓走过
如同散步的牛，闲适的马
如同迟疑在村口，远方来借粮的亲戚

然而更多时候，我们见不到狼
村庄高远的天空上
西北风，携隐隐的狼嗥刮过去了
空旷的屋顶下，是我兴奋而不安的童年

啊多年后，密集的人流中
我依然想起童年、村庄，想起狼
而我是多么怀念。怀念遍插荆棘的羊圈
高耸的土墙。怀念挂在墙上的长筒火枪
怀念祖母，一个个古老而新鲜的狼的传说

在我甜蜜而忧伤的思念里
一只狼，它孤独的身影在天堂

散文诗

青鸟和鹰隼（十章）

孙绍振

之一　遭遇荒诞

古典和谐的宇宙裂开，泥石流冲出的大峡谷，苦难的心僵化成两片透亮的悬崖，杜鹃啼血，隔着芥子的距离，彼此相望却迢迢如须弥的边缘。

峡谷的岩壁并不是明镜台，激情的青鸟俯冲，漫天羽毛飞舞，菩提大树乃有绿叶纷披，蓝田日暖，良玉生烟，从沧海月明的精神家园出走，青鸟之躯上，罂粟大而艳丽，红、黄、白、粉红、紫，含苞待放的蕾，在梦里更加妖娆，荒诞不是美的存在。

心灵净界上的莲座，怎么会长出饱含毒汁的夹竹桃？谁能找回含笑的杜鹃，而不是喋血的花蕾？

冒着杀戮风险，鹰隼降自太清，盗窃了心灵的文字密码，在混沌中笔走龙蛇，一字一字，是锁链，还是月下的一丝红线？

青鸟借着星光，在诗歌的绳索上飘荡，苦难和缘分，从悬崖这头通向那头，岁月埋葬了暗香浮动；激情的云霞升腾，若隐若现的是电光火石、相见时难啊……谁能把握心灵的逻辑，理性支离破碎，无限的狂欢，开拓饕餮的生命，母性和赤子在宁馨的天国，在荒诞的世界面前，谁能正视荒诞，超越荒诞，照彻黑洞，走向正大光明？

之二　鹰隼的柔情

无法在落红之前，珍藏你的笑靥，夜来风雨，片片殷红为谁落下？只要是美丽的花瓣，是杜鹃还是罂粟，又有何妨？

一生就做一次鹰隼，青鸟期待诱惑，用生命换一杯鸩汁，共饮一杯，如登临天可汗的金殿。

是你的火山似的固执，使我的玻璃钢墙蒸发，不知是呐喊还是欢呼，只记得张开了双臂，满山满谷风中悠悠摇曳罂粟花啊，你说我本娴静，你本雄强，隔着距离，默默凝望是杜鹃，你说我本清纯，你本无毒，一旦渗透，便成开不败的罂粟，无声的是李商隐的断弦，有形的是流不尽的蜡泪，狂热过后的孤独，追忆时的惘然，弱水三千，只有一瓢是苦的，兼传羽杯如蜜，在哑默的宇宙中，你我注定在参星与商宿之间，焦虑、痛心、畏惧，盈盈一水的银汉啊，脉脉凝眸的迢迢啊。

鹰隼不甘沉沦，船沉了，就是一根禾草，也是生命的救赎，绝不能自我囚禁，画地为牢，双掌合十，眼观鼻，鼻观心，也勘不破三生石上的孽缘，杜鹃和罂粟永远是同类，是爱，就是上帝的名字，是美，都是佛祖的封号，可怎么也逃脱不了被连根拔起的劫难，遥遥相对，木棉和橡树，在无人的山涧，开了又谢，谢了又开！

之三　鸱鸮的慈悲

被激情的闪电击毙一千次的青鸟，灵魂闪烁，与夜合二为一，飞翔在月黑风高的天空，总想不食人间烟火，却无法飞越红尘，哪怕是白云生处，也是禁地，昨夜星辰，银汉灿烂，是织女的婚礼还是葬礼？

一只曾经日日夜夜鸣啭的青鸟，一只在岁月秋千晃动的青鸟，被风暴摧残，撞伤在爱情的十字架前，化为黑夜的鸱鸮，谁愿意被化成一朵罂粟花，滴血于五线谱上，将美丽研制成罪恶，灵魂剁成音符，任其如天花乱坠？

谁愿意成为黑暗的使者，冷眼生灵的蜉蝣，在如烟的尘世中，将绝望篡改成永恒？

选择了黑暗动物，义无反顾，在这之前，把你的生命还给我，把“菩萨蛮”的曲谱还给我，让我登台献演天问，哪怕一分钟也罢：菩萨蛮啊，菩萨蛮，菩萨为什么是这样蛮？

绝对的神圣如今化作绝对的荒诞，时间不能摧毁心中圣殿，信仰就是坚守，贴耳于大地，听嘚嘚的马蹄，明知是美丽的错误。

成为鸱鸮之前，谁能给青鸟留一方梦幻的空间，留一片月照松间的林子，奉献一堂琴瑟和钟鼓，在爱与恨，在进与退，在脱下和戴上黑色面纱的瞬间，都如唐人的绝句一样将记忆保鲜，或者是白香山的歌行，将长恨进行到底！

之四　俯冲的青鸟

天空是荒谬的，头顶是闭合的穹庐，两侧是火成岩的出生证明，经过暴风雨洗刷，更加陡峭，狰狞。

青鸟是荒诞的，甘作垂死的俯冲，展开骨折的双翼，水击三千，未能化为垂天之云，惊恐万状的哀啸，绝壁镜台，照出悲壮的英灵。

假如能够乘风归去，假如时间能倒流，命运有无数的选择与可能，苦难是自由成长的沃土，但自由是荒诞的，青鸟的处子之心是崇高的，可青鸟的自由却演化为荒诞，凭什么指责愚昧无谓的牺牲，心比天高，却毅然集香木自焚，涅槃的火焰发出的是冷光，颂歌化作挽歌，浪漫化为灰烬。

青鸟和鹰隼，杜鹃和罂粟都是荒谬的主角，荒诞是崇高的温床，时间是严峻的法官，可惜没有合格的裁判。佛祖、先知、上帝永远是沉默，保持着恬淡的悲悯。

当理性重升宝座，东风应律，请不要指责一只在荒诞岁月做最后挣扎的青鸟，从碧天垂直坠落，一千次选择，一千次无怨无悔！

自由落体加速的壮观是瞬间的，而心灵圣洁的基因是永恒的，泥石流横扫过后，净土上的杜鹃和罂粟，都不需要观众。

在形而上的天宇！在形而下的红尘，俯冲的青鸟，在历史的时空卷轴上，留下的只是一个无声的惊叹号！

之五　鹰隼与青鸟的虐恋

青鸟选择了爱的自虐与被虐，生命透支，感知必须麻木，双目必须失明，回眸往昔的荒诞需要勇气，面对杜鹃盛开的记忆，一切与自己相关的世界，只能闭上双眼。

自我施虐是永恒的，甘愿被虐是终身的，但是，时间却是伤口上的盐。

越来越深刻的痛被树林遗忘了，但是，林子从不缺乏鸟的歌唱，对于青鸟心头悲壮的歌，青天没有耳朵，对于青鸟伤痕的美，星星没有眼睛。

自我扼杀的恶之花，自我摧残的罪之花，风姿绰约，绝代风华，悄悄地开了，悄悄地谢了，与天地无关！

青鸟把最后一首歌，唱给不断消蚀的美丽，美与丑，生与死相差只是一行音符。

罂粟花已经疯狂，不敢自比天方国那集香木自燃的 phoenix，所有的记忆碎片都已经飘零，只等待末日的宣判，青鸟最渴望一滴毒泪，渗入冰清玉洁的躯体，疼痛是生命的证明，可生命的体悟不可言传，而痛却是死亡的无声的锦瑟。

罂粟曾经渴望一次英灵祭奠，荒诞的年代，拯救过无数面临阵亡的生灵，创伤愈合，祭奠只是梦幻泡影，可荒诞年代的梦想，并非妄执无明。

罂粟和青鸟用全部生命力量担当起透明的一片冰心，用自虐和被虐超越荒诞，虐恋也罢，灵魂的彼此拯救也罢，罂粟和青鸟在悠悠的暮鼓晨钟里，在青灯古佛的座下，合而为一，涵虚太清，在圆寂中新生，无需任何光环。

之六　鹰隼与锁链

鹰隼终于从沉沦中挣脱，风暴过后一片狼藉的原野，无奈固守既定的命运，强者的身份证，肖像上有饱经磨难的信息和坚毅的密码峡谷的裂痕与沟壑扩张，龟裂成两片褐色的翅膀，他生未卜，梁祝奏鸣曲并不保证化蝶双飞。

罂粟收敛鲜艳，安宁并未到来，蝴蝶已经飞走了，苦难仍然在锥心，不能逃避如此残酷的劫难，宿命哲学是否太过冷漠？

逃不脱荒诞，火成岩背后的生命的激情，将去何方？超越荒诞，沉重而铿锵的脚步，能否踏破铁鞋？

比任何虚幻的幸福承诺更为实在的，是心与心的印证，察看手掌上的纹路卜命，惊心于甲板上的翩翩步履的脉冲，垂危的鹰隼脱掉芒鞋，有了欲飞的冲动，没有经过杜鹃化为罂粟的人生，不是深刻的人生，正如没有血就没有诞生，没戴过锁链的爱恋，不是庄严的爱恋，如同没有火就没有死亡一样。

心灵上有紧箍，夜以继日的咒语，一环连着一环，经文的逻辑封闭而开放，从心的这头铺向心的那头，终于横贯灵与肉的峡谷，将凝固的悲剧打造成庄严诗篇，希伯来与希腊交替，不着一字，超越善与恶，美与罪，生命升华在斗室的空气里佛祖慈悲！

之七　鸱鸮与歌唱

鸱鸮站在理性的审判台前，从黑暗到阳光仅一步之遥，可鸱鸮却走了一生。

犯了何等的罪恶，竟受到这等的酷刑：爱情猝然遇刺，心灵化为废墟，精神的莲座破碎，自尊被囚于五行山下，到底犯了什么天条，享受爱的感官变成了忍受痛的载体，终日奔波于暗夜，蹑足于薄冰，期待上帝最后的拯救。

在朝霞满天的黎明，青鸟送来一缕阳光，劫难中用这根金线，把破碎的相思串成的美丽项链，暗自装点伤痕累累的记忆，不错，曾经在烟雾弥漫的黄昏，珍藏过一片月影，一朵星光。

确实，在世纪风暴扫荡后的山坡，曾经把嗅觉，托付给南来的大雁，北去的风，给鹰隼送去大面积的呼吸，也曾吮吸过一滴雨，滋润干枯的唇吻，一片红云，让憔悴的面庞，恢复青春的风华，偷盗过勇气，把苦难唱成幸福，偷盗过诗句，给寒风送去暖流，偷盗过眼神，把冻僵的心化成一泓透明的春水，荒诞的时代，谁分得清何处是地狱，何处是天堂？人间万象，光怪陆离，谁说得准，谁是鸱鸮，谁是青鸟？但愿菩萨的眼有睁开的刹那。

渴望救赎的鸱鸮，四顾茫然，时代在否定之否定中向前，可生命只有一次选择，鸱鸮把所有的疑问提交岁月，把生命交给诗行。

之八　鹰隼与杜鹃

拥有世界上所有的财富，鹰隼还需要最美的秘密，为了杜鹃不再啼血，他宁愿放弃全部。

荒诞的时节，崇高是疯狂的装饰，承诺不是甜蜜的欺骗，哪怕一缕疏影下浮动的暗香也是绝对精神，峡谷对岸，与大地诀别的杜鹃花瓣，为了此生信念，宁愿一片一片解脱，一声声啼血，把疼痛留给不死的根，一阵飓风，把所有的落英，沿着螺旋式的轨迹托上天宇，也许与神邂逅，接受了先知的指点，也许是上帝的心迹，激情在呼唤声中回归，啼血的花瓣，在明镜中作腥红的舞蹈，飘落在峡谷下的涧边，按照美的规律，摆成心状的图案，两岸隔着深深的沟壑，缓缓流动的沉重泥石流，将所有的通道封闭，难道爱情只能属于诗的视觉？

鹰隼屡屡建造栈桥，投身没有结局的事业，巴比伦之路永远达不到彼岸。不可否认的虚幻，然而，命运是自己的，心有灵犀，四目的双轨自然天成，杜鹃花丛已连根拔起，对岸啼血之声已经戛然而止，唯有馨香是不死的，悠悠飘过峡谷，心灵的栈桥是无限多样的，在卷帘时，会心一笑，赤橙黄绿的虹桥，才是永恒的鹰隼半醉半醒，天涯仙路啊！

之九　鸱鸮与罂粟

屈辱、惩罚、摧残岂能杀死鸱鸮和罂粟，风雨兼程，结伴行走在通往救赎的路上，怀着脱胎换骨的希望，沿途理性路标模糊，头上宇宙星空晦暗，漫漫长空散发着雪片，像传单，又像来自天堂的讣告。

风卸掉了五颜六色魔幻外套，罂粟在风雪中抖颤，裸露出永不愈合的伤痕，回到起点，鸱鸮褪下黑色的披肩，慷慨付出自己良心和奉献给世界的天使，只有伤痕属于自己，遍地绝望的瓦砾，大地似乎陷入宇宙洪荒，生命太珍贵，独立的自我何等神圣，牺牲自我虽然晦涩，当然，同样神圣。

晦涩的天空，荒诞的舞台，谁不是焦虑、恐惧、神圣而荒诞地活着？谁又能改变宿命的角色，挥戈驻日，重新开始新的旅途？

鸱鸮披上罂粟五彩缤纷的花瓣，美丽是生命的桂冠，与其无奈沉默，不如歌唱。

罂粟挥动鸱鸮黑色的披风，旋转着，真正的荒谬是自我以外的黑暗，怎能说是美的精灵的罪过？

罂粟和鸱鸮重踏风雨交加的旅途，舞台依旧是舞台，鸱鸮依然是鸱鸮，罂粟依然是罂粟，然而，与孤独为伴，如李白之与月影为伍，瓦尔登湖畔的寂寞是永恒的情侣，就此圆寂吧，也有李叔同“悲欣交集”的灵悟。

上帝似乎靠得很近，似乎又离得很远，远古寺钟响起，罂粟和鸥鸮同时发问：是上帝和我们一起出殡，还是护我们做灵童转世？

之十 走过荒诞

回到大峡谷，回到神秘而世俗的大峡谷，回到大峡谷，回到晦涩而激情的大峡谷。

两岸的绝壁何时轰然倒塌？是谁的手，把遍地破碎的爱情，按照神的灵感，大自然的规律，建构成如此时尚的图案？

杜鹃花又在迷蒙的晨雾里开放，把凋谢留给昨日肆虐的风，但非理性的生命激情，落红缤纷的痛，说消逝就能消逝吗？

罂粟坚守着纯情梦想，被抛到荒野的鸟禽，为什么为曾经的命运恐惧和战栗呢？

鹰隼的把苦难交给了历史博物馆，成为古典的英灵雕像，矗立在理性的天门，凝重的神色中，难道没有杜鹃的血色和青鸟的呜咽？

鸥鸮依然一无所有，所有的人家的灯光都亮着，又都暗着，最亲的人一直在最近的天涯，还继续淘空自己吗？

忽明忽暗岁月之后，青鸟悟出了成熟的悖论，是生命的执着，用战无不胜的期待，撞击着宿命永不开放之门，走过荒诞，大峡谷云蒸霞蔚，是相思的雾水。一切皆变，唯有嗅觉不变，空也是香，虚也是香，哪怕右在汉城，左在汉堡……

上帝从来就没死去，它依然俯视人寰，最荒诞的问题不是“我是谁？”而是“我是你的谁？”

是啊，走过荒诞，大峡谷，我是你的谁？山呼谷应，风卷云舒，如火如荼，如泣如诉，如慕如怨。没有任何生命听得懂这样的语言，只有鹰隼听得如痴如醉，如梦如幻，不知是青鸟梦见了鹰隼，还是鹰隼梦见了青鸟……

2014 年 7 月 15 日，改定旧作。

诗坛峰会

探索与发现

汉诗新作

驻校诗人杨方特辑

作者简介：

杨方，20 世纪 70 年代出生于新疆，现在浙江林业局工作。出版诗集《像白云一样生活》《骆驼羔一样的眼睛》，小说集《打马跑过乌孙山》。有小说入选《2012 年中国中篇小说精选》。曾获《诗刊》中国青年诗人奖、第十届华文青年诗人奖，诗集《像白云一样生活》入选 2009 年卷《21 世纪文学之星丛书》。首都师范大学 2013—2014 年驻校诗人。

诗人杨方

我又看见了北方的白杨树

——在 2013 年 9 月首都师范大学入校仪式上的致辞

杨　方

尊敬的老师，诗友，同学们好！

离开学校十几年之后，我又回到了学校。那天，我初到北京，拖着行李箱站在首都师范大学的门口，感觉自己站在了诗歌的大门口，命运给我打开了一扇诗歌的大门，我怀着朝圣的心，往那最明亮的地方走！首都师范大学中国诗歌研究中心对我而言，正是明亮而高大的殿堂，是知识的圣地，诗歌的庙宇。这些天，当我背着书包，走在秋风吹拂的校园，看见同学们从我身边走过，看见北方的白杨树高大整齐，看见亮着灯光的教室，图书馆流淌出橘黄的灯光，我心里又暖又酸，眼睛湿润。是的，要感谢首师大，感谢华文青年诗人奖，感谢诗歌，感谢命运，给了我这样一个让所有诗人羡慕嫉妒爱的学习机会。

孙晓娅老师、吴思敬老师和杨方在入校仪式上

十天前，我和几位老师去看望了牛汉先生，牛汉先生的住房简陋，书桌陈旧，褪色的床单已经起毛，唯有满屋子的书金山一样堆积着。他用抖动的手为我在《绵绵土》这本书上签上他的名字。牛汉先生说话已经有些含糊，他示意我坐在他身边。坐下去的时候，我发觉他真的很高大，牛高马大，需仰视才见。他温暖如灯的目光，让我感动。我喜欢牛汉先生的一句话：“我永远不依赖文化知识和理论导向写诗，我是以生命的体验和对人生感悟构思诗的。我的人和诗始终显得粗糙，不安生，不成熟，不优雅。”

这也正是我努力学习和追寻的，它将成为我学习的方向和灯塔。

接到入校通知的那一天，我安静地坐了一整天。回到学校里学习，对我来说像梦一样不真实。我生怕自己发出一点响动就会打破这个美梦。诗歌一时那么近，又那么远。在我的生活里，诗歌一直寂静地存在着，诗人聂鲁达这样说：

> 你从远处听见我，我的声音无法企及你
> 让我在你的沉默中寂静无声

是的，我喜欢诗是寂静的。它在我琐碎而庸常的生活中无声地存在，我始终无法企及，但我始终在追寻。“如同所有的事物充满了我的灵魂，你从所有的事物中浮现，充满了我的灵魂。”这些年，离开学校之后，我工作，生活，坚持读书。而我喜欢的诗，在寂静中隐藏，在寂静中渗出，在寂静中发光，也在寂静中带给我温暖和光亮。它们从我的心里，呼吸里，思想里，唾沫里，甚至沿着我弯曲的血管，从我指尖的一滴鲜血里爬出来。仿佛我终于把一个附身于躯体的灵魂拽出了自己的身体，让它显形于天下，让天下大白。它们让我感觉到疼痛，又感觉到幸福无比。

做一个诗人是幸福的，做一个在校园里安心读书的诗人更是幸福的。我会珍惜每一天的学习，做一个好学生。相信一年的学习结束之时，我会有收获。

在首师大每一个明亮而饱满的日子里

——在2014年7月首都师范大学离校仪式上的致辞

杨　方

2013年9月至2014年7月，我作为首都师范大学第十位驻校诗人，在首都师范大学度过了难忘的一年。

对于这一年的学习，我无限热爱和留恋，我甚至希望驻校不是一年，而是三年，五年，甚或十年。不是我贪心，是因为在首师大每一个读书的日子都是那么明亮而饱满，我像一棵绿萝，拼命吸取水分和营养，然后不断从身体里长出身体，从绿叶里长出绿叶。这一年的学习帮我打开了视野和思路，学习也使我对自己的诗歌写作变得更加自信和坚持。无疑，这要感谢学校给我提供了这样一个安心学习的机会，在这一年的时间里，学校系统地安排了诗歌研讨、讲座、对话、访谈、诗歌朗诵和给学生上诗歌课等形式，建立了诗人与学院、评论家、国内外研究者的立体联系和深层互动。学校对服务诗歌的公益心和扶植诗人的赤子心，以及细致琐碎的工作中闪烁的诗歌良知和纯粹品质，让我感动。这些美好的人和美好的事，都与诗歌有关，又超出了诗歌本身。因为这一年的学习，我对诗歌的感恩和敬畏与日俱增。

我的驻校得从2013年9月12号这一天说起，初到北京，我和几位老师去看望牛汉先生，他用抖动的手为我在《绵绵土》这本书上签上他的名字，这可能是他最后的签名，无比的珍贵。牛汉先生当时说话已经有些含糊，他示意我坐在他身边。坐下去的时候，我发觉他真的很高大，需仰视才见。在后来一年的学习中，我常常感觉牛汉先生就坐在我的旁边，温暖如灯。现在我把自己这一年的学习给大家做一个汇报。

首先，在学习上，这一年在吴思敬老师的指导下，我系统地学习了一些诗歌理论方面的知识，阅读了大量的书籍。吴思敬老师认为，我的诗歌，存在语言上的拥挤和情感场面上过于铺排的问题，因而减弱了诗歌表现的力量。吴老师建议我在多阅读中国古典诗歌的同时，也要阅读国外一些优秀的翻译诗歌，从内容和思想上吸取这些文学作品的精华。因此我在首师大图书馆系统地阅读了一些这方面的书籍，并且详细地做了五本厚厚的笔记。在我阅读的这些书中，有《穆旦译文集》，有拜伦的长诗《唐璜》，惠特曼的《草叶集》，弥尔顿的《失乐园》，辛波斯卡的《我曾这样寂寞地生活》，阿多尼斯的《我的孤独是一座花园》，荷马的《伊利亚特》等，首师大图书馆找不到的书，我就去国家图书馆找。我要求自己每个月平均有七到十天的时间待在图书馆里看书。除了看一些诗歌方面的书籍，我还系统地看了一些小说，比如村上春树的一系列小说，毕飞宇的一系列小说，余华的一系列小说，莫言的一系列小说，杜拉斯的一系列小说。我尝试用美国小说家海明威的"冰山理论"来写诗歌——文字的形象的十分之一露出水面，而情感和思想的十分之九隐藏在水下面。

杨方与诗人穆沙先生

在这一年学习结束的时候，我整理了一下读书笔记，我总共读了五十四本书，可能还要多些，有些可能没有被记录。这其中不包括对杂志的阅读。有些我认为重要的书，比如对我某方面的学习有意义的书，我会重点地做笔记，对作者的写作方式、写作特点等进行详细的分析，对作品进行自己观点的评述。通过这样一种阅读，从中汲取营养。在这些书中，对我产生影响比较大的是马尔克斯的小说《百年孤独》《兰波诗集》和卡尔维诺的《看不见的城市》《命运交叉的城堡》

等。莫言的小说，对我的诗歌写作也产生了很大的影响。莫言有很强的想象力，那种嗅觉、味觉、听觉的打通，还有词语搭配的出人意料，都是非常具有创新性的，他用一种非常轻的方式去写一种重的生活，他用一种欢乐的方式去写痛苦，我把他作品中的这些东西，他的魔幻意识，甚至他小说中的暴力美学，他所呈现出的语言的狂欢，吸收到我的诗歌中，在我的诗歌中进行转换，成为我诗歌写作的独特的表达方式。

在学习中对我影响较大的另一个作家是巴勒斯坦诗人穆罕默德·达维希，他是一位伊斯兰诗人。我从小在一种伊斯兰的氛围里成长，我熟悉他们的风俗、礼教，熟悉他们的主麻日、清真寺。所以我的诗歌创作，很受穆罕默德·达维希的启发，在他诗歌风格和创作主题的影响下我写了《悲伤是这儿的，也是我的》《寄往故乡的邮包》《在伤口上建立一个故乡》《黑走马》等一系列与故乡有关的诗歌。这些诗歌与我以往的诗歌相比，在风格上和思想上有了很大的不同。以往我只在意自己的声音，而不去关注群体的声音，更没有想到要去替一个群体发出声音。在写作风格上，我也减少了情感的铺排，加强了思想性和语言的力量。

除了在图书馆看书，我也坚持去各大院校听课，我听过北大张颐武教授的课，中戏陈小玲老师的话剧表演课，中戏英国教师罗斯老师的表演课，还有首师大几位老师的课。每一堂课，我都课前查找资料，课上做笔记，课后写体会与感想。在我所听过的这些课中，戏剧表演课给了我很大的启示，在国外，很多诗人同时也是剧作家，比如克洛代尔，更著名的一个人物是众所周知的莎士比亚。戏剧强调的是表达和沟通，可能这也是我的诗歌写作所应该强调的。很多时候我只管写诗，而不去考虑和读者之间的沟通，这样就形成了隔阂和距离。学习了这些课程之后，我开始考虑怎样和读诗者进行沟通的问题。在此期间，我还看了三十多场话剧、歌剧、音乐剧、儿童剧、昆曲等演出，我把这些看过的剧做了一个整理和记录，其中对我影响深刻的有人艺的话剧《大将军寇流兰》《白鹿原》，北大百年讲堂的德国话剧《朱莉小姐》，国家大剧院的歌剧《游吟诗人》，孟京辉的话剧我也系统地看了一些，写了一些小文章，进行了比较和学习。我觉得自己更钟情异域文化带来的碰撞和思维的延伸快感。也许很多诗人会从译诗或其他诗人那里得到滋养，但对我而言，小说和话剧好像是更富饶的宝藏，而小说、话剧与诗歌间的神秘联动，一直是我探索的问题。我一直认为，任何艺术之间，都是相通的，通过这些广泛的阅读和学习，能够打开我的视野，拓宽我写作诗歌的道路，可以让我走得更远，也可以让我和读者走得更近。比如在我这一年学习接近结束的时候，我写的一首诗歌《两只老虎》，就采用了戏剧表现的手法，这里是《两只老虎》中的一小段：

两只老虎，只是在固定的空间来回走动
像两个穿着条纹睡衣的人
因失眠而苦恼，默数着催眠的绵羊
一只两只三只，一千只雪白的羊
都从肿胀的眼皮底下飘过
让它们去新疆的大草原，内蒙古的大草原
世界的大草原
两只老虎心怀慈悲
从没有生出吃了这些羊的念头

在这里我把两只老虎当成两个主要角色来进行描写，它们穿着条纹的睡衣，眼皮肿胀，在固定的空间，在一个被灯光打亮的小小舞台上来回走动。它们心怀广阔的理想，却被现实所困。我不知道把戏剧的场景、人物、情节虚构等表现形式放到诗歌写作中是好还是不好，我只是在学习中进行吸收和探索。

其次，在参加诗歌活动方面，学校也为我做了大量丰富而有意义的安排。从去年 9 月我来到首师大，就参加了一系列的诗歌活动。2013 年 10 月我给学生做了“一首诗的诞生”的诗歌讲座，与学生们进行了近距离的交流和互动。同年 10 月，参加了法国诗人穆沙的诗歌讲座，以及在北师大的国际诗歌朗诵会。2013 年 11 月参加了《诗刊》组织的雁荡山采风活动，浙江文成“华文青年诗人奖”颁奖活动，浙江省作协一对一作品评论活动及温州行采风活动。2013 年 12 月参加了北方工业大学诗歌朗诵评奖活动，参加了《小说月报》举办的蒋一谈读书发布会活动，并多次与鲁迅文学院高研班学生、鲁迅文学院公安班学生在一起互相探讨和学习。2014 年 3 月，与美国诗人梅丹理先生因诗歌翻译中的一些问题进行了交流。2014 年 4 月，与斯洛文尼亚诗人阿莱什进行“诗的多种可能”的对话，并参加北京之春诗歌朗诵会。2014 年 5 月，给首师大学生上诗歌课——关于一首诗的写作与修改。参加台湾诗人陈黎的讲座。之后我与在校研究生及高校部分诗歌评论家进行了诗歌研讨活动。这次研讨由深度对话展开文本内部隐含的创作生活经验，从而打开文化视野交流的出口。学校吴思敬老师、王光明老师代表首师大中国诗歌研究中心勉励我在诗歌创作中寻找生命潜能的出口与自我发现，并期待我在首师大一年的学习之后，写出真实的、有深度的作品。5 月 25 日，参加侯马诗歌研讨会；5 月 28 日，参加端午诗歌朗诵会。2014 年 6 月，参加北师大李怡老师的讲座，人民大学张洁宇老师的讲座，社科院刘福春老师的讲座，以及阿紫诗歌朗诵会，启航读书会等。

这些诗歌活动与讲座，在提高我对诗歌写作认识的同时，也锻炼了我自己，我原本是一个木讷的人，经过几次和学生的交流，我的语言能力提高了很多。尤其是和斯洛文尼亚诗人的对话，对我是一次极大的提升，学校给我打开了面朝世界的窗口，给了我一个站得更高看得更远的平台。

除了学习和交流，在首师大学习的这一年，我还做了诗歌年选的工作，参与了整理编选驻校诗人十年诗选的工作。为了做好年选，我在 2013 年 9—11 月集中阅读了大量当年的刊物，从《诗刊》《星星》《诗选刊》到民间的各种小刊物，总计有七十多种。其中的诗歌，我都进行了认真地阅读。以往阅读诗歌，我是以读者的角度去阅读，而做年选，则要把自己放在一个高一点的角度，我要从一首诗歌的语言、内容、结构、深度等方面去考虑，而不是单从自己的喜好。阅读过程很辛苦，但读到一首好诗也会有意想不到的惊喜，比如读到华万里《夜归人》的时候，我眼睛一亮，所有的劳累都消失了，只剩下阅读带来的喜悦和感动。做编选工作的过程也是我学习的过程，通过对这一年全国诗歌写作状况的了解，引起我对自己写作的一些思考，我把自己的诗歌写作放于其中，去比较，去归纳，去发现自己的不足和问题。我以前只是埋头自己的写作，埋头自己的阅读，而我的诗歌写作，太局限于自己身边的生活或者蒙蔽于词语的囚笼，无法触及世界。年选工作，是对我诗歌写作极其有力的打开，它让我在审读别人诗歌的同时也看见了自己；对于编选驻校诗人十年诗选的工作，则让我从前九位驻校诗人那里学习到了许多优秀的、闪闪发光的东西，包括他们驻校期间的学习方法，他们写作的思考等，对我的学习都是一种帮助和参考。

诗人杨方研讨会照片（一排左起：李怡、刘福春、庞俭克、赵敏俐、吴思敬、杨方、苏历铭）

在这一年的时间里，我从首师大老师身上也学习到了很多东西，每一位老师都对我倾注了心血和汗水。吴老师经常对我提出一些学习上的建议，包括我在诗歌写作上存在的问题，我今后诗歌写作的方法、方向。吴老师认为，独特的故乡这一题材，是别人所没有的体会，我可以朝此方向进行系统地写作。吴老师的建议对我字字千金。首师大的另一位老师孙晓娅，则给了我另一个方面的引导，从做诗到做人，她都希望我能真诚和宽容。和赵敏俐老师的交流虽然不多，也曾想去听赵老师的课，可是由于种种原因，终于遗憾地没有能实现，但他的诗歌却给了我崭新的启示，他的诗歌，朴素、低调，看似没有任何技巧，但却包含着很大的技巧，这些正是我需要努力学习，努力去达到而未曾达到的。

林莽老师在我的书评中说："在杨方的许多作品中，我们看到了她对中国传统文化的继承与吸收，对其他艺术门类和西方现代诗歌的借鉴与融会。正是这些，让她的诗歌有了诗歌艺术情感的深度，语言的根底和文化的价值。也正是因为这些，我们看到，她的诗歌近些年在不断地变化与上升。”

在这里，我想说的是，我所取得的这些成绩，与在首师大这一年完整的学习分不开。首师大老师和学生们给予我的，是一种宝贵的财富，是我一生都值得珍惜和珍藏的东西。走出首师大的校门之后，也许我才算是一个真正意义上的诗人，这一年的学习，不仅是提高，也是锻炼和修正，甚至是对我写作思想的一次大改变，从狭隘到宽阔，从浅表到深层，从零碎到完整。这些变化正是驻校赋予我的。在要离开的时刻，我多想说，我还没有在学校待够，我还想继续留在首师大，首师大将是我一生的，美好的回忆。

我感谢首师大，感谢这一年的驻校时光。

杨方诗歌30首

亲爱的博尔塔拉，亲爱的陌生人

傍晚在推迟到来，好让博尔塔拉一直远下去
或者博尔塔拉在推迟到来，不让傍晚降临地球
亲爱的陌生人，当你抬起手臂
指向地平线外的星空
仿佛它从来就不在地球上
蓬勃的矮树丛：沙枣，沙棘，枸杞子
也要刻意隐匿，从地表，沙丘上的金黄
一如我梦见的地方：红色高原绵延起伏
雪山明亮，蓝眼睛的蒙古人骑马而来
他们来自命运之国，来自草原，松林，灰色盐碱地
以及一座座花朵般漂移不定的白毡房
他们用鞭子抽打一切，马不停蹄，驱赶着时光和流水
没有人看见，马蹄下，广阔的高原
是怎样沿傍晚向西倾斜，天山是怎样衰老，黯淡
风抽走了它体内含铁的顽石
没有人告诉我，起风了，弯月如刀，羊羔咩咩
高耸的博尔塔拉，孤独地矗立在时光的高处
如果给它打电话，是否就像打给云中的霹雳
如果跟随一群迁徙的候鸟，跟随
悄悄向北移动的春天，雨水，暖气流，大气压
是否就能到达蓝色幽暗的贝加尔湖
那又大又圆的墓地，是圆满和宿命
亲爱的陌生人，没有人告诉我
那一年，那一天，那一个傍晚，时光无限延伸
高原之巅的博尔塔拉，永远无法到达，永远，孤悬在天涯

我还没有回到我的故乡

日落时分总是很忧伤
一天的结束，仿佛就是一生的结束
甚或一个世纪的结束
秋天也是，像万事万物的一个完结
候鸟回到北方，群羊回到冬窝子，世界回到原处
但我还没有回到我的故乡
我还没有回到苹果园，斯大林街，胜利巷
回到琴弦上的十二木卡姆
葡萄藤须上的籽实，哈密瓜的瓜秧

我还没有回到一条大河的上游
在那里，一切刚刚开始
万物灵动，幼畜初生
我还没有回到一座山脉最高的峰顶
那时光耸立的峰顶，只有明亮的风在那里
只有霹雳，雷电，雨雪，冰雹，只有行星和恒星
我还不曾被白雪，山岚，瀑布，流云所感动
我还走在裸露的平原，山川和盆地

空荡荡的马车，命运之轮
像衰老一样缓慢，像死亡一样缓慢
我还没有在宿命之国，彩虹之门
在一个叫纳达齐牛录的荒凉小镇
遇见一位陌生的锡伯族青年
他的眼神像挂在贴木里克山冈上蓝光闪烁的星星
很多时候，我怀疑自己已成为隆起山梁的一部分
那么地接近，一生都可以望见，一生都不能到达

在伤口上建立一个故乡

某天你会来到这里，沿着头脑里的条条大道
走到一处荒废的地方，盘腿坐下
如你见过的交河故城，死去多年的炊烟
正从落日的圆孔钻出
干旱地带的无花果树林
自牛奶和月光的白色香味中吸取营养
你坐在那里，不抽烟，不喝酒，只想一些事情
风自广阔的亚细亚吹来，弄乱你的头发
你脑子里另外一些美好的想法，也忽然乱起来
比如，给大地的伤口涂上晚霞的红药水
然后在伤口上建立一个故乡
有河流，马匹，麦田，伊斯兰风格的房子廊檐曲折
你坐在花园广场上，犹如坐在熟睡的花园
钟声从即将枯萎的树木上垂落下来
你一定想过，一个人，能像花园一样睡死过去吗？
能像蓝色一样睡死过去吗？
能像故乡一样睡死过去吗？
哦，都有可能，真的
请认真记下我家的街道，门牌，戴披肩的胖邻居
以及从没有见过的，陌生的一切
你可以成为青年，森林，一首木卡姆歌曲
真的在某天来到这里
在一处荒废的地方，盘腿坐下
像一张治愈疼痛的黑色狗皮膏药贴在那里
而我的故乡，如你所见
伊犁河从不睡眠，日夜逃离它的两岸
夕光在河面上铺开，像一把闪闪的大镰刀

骆驼羔一样的眼睛

我来到并且停留，仿佛空气进入陌生的庭院
旷野气质的年代，春风在不毛之地温柔地吹拂
宣礼塔在高处召唤着信徒
大地像一张刚刚剥下的羊皮铺展开来
我走在温热的死亡之上
不会有什么令我感到惊讶和不安
无疑，我还会再次遇见你
像一个孩子那样从头开始
耳朵长成无花果叶的形状，清凉，多汁
倾听大气层缓慢移动的声音
我用湖泊的肺叶呼吸，用柔软的蛇腹走路
广场上飞起的那只鸟是我自身孵化的鸟
有五只翅膀，三双眼睛
它们追寻，超越，黑夜的羽毛一去不复返
而落日，我把它想象成一匹有长长毛发的红马
正悄悄穿越这座已被盗空的城市
我有时停在道路的中途
无法记起自己曾到过什么地方
仿佛我是一只禀性多疑的食草动物
是去年的草，去年的路
我在自己的身体里旅行，沿着弯曲的血管，心，肺
经历着风暴，迷途，沉醉，累累伤痛
我的脚步，是胸腔里杂乱的回声
当我终于沿着一滴鲜血从指尖走出自己
安拉，我就会成为新世界苏醒过来的一部分
我就是那双骆驼羔一样的眼睛

寻鹿记

我见过那只鹿，十几年前

被一根粗绳子拴着，在河州上吃草
谁能相信，那么大的河州
只有一只鹿在那里吃草
只有一只鹿顶着森林一样交错的鹿角
低下头吃草
有一次，我看见它以绳子为半径，一圈圈奔跑
迎着风向嗅着远山的气息，呦呦地鸣叫

别离那头鹿太近，那是危险的事情
养鹿人这样对我发出警告
他用钢锯锯下鹿角
鹿茸切成片泡酒，鹿血掺着白酒喝下
而受伤的鹿，被破布包扎
养鹿人不懂得，那庞大的鹿角
是繁星和一座森林组成的，回家的路
在长出新角之前，那只鹿是多么忧伤和愤怒
后来它挣脱绳索，狂奔而去，无影无踪

我一直在寻找那只鹿，那只无视时空法则的鹿
想象它停留在羊齿叶与飘忽不定的铃兰花之间
走在空气流荡，清泉潺潺的山谷
它所去的地方，无疑是世界凹坑那样静谧的地方
比如远在天边的乔尔玛
黄昏时分我一转头就看见了那只鹿
它穿越一切的目光正和我静静地对视
它是我生命的一部分吗？是我生命中的那只鹿吗？
新疆时间七点半的风吹着
人们永远不懂，它站在那儿的姿势，它的庞大的鹿角

旱田山背，遇羊记

一群羊，像一个虚幻之象
出现在胸肌隆起的旱田山背上

去哪里，或不去哪里，不是羊群的事
一个下午，它们只移动了一点点
从古代乌孙国的草原，到失水的干燥之地
时间很慢很慢

我看见一只羊，从紧密的羊群中出走
生命的个体，渺小地存在
它是一只斜视的羊，禀性多疑，对世界充满疑惑
不时停下来，竖起耳朵
仿佛银河的光，被它听见

它是否可以被命名为孤单？
天黑之后，是否可以白到月光里去，见到诸神
凡别的事物，只能宽恕这通明和消溶
统统黑到黑夜里去

后来更多的羊离开群体，向孤单靠拢
仿佛孤单这个词
是白色的细胞，具有分身术
可以从个体，裂变成一群，成为孤单的圆生岸

也许我和羊的区别，不单单在于对重量的感受
我是一坨金属，没有蓬松的气氛
一生都在衣冠楚楚地做人，而对于孤单
沙枣林也好，瑞香狼毒也好，轮台草也好
它们和我一起度过了这个无言的下午

苹果园，遇羊记

这些年，没有什么，让一座苹果园
消失在时间深处
土围墙上被光劈开的缺口
成为一只羊逃离现实的唯一途径

它敏捷地跃起，然后纵身跳入
仿佛智慧的族类，进入另一个空间

一只羊，一只被神庇护的羊
白日的，迷幻的身影
从哪儿来，为什么来
它按人间的律法，进入这片幽境
它的思想和光在一起
思路，埋藏在苹果花中
它应该是一个灵异
本该和集体的群羊一起流落天边
却静止如大团的花朵
吐放出浓郁而忧伤的色泽

我不能说，一只羊和我一样
多么需要一座苹果园的存在
需要一次诡异的迷途，来重新选择安身的地方
未成形的事物，都有朝圣者素洁的面孔
当风吹过，在枝头回旋，然后沉寂下来
我不知道，在一只羊的眼里
孤独的直径，是怎样暗暗地扩大
大过一座，被光穿透的苹果园

淡灰色的眼珠

我是臆想的，可疑的种族
不能沿着一座山脉的走向
在最低的盆地，河流的两岸
找到多年前热爱过的居民，那些
石头上的居民，草叶间的居民，尘土中的居民
农闲时节敲打着手鼓在打麦场上跳麦西来普
几个世纪以来一条河流冰冷的岩浆
替他们喂养着亚麻和小麦

河流是他们的元素和背景
是一条哗哗流淌的伤口
而马车店是一个临时驿站悲伤的遗物
一个陌生女人取下遮面的黑盖头挂在铁丝上
两只乌鸦，是被风吹上天的一双黑鞋子
让它们替我去走遍天空吧
让它们的黑脚印，把天空弄得凌乱、肮脏
真的，没有地方可以把我留在任何地方
地表的条条大道都不能通往虚拟的故乡
宰杀羔羊的屠刀在博格达峰的冰雪之巅高举
倘使我是被拒绝的命运
诵经的伊玛目就是我的福祉
人们可以把我当做外乡人，光着脚，没有姓名
他们埋葬我的时候，用清水洗脸，用白布裹身
他们不知道我有自己的领地和王座
有养育和生死，最边远的墓地从不被惊扰
我曾存在，或不存在，那些疑似古代的波斯人
和我一样有着深陷的眼眶，忧伤的，淡灰色的眼珠

对一匹老马说萨拉木里坤

让我把右手放在左胸
按故乡的习俗对你说萨拉木里坤
那将是最初的，也是最后的祝福
无疑，下一次遇见你，一定不会是在这儿
也许会在几千公里外，一个无人知晓的世纪
一座被挖掘出来的城市，我是那里的主人
身裹亚麻布质地的裙子
头发上保留着年轻的夜风
葡萄架下的木桌上有新鲜的干馕和奶酪
如果你远道而来，带着身后蓝蓝的空气
我会递给你一碗加了盐巴的奶茶
一朵黄色夜来香幽暗的记忆

以及夜莺对一些零碎词语的提示
记住，伊玛目的宣讲会在每个清晨准时响起
沿着西域地理上瘦落的街道
非虚构的门窗和墙壁
大片的尘土花朵般寂静地升起
破损的水罐已经流干，如智慧的头骨
那里的居民，光着脚在石头上敲打着手鼓跳舞
若干年前，我和他们像大自然晾晒的葡萄干
被风吹成一具具干尸，野蛮而悲伤地裸露在阳光下
不管怎样，我曾那么真实而惊人地存在过
而你是路过的马匹，是牧歌中被赞美的苍穹和草原
是干旱地带绝迹的雨水，唯一的永恒
你将沿太阳的路线行走，小心地迈出蹄子
带着云彩般的幻想
我不知道一匹老马眼中的地平线在哪里
不知道一匹老马的背影
在我看不见的地方有多沮丧和孤独
我只能像这一次一样微笑着说萨拉木里坤
因为再下一次遇见你，不知道会在什么时间，什么地点

寄往故乡的邮包

请写上，一个邮包的详细地址
一百六十六万平方公里的维吾尔自治区
三十五万平方公里的哈萨克自治州
一公里长的斯大林街，五米宽的胜利巷
写上父亲和母亲的名字
写上重量，品名，到达时
几千公里外响起的门铃声
一辆怎样的四轮马车，疲惫，落满尘土
在黄昏时将它送达
一路上的流水都是熟悉的，马儿止步的地方
不是外邦，不是异域，不是另一个星球

那里是我的出生地，我像每个人一样出生
我是伤口里的孩子，敏感，深情
小时候用乌斯曼草描眉，用海纳花涂染指甲
院子里的石榴树，无花果
都是风中的植物，流血，秘密地开花
它们从不传递爱情的花粉，暗自用伤口滋养果实
那只低飞的夜莺，也是从伤口里飞出来的
时常落在清真寺的拱顶上，有时也落在门楣
它在夜间发出声音，像一个流亡的灵魂
陌生的信使，当你把包裹交给父亲和母亲
就是把我重新交给故乡
我以一个两公斤重的邮包出现在饭桌上
我是饭桌上的缺席者，我是故乡的缺席者
没有了故乡，我们会怎么样？
没有了平和安详，故乡会怎么样？
那么，请写上：小心，轻放！
不要粗暴和伤害，再写上我的邮编和电话号码
那是一长串阿拉伯数字，断头的红玫瑰般依次排列

悲伤是这儿的，也是我的

这儿，我出生的地方，维吾尔风情的小院
一棵苹果树紧挨着一棵无花果树
这儿，我上学的地方
路过清真寺，有高大的拱门和回廊
每天，白色鸽群和曙光一起落在绿色拱顶上
这儿，卖牛奶的回族人在清晨拉长了声调
——鲜奶子，两块钱一公斤！
是的，这儿，全国只有这儿，重量用公斤计算
长长的夏日，胜利街有阴凉的拐角
是善良的斯德克老汉卖冰糖果子的地方
他每天坐在驴车上打瞌睡
那头灰毛驴，总是睁大着满含忧伤的眼睛

像有无尽的心事无法诉说

啊，这儿，正是这儿
南疆人坐在尘土中敲打着手鼓
赶巴扎的人进城的柏油路马铃清脆
天黑时他们沿着宽阔的英阿亚提街打马回家
留下一坨坨散发热气的马粪在风中播散
他们走向看不见的地方，视野深处
有人耕种小麦，浇灌亚麻，收割苜蓿
有人牧马，放羊，唱忧郁的情歌

但是，山脉，折叠的英吉沙刀子一样沉默着打开
它把这儿隔离在了仇恨的另一边——
从此，十二木卡姆的悲伤是这儿的，也是我的！
石榴花的流血是这儿的，也是我的！
我不能回到刀光闪现的伊犁河边，独自坐下来哭泣
看见受伤的大雁，一只一只哀鸣着飞离
我也不能在葡萄架下的妇女中盘腿坐下
和她们谈论奶茶，盐巴和方头巾
仿佛我再不能奢望回到这儿，死在这儿，安葬在这儿

我是故乡的

我的眼睛是凹陷的，我的语言，是西域的
我的鼻梁和身体起伏，是天山山脉的
我的脸庞，是阿力麻里的（阿力麻里意即苹果城，伊犁的别称）
我的名字和出生，是出生地的
我的身体，是奶牛和馕养大的
我的星空，是博格达峰之上的
我的羊毛披肩和方格裙子，是伊犁绵羊的
我的胃口，是孜然和胡椒粉的
我不是维吾尔人，不是蒙古人，不是哈萨克人
不是锡伯族人，不是塔塔尔人

我和这里所有的人一样
把安睡和吃饭的地方当做故乡
把一棵开花的苹果树当做童年
它曾给我怎样的幸福和光亮
在青草的牧场，我和一匹年轻的昭苏马奔跑
我的青春被一根细细的鞭子抽打过
被一双骆驼羔一样的眼睛温柔地追逐过
我的爱情，是新疆的，没有谁能把我半路抛弃
我有祖国，有父亲母亲，有混血的出生地
我在那流血和开花的地方生活了很久
我在那流血和开花的地方还将生活很久
我的情感，伤害，边界线，是国家的
我的热爱，悲伤和思念，是故乡的
我，是故乡的，我的死亡，是故乡的

我无法找到一个新的故乡

请允许我回以穆斯林的额手礼
请允许我在你的石榴树下盘腿而坐
如果有一天我无辜死在这里
我请求以这棵石榴树的形式再次回来
以六月花朵的热血和热爱
以九月果实打碎的牙齿和疼痛
充满恐惧地颤抖着回来
在高高的土围墙上，我们哀悼我们自己
当秋天带来悲惨的头颅，我们必像阿开亚人一样
一边奋力抵抗，一边低头接受命运
看，石榴果实是土炸弹的形状
树干具有野性十足的体力
叶子，发出磨刀霍霍的声音
它往我脖子里使劲地吹吐凉气
我嗅到了植物的疯狂
但我不打算离开这里，和你一样

母亲给了我一个弯月的天空和低垂的大地
我怎能将它舍弃
我无法在其他地方找到一个新的故乡
或者在陌生的土地上重新建立一个故乡
关于故乡，那是与生俱来的，我们舍此无他
无论用汉语还是维吾尔语，它都在词语里炽燃
它和世界上任何一种语言发出的声音一样温暖
它是你的，也是我的，我们终将在此花落灯息，死不复生！

养鹰人

木呼尔布拉格，我将沿着养鹰人
召唤鹰的声音原路返回
我遇见的养鹰人，就坐在前面的山垭口
他有一副阴郁的鹰钩鼻，会骑马，懂鹰语
能让一只鹰东升西落，顺从行云流水
或神谕般在半空静止
当鹰立在他辽阔的肩头，他扔出羊羔的内脏
一声唿哨，鹰突然飞出去
叼着一截羊肠子在高空晃荡

无法想象，一个哈萨克人驾驭一只鹰
是多么神奇的事
仿佛他能驾驭那神秘的万物和自然
他尖细而微颤的腔调，能否召唤来一大群鹰？
黄昏的巨翅割开气流，从天而降
带着一阵风，低低地沉向大地
那令人心痛的羽状斑纹
高处的心，银色天狼星一样死去的光荣
一切都回到地面

我曾经离一只鹰那么近
像一只胆小的鸽子，惊慌地盯着鹰眼不敢出声

它的爪子有力地向内弯曲
保持着撕开胸膛的形状，而养鹰人
身上的旧皮衣在落日的映照下越来越亮
他的侧影和一只鹰多么相像
他似乎随时都有可能打开翅膀飞走
扔下苍茫而孤独的木呼尔布拉格

一个哈萨克牧人和他满天的星斗

他习惯把北斗星叫做铁橛子星
晚上看守畜群
他根据铁橛子星的方位确定换班时间
然后踏着青草上的露水回毡房
冬天，看见绊马索星出现
他将畜群赶进棚圈
并在三只山羊星淡出时起身给马喂夜草
他知道杀毛驴星最亮的时节，可以剪羊毛
如果两颗红色的星开始挨近
就应该让公羊交配，母羊怀孕

他把天狼星叫做苏木比列
此星出，黎明凉爽，水变冷
对牲畜有害的虫子即将死去
人们开始割麦，打草，准备过冬的柴禾和牛粪
他把划过头顶的流星叫做尾巴星
尾巴星落进水里，雨多
落在干燥的地方，风多
落在石头上，气候炎热
秋天看见尾巴星，这时节植物的根不再往下长
茎杆开始结出果实
人们宰羊熏肉，准备去往冬牧场

一个哈萨克牧人，就是这样把万物生长和消亡

跟天上的星星联系在一起
把自己的作息和迁徙，跟天上的星星联系在一起
如果有一天他死去，他一定是像星星一样死去
蓝色的，落入水里，红色的落在石头上
毫无疑问，他是最后一个热爱星星的人
他对远古星辰的怀念，高不可及
似乎那冰糖渣子一样又甜又亮的星星
只属于一个又偏远又孤独的牧羊人
他用哈萨克语一一叫出它们的名字
像叫出每一个，眼眸明亮的姑娘

天鹅来到英塔木

听，冬天里，遥远的英塔木
飘荡的温泉水和白色雾气缠绕的苇草间
天鹅的叫声多么清亮
那是我从没有去到过的偏远河谷
眼帘之上的冰雪之国，白天鹅大雪一样降下
崇拜天鹅的哈萨克人
从不知道天鹅会在冬天飞临
一群遗世的贵族，带来宇宙惊讶的美
它们起飞的时候，引颈高叫
这声音仿佛是对人类发出的邀请

我不是一个感伤主义者
我记得阳光下积雪的山脉
巨大，闪光，风琴架在绵延的山冈
伊犁河，在最冷的日子里拉长冰冻的脸
洁白的乌托邦，唯一没有冻僵的，柔软的湿地
我一直在小心地靠近一群天鹅
为什么天鹅留在英塔木?
为什么我留在英塔木?
为什么单纯而细碎如羽的时光，留在英塔木?

有一年春天，天鹅过早地飞走
屋檐耷拉下悲伤的翅膀，想带空房子飞走
捻羊毛的人，手里命运的光线
越捻越细，越捻越长，天鹅飞走的路线一样长
仿佛那些天鹅，是一根细细的羊毛线放飞的
是从一堆蓬松的羊毛里面，一只一只飞走的
之后，纺锤飞走，冬天飞走，白色飞走
唯有我，春天来的时候
还穿着白色羽绒服，代替一只死去的天鹅
脖颈低垂，孤独地留在英塔木

黑走马

我看见过一匹黑走马
在河州，冬天的榆树林
疏离的枝条上，月亮像狙击步枪的瞄准圈
黑走马，戴着绊马索，黑夜的皮毛洗得发亮
鬃毛披散下来，像夜晚的歌

它可是邻居家拉车的那匹马？
白天被鞭子抽打，在尘土的马路上
拉着高高的麦草垛奔跑
夜晚在低矮的马棚，被结实的拴马桩栓牢
无声地嚼食着夜草

不，它一定不是那匹温驯的马
它一定是一匹想在枪口下，走遍大地的黑走马
像个穿越黑暗的旅行者，像个诗人，流亡者
不安，动荡，追寻
笼头上的铁扣子，闪闪发光
马蹄铁清脆，给大地留下马蹄形的伤口

它带来什么消息？
被无尽而广阔的空间，囚禁的黑走马
怎么走，都走不出去的黑走马
我要用风中的无花果树，摇曳的叶子和果实
用牛奶和露水洗干净，喂饱它

让它去往无知的途中
让它永远是一匹陌生之马
让它戴着绊马索，走遍大地
让诵经者的祝福，追上它，贴着影子和它一起走
让它在自己的故乡被流放
让故乡在山脉的另一侧，沉睡如山脉

惊　蛰

响雷鸣动之时，请回答：你是谁？
你不住在鸟巢，你的眼睛是洄游的两条鱼
萌芽的植物，昆虫的振翅，狐狸飞奔
和你有关吗？
你触动了一些被禁止的事情
庞大的交响乐中那支孤独的银笛
是一条被惊醒的银环蛇
自你的胸腔飞蹿而出
它一直蹿上天空，遁入星星冰凉的窟窿
此时风变换着方向吹来，地气通，凌丝断
大自然隐藏着许多秘密
一个洞穴在你身体里越挖越深
我想钻进你身体里去，牙齿发出摩擦的声音
分叉的舌头在你口中嘶嘶地吹吐着凉气
令人不安，又多么愉快！
五百年来了又去，春日生长，冬日睡眠
无论你是谁，出来吧
打开声带吧，尽情繁殖吧

不要像躺在坟墓里的人与电波失去了联系
那早已逃走的时光，为你又回来了一次
有着山林和湿地的南方又回来了一次
胆小怕光的我又回来了一次，铃兰花又回来了一次
整个世界，都为你又回来了一次

今夜，只有一棵杨树向着月亮长高

今夜月亮很白，杨树很白
杨树的木头很白
木头上的叶子很白，一阵空穴来风
就把它们刮得纷纷往下落，雪片一样
覆盖了整个地球
地球表面的大路和小路很白
大路都通往汪洋和湖泊
小路都通往冰山和雪山
走在大路和小路上的人很白
他的白衬衫很白，牛仔裤很白
悲伤很白，泪水很白，他的骨头很白
他暴露在外的伤口，有碗口那么大，伤口也很白
白霜像撒了一把盐在他的伤口上

一个带伤的人走在大路和小路上
越走越远，离开了故乡，尘埃和苦难
一个带伤的人走在地球表面上，忘记了自己
他要到更白的地方去
他要到珠穆朗玛峰上去
他要到月亮上去
他的身后，一棵杨树把空气扇得啪啪响
像很白的耳光
今夜，只有一棵杨树和他一起向着月亮长高
只有一个人，像折射的光线一样去往另一个星球
离开了故乡，白色的尘埃和苦难

树梢之上正是孤独的群星

秋天，当你独自生活在某个陌生的地方
没有人认识
也没有悠长的钟声和缓慢的马车
阳台，空中楼阁般远离地面
两棵杨树的手臂，轻抚着玻璃的脸庞
不发出一点声响
当黄昏，金色光线穿过树洞
叶片闪闪烁烁，和梦见的一样多
鸟巢像挂在树丫上的草帽
连理枝上的双飞鸟，争鸣，振翅
在空气中呼啸而过
它们有时东南飞，有时各自飞
也不发出悲切的鸣叫

你不定的目光，从不会追随，不会
跟从它们的心停留在别处
染上暮色忧伤的气息
你，只是慵懒，散淡地
长久注视灰白的树干和枝丫
命运分岔的小径，越往上越细
仿佛探寻宇宙的天线
接收着来自蓝色天宇的微波和光亮
地球之外，星云，水，也许另一些生命和花朵
多少年来从不曾熄灭
黑暗之中也熠熠生辉
它们把庞大的沉默，撒满天穹的
冰凉种子，传递给人类
那树梢之上，正是孤独的群星

风中的无花果树

自你走后，无花果树，一直在替你生长
有绒毛的枝条，在你看不见的地方见风就长
如果你不能带走它，它长一百年给谁看？
它是我未完成的，永不能完成的青和绿
悲伤的生机，从不透露，也不遵循植物的原则
无数睡在子宫里的孩子，它从不生出它们

一棵无花果树，不曾伤害过谁
它是大地的附属物，是美好的
附属于它的黄蜂，长尾鸟
晨光和晨风，是美好的
叶子层层叠叠，是美好的
温带大陆性气候，是美好的
我也是大地的附属物，在体内开花，孕育婴儿
多情，忧伤，无花果般充满幻象

我曾经像个贼一样回到这里
在梦里采摘那些绿色的果实
它们向我低声碎语
它们有那么多，那么多事情要告诉我
作为一颗离群的果实
我知道叶子，树干，内敛的花蕊和优美的果实
在仓促的人生中有多少次被空悬和搁置
半夜月亮像个孤独的登山者
多少次爬上雪峰又无助地滑落山底
我多少次回到从前，想和一棵无花果树一起
重新再长一遍，从不思念谁，也不辜负谁

两棵杨树

两棵杨树为什么不动？十年了
距离不动，生活姿态不动，崇高理想不动
主心骨不动，树影横斜不动
树杈上的鸟不动
乌鸦是乌鸦，喜鹊是喜鹊
不混在一起，不飞，不叫，不为食亡
也不怕被别的鸟占了巢
如果飞，它们飞的路线不动
沿着风向，气流，光线和山脉的起伏
如果叫，它们的明亮不动，爱情不动
恨别时的惊心不动，一只鸟分身为两只
飞往秋天的高度不动
明年飞回来绕树三匝，栖落的枝丫不动

动一下会死吗？那么多东西在动
蜗牛在动，动车在动，冰山在动
宇宙间的漂浮物和不明飞行物都在动
一个人，从南跑到北，从东跑到西
不停地在地球上移动
但两棵杨树不是人，有进有退，有所思，有所不思
如果一棵杨树对另一棵杨树心生爱慕
暗暗衷情，暗结连理
它们表达的方式就是永远不动
百步穿杨，秋风扫落叶，都没什么可怕的
它们一味地树干正直，不要结果
一味地坚持着，介于飞和不飞之间
翅膀展开，羽翼丰满，只欠东风
——就算东风来了它们也不动
它们知道，哪怕稍微挪一挪身子，世界就变了
冰糖的月亮就会从树丫间掉下来，摔成人间碎片

石榴树下

不，那些不是花朵，不是火焰
不是六月，不是明暗分割

当我跑近，又突然止步
一棵石榴树的气息多么血腥和狂放
让我产生腹痛的感觉，腹腔，满是红色的回音

对我来说，它们真的就是一场流血
血色罗裙，红，接着更红，往死里红
要么辉煌，要么寂灭
要么拯救，要么分裂

看，又一朵火红的石榴花坠落泥尘
就像坠落在一个人荒凉的额头
面容闪烁，气息奄奄
是世界化为灰烬的声音
是凉下去的声音，是绝望，震颤，和恐惧

这个夏天，石榴花仿佛开也开不完
仿佛要一直这样开下去
整个世界，仿佛只剩下这样的一棵石榴树
烈火中永生，或永不再生

枇杷树

立夏过后，庭院那棵老枇杷树
金黄的籽实又甜蜜又拥挤
用不了多久，它们就会被人摘光
接下来，一整个夏天
我都会注意到枇杷树的浓荫带着哀伤

它的枝干将在黑夜里显得更加弯曲
衰老得似一段棺材上的朽木
如果没有风，整个世界寂静如墓室
年老的人总爱说：看，枇杷鬼，枇杷精
似乎一棵枇杷树长在此处，一百年，或者更久
是一种不可原谅的错误

枇杷树也有喧响明亮的时候
在失落的秋天
霜打的叶子嘈嘈切切，星星成群飞过
仿佛逃跑的金色枇杷又一次返回
可以想见，没有了果实的枇杷树
枝丫就是一只空空的手
它和我一样又白活了一年
我曾看见它狭长的叶子
借着风向带走了整个世界
这里将什么都不存在
只有一棵枇杷树，回到世界的尽头，万物的原处

夜行北雁荡

是夜，雁荡山有犬牙交错的起伏
树木有老棺材的厚重和漆黑
一行人，在一座山的体内行走
像不出声的猫头鹰，怀有黑暗之心
有人突然停下，在合掌峰的指缝间
划亮一根火柴为大家点燃香烟
光之队列，星星点点
在山体开裂的缝隙，在事物隐秘的纵深
他们一一穿过缺口，就像白驹过隙

但他们只是低头急走，他们从不抬头
不能看见，黑暗中的山就像大地上的孤儿

每一个孤儿都有一枚仇恨的尖牙
暴烈的黑色花朵，把他们撕碎，吞没
凶狠的打击，雷电，雨雪，还有冰川的痕迹
火山的痕迹，大地震的痕迹
人类开山凿石的痕迹
都不能够使它悲伤和遗忘

山峰上千年的睡眠，也不能够移动一寸
那隆起的，思想的峰顶
脊骨曾驮负着整个宇宙的深蓝
多少次，我独自落在最后
听见了冰凉洞穴里，睡蛇的响尾
头顶群星不时掠过，石头和风刮擦的声音
给我带来了巨大的痛楚
我的灵魂正被万物的灵魂所带走
自此夜起，它将停留在山峰永恒的孤独中！

暮行北雁荡

冬天迟迟不来
十一月的大龙湫和小龙湫是消瘦的
像命悬一线的雁鸣
脖子伸长，口含珠玉
也不能发出一声清亮，孤绝的鸣叫

身在此山中，我害怕听见自己的声音
那空空的回荡，撞击在石壁上，粉碎，飞扬
苍穹弯曲下来，就是一个摇荡的湖泊
众多的翅膀，众多的告别
雁羽纷飞，只为了另一个故乡穿云破雾

一只大雁，一只为秋天受伤的大雁
飞走是没有用的

山那么高，崖壁那么陡峭
往北或往南的路途都那么遥远
不如结草为荡，在女人沼泽的腹地
在悬崖脆弱的边缘
在永恒的，父性的雁荡山之北

不断抵达的落日，正以黄金覆盖枯叶
就像光，闪烁在另外一些发光的事物上
就像阴影，有时也来自一座山的压力
缓慢的，沿着悬铃木的手臂温柔地降落下来
在英雄式的黄昏
我的体内有了一座山的顽石，无人能撼动

山下夜行人

夜，一辆老旧三轮摩托车像小型坦克隆隆驶过
之后，小镇显得异常安静
她弃路走向荒野
立刻被眼前一轮大大的圆月所惊呆
仿佛看见巨灵，一声不吭地从茫茫中升起
天庭的光泽，也是这般静止
她不能知道在空幻的，山的另一面
是否有另一个光亮的世界
有另一个人，身披月光，独自行走
看见了光，影，山，色
普天下贫穷的心，赤裸的神迹
看见月亮被卡在山的缺口，永远不能沉落
发光的崖壁上，爬藤从深渊爬上来
仿佛一个死去的人从幽黑的坟墓中爬出来
横躺在人间的光亮中
她无端端的，就失去了语言
也许她曾生活在无声的月亮上
金灿灿的桂花落了一地，一年又一年
现在她想要走回到那里去

经过发白的河流，萧索的矮树丛
和一片遗址般废弃的荒园
一只狗跟在她身后，当它停下
仰天嗥叫的时候，影子也跟着拉长了嗥叫
世界因狗的嗥叫更加寂静
那么，晚安吧，剪刀峰就耸立在头顶
月亮在那里发出十倍的光亮
群峰正如寒冷的，金属堆积的山尖
如果她走到那里，是否就算回到了来处？
如果她折返人间，是否就是我回到了自己？

他山之石

置身山外，我听不见音乐隐藏在山的肺腑
流水的怒吼在最坚硬的岩石中沉睡
落日，环形山镶嵌在指间的一颗红宝石
奇异的光让我看见了痛苦的美
在天空交叉的路口，人间冷暖的屏障
雁过之后，有的留声，有的一死成名
隔着一千座雁荡山
我宁愿像一只雁一样孤绝鸣叫，折颈而亡
也不要一个人孤独地行走在这充满欢爱的人间
如果你是孤独，是青黛，是永恒的忧伤
天黑下去，你就是另一个时代
众多夜晚，我看见人们漫长地生活在群星下
缝补，浆洗，织锦，做梦
黑暗能像愚公一样搬走一座山
我却不能搬动体内最小的顽石
如果你是隐匿，是消失，是无形
是开门不见的山，被掏空了所有的矿石
那么，压在我身上的沉重就会荡然无存
最后，如果你是寂静，是深邃
在山的这一边，或山的另一边
在这个星球，或那个星球，我就是对应的虚空和遥远

再见，北雁荡

再见，尘埃，再见，浮云
再见，流水三千尺的烦恼
再见，一律向南的漆树和椴树
暮晚时分，微微摇动的树梢上
迅速消失的翅膀曾让我生出莫名的惆怅
明亮的河口的拐弯
一株宿命的石斛或还魂草
如果我离开，是否带走了它们的十一月？
我是否也将带走它们的冬天和来年？

但我却不能把它们带出草木枯荣
我也不能把自己带出人世悲欢
在断肠的崖壁，我也曾
向死求生，向深渊呼救，或者向一座山
索要方寸的葬身之地和最后的碑文
那些透着亮光的山口
夜晚漆黑的，一擦就亮的岩石
还有风中捕影的人，悬崖采药的人
他们盗走了一座山的精神
就像普罗米修斯盗走了天火
生活盗走了我的灵魂
无论我去哪里，都只是尘埃里的走马观花

那么，再见吧
合掌峰，剪刀峰，芙蓉峰和云端里高耸的灵峰
群峰的利刃，切割着天空
无边的蔚蓝在风中受伤
闪亮的星星中间，我将隐藏起忧伤的脸庞
我将黯淡，思念，沉默，无限孤独
如果我离开，群峰将归于永恒的寂静和青黛

两只老虎

春天寂寞地繁茂着
一树梧桐开着紫花，一棵山茶，开出大红
一个女人走在下山的路上，像浑圆的乳房滚动
还有一群麻雀在空中交配
几只昆虫在叶子底下忙着繁殖
一次产下了数不清的卵
但是，没有什么发生在两只老虎身上
两只动物园里的老虎，没有情欲，没有食欲
连性欲的气息也极微弱

两只老虎，只是在固定的空间来回走动
像两个穿着条纹睡衣的人
因失眠而苦恼，默数着催眠的绵羊
一只两只三只，一千只雪白的羊
都从肿胀的眼皮底下飘过
让它们去新疆的大草原，内蒙古的大草原
世界的大草原
两只老虎心怀慈悲
从没有生出吃了这些羊的念头

有时候眼看两只老虎要在水池边狭路相逢
一山不容二虎
它们应该咆哮、磨爪、弓背，尾巴铁棍一样竖起来
展开一场流血的打斗
但是，没有什么发生在两只老虎身上
两只老虎在快相遇时各自掉头而去
穿着穿旧了的黄色条纹睡衣
嘴里默数着意念里的绵羊
并让那无数虚构的绵羊，白云一样从眼皮底下飘过
去往无边的，春天的大草原

在伤口之上重建语言的故乡

——杨方诗集《骆驼羔一样的眼睛》读后

赵晓辉

时已盛夏，天气燠热，书不能读，论文亦进展缓慢。于我而言，仿佛时光仅仅是在蹉跎容与中度过。诗人杨方忽然告知我她驻校一年快要毕业了，我心中一惊：我还没来得及好好读你的诗呢。于是乎，临此离别之际，我认真拜读了她即将出版的诗集《骆驼羔一样的眼睛》。这部诗集令我思绪蹁跹，给了我新鲜辽远的阅读体验。虽然在新文学的喧哗众声里，从来不乏女性的声音，但一个女性写作者如何在当下环境中，既服从内心诗性的真实召唤，又能够自觉地反抗环境与命运的平庸之恶，从而创造出一种敏感新鲜而又富有思想活力的属于女性独有的诗歌语言，洵为不易。下面将从几个方面粗浅谈谈我对这部诗集的感受。

一

威廉·狄尔泰曾经说过："诗的问题就是生命（生活）的问题，就是通过体验生活而获得生命价值超越的问题。"① 杨方的诗歌里有大量有关西域、边塞的异域性场景和景观式意象，这是我阅读该部诗集获得的最初印象。这令人想到一种常见的文学的地域学写作，在幅员辽阔的大地上，来自不同地域的诗人们选择一块诗性版图或者地域资源，由此而节度一隅。这个地方，通常是承载了写作者生命原初体验的故乡，其中包含了血浓于水的成长故事，以及无法消泯的情感记忆。

杨方曾在一篇访谈里说："新疆是我的出生地，是所谓的开辟鸿蒙，即世界对我最初的启蒙和介入，一个人少年时期的生活，直至白

① 转引自胡经之：《西方文艺理论名著教程》下，北京大学出版社2003年版，第51页。

发苍苍也还记忆犹新。如果写作是一种特殊的记忆方式，那么这个记忆方式，从出生地开始，到葬身地结束。中国人讲究叶落归根，也就是你来自哪里，也必将回到哪里。我在西域的生活，将给我带来一生的影响，它决定了我的思维，想象空间，甚至语言用词。西域的荒凉决定了我写作的荒凉，西域的开阔决定了我性格的开阔。而所有这些特性，都是与生俱来的东西，像一个人暗藏的坏脾气，无法隐瞒和改变。”① 这段话可以看作理解杨方诗歌的夫子自道式阐说。我们这一代人，有时那种腾挪变幻的诗歌修辞，乃至于矜博炫奇的想象力也不能掩饰人生经历的匮乏与单薄，而杨方出生于遥远的西域新疆，后来又工作于南方浙江，这种生活经历的南北跨度不可谓不大，这也是诗人得天独厚的写作资源。

诗人杨方入校仪式与会者合影

对于南北文学的异同优劣，古人已有过十分精彩的论述，魏征在《隋书·文学传序》中云：“江左宫商发越，贵于清绮，河朔词义贞刚，重乎气质。气质则理胜其词，清绮则文过其意。理深者便于时用，文华者宜于咏歌。此其南北词人得失之大较也。若能掇彼清音，简兹累句，各去所短，合其两长，则文质彬彬，尽善尽美矣。”② 杨方诗歌里有着十分浓郁的北方气质，它给人贞刚、质朴、荒凉甚至疼

① 引自《走在分叉的树枝上，走在分支的河流上——杨方访谈》。

② 魏征《隋书·文学传序》，文渊阁四库全书本。

痛之感，绝无某些江南诗歌的绮丽软媚之感。

在这种基于故乡情感的诗歌写作中，诗人让我们看到了一个孤悬世外的异域世界：那里被记忆之光照亮，有河流、树木、花朵、村庄、牲畜，多民族混居的景观，有带着粗粝感觉的沉默、苦难与美。而诗人，在书写故乡时，似乎像个永恒的异乡人和局外人，这种身份的不确定感带来了感觉上的恍惚与疼痛。如其《亲爱的博尔塔拉，亲爱的陌生人》中所写："亲爱的陌生人，当你抬起手臂/指向地平线外的星空/仿佛它从来就不在地球上……没有人看见，马蹄下，广阔的高原/是怎样沿傍晚向西倾斜，天山是怎样衰老，黯淡/风抽走了它体内含铁的顽石……高原之巅的博尔塔拉，永远无法到达，永远，孤悬在天涯"。《我还没有回到我的故乡》："我还没有在宿命之国，彩虹之门/在一个叫纳达齐牛录的荒凉小镇/遇见一位陌生的锡伯族青年/他的眼神像挂在贴木里克山冈上蓝光闪烁的星星/很多时候，我怀疑自己已成为隆起山梁的一部分/那么地接近，一生都可以望见，一生都不能到达"。《骆驼羔一样的眼睛》："我在自己的身体里旅行，沿着弯曲的血管，心，肺/经历着风暴，迷途，沉醉，累累伤痛/我的脚步，是胸腔里杂乱的回声/当我终于沿着一滴鲜血从指尖走出自己/安拉，我就会成为新世界苏醒过来的一部分/我就是那双骆驼羔一样的眼睛"。

由以上诗句可以看出，杨方对这种边塞的荒凉景观有着敏锐的诗性感受，她偏爱与漂泊、自然、旅行、动物有关的场景和意象，并且在这种摹写中传达出一种不可言传的哀伤感觉。和其他诗人相比，杨方的诗歌并没有以精致、细腻、柔婉的语言来强化其女性身份，而代之以一种强悍、粗粝、苍凉甚至有几分男性化的美学风格。这种风格，既非以舒婷为代表的第一代女诗人的"温柔美学"，也非第二代女诗人以翟永明为代表的具有颠覆意识的"黑夜美学"。如其诗《高山湖》："我将这样描述一座高山上冰冷的湖泊——/一只鹞子在明亮的湖面突然翻了个身/仿佛被冰滑了一跤，仿佛赛里木/就是一块巨大的，从不融化的冰/和我一样又蓝又脆，无法呼吸/它还没有被打破的蓝色孤独/找不到流出去的豁口/它唯一的，出水就死的冷水鱼，不容于世/月亮的弯刀，高悬着，被天山的石头磨得发亮/山脉，边境，沿着暮色一排一排不断后退的/茂密黑松林，松针落地，箭羽纷纷/我将迎着它们走过去，我将独自一人/在悲怆的胡天胡地，丢鞭，弃马，手捧残雪和无限疆土"，这诗给人以冰冷悲怆之感，一个高山之上蓝得令人伤心的冰湖，与打马而过的梦旅人形象跃然纸上。《遗址上的乌孙国》：“我当是英雄末路，拜别时斜阳满地/慢板和快拍，用的乐器是胡笳，羌笛和苏尔奈/劲风把一张马皮吹得腹鼓如斗/仿佛死去的马再度回到它的空皮囊/金光里嘶鸣，腾空，鬃毛飞扬”，这诗中洋溢着一种英雄末路的雄浑悲壮之感。这样的诗句也跟中国古典诗词中悠远苍凉的边塞诗传统遥相呼应，令人想到卢纶《塞下曲》“月黑雁飞高，单于夜遁逃。欲将轻骑逐，大雪满弓刀”，王之涣《凉州词》“羌笛何须怨杨柳，春风不度玉门关”等诗句。类似诗句，给人一种开阔旷远之感。如其诗《野望》中所摹写的那样，令人仿佛踝躞于古城墙之下，或置身于金属般沉重的荒野，遍顾无人，极目所望，唯驼队、畜群、大雁、孤烟、荒漠而已。

再如《杨花乱飞》：“在高原，注定深陷一场纷飞的爱情/那么多杨花集体地，以同一个姿势飘落/怀里的刀尖都朝向同一个人/如果我有单枪匹马的突围，她们就有十万埋伏的大雪/如果我突然奔跑，并大声喊出一个名字——/但我却是多么想和她们一样，不这样大呼小叫/虚幻着，静默着，也能发出爱和不爱的声音”。这诗令我感到惊讶，杨花在中国古典诗词乃至于当代诗歌里一直是个阴柔旖旎的存在，如苏轼《水龙吟》：“似花还似非花，也无人惜从教坠。抛家傍路，思量却是，无情有思。萦损柔肠，困酣娇眼，欲开还闭。梦随风万里，寻郎去处，又还被莺呼起。”这首词在词史上具有开辟咏物词写作范式的重要意义，它很巧妙地将杨花和古典诗词中柔弱女性形象的身世之感绾合在一起，穷极工巧又富婉丽之态。然而杨方对杨花的写法则是颠覆古典阴柔美学的，她笔下的杨花“身体里有世间最小的种子，最大的热爱和仇怨”，就像“一把刻骨的利刃，被柔软和白干净地包藏”，读着这样的句子，感到这些柔软的杨花似乎也包含了兵气与剑气，此种悍然凌厉之气在其他女诗人的笔下是少有的。

基于此，杨方的诗歌主动远离了那种“缘情而绮靡”的写法，而代之以硬朗冷峻的风格。此外，她的诗歌亦不依赖知识、理论、学养来写作，而是强调某种直接而强烈的生命体验和感悟。南宋诗论家严羽在《沧浪诗话》里说：“夫诗有别才，非关书也；诗有别趣，非关理也。”[①] 诗歌写作固然和诗人的知识储备、理论学养有着密切关系，

① 郭绍虞《沧浪诗话校释》，人民文学出版社，1983 年版。

但写诗终归需要一种特殊的天赋和才能，刘勰《文心雕龙》云：“才自内发，学由外成。”如小说家阿城所言那种近乎“强悍的敏感”，杨方诗歌里那种强烈的对生命的体悟和直觉令人感动。

二

当然，一个出色的当代诗人，对于异域景观的摹写，不应仅仅是对旧有边塞诗歌传统简单呼应、追怀与互文式的改写式写作，而是应当在其中突显一种苍凉悠远的，令人战栗激赏的生命意识。这本新诗集《骆驼羔一样的眼睛》分为五个部分：故乡词，花间词，草木词，流水词，秋风词。虽然从内容上分为五个部分，但每个部分之间的差别并不大，在意象选择、抒情方式以及诗歌语言上都有着同质化、散文化的倾向。这五部分诗作，其中故乡、村庄、河流以及与此相关的动植物、自然意象遍布了每一部分，构成了整部诗集的底色，它在形成一种鲜明的个人特色的同时，也给人以类型化、雷同化之感。

此外，诗歌语言的散文化倾向亦较明显，此种散文化，不仅来自诗歌句式之散，其内在精神方面也带着一种飘忽不定之感，从主题到形式上都还需要一种更加集中、凝练、深刻的表达。如果与鲁迅的《野草》相比，鲁迅的《野草》虽然形式上是散文诗，但却几乎是现代文学史上最为深刻的表达。《野草》的语言，是一种像黑洞般具有强大的裹挟力量的语言，让人恍惚置身于存在的深渊，那是一种如同光明与黑暗、绝望与虚妄、生与死、过去与未来、友与仇、人与兽……漩涡般强大离心效果的诗性语言，恰如李欧梵先生论《野草》时所言的：“多种冲突着的两极建立起一个不可能逻辑地解决的悖论的漩涡。”①与之相比，杨方诗歌主要的内在写作驱动力，都是靠着一种感性生命的直觉和体悟，它给人以真诚、朴素、感伤的动人感觉，初读之下，吻合了人们对于边塞异域的新奇想象，在异域的景观式摹写完成以后，从整体来看，诗歌意象之间并无太大跳跃性，迅疾的表达速度带来了强烈而直观的抒情效应，但也给人不耐深绎之感。

对于当代诗人而言，如何运用创造力摆脱诗歌语言的同质化、散文化倾向，由此而对诗歌语言进行超越性创新，这似乎是个永久性的

---

① 李欧梵《铁屋中的呐喊》，尹慧珉译，岳麓书社1999年版，第111页。

话题，甚至是一种必须直面的命运。“无论古典还是现代，抒情诗都是以摆脱黑格尔所说的‘散文性现实情况’为旨归的”①，因为“读者的期待并没有转向去认识一个被描绘的、已经为人们所熟悉的或者说经历过的现实，而是转向陌生的世界的表象。不管抒情感受是在远离‘自主艺术’的情况下把它的描写对象带回神话理想的视域，还是在此以后从一个因人人皆知而显得空洞无意义的现实中发现了世界的新面貌，抒情诗的经验总是超越日常和历史生活的真实视域”。② 在这方面，优秀的汉语诗人张枣的诗歌创作给我们带来了深刻的启示性。与当代诗坛大量同质化、散文化的诗歌作品形成鲜明对比的是，如诗人钟鸣所指出的那样，张枣在诗歌写作中，几乎所有的词汇都是一次性的；也就是说，每首诗的词汇只对这一首诗负责，同样一个词，用到另一首诗中，含义是不一样的。钟鸣的观察很精湛：张枣确实具有赋予词语气韵、“音势”的超强能力。……所有一次性的词语，它的堂兄弟们，它的表姐妹们，都团结在镜子周围，为张枣追求理想的自我献心献力。③

因此，相较而言，作者的写作仿佛已经进入了一个瓶颈期，其写作得之于此，亦失之于此。如其诗《对一匹老马说萨拉木里坤》：“记住，伊玛目的宣讲会在每个清晨准时响起/沿着西域地理上瘦落的街道/非虚构的门窗和墙壁/大片的尘土花朵般寂静地升起/破损的水罐已经流干，如智慧的头骨/那里的居民，光着脚在石头上敲打着手鼓跳舞/若干年前，我和他们像大自然晾晒的葡萄干/被风吹成一具具干尸，野蛮而悲伤地裸露在阳光下/不管怎样，我曾那么真实而惊人地存在过”。《淡灰色的眼珠》：“真的，没有地方可以把我留在任何地方/地表的条条大道都不能通往虚拟的故乡/唯有那条通向死亡的路途，鲜花一样，远方一样/回家一样/宰杀羔羊的屠刀在博格达峰的冰雪之巅高举/倘使我是被拒绝的命运/诵经的伊玛目就是我的福祉/人们可以把我当作外乡人，光着脚，没有姓名/他们埋葬我的时候，用清水洗脸，用白布裹身/他们不知道我有自己的领地和王座/有养育和生死，最边远的墓地从不被人惊扰/我曾存在，或不存在，那些疑似

① 秦晓宇《玉梯——当代中文诗叙论》，台北市：新锐文创，2012 年版，第 2 页。

② 转引自秦晓宇《玉梯——当代中文诗叙论》，汉斯·罗伯特·耀斯《审美经验与文学解释学》，上海译文出版社 2006 年版，第 315—316 页。

③ 以上引自敬文东的演讲稿《抵抗流亡——张枣三周年祭》，见敬文东教授的新浪博客。

古代的波斯人/和我一样有着深陷的眼眶，忧伤的，淡灰色的眼珠”。

这样的诗歌，唤起了人们有关伊斯兰教的一些宗教性文化场景如清真寺、诵经、礼拜、祈祷、丧葬等场景联想。诗里提到的伊玛目一词，最早源自对穆斯林祈祷主持人的尊称，又称领拜师、众人礼拜的领导者。结合作者早年生活的环境，接触最多的就是伊斯兰教，作者在访谈里提到过，每天都在伊玛目高呼信徒做礼拜的声音中去上学。但这种地域性文化场景摹写仅止于一个异乡人有关穆斯林葬礼中的场景想象，且有种像风一样一闪即逝的飘忽感，如诗中主体身份的不确定感：“我曾存在？或不存在？”

当然，在有关故乡的想象与写作中，有关民族文化的遭际、历史境遇的困厄、孤独个体的境遇等方面，在任何一个生存在当下的真诚的写作者心灵之上，或多或少都会有沉思与冥想的轨迹。以上命题在这本诗集中，作者凭着一种敏锐的诗性直觉似乎让我们看到了灵光一闪的暗示与摹写，却并未形成精微且富于暗示性与穿透力的，一种富有现代性启示的诗歌文本。

然而，对于故乡，对于边塞，一个暗藏于传统世界和旧时记忆中的世界早已经崩溃，而另外一个新的语言故乡和可供诗意栖居的世界尚未建成。对于诗人，对于我们，应当何为？这是需要我们长久思索的命题。

三

诗人西渡在《黑暗诗学的嬗变，或化蝶的美丽》一文中曾经指出，就精神气质和写作意识而言，在以舒婷为代表的朦胧诗时期的女性诗歌写作中起主导作用的是一种清澈的光明意识，并以此和同一时期的男性诗歌相区别。针对舒婷的光明意识，新一代女性诗人翟永明针锋相对地提出黑夜意识加以颠覆。新一代女诗人在意识上和写作的技艺上都有别于前一阶段的诗人。在上一代女诗人已经取得的成就基础上，她们以更为开放的姿态和广阔的意识从中外诗歌中合成养分，不断在写作实践中锤炼和提高自己的诗艺，把女性诗歌推进到了扎实而富有成果的新阶段。[①] 当然，应当看到，女性诗歌在新时期虽然已经产生了一些较为出色的诗歌文本，但多数女性诗歌却给人一种不耐

① 西渡《黑暗诗学的嬗变，或化蝶的美丽》，江汉大学学报（人文科学版），2010年第4期。

细读之感，缺乏一种对于精微复杂的诗歌语言的美学追求，以及对诗歌文本的每个细节都仔细经营的耐心。

女诗人陆忆敏曾对女性诗歌的这一缺陷提出过尖锐批评："出现在（女性）诗里的，是无穷无尽的表白、解释，以及私下里的推断和怨言。很多人持有苦衷，一吐为快。在形式上，因其单纯、简陋和直率，多半抛却形骸，不刻意追求形式。"① 这批评虽然出自上个世纪九十年代，但今天看来，这种批评在当下的语境中仍然是有效的。很多女性诗歌在一个狭小的范围之内对世界进行虚拟想象，事实上隔绝了一种诗歌和当下世界之间复杂而真实的联系。除了可以充当社会学注脚之外，就诗史本身而言，它们是并非真正意义上的有补于诗史的，真正具有探索意义的诗歌。

哲学家海德格尔云："一个不能在生和死的交织中体验爱的期待的人，是处于蒙蔽的价值意义中不敢直面人的存在的真实深渊的人，是不懂得生命真谛的人，正如一个时代，如果缺少对痛苦、死亡和爱的本质的揭示，则是一个贫乏的时代一样。"钟嵘《诗品》序云："气之动物，物之感人，故摇荡性情，形诸舞咏。照烛三才，晖丽万有，灵祇待之以致飨，幽微藉之以昭告。动天地，感鬼神，莫近于诗。"在任何时代，诗歌，它都应该是一种引领精神飞升的光芒，一个质地清晰而又幽邈的隐喻，它还是一种动态的风景，承载了个人不可复制的记忆、困惑与生命的细节，它要经过每个诗人都为之神伤的语言锤炼阶段，最终形成既热烈而又节制的艺术品。我想起自己非常喜爱的美国女诗人毕晓普在《旅行问题》中云："哦，我们是否必须梦着我们的梦/并且将这些梦留存？"是的，我们应当且必须怀抱我们的梦，并将这些梦以诗歌的方式留存。从这个意义上来讲，我们的写作才刚刚开始。时间仓促，言不尽意，谨以此文与诗人杨方共勉。

作者简介：

赵晓辉（1979—　），女，山东胶州市人，北方工业大学文法学院中文系副教授，文学博士。

---

① 陆忆敏《谁能理解弗吉尼亚·伍尔芙》，谢冕、唐晓渡主编《磁场与魔方：新潮诗论卷》，北京师范大学出版社 1993 年版，第 270—271 页。

对杨方诗歌的三种解读尝试

中国社会科学院研究生院文学研究所　贺嘉钰

【内容摘要】新诗集《骆驼羔一样的眼睛》是我们直接目睹杨方诗歌“改变”与“不变”的诗歌现场。本文以此为视角，通过与其早年作品的细读对比，从文本与诗人两个层面着手，探讨诗人以自我审视与克制抒情收敛早先情感“过于铺排”而完成表达方式的改变；以重临故乡延续并深刻化其“疼痛的品格”、“寻找的姿势”稳定诗歌内质的不变。并观察诗歌与小说两种文体在其创作中构成的张力，讨论诗人在珍视内我感触、联络外部资源所完成的灵感流动中创造书写的空间和可能性。

【关键词】自我审视　克制抒情　“寻找的姿势”　文体间张力

早前有关杨方诗歌的评论，论者不约而同将她独特的生活地域变迁作为考察其诗歌内质的重要参考坐标，广漠西域与灵秀江南的两端生活体验似乎为她的诗意建构提供了天然张力。然而，对杨方诗歌地理上的观照虽然必要，但仍为不足，因为这样的判定一旦经典化，则极有可能为更深层地潜入诗歌内部形成遮蔽。毕竟，对现实生活的诗意采撷并不能饱满一个诗人创作的力度与气度。

《骆驼羔一样的眼睛》是杨方第二本诗集，从题目出发来看，与其第一本《像白云一样生活》除了都出现的“一样”，使用比喻靠近或传递一种诗人向往、在意的精神品格或质地，诗的骨骼实已发生改变。

尽管使用了“故乡词”“花间词”“草木词”“流水词”“秋风词”这样气氛温软的语词为诗意分辑，而一旦进入文本，我们还是能感到诗人收敛了早先“过于铺排”的情感表达方式，选择以对抒情主体的自我悬置与克制情感营造出自足的诗歌现场，这使得她的诗较先前含有了难能可贵“硬”的质地。

一、以自我审视与克制抒情建筑“疼痛故乡”

杨方是个真诚的诗人，她的几乎每一首诗都埋着现实从中穿过的线索，《在伤口上建立一个故乡》《骆驼羔一样的眼睛》《寻鹿记》几首是新诗集中诗人较为满意的作品，“这几首完全表达我的真实内心。尤其是《寻鹿记》，直到现在我还在寻找那只鹿，它让我很忧伤。有时候梦里会梦见这样的一只鹿”。细读文本，读者甚至会感到每一首诗中都有诗人自我的存在，或现或隐，她始终以一种静默的方式完成行走、注视与思考。

就算没有到过新疆，读杨方的诗，你也能进行一次西域行走。她始终在寻找，在阿克塞在大柴旦在伊犁，在格尔木、那拉提、乔尔玛、柴达木、德令哈以及察布查尔，在霍尔果斯城、墩麻扎小镇、斯大林街甚至喀什山的林场、尼勒克的牧场，却无法说清楚找寻的是什么，以至于她踏过的土地都是回不去的故乡。故乡作为杨方书写的母题，仿佛天山脚下湖泊里用不尽的蓝色，蘸一滴洇上稿纸，就会随心漫成一片自由盛开的花，不过，她的书写颠覆了已经模式化的故乡表述，呈现为一个她独有的“疼痛故乡”。

早先杨方笔下的故乡，已能让人隐约感到内里的“疼痛”质素，但这种秘密的情感因为她的直接言说而变得坦白，无意间限制了情感在有限的文字格局中衍生出绵远回荡意味的可能性，比如早年的诗作《路过四台》：

> 一下车/我就被荒凉抓住，被空旷抓住/被孤独抓住……没有什么可以让我记住/一个小小的地方。小到/风沙一刮就会消失/大雪一下就能埋住/这个足够小的地方/集中了世界上所有的荒凉……①

这种荒凉感与孤独感的营造是随诗人情绪的直白坦露扑面而来的，感情直接锋利，但缺少一个或者几个支点的撑托，呈现出漂移游离的不稳定性。这与后来再写故乡，形成反照——慢慢剥离倾诉般的

① 《路过四台》，选自《像白云一样生活》，北京：作家出版社，2009 年 10 月版，第 10 页。

自我言说，转而把情感的脉动植入具有浓郁故乡气味的场景之间，诗人对故乡的追怀不再空悬，而是以一种哀而不伤的语调不紧不慢地呈现，比如新诗集里一首《我还没有回到我的故乡》：

日落时分总是很忧伤/一天的结束，仿佛就是一生的结束/甚或一个世纪的结束/秋天也是，像万事万物的一个完结/候鸟回到北方，群羊回到冬窝子，世界回到原处/但我还没有回到我的故乡/我还没有回到苹果园，斯大林街，胜利巷/回到琴弦上的十二木卡姆/葡萄藤须上的籽实，哈密瓜的瓜秧

在这里，诗人的故乡得到确指，它不仅是地理意义上的几处坐标，还是时间维度中的往日记忆。虽然诗的开头就拿“忧伤”一词营造出某种氛围，但“葡萄藤须上的籽实，哈密瓜的瓜秧”出人意料的表达不仅可爱，也使情绪在某种程度上得以控制。

我还没有回到一条大河的上游/在那里，一切刚刚开始/万物灵动，幼畜初生/我还没有回到一座山脉最高的峰顶/那时光耸立的峰顶，只有明亮的风在那里/只有霹雳，雷电，雨雪，冰雹，只有行星和恒星/我还不曾被白雪，山岚，瀑布，流云所感动/我还走在裸露的平原，山川和盆地

第二小节中，“大河”“峰顶”“明亮的风”“行星与恒星”“裸露的平原，山川和盆地”一下子跳脱出新疆某座城某条街某个时刻的时空范畴，使整首诗从文字表现到诗歌空间都豁然开朗起来，故乡的边际在瞬间得以膨胀扩大延伸，由此我们得知，诗人的故乡不但确定为地图里精确一隅所在，同时指涉更为浩淼的时空存在中，一种原初状态。这是诗人在向存在发问。经由诗意引导，从文学层面的感悟上升为哲学层面的追寻。

空荡荡的马车，命运之轮/像衰老一样缓慢，像死亡一样缓慢/我还没有在宿命之国，彩虹之门/在一个叫纳达旗牛录的荒凉小镇/遇见一位陌生的锡伯族青年/他的眼神像挂在贴木里克山冈上蓝光闪烁的星星/很多时候，我怀疑自己已

成为隆起山梁的一部分/那么地接近，一生都可以望见，一生都不能到达

这是整首诗中尤为感人的部分，诗人只用三十九个字，就圆满了一个爱情故事的凄美与伤悲，文字在这里以沉静迸发出直指人心的力量，很是惊人。无论这个恋人只是存在于意念抑或现实中某个坚决的影子，诗人似乎已不再执着，在诗的结尾她已经从抒情主体内部抽身而出，变成大自然的某一部分，“一生都可以望见，一生都不能到达”为前面的提问做出回答。

选取杨方创作于不同时段捕捉相似情感的两首诗歌做一对比，虽然片面但也能从细部窥见这种改变的直接面目：诗人逐渐从切身体验者这一角色抽身，转而用背景般全知式的言说视角，审视时空、审视自我，又在出乎不意时降临其中，拉伸并充实了整个诗意空间，使其富足可感。

而故乡的痛，不仅源于诗人在离去与归来中与故乡构成的二元关系里，来自那种往而不至、寻而不得的漂泊感，还因为这片土地本身被上天赋予的性格，“而我的故乡，如你所见/伊犁河从不睡眠，日夜逃离它的两岸/夕光在河面上铺开，像一把闪闪的大镰刀”（《在伤口上建立一个故乡》）。诗人在此又一次抽离自我，舍弃情感的正面铺陈，把故乡内部的疼痛客观化，使其仿佛宿命一样无可逃遁，置入距离感的叙述方式成全了对感情的缓慢释放，克制、点到为止的抒情品格反而增强了整首诗的意蕴，婉转绵长。

二、诗人以重临故乡延续“寻找的姿势”

由于父辈工作变动，祖籍浙江的杨方生长于新疆，直至大学毕业离开。然而，太多民族差异与风俗讲究让杨方从小深知自己并不属于这里，她不是个“新疆人”，正是她局外人的眼光，才能辨识出当地人习以为常的日常所拥有的仪式性与神秘感。对新疆的故乡指认完成于离开之后，回到浙江，她才意识到自己原来属于新疆而非祖籍。从生活经历与生命体验看，杨方不自觉地与“此时此地”保持着距离，这也解释了她如何在书写中形成并保持陌生化的审视情结，正是这种与“此时此地”的疏隔感成为了杨方写作的原冲动。

现实的“不在场”暗示杨方从她的诗里去把握一种“位置感”，无论是否以第一人称亲临诗歌现场，她几乎总能以某种方式存在着，这使她的忽然言说或者发问就显得没有“隔”。诗人从每一首具体的诗出发，她要寻找，同时自知不能找到。

“我来到并且停留，仿佛空气进入陌生的庭院”，这一句来自命名本诗集的同名诗《骆驼羔一样的眼睛》的第一行，选“骆驼羔一样的眼睛”题目定名诗集，想必诗人对此诗或仅仅这一意象的偏爱，它来自诗人无法忘怀多年前见过一只眼睛清亮的骆驼羔。进入诗，“仿佛空气进入陌生的庭院”这一精妙比喻就吹送来带着冰凉气息与不可消解的距离感，“来到”与“停留”为整首诗定出位置，它取于行走中某个片段。但她并不急于探寻和发问，而是以诗人独有的想象力勾勒出一个完全陌生化的诗场：“大地像一张刚刚剥下的羊皮铺展开来/我走在温热的死亡之上/不会有什么令我感到惊讶和不安”。

如此前论述的，杨方诗中的故乡不仅表现为地理意义与时间维度的确指，还意合心灵层面对更为浩瀚的宇宙时空里“前世般”“似曾相识”的记忆追寻，对一种隐喻性质的“灵”的捕捉。

> 我有时停在道路的中途/无法记起自己曾到过什么地方/仿佛我是一只禀性多疑的食草动物/是去年的草，去年的路/我在自己的身体里旅行，沿着弯曲的血管，心，肺/经历着风暴，迷途，沉醉，累累伤痛/我的脚步，是胸腔里杂乱的回声/当我终于沿着一滴鲜血从指尖走出自己/安拉，我就会成为新世界苏醒过来的一部分/我就是那双骆驼羔一样的眼睛（《骆驼羔一样的眼睛》）

《骆驼羔一样的眼睛》这首诗的漂亮与难得，不仅因其妥帖地展示了诗人杨方诗歌语言的双重力度——游走于柔软与锋利之间所形成的自然张力，还表现在其独特的诗歌意象通过风格化表达所传递出的自审态度与悲悯情怀，更为可贵的，是诗人通过诗歌对自我完成的发现与呈现。这首诗之所以拥有较为丰厚的解释力，在于它或许已经超越了文本层面、语言艺术与诗歌技巧上所能到达的可能范围，而直指诗人内心“骆驼羔一样的眼睛”般由诗歌唤醒的存在。或者可以说，“当我终于沿着一滴鲜血从指尖走出自己”时，诗人的“寻找姿势”

在这首诗中终于有了归所，但这并不是完结，这只是“新世界苏醒过来的一部分”。

这首诗甚至暗递了诗人个人化的写作期许：“写诗是一个痛苦的创作过程，挣扎，呼喊，彷徨，毁灭，最后走出来的时候，希望自己重新开始，用一双骆驼羔一样的眼睛去看新世界，去真正的开始。”

“寻找的姿势”是杨方诗歌中的常态，仅仅这一“姿势”的出现，就使她的诗具有探讨性与解释力，区别于当下诸多浮于感情肆意流泻的诗歌书写。

三、外部资源在其创作中的灵感启示

作为写作者，杨方诗人的名声盖过小说作者的称谓，但她对小说这种文体无论欣赏还是创作都偏爱有加。

> 从2005年开始我写了好几个中篇小说，有一个中篇小说《像棉花一样温暖》曾选入中国年度小说精选。总的来说我比较喜欢小说，觉得小说更酣畅淋漓，你写皇帝的时候你就是皇帝，有半壁江山，三千美人。你写大侠的时候你就是大侠，可以飞檐走壁，也可以有仇必报。如果有悲苦，你就写小人物，如果梦想貌若天仙，你就写绝世佳人让她替你去倾国倾城。写小说也更容易和读者进行交流。①

学生时代的杨方最爱读《东周列国志》，现在的她把《世界文学杂志》当教材一样期期不落。从阅读经验讲，早年受中国古典文学的滋养与后来对外国文学的偏爱共同构建并不断修缮着杨方的诗意空间。是否其小说阅读创作与诗歌书写之间存在某种张力与联络，还需要更多的关联文本作辅证，仅从现有的作品看，一些反复出现的意象似乎在暗示她的小说与诗歌之间确实存在某种呼应与契合，这种文体间文本性的联络也许完成于作者的无意中，但反复书写与表达的意象似乎能够暗自传递出，作者尤为中意的某种诗意资源。

杨方以浓缩的方式去写诗，在“无限打开”的状态下进入小说创

---

① 霍俊明、杨方：《走在分叉的树枝上，走在分支的河流上——杨方访谈》。

作。那些同时进入诗歌与小说中的意象，不是重复，而是扩展，是将一个悬着的东西铆钉进现实，使其具体化，完成从虚无拉进真实的状态，使意象在小说里得到无限延伸。

除了小说，杨方极热衷欣赏话剧歌剧表演，且能够将新鲜灵感灌入写作意识。作为具有自审态度的作者，她说过，写诗的难度来源于“无法提高。就好像你在一堵墙前面不停地头撞南墙，既不能回头，也无法空灵地穿墙而过”。她意识得到自我局限，并尝试联结外部资源打破内部限制，其新作《两只老虎》就尝试使用戏剧表现手法将诗意与情绪限定在特定空间场域内部，将两只老虎作为“穿着条纹睡衣”“眼皮肿胀”，在一个被灯光打亮的小小舞台上来回走动的主人公，它们心怀广阔的理想，却被现实所困。先按下这种创作试验效果不表，杨方身体力行一种自我诗歌的创新尝试态度确值得肯定。

诗集《骆驼羔一样的眼睛》于开篇引入一个“亲爱的陌生人”，好似小说里的悬念或伏笔，而这个陌生人在整首诗里只是一闪而过，但于整本诗集，他也许将反复出现。

> 亲爱的陌生人，当你抬起手臂/指向地平线外的星空/仿佛它从来就不在地球上”、“亲爱的陌生人，没有人告诉我/那一年，那一天，那一个傍晚，时光无限延伸/高原之巅的博尔塔拉，永远无法到达，永远，孤悬在天涯（《亲爱的博尔塔拉，亲爱的陌生人》）

陌生人缘何如此突兀地到达，诗人没有说，因为诗人自己是清楚的。

> 我还没有在宿命之国，彩虹之门/在一个叫纳达齐牛录的荒凉小镇/遇见一位陌生的锡伯族青年/他的眼神像挂在贴木里克山冈上蓝光闪烁的星星（《我还没有回到我的故乡》）
>
> 你可以成为青年，森林，一首木卡姆歌曲/真的在某天来到这里/在一处荒废的地方，盘腿坐下/像一张治愈疼痛的黑色狗皮膏药贴在那里（《在伤口上建立一个故乡》）

以上诗句摘自“故乡词”里三首诗，没有更多的线索，我们无法确定他们同为“亲爱的陌生人”，但诗人对这个沉默的孤旅者似乎情有独钟，让他或他的影子反复游走于诗意空间内，成为秘密般的寄托。他既像卡尔维诺《看不见的城市》里目睹一切的自由行者马可波罗，又散发着伊斯梅尔·卡达莱笔下《破碎的四月》中神秘与复仇气味的乔戈。当然，像或者不像，是，或者不是，只有诗人自己拥有最高解释权，或者连诗人本身也不能言说清楚，因为创作上的天马行空可能源自出乎意料的偶然体验，它没有一个定势，难寻因缘。值得我们关注的，并不是揪在某一处以草蛇灰线忖度诗人的构思与表现，而是跳出框子，思考一个作者在两种文体之间的选择与规避，呈现一个创作者张力的可能性。

但是，这个“亲爱的陌生人”并不能被简单地符号化为一个确指对象，如诗人所说：“他可能是一个给你指引的人，给你启示的人，一个你想对他诉说的人，你想告诉他你内心的思想和世界，你的哀愁和追寻的人，但也可能是一个真正的陌生人，与你擦肩而过，各不相干。”就杨方而言，她似乎极钟情异域文化带来的思想上的碰撞并沉溺于思维因此得到延伸的快慰。阅读一本小说，能够短时间将她引入一个时空完全不同的情境之中，加上诗人本身善感，情绪的二次表达极有可能以不显山露水的方式贴合诗人的再创造中。这种对外部资源的搭乘虽然体现出杨方文学灵悟的细腻感知与体悟，诗人同时应当审慎，能够不断修炼技艺又摆脱其束缚，完成对外部搭乘的“进入”与“走出”。

杨方自言读诗少，知道的诗人不多，所以她的诗歌作品让人读来常常觉得新鲜，少有其他诗人影响的痕迹，一直走的是她自己的路子。杨方的路子，一是珍视经历带给自我的心灵触动，敏锐而忠实地表达；一是向外部的、陌生化的奇异天地里，寻找共鸣与灵感。

作为同时涉猎诗歌、小说、散文三种文体的书写者，借用杨方自己的话，“我愿意一辈子为之的，可能还是诗歌。没有为什么，没有理由，诗歌本来就是说不清楚的东西”。如果“敏感”是诗人的特质，那么杨方不仅是敏感的，更是善感的。比如她看养在水里的绿萝，那便是“从绿叶中长出绿叶，从身体里长出身体”的生命，简单、自足并且坚决；或者《寻鹿记》中她仍在寻找的“那只无视时空法则”的鹿，因为她始终在寻找，一个一闪而过的自己。

我一直在寻找那只鹿，那只无视时空法则的鹿
想象它停留在羊齿叶与飘忽不定的铃兰花之间
走在空气流荡，清泉潺潺的山谷
它所去的地方，无疑是世界凹坑那样静谧的地方
比如远在天边的乔尔玛
黄昏时分我一转头就看见了那只鹿
它穿越一切的目光正和我静静地对视
它是我生命的一部分吗？是我生命中的那只鹿吗？
新疆时间七点半的风吹着
人们永远不懂，它站在那儿的姿势，它的庞大的鹿角

图书在版编目（CIP）数据

诗探索. 第3辑. 作品卷 / 林莽主编.
—桂林：漓江出版社，2014.11
ISBN 978-7-5407-7369-4

Ⅰ.①诗… Ⅱ.①林… Ⅲ.①诗歌—世界—丛刊
Ⅳ.①I106.2-55

中国版本图书馆CIP数据核字（2014）第258345号

诗探索 2014 第3辑 作品卷

主　　编　林　莽
责任编辑　庞俭克　李　敏
封面设计　石绍康
责任监印　周　萍

出 版 人　郑纳新
出版发行　漓江出版社有限公司
社　　址　广西桂林市南环路22号
邮　　编　541002
发行电话　0773-2583322　010-85893192
传　　真　0773-2582200　010-85890870
邮购热线　0773-2583322
电子信箱　ljcbs@163.com
　　　　　http://www.lijiangtimes.com.cn
　　　　　http://www.Lijiangbook.com
印　　制　北京大运河印刷有限责任公司
开　　本　787×1092　1/16
印　　张　13.5
字　　数　205千字
版　　次　2014年11月第1版
印　　次　2014年11月第1次印刷
书　　号　ISBN 978-7-5407-7369-4
定　　价　50.00元（全二册）